Le pacte des elfes-sphinx

Tome I

Mélénor de Gohtes

À paraître

- *Le pacte des efles-sphinx*
  tome II : L'héritière des silences

Louise Gauthier

Le pacte des elfes-sphinx

Tome I

Mélénor de Gohtes

Editions de Mortagne

Données de catalogage avant publication (Canada)

Gauthier, Louise, 1957-

Le pacte des elfes-sphinx

Sommaire : t. 1. Mélénor de Gohtes.

ISBN 2-89074-708-5 (v. 1)

I. Titre. II. Titre : Mélénor de Gohtes.

PS8613.A965P32 2005 C843'.6 C2005-940373-X

PS9613.A965P32 2005

Édition

Les Éditions de Mortagne

Case postale 116

Boucherville (Québec)

J4B 5E6

Distribution

Tél. : (450) 641-2387

Téléc. : (450) 655-6092

Courriel : edm@editionsdemortagne.qc.ca

Dépôt légal

Bibliothèque nationale du Canada

Bibliothèque nationale du Québec

Bibliothèque Nationale de France

2e trimestre 2005

ISBN : 2-89074-708-5

1 2 3 4 5 – 05 – 09 08 07 06 05

Imprimé au Canada

Nous reconnaissons l'aide financière du gouvernement du Canada par l'entremise du Programme d'aide au développement de l'industrie de l'édition (PADIÉ) et celle du gouvernement du Québec par l'entremise de la Société de développement des entreprises culturelles (SODEC) pour nos activités d'édition. Gouvernement du Québec – Programme de crédit d'impôt pour l'édition de livres – Gestion SODEC.

À la mémoire de Georges, mon père.
En souvenir de ces trop rares moments
où nous lisions, côte à côte, moi émue,
et toi... qui sait ?

La lecture est une maîtresse
exigeante qui nous ravit
l'âme et le cœur.

REMERCIEMENTS

Mes premiers remerciements vont tout naturellement à Robert, pour sa patience, son support indéfectible et sa présence affectueuse. Je t'aime.

Je dois également remercier Chantal, Lise, Julie et Manon B., pour m'avoir encouragée à persévérer dans ce magnifique projet. Votre enthousiasme m'est toujours aussi précieux.

Des remerciements particuliers à Karl, Carolyn, Marie-Michèle et Manon G. qui ont su me transmettre leurs commentaires avec beaucoup de pertinence et de respect.

Merci à Suzanne, pour notre vieille complicité retrouvée, et à Karina, pour nos échanges chargés de poésie et de lumière.

Finalement, j'exprime toute ma gratitude aux Éditions de Mortagne, pour cette chance qui m'est donnée de réaliser un rêve. Merci à toute l'équipe !

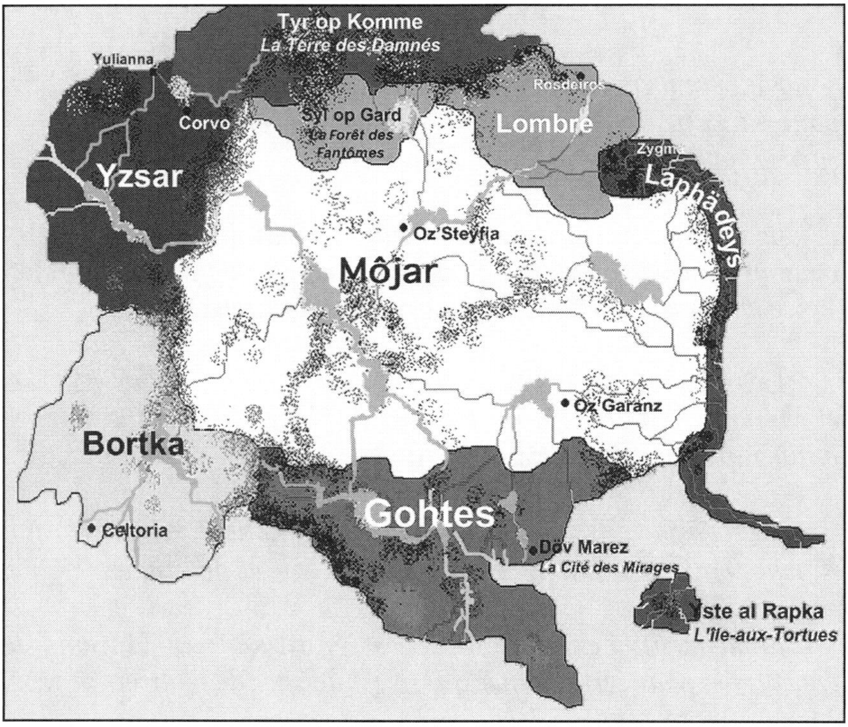

Carte du continent d'Anastavar

Le cours des saisons d'Anastavar

Printemps	Lunes des pluies Lunes des torrents Lunes des fleurs
Été	Lunes douces Lunes torrides Lunes étoilées
Automne	Lunes des moissons Lunes des couleurs Lunes des vents
Hiver	Lunes de givre Lunes de neige Lunes de blizzard

– I –

Les bruits entêtants des activités de la cité réveillèrent le roi Mélénor. L'esprit embrumé, il s'approcha de la fenêtre. En s'étirant paresseusement, il se rappela la cause de cet inhabituel vacarme. Dans les rues encombrées, les marchands vociféraient tout en menant leurs bêtes sans ménagement. Bien que le soleil fut à peine levé, cette nuée bourdonnante se précipitait avec entrain vers le château, son château, celui-là même où, aujourd'hui, il devait choisir la future reine.

Le jeune roi passa une main distraite dans ses cheveux en bataille. Il sourit en pensant au tendre combat de la nuit dernière : chaud corps à corps avec la fougueuse Selena. Ce souvenir, associé à la brise délicate qui caressait son corps, déclencha en lui un désir violent qu'il entendait assouvir sur-le-champ quand la porte de la chambre royale s'ouvrit avec fracas, livrant passage à Milirin, son chancelier.

Nullement troublé par la nudité émue de son souverain, Milirin se précipita vers le lit et souleva les draps froissés.

– La fête est finie, ma petite dame. Allez, allez ! Filez avant que je ne vous rappelle que vous avez encore l'âge de recevoir la fessée.

Le chancelier tirait par le bras la jeune fille qui s'éveillait à peine ; la masse splendide de ses longs cheveux blonds ne parvenait pas à dissimuler les formes de son corps ravissant. Mélénor observait la scène en pensant avec amertume que son plaisir devrait attendre.

– Milirin, ça suffit ! lança-t-il sur un ton irrité.

– Mais, Votre Altesse, c'est aujourd'hui que la tradition exige que vous choisissiez votre épouse. La cour vous attend. D'ailleurs, vous devriez déjà y être ! Je ne sais plus quoi faire des parents excités qui me mettent leurs filles dans les pattes, vantant leur grâce alors que, selon moi, elles sont toutes aussi laides les unes que les autres : maigres comme de jeunes chattes et timides comme des agneaux. Croyez-moi, mon prince, la journée sera longue.

Ignorant les jérémiades de Milirin, Mélénor s'approcha de Selena. Encore endormie, la jeune femme vacillait sur ses pieds. Le roi lui caressa doucement le ventre.

– Minuit, ma belle, tu reviens à minuit, après le bal.

Il se retourna vers l'homme d'État.

– Tu as compris, Milirin ?

Seule une subite rougeur trahit les émotions contradictoires du chancelier.

– Mais bien sûr, Votre Altesse, je ne voulais pas...

Le chancelier s'interrompit devant l'air exaspéré du jeune roi qui lui tourna le dos pour récupérer, sous le lit, un vêtement léger qu'il tendit à sa maîtresse. Il prit la jeune courtisane par l'épaule, la conduisit vers la sortie, lui asséna une claque retentissante sur les fesses et, d'un coup sec, referma la porte qui étouffa l'écho des rires moqueurs des soldats de la garde.

Nu comme un ver, Mélénor fit face à celui qui, depuis la mort de son père, était devenu son principal conseiller. S'il avait été moins obséquieux, l'homme maigre et vieillissant aurait pu forcer son affection. Le roi soupira ; après tout, l'efficacité et la loyauté de son chancelier n'avaient pas de prix.

Visiblement gêné par l'examen de son jeune maître, Milirin tripotait nerveusement les habits de cérémonie que le tailleur avait apportés la veille.

– Ma tenue ne te convient pas, Milirin ?

– Quelle tenue, Majesté ? Je... je ne...

Mélénor éclata d'un grand rire avant de passer une simple tunique.

– Milirin, tu me connais depuis ma naissance et, pourtant, tu ne sais toujours pas quand je plaisante ! Bon, accorde-moi une heure. Envoie-moi mon chambellan, et réveille mon paresseux de coiffeur. Dis à tous ces aristocrates campagnards que je brûle de poser mes yeux sur leurs tendres brebis. Et de grâce...

– Oui, Votre Altesse ?

– Essaie de m'en dénicher quelques-unes qui ne soient pas trop vilaines !

Devant la mine ahurie de son conseiller, Mélénor se remit à rire. Décidément, cette journée allait être longue.

Resté seul, Mélénor se rendit à la fenêtre. La brume se levait lentement sur Döv Marez, révélant le port au pied de la colline, et, au loin, Yste al Rapka, la fascinante Île-aux-Tortues. L'estomac du roi se noua, lui coupant net toute envie de plaisanter. Souverain du pays de Gohtes, il connaissait mieux que quiconque la tradition qui l'obligeait à prendre épouse le jour de ses vingt-quatre ans.

Mélénor s'était vite révélé d'une sensualité exigeante qu'il assouvissait sans fausse pudeur ni scrupules. Avec ses boucles noires et rebelles, ses beaux yeux intelligents et son sens de la répartie, Mélénor plaisait aux femmes. Le fait qu'il fut roi n'enlevait rien à son charme ; il multipliait donc les conquêtes avec une étonnante désinvolture. Cependant, contrairement à son père, Mélénor arrivait au terme de son célibat sans avoir trouvé l'amour.

Le regard du jeune roi quitta le paysage pour se concentrer sur l'immense fresque qui couvrait un des murs de ses appartements ; on y voyait ses parents, le jour de leur union. Malgré le caractère solennel de la cérémonie, le peintre avait réussi à immortaliser la tendresse qui avait lié Dobfrey et Carmine.

Mélénor s'approcha pour mieux scruter le visage de la jeune reine ; ce visage, il ne l'avait pas vu vieillir. Le prince gardait bien peu de souvenirs de sa mère : la caresse aérienne de sa crinière noire tissée de fils d'argent trop précoces ; son rire communicatif et musical qu'il aimait provoquer en faisant le pitre ; sa main fraîche dans la sienne, le jour où elle l'avait conduit, pour son initiation, dans la mystérieuse Île-aux-Tortues. Seize ans déjà que Carmine était morte. Mélénor avait également perdu son père dans cette fin brutale ; de l'homme qu'avait été Dobfrey, seul le roi avait survécu.

Mélénor soupira. Depuis le début du dernier cycle des lunes, toutes les activités du royaume étaient suspendues pour permettre l'organisation de la grande cérémonie des présentations. On attendait avec impatience les réjouissances de la fête nuptiale qui aurait lieu le lendemain. À la fin de la journée, Mélénor devrait avoir choisi sa fiancée.

Une toux discrète troubla ses pensées. Alban, son chambellan, attendait pour le conduire aux bains. Mélénor jeta un dernier coup d'œil à la fresque. Combien de fois l'avait-il contemplée, espérant lui dérober des miettes de tendresse ? Toutefois, en ce jour déterminant pour sa destinée, c'était les deux autres personnages du tableau qui attiraient son attention. Bien que les couleurs soient légèrement passées, le jeune roi reconnaissait aisément Hµrtö, le maître de magie, et Mauhna la sorcière.

S'arrachant brusquement à sa contemplation, Mélénor retourna à la fenêtre. Au loin, l'Île-aux-Tortues formait une tache sombre sur le scintillement des eaux claires. Il la regarda fixement en se posant une fois de plus la question qui l'obsédait : « Hµrtö et Mauhna quitteront-ils Yste al Rapka pour bénir mon mariage ? »

– La cérémonie n'a lieu que demain, mon roi, vous ne devriez pas vous inquiéter ainsi.

– Tu as raison, Alban. Bon... et cesse de m'appeler « mon roi », tu sais que je déteste ça.

– Comment te sens-tu ?

– J'ai la tête qui cogne, dit Mélénor en se massant les tempes, et l'estomac vaseux... Je crois que j'ai un peu abusé.

– Tu n'étais pas plus ivre que d'habitude, enfin... pour le souvenir que j'en ai ! Dis, ce tonneau, est-ce qu'on l'a vidé ?

– J'en ai bien peur !

✧

Dans le tourbillon des préparatifs, Alban observait Mélénor. L'affection qu'il éprouvait pour le roi n'avait rien d'étonnant puisque les deux garçons avaient grandi ensemble, quasiment comme deux frères. Arnoe de Lenux, le père d'Alban, avait été leur précepteur. Depuis toujours, le roi Dobfrey était convaincu que la rivalité forgeait les grands souverains. Il avait choisi Arnoe pour devenir le maître de Mélénor, misant sur les talents du fils autant que sur ceux du père. À peine plus âgé que le jeune prince, Alban n'avait pas déçu le roi Dobfrey ; le fils du précepteur s'était révélé un concurrent digne, intelligent et adroit mais, par-dessus tout, il était devenu l'indispensable complice de Mélénor.

Une chose toutefois différenciait les deux hommes. Au-delà des vapeurs du bain, Alban distinguait la forme de l'arbre. Sur la poitrine du roi, comme un tatouage vivant, un chêne robuste et verdoyant s'étalait, le tronc prenant appui sur la base de la taille. Alban préférait ne pas imaginer comment les racines se déployaient à l'intérieur du corps de son ami. Mélénor n'était qu'à moitié humain ; tout comme sa mère et les habitants de Yste al Rapka, Mélénor était un elfe-sphinx.

Alban se rappelait encore cette lointaine leçon d'escrime où il avait découvert la vraie nature de son ami. Sous l'œil attentif de leur professeur, les deux garçons s'échinaient à manier des épées trop lourdes pour eux. La chaleur étant devenue accablante, Mélénor avait retiré sa chemise. L'émotion avait fait fuir le pauvre Alban.

Le chambellan revoyait clairement l'expression désolée de son père quand il l'avait retrouvé sanglotant sur son petit lit.

– Alban, pourquoi pleures-tu ? Tu sais bien que Mélénor n'est pas humain.

Le petit garçon avait haussé les épaules d'un air pitoyable.

– Je sais que Mélénor est de la race des elfes puisqu'il a des ongles durs et nacrés. La longueur de ses index aussi est surprenante, mais... cet arbre, qu'est-ce que c'est ?

– Notre jeune prince n'est pas un simple elfe-iva. Il appartient à la race des elfes-sphinx : les porteurs de sphinx.

– Est-ce que Mélénor va mourir ? Je ne veux pas qu'il meure, il est mon seul ami.

Arnoe avait séché les yeux gonflés et rougis de son fils.

– Mon pauvre petit, ne t'en fais pas. Mélénor se porte à merveille ; il est seulement différent de nous.

Alban se souvenait que son père avait hésité un moment avant de poursuivre.

– Je dois avouer que, somme toute, je sais bien peu de choses sur la vraie nature des elfes-sphinx ; ils sont très secrets sur ce point. Toutefois, je connais assez bien l'histoire qui les a menés à se lier avec les habitants du pays de Gohtes. Aimerais-tu que je te la raconte ?

– Oh oui ! s'était exclamé Alban en se redressant vivement sur son lit.

– Te souviens-tu de cette leçon de géographie, quand nous avons parlé du pays de Môjar ?

– Bien sûr, papa... Le Môjar, c'est cette grande nation qui longe les frontières au nord du pays de Gohtes.

– Eh ! bien, il y a très longtemps – en fait, on ne sait pas vraiment à quelle époque, mais c'est il y a vraiment très longtemps –, les elfes-sphinx habitaient en grand nombre dans une immense forêt située au-delà des limites du Môjar. Des événements inexplicables ont détruit l'équilibre de cette forêt. Si bien que, maintenant...

– La Terre des Damnés... C'est cela, papa ? Maman est devenue toute blanche, l'autre jour, chez le marchand de vin. Un soldat racontait que cette forêt est hantée par des berohls, des lanons et des monstres énormes. Il disait qu'il y avait même des dragons dans des cavernes puantes et...

– Assez, Alban ! Est-ce que tu vas croire toutes les bêtises que colportent les pires sots du palais ?

– Excuse-moi, papa, avait murmuré le petit garçon en baissant honteusement la tête.

– Tu as raison sur un point : il s'agit bien de la Terre des Damnés. Les Anciens l'appellent Tyr op Komme. On ne peut plus y faire d'élevage ni de culture. La végétation y croît tellement vite qu'elle envahit la moindre construction en l'espace de quelques jours.

– Personne ne vit donc dans ces bois ?

– Au contraire, c'est un fameux repère de brigands. Personne n'ose les poursuivre dans ces lieux ; alors, ils se cachent dans les cavernes et ils préparent tranquillement leurs mauvais coups. Je ne serais pas surpris qu'ils répandent eux-mêmes toutes ces histoires à dormir debout. Pour ma part, je ne croirai à l'existence de telles créatures que le jour où je les verrai.

✧

Se secouant pour revenir à la réalité, Alban rangea les huiles parfumées et s'assura que le drap de bain était moelleux à souhait. Ce souvenir venait de lui rappeler la devise préférée de son père : « Les faits, Alban, seulement et toujours les faits. » Attendri, le chambellan sourit. Quand il vit Mélénor sortir de la baignoire, il déplia le drap de lin et entreprit de frotter le dos du roi. Il retourna à sa douce rêverie.

Alban revoyait son père lui passer une main tendre dans les cheveux avant de reprendre le fil interrompu de son histoire.

– Une chose est certaine, mon fils : les elfes-sphinx n'habitent plus Tyr op Komme.

Arnoe s'était rendu dans la salle de lecture. Il en était revenu avec une carte qu'Alban connaissait bien. Le professeur avait étalé le parchemin puis il avait pointé une tache sombre au sommet du continent d'Anastavar.

– Tyr op Komme, la Terre des Damnés... Jamais les elfes-sphinx n'avaient vu pareil phénomène. Malgré les efforts conjugués de tous leurs magiciens, ils n'ont pu rétablir l'équilibre de leur forêt. Il a fallu qu'ils la quittent.

Arnoe avait lentement glissé son index sur la carte.

– Ils sont lentement descendus vers le sud, espérant trouver une forêt qui leur convienne. Tu vois, ici, c'est Syl op Gard.

– La Forêt des Fantômes.

– Félicitations ! Tu as bien appris tes leçons... Les elfes-sphinx ont d'abord cru qu'ils pourraient s'installer dans la Forêt des Fantômes, mais celle-ci était beaucoup trop jeune et les elfes ne s'y sentaient pas chez eux. Ils se sont donc dirigés vers l'est et ont traversé les terres de Lombre pour finalement aboutir au pays de Laphädeys. Là, ce fut pire ; les bois de cette contrée sont aussi vicieux que les créatures morbides qui l'habitent. La région est infestée de plantes vénéneuses et d'animaux suceurs de sang.

Alban se souvenait qu'il avait bondi en agitant gracieusement son bras devant lui. Dans son esprit, il maniait une baguette magique aux pouvoirs redoutables.

– Les magiciens ne pouvaient-ils pas les faire disparaître ? Pouf !

– Non, Alban, ce n'est pas si simple. Nos amis acceptent la nature telle qu'elle est, même quand elle semble hostile. Si elle est malade, ils essaient de la guérir, mais jamais ils ne la détruisent ; c'est... comment dirais-je... contre leurs principes.

Déçu, Alban s'était laissé choir sur son petit lit. Il raffolait des histoires, mais celle-là lui semblait sombre et triste.

– Alors, qu'est-il arrivé ? avait-il demandé, plus par politesse que par véritable intérêt.

– Cela a été terrible. En temps normal, les elfes-sphinx vivent très vieux, beaucoup plus vieux que nous, les humains. Cependant, quand ils perdent leur harmonie, ils développent des maladies mystérieuses qui les vident de leur force. Si bien que, deux ans après leur départ, le tiers des elfes-sphinx avait disparu. Les femmes n'enfantaient plus ou mettaient au monde des nourrissons trop chétifs pour survivre. Malgré tout, ils ont poursuivi leur quête et se sont dirigés vers le sud-est jusqu'à ce qu'ils se retrouvent acculés à la mer. C'est là qu'ils ont rencontré des voyageurs du pays de Gohtes. Parmi eux se trouvait Garomil.

– Le grand roi chevalier Garomil ?

– Lui-même !

Alban avait senti une douce excitation l'envahir ; Garomil était le héros de tous les enfants du pays.

– Garomil a beaucoup aidé les elfes-sphinx, et il est devenu un ami du magicien Hµrtö.

– Mais papa..., cela signifie que le maître de magie est très, très vieux !

– Je te l'ai dit, les elfes-sphinx vivent parfois pendant plusieurs siècles.

– Et alors... Garomil..., qu'est-ce qu'il a fait ?

– Quand il a constaté combien Hµrtö était désemparé, il lui a parlé d'une île inhabitée, située au large du pays de Gohtes. Le chevalier a proposé à Hµrtö de l'y conduire avec quelques-uns des plus robustes elfes-sphinx. Hµrtö n'aimait pas l'idée d'abandonner son peuple, mais avait-il le choix ? Obliger tous ces gens malades à poursuivre leur route sans espoir, c'était les condamner à une mort certaine. La troupe a chevauché nuit et jour, n'arrêtant dans les villages que pour changer de montures. Hµrtö tenait bon, malgré la fatigue et l'inquiétude qui le rongeaient.

Le doigt d'Arnoe avait glissé sur la carte jusqu'à pointer la capitale du pays de Gohtes : la ville de Döv Marez.

– Dès que la troupe est entrée dans notre cité, Garomil a fait appareiller un vaisseau. La santé du magicien déclinait et le roi voulait le conduire rapidement dans l'île.

Alban avait vu le regard de son père se perdre dans ses pensées ; le professeur avait raconté la suite comme s'il avait été témoin des événements.

– Dans l'attente du départ, Garomil alla confier ses inquiétudes à son épouse, la reine Lea. « Hμrtö est si faible, je crains qu'il ne puisse supporter la traversée. De plus, je m'inquiète pour son peuple. Même si l'île leur convient, comment pourrons-nous les sauver tous ? » Lea était une souveraine sage et dévouée. Elle a fait à son mari la proposition suivante : « Pars immédiatement avec Hμrtö. J'appelle tout de suite notre amiral et je fais préparer tous nos navires. J'accompagnerai la flotte et te rejoindrai sur l'île dans huit jours. Lorsque nous aurons la confirmation que la nature convient au magicien, je partirai chercher son peuple par la mer. Si tout va bien, je serai là-bas au prochain cycle des lunes et nous pourrons tous revenir dans l'île avant la fin de l'été. »

Les mains d'Arnoe avaient distraitement caressé la surface crevassée de la carte.

– Certains prétendent que les dieux ont guidé Garomil, comptant sur sa nature généreuse et sa détermination pour sauver la vie d'Hμrtö. C'est sûrement vrai mais, d'après moi, c'est la sagesse de la reine Lea qui a sauvé le peuple des elfes-sphinx.

✧

Perdu dans ses pensées, le chambellan découvrit qu'il avait à peine eu conscience du trajet qui les avait ramenés dans les appartements du roi. Mélénor le dévisageait en attendant qu'il lui tende enfin sa chemise.

– Eh ! Alban ! Tu dors encore ! À ce rythme, je ne serai pas habillé avant la première lune.

– Excuse-moi ! Tout ce vin, hier... Je crois que...

Une expression moqueuse apparut sur le visage du jeune souverain.

– Le vin ou la petite rouquine qui te faisait les yeux doux ? As-tu seulement dormi ?

– Ce ne sont pas tes affaires !

Mélénor rit doucement en lui prenant la chemise des mains.

– J'ai raison... tu as dormi avec elle ! Tu réagis toujours comme une pucelle après tes nuits d'amour.

– Est-ce que je t'ai déjà dit que tu es l'être le plus exaspérant que je connaisse ?

– Merci ! Et puis..., elle était comment ta jolie rouquine ? insista le roi.

Sachant que Mélénor refuserait de lâcher le morceau tant qu'il ne satisferait pas sa curiosité, le chambellan opta plutôt pour une fanfaronnade.

– Si je te racontais tous les détails, tu n'entrerais plus dans ton pantalon !

Les deux amis s'esclaffèrent et le sujet fut écarté, au grand soulagement d'Alban. Tandis que le roi finissait de s'habiller, Alban s'assura que les armes avaient été correctement polies. Il se dit qu'il était heureux que les elfes-sphinx aient survécu ; après tout, Mélénor ne serait pas Mélénor s'il n'était qu'humain. Il grimaça un sourire en constatant qu'il se sentait bizarrement ému : « C'est lui qui se marie et c'est moi qui deviens nostalgique. » Lentement, l'image de son père accroupi près de lui dans sa petite chambre se superposa à celle des armes étincelantes du roi.

✧

– Dis-moi, papa, la reine Lea a-t-elle réussi à ramener tous les zelfinks sur les navires de Gohtes ?

– On dit « elfes-sphinx », fiston.

Arnoe avait écrit les mots sur une petite ardoise.

– D'accord, d'accord ! Mais, les elfes-sphinx..., la reine Lea les a-t-elle tous sauvés ? s'était impatienté l'enfant.

– Malheureusement non. En dépit des soins dispensés par Mauhna qui était – et est toujours – une très grande guérisseuse, certains n'ont pas supporté l'attente. Pour plusieurs autres, le voyage en mer a été fatal. Lorsque Lea est enfin revenue sur l'île, il ne restait plus que la moitié de la population initiale d'elfes-sphinx. Les retrouvailles ont été émouvantes. Les rires et les larmes se succédaient ; on pleurait les disparus, on étreignait avec soulagement les survivants, on s'émerveillait de l'hospitalité de l'île. Garomil et Lea sont restés pendant plusieurs cycles de lunes auprès de leurs nouveaux amis, fascinés par leur façon de vivre, nouant avec eux des liens qui allaient traverser les siècles.

Les yeux d'Arnoe s'étaient de nouveau posés sur la carte.

– La veille de leur départ, Hμrtö et Mauhna ont convié les souverains de Gohtes à une cérémonie pour honorer l'âme des disparus. Sur la plage, devant un petit autel de pierres, les deux magiciens ont récité des paroles sacrées. Un enfant a soudainement quitté l'assemblée pour s'élancer dans la mer agitée. Debout dans les vagues, le petit garçon pointait l'horizon. Malgré les reflets aveuglants du soleil couchant, ils virent des centaines de tortues qui nageaient résolument vers l'île. Hμrtö a mis fin à la cérémonie en proclamant : « Notre deuil prendra bientôt fin, car nos défunts sont de retour dans le cycle immuable de la vie. En souvenir de tous ceux que nous avons chéris, cette île portera le nom des animaux qu'ils ont choisis pour nous transmettre leur message d'espoir. »

Après de longues minutes de silence, Alban avait touché la main de son père qui avait roulé la carte avec soin.

– C'est ainsi que nos deux peuples ont lié leurs destins. C'est une histoire à la fois magnifique et terrible, avait conclu le professeur.

En dépit de son jeune âge, Alban était doté d'un esprit très rationnel. Un pli soucieux s'était formé sur son front hâlé.

– Mais papa ?

– Oui, Alban ?

– Si les elfes-sphinx souffrent autant quand ils sont loin de leur forêt, comment se fait-il que la reine Carmine et Mélénor vivent ici, dans la cité ?

– Bonne question, mon fils. Comme ils sont tous deux à demi humains à cause de leur père, cela leur permet de s'adapter à notre façon de vivre.

– Mais alors...

– Alban, l'avait rapidement coupé son père, je crois que cela suffit pour aujourd'hui. J'aimerais bien me reposer un moment. S'il te plaît, mon garçon, sois gentil et range la carte sur l'étagère.

Alban avait soupiré bruyamment.

– Très bien, papa.

– Alban ?

– Oui ?

– Chez le marchand de vin, l'autre jour... Tu dis que maman est devenue toute blanche ?

– Toute blanche... et elle tremblait.

– Cela m'étonne. Ta mère n'est pas de celles qui se laissent impressionner par des histoires de créatures monstrueuses.

– Tu sais, ce soldat, il n'était pas comme les autres ; il était sale et repoussant, mais c'était un soldat magicien.

Alban avait vu le sourcil droit de son père se soulever, signe de son profond scepticisme. Vexé par l'incrédulité de son père, le garçon avait enchaîné, volubile :

– C'est vrai, papa. Le soldat a dit à maman qu'il avait une énorme baguette magique. Il voulait lui faire un truc mais maman m'a brusquement entraîné hors de la boutique et... Pourquoi ris-tu ? Tu ne me crois pas ?

– Prends ma parole, Alban, cet homme n'avait rien d'un magicien. Mais on peut difficilement le blâmer ; ta maman est si belle !

✧

Alban fut tiré de sa rêverie par Mélénor.

– Qu'as-tu à sourire comme un imbécile ? Tu penses encore à ta rouquine ?

– Ce n'est pas ce que tu crois.

– Ah bon ! À une autre, alors ? Je la connais ? demanda le roi, les yeux pétillants de curiosité.

– Si c'est ce que tu veux savoir... Eh ! bien, non, tu n'as jamais troussé les jupes de celle à qui je pensais !

– Bon, bon, je te la laisse. Comment me trouves-tu ?

– Comme toujours : moins beau que moi !

Il était inutile de confirmer à Mélénor qu'il était magnifique. Son coiffeur avait réussi l'exploit de dompter son incroyable chevelure. Un catogan du même pourpre que sa veste retenait la masse sombre qui reposait sagement sur sa nuque puissante. Sous le tissu soyeux de la veste, le roi portait une chemise de lin clair, sans jabot ni ruban. Le pantalon de cuir souple épousait sensuellement ses fesses et ses cuisses musclées et disparaissait, à partir des genoux, dans des bottes soigneusement astiquées.

Mélénor avait toujours refusé de porter les vêtements ridicules qui avaient la faveur des aristocrates du pays de Gohtes : chemise de soie à manches bouffantes portée sous une veste brodée, pantalon de velours, luxueux manteau garni de fourrure et souliers tarabiscotés assortis de guêtres. Le roi détestait cet accoutrement, qu'il jugeait bon pour les vaniteux. Quelles que soient les circonstances, le jeune monarque optait d'emblée pour le confort ; l'apparente simplicité de ses tenues lui avait en partie gagné l'affection sincère de son peuple.

– Tu seras chanceux si tu trouves un père assez avare pour accepter toute ta fortune contre la main de la plus laide de ses filles, se moqua Alban en drapant une ample cape sur les épaules de son ami.

– Merci, tu me rassures. Allons-y ! jeta-t-il en se retournant vivement.

Les bras chargés d'écrins, Milirin stoppa le roi dans son élan.

– Majesté, vos parures !

Agacé, Mélénor répondit sèchement à son chancelier :

– Tu sais que je ne porte jamais de couronne. Mon père n'en portait pas non plus. Tiens-tu absolument à rendre cette journée exécrable ?

Devant l'air affligé du vieil homme, Mélénor eut honte. Il aimait bien embêter Milirin en faisant mine d'ignorer les traditions, mais il était trop fin politicien pour négliger l'importance des symboles de son autorité, surtout en ce jour et devant toute la noblesse rassemblée.

– Milirin ! Tu sais bien que je te taquine, vieux fou, reprit-il d'un ton plus doux.

– C'est que... Les traditions, Votre Altesse.

– Je sais, Milirin. Tu as raison. Mais, pour la couronne, c'est non. Je suis incapable de la faire tenir correctement sur ma tête. Elle se retrouve inévitablement de guingois, ce qui me donne l'air d'un bouffon.

Soulagé, Milirin fit apparaître un lourd collier serti de pierres précieuses. Cérémonieusement, il le présenta au roi. Ce dernier accepta d'un bref signe de tête, et le chancelier s'empressa de le lui passer autour du cou.

– Cette fois-ci, nous y allons.

Mélénor s'engagea dans les couloirs qui conduisaient à la plus grande salle du palais. Alban se hâtait derrière lui, suivi des officiers de la garde. Milirin trottinait auprès du roi en lui rappelant le déroulement de la journée.

– Les invités sont déjà placés selon leur rang et l'ancienneté de leur famille. Ils vous seront présentés à tour de rôle. Vous devrez désigner les huit jeunes filles qui dîneront avec vous, en compagnie de leur père, à la table d'honneur. Je demeurerai près de vous en tout temps.

– Comment devrai-je désigner les élues ?

– Vous me ferez ce signe de la main. Vous voyez ? Comme cela. Ensuite, je porterai un lys à la jeune fille. Il n'existe pas de protocole particulier quant au déroulement du banquet mais, à la fin de celui-ci, vous devrez avoir arrêté votre choix.

La voix teintée d'amertume, Mélénor répliqua :

– Quand je pense que mon père a dû se prêter à cette mascarade ! Désolé, Milirin, je sais que c'est la tradition, mais, dans mon cas, je trouve la situation plutôt navrante.

– Je regrette sincèrement, Votre Altesse. Évidemment, tout le monde savait que le roi Dobfrey était amoureux de votre mère. Les invités ont simplement joué le jeu.

– Et ensuite ? soupira le roi, résigné.

Le chancelier se sentait tellement confus qu'il conclut platement :

– À la fin du repas, la demoiselle que vous inviterez à danser pour ouvrir le bal deviendra la reine.

Mélénor ne put réprimer une grimace. Milirin enchaîna rapidement :

– Après cette première danse, vous pourrez agir à votre guise. Toutefois, à l'heure où la deuxième lune pointe à l'horizon, vous vous présenterez, devant les convives, accompagné de la jeune fille. Celle-ci prononcera le serment selon le rituel et se retirera dans ses appartements. Vous ferez de même au lever de la troisième lune et, ensuite, vous serez libre...

– Libre ! cracha le roi, acerbe, sa voix résonnant contre les murs du couloir. Tu veux me faire rire ?

Il s'immobilisa devant le balcon qui surplombait l'immense salle des audiences. En bas, une rumeur bourdonnante s'échappait de la foule lasse de patienter. Mélénor sentait son cœur battre à tout rompre sous le collier qui lui parut soudain très lourd. Il pencha la tête pour observer ses mains nues, s'étonnant de les trouver si semblables à celles de son père, à l'exception de ses index, évidemment. Puis il se redressa et sourit à son chancelier.

– Milirin, mon peuple s'apprête à assister à la rencontre d'un roi et de son destin.

Le fils de Dobfrey prit une profonde inspiration, raidit les épaules et franchit le seuil plombé de lumière.

– II –

Lorsque Mélénor apparut sur le palier qui dominait ses sujets, un silence impressionnant tomba sur la foule qui, telle une gigantesque créature, s'inclina devant son roi. Leila se trouvait en plein cœur de l'assistance. Toujours inclinée aux côtés de son père, elle murmurait entre ses dents :

– Quelle honte ! Même les chevaux sont traités avec plus de respect. Et encore... devant tous ces horribles curieux ! Crois-tu qu'il va me demander d'ouvrir la bouche pour vérifier la santé de mes dents ?

Dans un mouvement parfaitement harmonisé, les convives se relevèrent. Le père de Leila se rapprocha discrètement de sa fille et lui saisit violemment le poignet. Il serra si fort que la jeune femme crut qu'il allait lui rompre les os.

– Ne t'avise surtout pas de m'humilier. Je me suis montré un peu trop complaisant avec toi. Je te préviens, ma fille : si, aujourd'hui, tu me causes le moindre souci, je te donne au plus vieux mendiant de la ville. En guise de dot, il ne recevra qu'un martinet et je lui donnerai l'ordre d'en faire usage jusqu'à qu'il ait vaincu ta forte tête.

Leila se contenta d'acquiescer en silence ; elle connaissait les limites de son père. Jamais il ne mettrait son projet à exécution, mais il savait se montrer intraitable. S'il se mettait en tête de la dompter, il lui rendrait la vie impossible. Firmin de Borg, le redoutable banquier, n'acceptait d'être contrarié par personne.

Elle n'eut d'autre choix que de le suivre et d'avancer avec le cortège de la présentation. Le reste de la foule reflua lentement vers les côtés de la salle. Pour faire bonne figure, elle releva fièrement le menton et observa le roi qui descendait l'escalier avec son escorte. Leila reçut un coup au cœur en voyant Mélénor.

Son père ne vit pas son trouble. À son tour, il grommelait :

– Damné protocole ! Si ces imbéciles de fonctionnaires pensaient moins à leurs traditions et plus aux finances du royaume, nous serions au premier rang du cortège. Ils auraient dû considérer le montant des dots plutôt que de favoriser les titres. Regarde-moi tous ces fainéants titrés qui nous précèdent. Qu'ont-ils fait pour mériter ce privilège ? Rien, ma fille... Rien du tout, à part venir au monde dans la bonne famille ! Ils se donnent du « Vor monseigneur » puis ils viennent pleurnicher sur mon épaule parce que leurs terres mal entretenues ne rapportent pas assez pour éponger leurs somptueuses dépenses. Cette ville mérite bien son nom : Döv Marez... la Cité des Mirages !

– Ce que tu dis est vrai, père, mais ne t'en fais pas, premiers ou derniers, je saurai bien attirer l'attention du roi.

Incrédule, Firmin dévisagea longuement sa fille.

– Voilà un revirement pour le moins radical, Leila. Qu'est-ce que tu manigances ?

– Rien, rien. Après tout, si je dois me marier, aussi bien que ce soit avec un roi.

– Je suis content de te voir entendre enfin raison.

Le banquier n'en demeura pas moins sur ses gardes. Autant se l'avouer, Leila avait toujours été sa préférée. Après tout, ce tempérament de feu, ne l'avait-elle pas hérité de lui ? Sa bonne humeur retrouvée, il se mit à évaluer les chances qu'ils avaient de dîner à la table du roi. Pouvait-il juger de l'apparence de sa fille en toute impartialité ?

Grande, forte et pleine d'énergie, Leila n'avait rien de la jeune fille éthérée et gracieuse que les romances à la mode louangeaient. Sans être d'une beauté renversante, ses traits mobiles et expressifs attiraient les regards. Quand elle riait, c'était aussi avec les yeux. Sa chevelure noire, épaisse et souple mettait en valeur son teint ambré et sa peau soyeuse. C'était, selon lui, un bilan plutôt favorable. Toutefois, maintenant qu'elle avait vingt-deux ans, il devenait pressant de la marier. « La fraîcheur des jeunes filles se fane vite », se répétait-il pour la énième fois. Le banquier se sentit soudainement très fier. Sa fortune, si difficilement acquise, lui permettait de mener un train de vie princier. Ses vêtements et ses bijoux indiquaient sans le moindre doute l'étendue de ses richesses, mais malgré tout cet or, il y avait une chose qu'il n'avait jamais pu acheter : le patronyme des nobles. Le banquier se rengorgea en pensant que, si Leila devenait reine, plus rien ne l'empêcherait de devenir Firmin *Vor* Borg.

Loin devant, Mélénor prenait place sur le trône. Sans autre préambule, Milirin procéda à la première présentation.

– Le duc Amar Vor Vicour et sa fille Ariel...

✧

Juste avant le début de l'appel, Mélénor avait fait signe à Alban.

– Va me chercher de la bière et veille à ce que mon verre ne soit jamais vide. Peut-être arriverai-je ainsi à me débarrasser de cette fichue migraine.

– Autre chose, Majesté ?

Mélénor tiqua mais fut bien incapable de protester. Alban connaissait les usages et, sauf dans l'intimité, il le traitait avec tout le respect dû à son rang.

– Ne devrions-nous pas avoir des troubadours ? s'étonna le roi.

– Ils seront bientôt là. L'intendant a aménagé pour eux une petite scène à votre droite.

Soucieux de ne pas accroître l'irritation du monarque, le vieux chancelier intervint :

– Préférez-vous que nous attendions les musiciens ?

– Non, Milirin. Plus vite nous commencerons, plus vite nous en aurons fini avec ce cirque.

Mélénor se cala du mieux qu'il put dans l'inconfortable siège. Milirin se plaça légèrement en retrait sur sa gauche.

– Le duc Amar Vor Vicour et sa fille Ariel...

✧

Leila avait perdu sa belle assurance.

– Le marquis Roich Vor Harnbe et sa fille Uginie...

Elle se trouvait encore loin derrière et, déjà, quatre jeunes filles avaient été retenues. Jamais elle n'avait désiré quelque chose avec autant d'ardeur qu'un de ces lys. Son indignation avait complètement disparu. Elle voulait être reine. Elle voulait cet homme si désirable.

Une douce musique accompagnée de chants d'amour enflamma son imagination. Sa chair frissonnait à la seule pensée des bras de Mélénor. Sans peine, elle se voyait emprisonner les reins du jeune roi entre ses cuisses puissantes. Il y avait longtemps que Leila n'était plus pucelle, mais jamais encore elle n'avait fait l'amour avec un Longs-Doigts. C'est ainsi que le peuple du pays de Gohtes désignait les elfes-sphinx.

À présent, Leila se rappelait les événements qui l'avaient mise en présence du prince. Son amant de l'époque l'avait provoquée en affirmant qu'une bourgeoise comme elle n'oserait jamais le suivre dans une taverne du port. Piquée par le défi, Leila avait enfilé des vêtements du jeune homme puis avait camouflé ses cheveux sous un béret de matelot. Grâce à sa forte stature et à l'ambiance enfumée du tripot, elle était parvenue à passer inaperçue. Elle savourait sa bière et sa victoire lorsque deux jeunes gens s'étaient attablés auprès d'eux. Aujourd'hui, dans la grande salle illuminée, elle les reconnaissait sans l'ombre d'un doute ; il s'agissait du roi et de son chambellan.

Ce soir-là, les deux compères n'étaient pas très frais. Brandissant une énorme chope, Mélénor racontait quelque aventure de chasse quand l'attention de Leila s'était portée sur la main virile qui tenait le gobelet. Elle avait immédiatement remarqué que l'index était beaucoup plus long que le majeur : la marque des elfes-sphinx.

Malgré sa barbe longue et sa démarche chancelante, Leila avait trouvé ce jeune étranger terriblement séduisant. À dire vrai, elle avait été tellement fascinée par son voisin de table que son compagnon en avait pris ombrage ; il l'avait entraînée brusquement vers la sortie, ce qui avait déclenché l'hilarité des ivrognes et soulevé un flot de plaisanteries grossières sur les goûts douteux des marins en matière de sexe.

À la toute dernière minute, Leila s'était retournée. Le regard brûlant de Mélénor avait croisé le sien et elle avait su qu'il savait. Ce seul regard avait hanté les fantasmes de la jeune fille pendant de longues nuits. Plus tard, tandis qu'elle chevauchait son amant, elle avait imaginé les belles mains du Longs-Doigts caressant son corps enfiévré. Le plaisir l'avait terrassée au point de la laisser sans force.

– Le baron Igire Vor Albsur et sa fille Corinne...

Deux lys, il ne restait plus que deux lys. Prise de panique, Leila regarda la jeune baronne qui, devant elle, se préparait à faire sa révérence. Elle était vraiment trop jolie. Discrètement, Leila mit le pied sur l'ourlet de la robe qui s'étalait en corolle. Lorsque Corinne perdit l'équilibre, Leila se précipita, l'air secourable, afin de la soutenir. Elle en profita pour lui donner un violent coup de coude dans les côtes. Ne sachant pas ce qui lui arrivait, la pauvre baronne chercha à reprendre appui sur le bras de Leila. C'est à ce moment que – par quel hasard, on se le demande – les perles de la fille du banquier roulèrent bruyamment sur le plancher de marbre. Une danse frénétique envoya la jeune fille choir, toutes jupes retroussées, aux pieds de son père.

Lorsque, à défaut de sa dignité, la baronne eut recouvré ses esprits, Milirin poursuivit l'appel. Il n'était pas question de troubler la cérémonie pour une jeune écervelée qui ne savait pas se conduire en public.

Mélénor s'amusait ferme. C'est qu'elle avait un joli postérieur la jeune baronne. De plus, il n'était pas fâché d'assister à l'humiliation du baron Vor Albsur ; ce noble prétentieux affichait habituellement une attitude si arrogante. Il choisit de s'en remettre à Milirin. Après tout, le protocole, c'était l'affaire de son chancelier.

– Sire Firmin de Borg et sa fille Leila...

Le banquier et sa fille s'avancèrent et présentèrent leurs hommages. Si Leila avait trouvé le moyen d'attirer l'attention sur elle, il valait mieux maintenant jouer les modestes. Elle ne voulait toutefois pas paraître timide comme les fillettes qui l'avaient précédée ; elle suivit donc du regard le chancelier pendant qu'il prenait connaissance de l'acte d'engagement pour sa dot. Elle vit avec bonheur les yeux du vieux ministre s'arrondir devant l'importance de la somme. Alors seulement, elle fit face au roi. Pour la première fois, on sentait l'assemblée retenir son souffle.

– Vous me semblez bien vive, mademoiselle, dit le roi en souriant. Pour peu, on aurait pu croire que vous aviez... pressenti l'incident !

– Croyez-moi, Votre Altesse, j'en suis encore toute retournée. J'espère que le père de la baronne saura se montrer clément ; on est si inexpérimenté à cet âge.

En son for intérieur, Leila se félicita de sa subtilité ; elle venait de transformer en avantage le fait d'être un peu plus âgée que ses rivales.

– Ne vous ai-je pas déjà rencontrée ? s'enquit Mélénor, l'air soudainement songeur. Votre visage me semble familier.

Connaissant les mœurs légères du roi, Firmin sourcilla et voulut interroger sa fille du regard mais Leila fixait toujours Mélénor droit dans les yeux.

– Non, mon roi.

Les sourcils du jeune homme se froncèrent.

– En êtes-vous bien certaine ?

– Dans quelles circonstances cela aurait-il pu se produire, Votre Altesse ? Non, jamais je ne vous ai vu tel que je vous vois en ce jour. Aucune femme ne saurait vous oublier après avoir posé les yeux sur vous.

Leila s'inclina et s'abîma en prières désespérées. Il lui semblait que les murmures s'intensifiaient dans la salle. Était-elle allée trop loin ? Elle savait son audace à la limite des convenances. Dans sa position, elle voyait les poings serrés de son père. Du coup, sa détresse s'intensifia. La voix de Milirin lui parvint indistincte en raison du sang qui lui battait les tempes.

– Vous pouvez disposer.

Quand elle releva la tête, les mains du chancelier étaient juste sous son nez. Un lys y reposait nonchalamment.

✧

Mélénor fit signe au vieil homme de s'approcher.

– Le protocole m'autorise-t-il à prendre une pause... vous savez... la bière ?

– Mille excuses, Votre Altesse. Avec toute cette agitation, j'ai dû laisser passer l'heure.

Le chancelier se retourna vers la foule.

– Notre souverain va se retirer quelques instants. Célébrez, mes amis, car aujourd'hui est un grand jour.

Il frappa deux fois dans ses mains, faisant aussitôt surgir une armée de laquais qui portaient des plateaux remplis de victuailles. Des attroupements se formèrent autour des tables où l'on servait bière et hydromel. Chacun mesurait tout à coup le degré de la tension accumulée depuis le début de la cérémonie. Fébrilement, on se mit à échanger des impressions et à commenter le déroulement des événements.

Leila fixait l'endroit où se tenait le roi quelques instants plus tôt. Elle n'arrivait pas à sortir de son état de stupeur. Son père, le visage rouge et le front en sueur, lui parlait avec véhémence. Était-il en colère ou seulement en proie à une extrême excitation ?

– J'ai un lys, papa, j'ai un lys ! souffla-t-elle, le cœur cognant sourdement dans sa poitrine.

– Je me demande comment je vais faire pour survivre à cette journée. Que les dieux me préservent ! Hé toi ! Oui, oui, toi, avec le plateau... Apporte-moi vite une grande chope de bière. Je pense que je vais défaillir !

✧

Quelque part, au cœur du château, Mélénor et Alban se reposaient dans une pièce qui leur paraissait délicieusement calme. Alban semblait soulagé.

– Il n'en reste plus qu'une à choisir ; ce sera bientôt fini. Je commence à avoir drôlement faim. Pas toi ?

– Mmmm...

Visiblement, Mélénor avait la tête ailleurs.

– Elles sont toutes très jolies, tu ne trouves pas ? demanda-t-il, l'air rêveur.

Alban donna une grande claque dans le dos de son ami.

– Je te reconnais bien là. Oui, elles sont très jolies. Dommage que tu ne puisses pas les épouser toutes.

– Bah ! Crois-tu que la tradition m'autorise à honorer toutes ces charmantes demoiselles ?

– Vantard !

– Jaloux ! se moqua Mélénor.

– De toute manière, je pense que ce ne serait pas une bonne entrée en matière pour ta vie conjugale.

– L'infidélité ?

– Non..., l'invalidité... Tu t'imagines arriver épuisé dans le lit de la reine ?

Le roi sourit en imaginant la scène.

– Triste départ !

– Cela ne serait pas très...

Mélénor mit sa main devant son sexe, imitant un membre flasque. En riant, il enchaîna :

– ...courtois !

✧

Lorsque les deux amis revinrent vers la salle, ils s'étonnèrent de ne pas entendre les échos bruyants d'une foule déjà légèrement ivre. Mélénor retint Alban. C'était vraiment trop insolite. Il se dissimula derrière une lourde draperie et jeta un coup d'œil. Le spectacle était surprenant ; l'assemblée écoutait attentivement une petite troupe de musiciens installée sur la scène. De nombreuses femmes trituraient leurs mouchoirs, séchant furtivement une larme d'émotion.

La mélodie était belle et les accords harmonieux, mais ce qui captivait ainsi la foule, c'était la voix de soprano de la jeune soliste. Les yeux fermés, emportée par sa complainte, la jeune fille s'accompagnait à la lyre. Alban s'approcha à son tour. Quand il la vit, il en demeura bouche bée. À ses côtés, Mélénor trépignait.

– Alban, qui est cette jeune femme ?

– Je l'ignore.

– Débrouille-toi pour le savoir. Je veux qu'on m'explique pourquoi elle ne figure pas dans le cortège. Je t'attendrai ici. Et reviens avec Milirin.

Alban se faufila habilement dans l'assistance et Mélénor le perdit de vue. Sur la scène, on aurait dit que la lumière était entièrement absorbée par la soie blanche de la robe toute simple de la musicienne. Les manches courtes révélaient des bras ronds et pâles comme de la crème. Le corps de la jeune fille se mouvait gracieusement au rythme de la musique, découvrant parfois un pied menu, chaussé d'une fine sandale dorée. Sous les seins lourds, une ceinture étroite mettait en valeur la taille délicate. Encadré par des cheveux fins et cendrés, le visage affichait une candeur que la sensualité de la bouche semblait contredire.

La romance s'éteignit doucement et, au terme d'un silence qui tenait presque du recueillement, les applaudissements retentirent. Mélénor fut à nouveau ébranlé lorsque la jeune artiste ouvrit les yeux ; de façon incongrue, la douceur du regard bleu azur rivalisait avec des éclairs de détermination et de fierté.

Alban se précipitait vers lui, à bout de souffle.

– Isadora, elle s'appelle Isadora. Elle ne fait pas partie du cortège parce qu'elle est orpheline. Son tuteur est un brave artisan, mais la petite n'a pas de dot.

Mélénor éprouva un élan de tendresse pour son ami qui lui était si dévoué. Milirin accourait à son tour, visiblement inquiet. Mélénor l'interrogea sans attendre :

– Peut-on inclure cette femme dans le cortège ?

– Ce serait certes un précédent. Mais laissez-moi réfléchir. Le rang est attribué au hasard pour ceux qui n'appartiennent ni à la noblesse, ni à la riche bourgeoisie. Je ne vois donc aucun problème à ajouter ces gens à condition, toutefois, que ce soit à la fin du cortège.

– Qu'il en soit ainsi ! ordonna le roi.

– Votre Majesté, si vous destinez le huitième lys à cette jeune femme, vous devrez quand même accepter les présentations du reste du cortège !

– Puisqu'il le faut, nous le ferons. Eh ! bien, nos estomacs devront attendre, Alban.

✧

Il ne fallut pas longtemps à l'assistance pour concevoir des doutes. Mélénor congédiait un peu trop rapidement les candidates. Il y eut bien quelques protestations mais, en vérité, on ne s'attendait guère à ce que le roi choisisse la future reine au sein du peuple. Les plus charitables murmuraient que, par respect, le roi recevait toutes celles qui s'étaient déplacées.

La rumeur s'amplifia lorsque Isadora, droite et fière, vint s'ajouter à la procession. Aucun doute ne pouvait désormais subsister : le dernier lys attendait la jeune musicienne. L'enthousiasme et l'assentiment de la foule devinrent unanimes.

– Guilly de Teut, tisserand, et sa nièce Isadora..., annonça le chancelier.

La révérence d'Isadora n'avait rien à envier à celles des jeunes aristocrates ; la simplicité de sa tenue n'encombrait pas ses gestes, si bien qu'il émanait d'elle une grâce et une souplesse naturelles. Pour sa part, son tuteur semblait en plein désarroi ; la lyre de sa nièce paraissait aussi déplacée entre ses mains qu'un furoncle sur le bout du nez. Des murmures couraient dans la foule, car le moment était venu de déposer l'acte d'engagement de la dot. Le chancelier n'était pas homme à se laisser démonter, pas même par une situation aussi inhabituelle. Sans se départir de sa prestance de haut fonctionnaire, il s'approcha du tisserand et lui prit la lyre de la jeune fille. Il revint à sa place d'un pas résolu et déposa l'instrument sur la pile de parchemins qui engageaient des sommes colossales.

Mélénor s'adressa à l'homme sans parvenir à quitter la jeune femme des yeux.

– Votre nièce possède un grand talent, messire.

– Ma sœur et moi ne sommes pas très riches mais nous avons investi presque tous nos avoirs dans l'éducation d'Isadora. Le couvent en a fait une vraie demoiselle.

– Je n'en doute pas.

– Votre Excellence... euh ! Serait-il possible que je vous parle... euh...

Le pauvre homme cherchait visiblement ses mots. Jamais, auparavant, il ne s'était adressé à un roi.

– ...privément ?

Le monarque le regarda enfin.

– Approchez.

En signe d'encouragement, Mélénor agita gentiment la main. L'air particulièrement embarrassé, le vieil homme tordait son bonnet d'artisan. Il parlait si bas que Mélénor avait du mal à l'entendre.

– Je considère Isadora comme ma fille ; cependant, je ne peux vous cacher les choses que je sais à son sujet. La petite ne s'est jamais vraiment remise de la mort de ses parents. Son cœur ne s'est pas développé normalement et...

Mélénor l'interrompit avec une impatience qu'il regretta aussitôt.

– Est-ce tout ?

– Cela me semble bien suffisant, mais qui suis-je pour en juger ? Un homme modeste et sans instruction, voilà ce que je suis. Pardonnez-moi de vous avoir importuné.

Le souverain lui sourit pour le rassurer.

– Vous ne m'avez pas importuné. Dites à votre protégée qu'elle récupérera sa lyre.

À tout hasard et au risque de trébucher, le tisserand se retira en reculant ; il lui semblait fort inconvenant de tourner le dos au roi du pays de Gohtes. Mélénor esquissa le geste convenu et Milirin déposa le dernier lys dans les mains d'Isadora.

✧

Tandis que le peuple envahissait joyeusement les parcs aménagés pour le banquet et la danse, la noblesse et la haute bourgeoisie de Gohtes visitaient les jardins privés du roi. Pour ces privilégiés, la fête devait se poursuivre dans les salons du château. Rivalisant d'éloquence et d'hypocrisie, nobles et bourgeois se saluaient bien bas et commentaient avec force qualificatifs la cérémonie des présentations. Au cœur de cette foule agitée, les jeunes filles élues tentaient, tant bien que mal, de recouvrer leur calme. Mélénor pénétra dans une salle où l'attendaient ses principaux conseillers.

Fidèle à lui-même, Milirin s'affairait. À la droite du chancelier, le duc Muald Vor Arbour, ministre du Protocole, se mouchait bruyamment et s'excusait pour recommencer aussitôt.

En face du duc était assise une elfe-sphinx que Mélénor estimait beaucoup. Elle semblait perdue dans une douce méditation. Cassandra avait accepté de devenir sa ministre des Finances parce que, disait-elle, « on finit par s'ennuyer quand on vit des centaines d'années ». Mélénor ignorait si sa compétence reposait sur son grand âge ou sur des dons particuliers. Les gens de leur race faisaient souvent preuve de talents exceptionnels. La belle dame avait été la confidente de Carmine et Mélénor se plaisait à croire que, si elle persévérait dans ses fonctions, c'était par affection pour lui, du moins un peu.

À côté d'elle, le général Vimon Vor Garet prenait la pose. En toute circonstance, même sur sa monture, le général des armées de Gohtes restait rigide et solennel. Mélénor ne pouvait s'empêcher de l'imaginer dans cette posture guindée, assis sur son pot de chambre.

Son principal stratège politique, le ministre du Protocole, fut le premier à prendre la parole.

– Mon roi, vous avez accompli un véritable exploit. Vous ne pouviez mieux choisir. Vous avez favorisé la noblesse ; elle n'a donc rien à redire. Vous avez flatté le banquier le plus riche du pays en même temps que la haute bourgeoisie. Vous avez conquis le peuple en remarquant l'émouvante orpheline. Mon seigneur, rien ne me déplairait plus que d'offenser la mémoire de votre père mais, dans les mêmes circonstances, le grand roi Dobfrey ne s'est pas montré aussi fin diplomate.

Courroucé, Mélénor brandit un index accusateur sous le nez du ministre.

– Considérez-vous comme un tort que mon père ait démontré avec simplicité son attachement pour la femme qu'il aimait ? En ce cas, mon cher ministre, c'est la mémoire de ma mère que vous offensez !

La ministre des Finances ne put retenir un sourire devant la rebuffade que venait d'essuyer son collègue.

Cassandra se rappelait fort bien la cérémonie qui avait conduit Carmine sur le trône du pays de Gohtes. En tant que petite-fille du magicien Hμrtö, Carmine tenait la première place dans le cortège, juste devant la noblesse. Sans hésitation, le roi lui avait lui-même offert le premier lys. Puis, ne leur ayant pas même consenti un regard, Dobfrey avait accordé les lys restants aux sept jeunes filles suivantes. Jamais pareille cérémonie ne s'était conclue si rapidement.

Craignant que le duc Vor Arbour ne les assomme avec ses interminables excuses, Cassandra s'interposa. Sa voix se voulait à la fois apaisante et tendre.

– Allons, Mélénor, vous savez bien que personne n'oserait insulter votre mère. Par ailleurs, je suis d'accord avec le duc ; d'un point de vue diplomatique, vous avez habilement manœuvré.

Cette intervention suffit à calmer le roi ; toutefois, il demeurait visiblement soucieux.

– Peut-être bien, mais vous semblez oublier le plus important : je ne peux pas les épouser toutes. Quand je fixerai mon choix, il y aura des mécontents.

– Croyez-en mon expérience, Mélénor, j'ai assisté à nombre de ces célébrations et, quelle que soit votre décision, ces gens se sentiront honorés de votre considération.

– Et les jeunes filles ? s'inquiéta le roi.

– Être demoiselle d'honneur lors d'un mariage royal demeure un très grand privilège. Pensez-y, mon prince, la tâche d'une reine est aussi exigeante que celle d'un roi. Peut-être certaines d'entre elles se sentiront-elles soulagées d'éviter un tel fardeau.

Elle faillit ajouter : « Car avez-vous jamais vu un noble travailler de bon gré ? » Elle se retint de justesse, sauvée par les reniflements du duc Vor Arbour. Elle avait beau être sage, il lui arrivait d'oublier que les humains disposaient de bien peu de temps pour tenter de devenir meilleurs.

– Vous avez là un bon point, Cassandra, finit par admettre le roi.

– Autre chose, Mélénor. Au risque de vous offenser...

Le jeune homme se prit comiquement la tête entre les mains et se mit à gémir :

– Encore ? Mais qu'ai-je fait au ciel pour mériter de pareils conseillers !

Puis, plus sérieusement, il ajouta :

– Poursuivez, madame, j'ai grande confiance en votre jugement.

À sa réaction, le général comprit que cette remarque avait vexé le duc.

– Vous êtes bel homme, mais connaissez-vous le cœur des femmes ? demanda Cassandra.

L'expression de Mélénor trahissait maintenant une totale incompréhension. La ministre poursuivit :

– Une jeune fille malheureuse, le souvenir de son amoureux abandonné et les doutes qui ne vous quitteront jamais, n'est-ce pas suffisant pour refroidir les draps d'un lit conjugal ?

Accoudé sur la table, Mélénor joignit les mains devant sa bouche. Les pouces sous son menton, il appuya ses longs index sur les arêtes de son nez fin et volontaire. Inconsciemment, il massait un point apparemment sensible entre ses sourcils. Il demeura silencieux un bon moment.

– Général, qui devrais-je choisir, selon vous ? s'enquit-il enfin.

– Hors de tout doute, Majesté, une jeune fille de la noblesse. Cela respecterait la tradition, et n'oubliez pas que nous aurons besoin de l'appui des nobles dans notre prochaine campagne contre le pays de Bortka. De plus, cela vous laisse le choix entre plusieurs candidates.

– Et vous, monsieur le duc ? Je présume que vous êtes d'accord avec le général ?

– En effet, et pour les mêmes raisons.

Le roi pencha la tête vers son chancelier.

– Ton opinion, Milirin ?

– La fille du banquier. Son père serait un allié très puissant. Pensez à ce qu'il serait possible de faire avec l'argent de la dot. Nous pourrions même réaliser le grand rêve de votre mère et bâtir des écoles dans les campagnes.

Prévoyant les objections du général, il ajouta :

– Nous pourrions également améliorer nos équipements militaires.

– Et vous, Cassandra, qu'en pensez-vous ?

– Votre choix sera le bon. Cependant, gardez en mémoire que vous avez toutes les chances de survivre à votre épouse humaine. Cela prend beaucoup de courage pour accepter à l'avance de perdre ceux qui nous sont chers. Vous devriez le savoir mieux que quiconque.

Les grandes âmes prêtent souvent aux autres plus de cœur qu'ils n'en possèdent. Eh ! bien, non, jamais Mélénor n'avait réalisé le courage qu'il avait fallu à sa mère pour aimer et épouser un humain. Le destin, pourtant, avait floué les deux amants. La gravité de cette révélation lui apparaissait de façon brutale ; jamais il n'avait mesuré l'ampleur de cette tragédie. Mélénor sentit une vague de mélancolie lui étreindre le cœur ; sans s'en apercevoir, il dit tout haut :

– Mère, je t'en prie, veille sur moi.

Prenant tout à coup conscience que ses conseillers l'avaient entendu, il se ressaisit, honteux de cet instant de faiblesse, et conclut sèchement :

– Merci à vous tous. Je vous reverrai au dîner.

– III –

Afin d'accueillir les nombreux invités, l'intendant avait dû accomplir des miracles pour aménager correctement la salle des banquets ; il s'avouait assez satisfait du résultat.

La lumière des bougies faisait scintiller les couverts et donnait à l'immense pièce un caractère intime et chaleureux. Une fois encore, il vérifia le bon ordre de la table d'honneur. Cédant à la nervosité, il gronda un valet pour une serviette aux plis pourtant impeccables. Il était temps que les invités arrivent.

Les cartons se dressaient bien en évidence sur les couverts. Le sort avait favorisé le banquier et sa fille. Ils se trouveraient à la droite immédiate du roi. L'intendant sourit en pensant à la réaction du duc Vor Belaris quand il verrait sa fille Éloïse assise aux côtés de l'excentrique bourgeois. Le caractère hautain du duc allait être mis à rude épreuve, car juste devant lui, le hasard avait placé le tisserand inconnu.

Espérant se faire pardonner son injuste remontrance, il dit au valet qui le suivait :

– Tu sais ce qu'il y a de bien avec la noblesse ? Les voir se prendre au sérieux et se ridiculiser nous donne l'occasion de rire un bon coup. Tu surveilleras ce coq-là.

✧

Mélénor fit signe aux seize convives de se rasseoir. Puis il leva son verre et, du regard, fit le tour de la table. La soirée promettait d'être amusante.

Le duc Vor Belaris semblait déjà au bord de la crise de nerfs. Le marquis tournait franchement le dos au tisserand. Au bout de la table, un débat animé opposait le comte Vor Meyreci et le baron Vor Valeron. Ces deux-là se disputaient depuis toujours un fragment de terre mal défini dans les registres des cadastres. N'adressant la parole à personne, le banquier buvait verre après verre d'un excellent vin qui aurait pourtant mérité qu'on le déguste.

Sa voisine de gauche, la comtesse Ange Vor Pimon, écoutait attentivement son père Harle. Mélénor entendait distinctement les consignes qu'il lui dictait d'un ton autoritaire.

– Tu ne parles jamais au roi s'il ne t'adresse d'abord la parole. Tu dis « Votre Altesse » ou plus simplement « mon roi ». Tu ne le regardes pas dans les yeux. Tu ne jacasses pas ; tu parles lentement et d'une voix posée. Et puis, cesse de jouer avec tes rubans ! Tu veux qu'il pense que tu n'es qu'une gamine ?

Pris de pitié pour la jeune fille, Mélénor intervint :

– Je crois savoir, Harle, que vous possédez de magnifiques écuries ?

Le comte était si absorbé qu'il lui fallut quelques instants avant de comprendre que le roi l'interrogeait.

– Pardonnez-moi, Votre Altesse. En effet, je dois reconnaître que j'en suis très fier.

– Et vous, comtesse, vous arrive-t-il de monter à cheval ?

Ange leva vers Mélénor un visage empreint de panique. Elle était petite et des taches de rousseur s'étalaient sur son nez en trompette. « Quel âge peut-elle bien avoir ? » tenta-t-il de jauger. Il entendit à peine la réponse de la jeune fille.

– Cela m'arrive parfois..., mon roi, chuchota-t-elle en rougissant violemment.

Ennuyé, Mélénor comprit qu'il était inutile d'en attendre davantage ; Ange aurait préféré brûler sur un bûcher plutôt que d'essuyer une réprimande paternelle.

– Vous-même, mon seigneur, vous passez pour un cavalier émérite.

Reconnaissant, Mélénor tourna la tête en direction de la voix chaude et sensuelle de la fille du banquier. Il apprécia la diversion, car maintenir une conversation avec la comtesse Vor Pimon relevait du défi.

– J'ai eu un très bon maître.

– Qui donc, Majesté ? s'enhardit la fougueuse jeune femme.

– Ma mère, la reine Carmine.

Par-dessus son verre, le roi observa Leila de Borg. Elle portait une somptueuse robe de velours vert jade. Sous l'effet de la chaude lueur des bougies, ses yeux brillaient d'un éclat intense. Son profond décolleté avait quelque chose de terriblement provocant, et Mélénor ne se privait pas de le caresser d'un regard impertinent. Un collier de perles disparaissait mystérieusement entre les seins aux rondeurs satinées. La jeune femme se savait séduisante, et Mélénor se laissa volontiers charmer.

– Je suis heureux de constater que vous avez pu récupérer vos perles.

La voix tonitruante du banquier perça la bulle de trouble lascif dans laquelle le roi s'était complaisamment égaré.

– Ce ne sont pas les mêmes, Votre Altesse ; celles-ci sont bien plus grosses. Ma fille possède une multitude de bijoux de valeur. Je vous rappelle qu'ils font partie de sa dot.

– Je ne crois pas que vous me permettrez de l'oublier.

Mélénor entendit le comte Vor Pimon ricaner et il regretta que les convenances l'empêchent de l'imiter.

Entre-temps, un premier plat avait été servi. Le jeune monarque nota que le tisserand attendait de voir quels couverts ses voisins utilisaient avant de manipuler les siens. Il n'avait pas touché à son verre et manquait manifestement d'appétit. À ses côtés, Isadora agissait avec naturel et ses manières témoignaient d'un grand raffinement. Cela rendait d'autant plus étrange le fait qu'elle ne prêtât pas main-forte au pauvre homme. En vérité, pas une seule fois Mélénor n'avait vu Isadora parler à son oncle.

Contrairement aux autres jeunes filles, la soprano n'avait pas changé de tenue. La duchesse Éloïse n'allait certes pas laisser passer pareille occasion. Elle dit à son père, assez fort pour que tous entendent, mais pas trop pour qu'on ne puisse taxer son geste d'intentionnel :

– Ma foi, on dirait qu'elle a oublié de passer une robe avant de sortir. Ne trouvez-vous pas que cette... chose ressemble davantage à une chemise ?

– Qu'attendre d'autre d'une artiste ? persifla le duc. Orpheline de surcroît... Seuls les dieux savent de quelles tares elle a hérité.

– Et quelle prétention ! s'enflamma Éloïse, soutenue par son père. Elle agit comme s'il était tout naturel qu'elle se trouve à la même table que nous. Je brûle de la remettre à sa place.

L'attitude du duc n'étonnait pas Mélénor outre mesure ; il connaissait son caractère méprisant. Par contre, la duchesse le décevait. Elle était d'une étonnante beauté et il avait pris plaisir à échanger quelques mots avec elle lors de la présentation. Il l'avait trouvée intelligente et subtile, faisant preuve d'un esprit fin et amusant. Aussi fin que le vernis qui masquait sa véritable personnalité et aussi amusant qu'un chat occupé à tyranniser une souris. Avant de poursuivre, la duchesse observa une pause délibérée afin de s'assurer qu'elle avait capté l'attention des autres convives. Sa voix, hautaine et assurée, résonna dans le silence malveillant.

– Très chère, dans votre condition, votre pragmatisme et votre sens de l'économie vous honorent. Le blanc est la couleur qui se prête le mieux à toutes les occasions. Mais dites-moi, une tunique aussi légère..., ce ne doit pas tenir très chaud en hiver ?

Les discussions avaient peu à peu cessé dès la première remarque de la duchesse. Beaucoup se moquaient déjà, trop heureux d'entendre Éloïse exprimer leur propre acrimonie. Isadora darda un regard noir sur Éloïse puis elle lui sourit en penchant légèrement la tête.

– Cela dépend de ce qu'on porte par-dessus. Avez-vous essayé l'hermine ?

La duchesse ouvrit la bouche mais resta sans voix. Faussement contrite, Isadora porta le bout de ses doigts à ses lèvres et secoua tristement la tête.

– Oh ! Je suis vraiment désolée, duchesse ! À voir votre ignorance en la matière, je devine que votre père ne vous a pas encore offert vos premières fourrures. Je comprends maintenant beaucoup mieux l'aigreur de vos propos.

Le duc faillit s'étouffer avec la bouchée de pain qu'il mastiquait. Pour sa part, le banquier s'amusait franchement et, en son for intérieur, il saluait l'audace de l'orpheline. À titre de principal créancier du duc, Firmin de Borg savait mieux que quiconque dans quel piteux état se trouvaient les finances de ce prétentieux. Le duc jouait ; il jouait gros et il perdait souvent.

Cramoisie, Éloïse voulut se lever mais son père la retint. Il n'allait pas la laisser commettre pareille faute de savoir-vivre à la table du roi ; sa honte était déjà bien assez grande. Pour dissiper leur trouble, les invités optèrent pour un repli prudent et ils retournèrent à leurs conversations.

Mélénor avait du mal à dissimuler le plaisir que lui procurait ce brusque revirement. « Un à zéro pour la nièce du tisserand », se dit-il *in petto*. Il se demandait si c'était là le genre de disciplines qu'on enseignait aux jeunes filles dans les abbayes. « Eh ! bien, elle ne manque pas de cran, notre délicieuse couventine », se réjouit-il.

Le marquis Ferdinand Vor Listel venait de lancer une verte réplique au vicomte Ambroz Vor Carthar, et un débat musclé promettait de s'ensuivre. Cela attira l'attention de

Mélénor sur la jeune marquise Vor Listel. Elle n'avait pas quitté des yeux son assiette, pas même pour s'intéresser aux propos mesquins de la duchesse. Si elle n'avait pas été si joliment dodue, le roi aurait pu croire qu'elle n'avait pas mangé depuis des jours. Ce qui lui donna une idée.

Milirin prenait place à la table voisine, où les mamans des jeunes filles dînaient en compagnie des hauts dignitaires de l'État. Mélénor fit signe à son chancelier de s'approcher.

– J'aimerais que tu me présentes ces dames.

– Bien sûr, Votre Altesse.

Le roi se leva et s'excusa auprès de ses hôtes. Un sourire énigmatique flottait sur ses lèvres.

– Milirin, as-tu déjà remarqué que les filles, en vieillissant, ressemblent souvent à leur mère ?

Le chancelier sourit à son tour.

– Je vois où vous voulez en venir.

– Il existe certainement des exceptions mais...

– Puisque vous avez peu de temps, cette information en vaut bien d'autres, reconnut le vieil homme en hochant la tête.

Mélénor ne fut pas déçu de son initiative. Il salua d'abord la belle mais froide et amère duchesse Vor Belaris. Les plis qui se creusaient autour de sa bouche en disaient long sur l'expression hautaine qu'elle devait afficher devant les gens qu'elle jugeait en dessous de son rang.

La femme du banquier se révéla charmante. Peut-être même un peu trop, car en dépit de l'intérêt de sa conversation, son voisin, le général Vor Garet, avait du mal à détacher son regard de la poitrine généreuse de la riche bourgeoise.

À son grand regret, le jeune homme ne put tirer aucune conclusion de sa rencontre avec Volda, la tante d'Isadora. Cette femme sans grâce lui parut prématurément vieillie. Il se dégageait d'elle une impression de profonde tristesse et, tout comme son frère, elle semblait dépassée par les événements.

La marquise Vor Listel confirma l'intuition de Mélénor. Son corps informe débordait de sa chaise ; elle suait abondamment et sa peau luisait, comme si on l'avait enduite de suif. Quand elle bougeait, ses chairs molles et ses innombrables mentons tremblotaient de façon indécente. Son sourire révéla des dents gâtées par l'abus de sucreries.

Le séduisant monarque imaginait sans peine l'horreur qu'il venait d'éviter ; il se voyait marié à la jeune marquise qui, d'adorablement ronde, devenait progressivement empâtée, à un point tel qu'elle devait marcher les pieds écartés à cause de la masse énorme de ses cuisses. Mélénor n'avait rien contre les femmes pulpeuses ; celles qu'il avait connues s'étaient souvent montrées d'une sensualité irrésistible et d'une générosité débordante. Ce qui le dérangeait, c'était l'obsession de la nourriture qu'il devinait chez la marquise, obsession bien différente de cette jouissive tendance à la gourmandise qui rend si désirables les femmes bien en chair. L'idée de vivre auprès d'une épouse insatiable faisait naître chez Mélénor un fort sentiment de répulsion.

La voix de Milirin le ramena à la réalité. Il lui présentait la dernière maman.

– La baronne Vor Valeron.

– Recevez mes respects, Votre Altesse, dit celle-ci en s'inclinant gracieusement.

C'est en admirant l'éblouissante aristocrate que Mélénor se rendit compte qu'il avait tout juste entrevu sa fille, Beatrix. Il survola la table d'honneur d'un œil rapide et comprit aussitôt pourquoi : la jeune baronne semblait se cacher derrière l'énorme marquis Vor Listel. Quand Beatrix remarqua enfin que le roi l'observait, elle devint si rouge qu'il la crut sur le point d'éclater en sanglots.

– Milirin, tu m'as bien dit qu'il n'y avait aucun protocole particulier à respecter au cours du dîner ?

– En effet.

– Donc, rien ne s'oppose à ce que je parle en privé avec une des prétendantes ? raisonna le roi.

– Rien du tout, mais si vous agissez ainsi, vous risquez de provoquer tout un émoi.

Le ton singulier du chancelier surprit Mélénor.

– Que se passe-t-il, Milirin ?

– Vous n'avez pas remarqué ? Les paris ? Même le duc a parié sur sa fille. La bêtise et la bassesse humaines ne cesseront jamais de m'étonner, siffla le conseiller, dégoûté. Cela étant dit, Majesté, si vous vous entretenez en privé avec une des jeunes filles, vous allez susciter la..., comment dire..., surenchère. Veuillez excuser mon emportement mais... je suis outré.

– Crois-moi, Milirin, je partage ton indignation. Malgré tout, je dois parler à Beatrix Vor Valeron. Va me la chercher.

Sur ce, Mélénor prit congé des dames et chercha un coin discret. Beatrix le rejoignit bientôt.

– Laisse-nous, Milirin. Je reconduirai moi-même la baronne à notre table.

Les magnifiques cheveux roux foncé de Beatrix cachaient en partie son visage. D'une main nerveuse, elle caressait un petit pendentif sans grande valeur.

– Vous semblez beaucoup tenir à ce bijou, baronne Vor Valeron.

– Il m'est, en effet, très cher.

– C'est un jeune homme qui vous l'a offert ?

Beatrix dévisagea Mélénor. Elle était littéralement adorable. Mélénor la savait également cultivée et brillante. « Dommage », se dit-il, troublé par tant de grâce.

– C'est un gage, n'est-ce pas ? insista-t-il.

La jeune fille approuva d'un simple hochement de tête.

– N'ayez crainte, je comprends ce que vous ressentez. De qui s'agit-il ?

La baronne reprenait lentement son aplomb. Elle rougit légèrement mais prononça le nom du garçon d'un ton assuré. Mélénor suivit le regard énamouré de Beatrix et découvrit un jeune homme mince et blond à l'air terriblement malheureux.

– Il s'agit de l'aîné du marquis Vor Harnbe, Phippe.

– Et vous l'aimez ?

Beatrix semblait stupéfiée. Jamais elle n'aurait pensé avoir un jour un entretien pareil avec son souverain. Elle choisit toutefois de lui parler sans détour.

– Plus que tout au monde ! s'exclama-t-elle dans un élan passionné.

– Vous le rend-il ?

– Je le crois sincère.

Mélénor réfléchit un moment. Milirin avait vu juste ; son aparté avec la baronne causait une intense fébrilité parmi les convives. Nombre d'entre eux devaient commencer à s'inquiéter pour leur bourse.

– Beatrix, écoutez-moi. Je vous ordonne d'écrire le nom de Phippe Vor Harnbe sur votre carnet de bal... pour la première danse. Nous nous comprenons bien ?

La mine éblouissante de la jeune fille ne laissait planer aucun doute. Le roi fut amusé de voir les remous que provoquait cette réaction d'intense bonheur. Phippe Vor Harnbe semblait atterré. Et d'aucuns pleuraient des larmes de sang sur les sommes rondelettes qu'ils avaient pariées.

– Je ne peux vous expliquer mes motivations, mais j'aimerais régler leur compte à certains filous. Je vais vous ramener à votre place. Je veux vous voir sourire, vous amuser et pétiller. De tout votre cœur, pensez à votre amoureux mais ne le regardez pas.

– Il souffrira énormément, s'objecta Beatrix

– Madame, votre bonté vous honore. Oui, il souffrira encore quelques heures, mais de vous à moi, c'est bien peu pour vous mériter. Cela vous rendra encore plus chère à ses yeux.

– Je ferai selon votre désir, mon roi, se rendit-elle.

– Très bien. Êtes-vous prête, Beatrix ?

– Oui, affirma-t-elle, résolue.

Mélénor lui tendit son bras. La jeune fille avait le rayonnement propre à tous les amoureux. Le roi lui sourit, observant à la dérobée les réactions désenchantées des parieurs.

Lorsque Beatrix se fut assise, Mélénor se pencha pour lui murmurer à l'oreille :

– Je serai très heureux d'assister à votre mariage.

L'émotion de la foule atteignit son paroxysme devant l'expression de gratitude qui se peignit sur les traits de Beatrix.

✧

De retour à sa place, Mélénor constata qu'il ne lui restait plus beaucoup de temps. Ses invités étaient ébranlés et nerveux, surtout le duc Vor Belaris. Au bout de quelques minutes, pourtant, les conversations redevinrent animées. Quelques bribes échappaient au bruit ambiant et parvenaient au roi.

– Nous devons absolument écraser ces vauriens de Bortka. Nous n'allons pas les laisser s'emparer de nos terres sans protester.

– Mes serfs m'ont rapporté que de violentes échauffourées se produisent souvent aux abords des frontières.

– Pas étonnant... Ils ont toujours été impertinents, ces rats de Bortka. Tout comme leur roi, d'ailleurs.

– Impertinents peut-être, mais surtout très dangereux. Plusieurs voyageurs affirment que le roi Trevör entraîne actuellement une armée d'élite. Si nous n'agissons pas rapidement, ses soldats vont s'abattre sur nous avant même que nous disions « ouf ».

Le gros marquis Vor Listel réclama la parole.

– Le seul moyen de les briser une fois pour toutes consisterait à s'allier avec le pays de Môjar, ou encore avec les souverains de Yzsar, et de déclarer la guerre à la moindre provocation.

Saisissant l'occasion de se faire valoir, Firmin de Borg intervint.

– Alliance ou pas, il faudra beaucoup d'argent pour supporter une campagne efficace. Qu'en pensez-vous, Votre Altesse ?

Conscient que le banquier tentait de le piéger, le roi répondit froidement :

– Tout l'or du monde ne suffirait pas à acheter une alliance avec le peuple du Môjar.

– Mais si..., tenta de protester le riche bourgeois.

– La supériorité économique et militaire de ce pays est incontestable, le coupa Mélénor. Le roi Sol'Maglian ne gagnerait rien à s'engager dans des conflits qui ne le concernent pas. Je compte plutôt sur ma prochaine rencontre avec le roi Verlon.

Aucune jeune fille n'avait encore participé au débat, aussi les convives furent-ils étonnés lorsque Isadora lança calmement :

– Sauf votre respect, Majesté, Verlon Kom Yzsar est un félon. Oubliez-vous qu'il a usurpé son trône en faisant assassiner son frère ?

Mélénor parut impressionné par cette intervention, ce qui n'échappa à personne. Isadora avait, de façon très pertinente, utilisé le « Kom » devant le patronyme du roi Verlon. Cette subtilité témoignait de la culture parfaite de la jeune fille. La particule « Kom » était, au pays de Yzsar, l'équivalent du « Vor » qui désignait les nobles de Gohtes. Leila se mordait furieusement l'intérieur de la joue. Elle n'avait jamais été studieuse ni curieuse des affaires politiques. Maintenant, elle le regrettait amèrement.

Malgré la véracité des propos d'Isadora, le monarque ne prisait guère la pointe d'insolence qui perçait dans sa question.

– Je n'oublie rien, madame, rétorqua-t-il. Mais dites-moi, dois-je comprendre que vous espérez me voir renoncer à une alliance qui nous assurerait la victoire ?

Isadora soutint sans ciller le regard grave de son souverain.

– Certainement pas, mon roi. Si la guerre devient inévitable, je suis convaincue que votre principale préoccupation consistera à assurer la sécurité de vos sujets. Je cherchais seulement à vous rappeler que vous ne vous méfierez jamais assez de ce traître, conclut-elle effrontément.

– Vos observations sont justes. Croyez bien que je les prends en considération.

Intérieurement, Mélénor admirait la hardiesse de la jeune fille. Des yeux, il fit le tour de la table.

– Mais voilà des propos bien sombres pour une soirée de réjouissances. Si nous abordions un autre sujet qui me préoccupe beaucoup ?

Ce disant, il avisa la jeune Veronie Vor Carthar.

– Vicomtesse, votre région est passablement éloignée du palais et...

– Peut-être bien. Je n'ai jamais été douée pour la géographie, minauda-t-elle.

Attribuant la bêtise de cette réponse à la nervosité, Mélénor poursuivit :

– Combien avez-vous d'écoles pour les paysans ?

– Franchement, je l'ignore. À vrai dire, cela ne m'intéresse pas du tout. Mon précepteur était un âne ; il souhaitait que j'apprenne un tas de choses inutiles. Je suis heureuse d'être maintenant trop âgée pour ces stupidités.

Mélénor se demandait comment il était possible d'être aussi niais. « La consanguinité des terres reculées peut-être ! » supputa-t-il. Dépité, il s'adressa à tous.

– Je désire me renseigner sur la situation des écoles de campagne. Les enfants reçoivent-ils assez d'instruction ? Y ont-ils seulement accès ?

Toujours courroucée, Éloïse Vor Belaris prit ses voisins à témoin.

– Les paysans n'ont pas besoin d'instruction. Dès qu'ils s'estiment savants, ils deviennent impertinents. Ils se mettent à critiquer nos décisions et à revendiquer à propos de tout et de rien. Je comprends mal votre préoccupation, mon roi. Chacun devrait connaître sa place et apprendre à s'y tenir.

Sans même voiler son animosité, elle foudroya du regard la nièce du tisserand. L'ignorant complètement, Isadora prit la parole.

– Votre Altesse, j'enseigne la musique et le théâtre dans plusieurs petites écoles et je peux vous assurer que les besoins sont grands...

À l'autre bout de la table, Anna Vor Meyreci paraissait scandalisée. Depuis le début du dîner, la comtesse n'avait pas cessé de jacasser, pérorant sur les sujets les plus superficiels et les ragots les plus croustillants. De sa voix criarde, elle donnait son opinion sur tout, même quand elle n'y entendait rien. Cette fois, le timbre de sa voix frisait l'hystérie.

– Vous voulez dire que vous... travaillez ?

– Le plus souvent possible. Les enfants, même les plus vieux...

– En tant que femme de qualité, l'interrompit la comtesse en nasillant, je ne suis jamais debout avant le milieu de la journée. Le temps de m'en remettre à mes femmes de chambre pour ma toilette, je ne peux pas recevoir avant des heures. Je fais ce que me dicte mon rang ; en femme intelligente, je m'amuse, je fais la conversation et je me prélasse. Le travail n'est bon que pour les serviteurs ou les sots.

Puis, son visage se fendit d'un sourire suffisant, révélant des dents jaunies et mal plantées. Mélénor se souvint alors qu'elle s'était bien gardée de sourire au moment de la présentation. Il remarquait du même coup le roux trop voyant de ses cheveux ; le henné assurément.

Le roi fut distrait par les effluves d'un parfum capiteux. À ses côtés, Leila avait écouté la comtesse et, si ses propos l'avaient insultée, elle n'en laissait rien paraître. La présence de la jeune fille lui parut soudainement enivrante. Se rapprochant doucement, il murmura :

– Leila ?

– Oui, Votre Altesse ?

– Selon vous, pourquoi la comtesse agit-elle ainsi ?

– Je présume que les jeunes filles de la noblesse accordent à l'indolence valeur de majesté. Dans leur imagination, une reine n'existe que pour être adulée et servie. Ne dit-on pas « mener une vie de reine » ?

Bercé par la sensualité de sa voix, Mélénor écoutait attentivement Leila.

– Pensez-vous que la comtesse cherche à m'impressionner ? Cette exagération serait une façon maladroite de me démontrer son intérêt. La rumeur la prétend très amusante.

La fille du banquier marchait sur des œufs.

« Mauvaise tactique, Leila, se morigéna-t-elle. Veux-tu pousser cette jument dans les bras du roi ? »

Le cœur de la jeune fille battait si violemment qu'elle le crut prêt à sortir de sa poitrine.

– Votre Altesse, vous me mettez dans l'embarras. Je suis certaine que, depuis le début du banquet, vous évaluez chacun de nos gestes.

– Vous êtes une femme intelligente, sourit-il d'un air entendu.

Leila se sentit encouragée. Elle ne devait plus commettre d'erreur.

– Si je dis ce que je pense et que cela heurte une de ces demoiselles, vous m'estimerez capable de perfidie.

– Possible.

– Si je vous mens, me pardonnerez-vous ?

– Jamais ! Vous avez donc votre réponse. Parlez franchement.

Leila réfléchit quelques instants.

– Pour se rendre intéressantes, certaines personnes n'hésitent pas à médire. Je pense que c'est le cas de la comtesse. Elle se montre souvent indiscrète et adore ridiculiser les autres. Vous noterez que, lorsqu'elle rit, c'est de façon exagérée, surtout devant une méchanceté.

– Mais encore ?

– Puisque vous insistez, je ne mâcherai pas mes mots. À mes yeux, la comtesse Vor Meyreci est une idiote qui s'imagine plus maligne que tout le monde. Vous avez raison, elle cherche à vous impressionner. Elle considère réellement vous avoir démontré ses dispositions pour le règne.

Mélénor se fichait comme d'une guigne de la comtesse. À vrai dire, elle lui était rapidement devenue odieuse. En fait, il avait voulu mettre Leila à l'épreuve.

Il se rapprocha davantage, et son genou frôla involontairement celui de la jeune femme. À sa grande surprise, elle ne fit rien pour s'éloigner. Avançant effrontément son genou, il sentit la chaleur émouvante de la cuisse de Leila. Il plongea son regard dans les yeux brillants qui le dévisageaient sans gêne.

– Et vous, belle dame, comment imaginez-vous les journées d'une souveraine ?

– Une reine doit s'attendre à ce qu'on la sollicite continuellement. Ses journées sont certainement épuisantes mais combien passionnantes !

– Tout comme ses nuits ! insinua-t-il, provocant.

Cette fois, Leila rougit. Elle dégagea sa cuisse, sentant qu'il ne fallait pas brûler les étapes. Sa joie débordait, car elle savait reconnaître le désir des hommes.

– Cela, Votre Altesse, ne dépend que du roi !

✧

Milirin s'assura que l'intendant avait libéré assez d'espace pour la danse. Le roi semblait détendu, ce qui surprenait le chancelier. Mélénor avait quitté sa place pour discuter plus commodément avec le comte Vor Meyreci et le baron Vor Valeron. Il ne prêtait plus aucune attention aux jeunes filles. Le vieil homme ne voulait pas bousculer son protégé mais le moment approchait. Le chancelier espéra que Carmine avait entendu la prière de son fils.

✧

Leila dressait le bilan de la situation. Si elle se fiait au regard dégoûté du roi, la comtesse Vor Meyreci était éliminée d'emblée. Pour sa part, la duchesse Vor Belaris s'était montrée détestable mais, en plus de sa beauté, le roi ne pouvait ignorer l'influence de son père sur les membres de la noblesse. Malgré cela, selon les calculs de Leila, sa plus dangereuse rivale demeurait la baronne Vor Valeron. Beatrix était la seule à avoir eu une audience privée. La fille du banquier tenta de se rassurer ; son entretien avec le roi avait été aussi très particulier. Son cœur se mit à battre la chamade quand le chancelier s'approcha du roi.

– C'est le moment, Votre Majesté.

– Très bien, Milirin. Ne t'inquiète pas, tout va bien se passer. Sais-tu que je déteste danser ?

– Je peux difficilement l'ignorer ; vous me le répétez chaque fois que vous êtes forcé d'aller au bal. Consolez-vous en vous disant que cette activité plaît aux dames.

Milirin l'encouragea du regard. On entendit alors les cors qui annonçaient le début du bal. L'orchestre était en place et attendait le signal du chancelier. Le souverain se dirigea d'un pas résolu vers le banquier et sa fille. Il s'immobilisa derrière la chaise de Leila et posa ses mains sur les épaules dénudées de la jeune femme. Lentement, il déplaça sa main droite et glissa son index sous les perles pour caresser le tendre duvet de la nuque. Voyant la poitrine de Leila se soulever d'émotion, il se pencha à son oreille et murmura :

– Vous êtes une femme remarquable, mais je déteste les menteurs et les tricheurs. J'ai tout de suite su que vous incarneriez joliment le rôle d'une demoiselle d'honneur, mais... peut-être préféreriez-vous venir à mon mariage déguisée en matelot !

En retirant sa main, Mélénor accrocha involontairement le collier de grosses perles qui jaillit brutalement d'entre les seins de Leila. Le roi passa le bras au-dessus de la tête de la duchesse Vor Belaris et tendit la main à Isadora.

– IV –

Des applaudissements enthousiastes accueillirent le couple royal. Sous la mince étoffe de soie, Mélénor sentait le corps souple d'Isadora.

– Je risque de vous marcher sur les pieds, s'excusa-t-il à l'avance.

– À chacun son talent. Laissez-moi vous guider, je sais diriger en souplesse. Ils n'y verront que du feu.

Pour la toute première fois, Mélénor put s'abandonner au plaisir de la danse. La grâce d'Isadora était contagieuse. Le roi retrouvait soudain cette aisance qui lui semblait si naturelle lorsqu'il montait à cheval ou qu'il maniait l'épée.

Aussitôt la danse terminée, le chancelier se précipita au-devant de son souverain.

– Si tel est votre désir, mon roi, vous pouvez vous retirer.

– Je n'ai plus aucune obligation avant le lever de la deuxième lune, c'est bien cela ?

– Le début de la soirée est à vous, Votre Altesse.

– Dans ce cas, Isadora, accepteriez-vous de me tenir compagnie ?

– Avec plaisir.

Milirin était stupéfait. Stupéfait et heureux. Regardant s'éloigner les jeunes gens, il porta sa main sur son cœur.

– Merci, reine Carmine, merci d'avoir entendu la prière de votre fils.

✧

Au cours du dîner, l'intendant s'était amusé à épier les réactions parfois navrantes des nobles, mais maintenant que tout le monde applaudissait le roi et la jolie chanteuse, la table d'honneur devenait le théâtre d'un spectacle désolant.

Le banquier venait de gifler sa fille, qui semblait prostrée dans une léthargie aussi profonde que son humiliation. Le comte Vor Pimon insultait la jeune Ange, la traitant d'incapable et d'idiote. Hystérique, la comtesse Vor Meyreci hurlait à l'injustice, tandis que la duchesse Vor Belaris se vengeait en fracassant les coupes de cristal contre une cheminée de granite. L'indignation atteignait des sommets parmi les membres de la noblesse mais quelque chose empêchait l'intendant de s'en réjouir.

Le tisserand n'avait pas bougé. Sa sœur, une vieille femme mal fagotée, l'avait rejoint et s'était assise à ses côtés. Sans même regarder son frère, elle avait posé une main sur la sienne. Contrastant avec la nappe blanche, leurs doigts usés par le travail s'étaient enlacés dans un geste empreint de désespoir. Ainsi agrippés l'un à l'autre, ils regardaient droit devant eux. L'homme pleurait en silence, ses larmes se perdant dans les rides de son visage.

✧

Mélénor entraîna Isadora sur une large terrasse. Le soleil était couché depuis un moment. Appuyé à la balustrade, le roi respira profondément. Il prit soudainement conscience de la fraîcheur du soir et retira sa cape pour en envelopper la jeune fille.

– Désolé, ce n'est pas de l'hermine !

Ils pouffèrent dans un bel ensemble. Leur hilarité se transforma rapidement en un fou rire incontrôlable. Isadora se tamponna les yeux, cherchant à reprendre son sérieux.

– Ai-je été trop cruelle ? réussit-elle à demander entre deux hoquets.

Le rire de Mélénor redoubla. Isadora l'imita en se tenant les côtes.

– Arrêtez, je vous en prie. Je n'en peux plus.

Le jeune homme saisit la main d'Isadora et, évitant de la regarder, il prit plusieurs grandes inspirations. Faisant de même, Isadora fixa les étoiles et se calma peu à peu.

– Ouf ! soupira le roi. Pour répondre à votre question..., la duchesse n'a eu que ce qu'elle méritait.

Ils firent un violent effort pour ne pas se remettre à rire.

– Pourquoi avez-vous dit à mon oncle que je récupérerais ma lyre ?

– Ce sera mon premier cadeau de mariage. Pour l'hermine, il vous faudra attendre.

– De grâce, ne recommencez pas.

Après quelques instants, Isadora reprit :

– Nous formons un couple des plus étranges, ne trouvez-vous pas ?

– Et pourquoi cela ?

– Eh ! bien, ça me semble évident. Vous êtes roi et moi, fille de tisserand.

– Nous avons pourtant certains points en commun.

Isadora ne cacha pas son étonnement.

– Vous m'intriguez. Lesquels ?

– Nous sommes tous deux orphelins, non ?

Le visage d'Isadora devint grave puis elle détourna son regard. Mélénor regretta aussitôt sa maladresse.

– Pardonnez-moi, je vous ai peinée.

– Il faudra pourtant bien que j'accepte cette situation un jour.

– Vous voulez me raconter ?

Isadora hésitait. Resserrant plus étroitement les pans de la cape sur sa poitrine, elle lui fit face de nouveau.

– Ma mère est morte dans d'horribles souffrances en me mettant au monde. Deux ans plus tard, mon père s'est brisé la nuque en tombant d'une charrette qui roulait à vive allure. Mon oncle Guilly raconte à l'envi que papa était ivre, mais je ne le crois pas. Volda et lui sont jaloux. Ils veulent m'empêcher d'aimer mes parents. Ils n'arrêtent pas de dire du mal d'eux.

– C'est affreux. Vous ne gardez donc aucun souvenir de vos parents ?

– Aucun, mais je suis certaine qu'ils étaient bons et qu'ils m'aimaient de tout leur cœur.

– Et Volda ? Et Guilly ?

– Je les déteste ! Jamais je ne leur pardonnerai.

– Pourtant, ils ont beaucoup fait pour vous.

– Papa et maman ne se seraient jamais séparés de moi ; ils ne m'auraient pas enfermée toutes ces années dans un couvent.

Mélénor préféra ne pas insister. Isadora regrettait déjà sa véhémence et dévia habilement la conversation.

– J'ai un avantage sur vous, mon roi : je connais votre histoire. Je sais que la reine Carmine est morte alors que vous alliez sur vos neuf ans. Je sais aussi que vous êtes monté sur le trône à l'âge de dix-huit ans. J'aimais beaucoup le roi Dobfrey, comme tout le monde d'ailleurs.

Le jeune homme marqua une hésitation, puis il laissa tomber d'un ton étrangement distant :

– Mon père était un grand roi.

Troublée par ce brusque changement d'humeur, Isadora chercha à rectifier le tir.

– Et votre mère ? J'aimerais que vous me parliez d'elle.

Le jeune homme toussota afin de chasser la boule d'émotion qui lui nouait la gorge.

– J'en suis incapable, mais pour me faire pardonner, laissez-moi vous montrer quelque chose.

Ils descendirent une dizaine de marches et débouchèrent dans un parc privé. Porté par la brise nocturne, l'écho des festivités auxquelles se livrait joyeusement le peuple de Gohtes leur parvenait des parcs adjacents. Mélénor avançait d'un pas décidé. Plusieurs sentiers s'entrecroisaient, passant sous des massifs formés d'arbres immenses. Ils arrivèrent devant un mur de pierre entièrement couvert de vigne. Fouillant à travers le feuillage, le roi mit à jour une porte.

– Le jardin de ma mère. Personne n'y est venu depuis toutes ces années.

Ils pénétrèrent à l'intérieur. La première lune s'étant levée avec le crépuscule, les pâles lueurs de l'astre leur révélèrent le spectacle désolant auquel ils s'attendaient. Reprenant ses droits, la végétation sauvage avait tout envahi. On distinguait vaguement l'emplacement des anciennes rocailles mais, depuis longtemps, les mauvaises herbes en avaient fait leur royaume. Le bois ayant pourri, il ne restait de la tonnelle que deux poteaux inclinés qui rappelaient des bras tendus pour implorer le ciel. Mélénor conduisit Isadora au bord d'un petit ruisseau. Là, ils s'assirent sur un vieux banc de pierre moussue.

– Avez-vous peur, Isadora ? Je veux dire... de ce qui nous arrive ?

– Ce matin, je me suis levée pour chanter votre gloire. Demain, je me lèverai pour l'épouser. Si c'était un autre que vous, Votre Altesse, je serais terrifiée.

Le jeune monarque prit la main de sa compagne et la baisa avec ferveur. Isadora ressentit un trouble jusqu'à ce jour inconnu d'elle. Le chaud contact de ces lèvres sur sa paume irradiait à travers son corps, faisant battre son cœur à tout rompre. Le regard de Mélénor était à la fois brûlant et inquiet.

– Ma douce, j'ai peur de trop vous aimer.

Prenant la remarque pour un tendre compliment, Isadora se mit à rire doucement, mais lorsqu'elle avisa l'air sérieux du roi, elle s'enquit dans un souffle :

– Pourquoi cette crainte ?

– Vous avez dit connaître mon histoire ; vous savez donc que je ne suis pas entièrement humain.

Isadora retira sa main qu'elle porta à sa bouche, les yeux soudainement remplis d'un effroi factice.

– Oh ! Vous serez encore un beau jeune homme tandis que je serai vieille et laide.

La réaction de la jeune fille amusa Mélénor.

– Voilà toute la compassion que je vous inspire, moi, triste sire qui devrai vivre de longues années dans votre souvenir ?

– Comme je suis bête !

– Mais non, je n'aurais pas dû vous parler de cela. Je suis heureux que vous soyez là. Avec le temps, nous apprendrons à nous accommoder de cette étrange situation.

Comme Isadora ne répondait rien, le jeune souverain ressentit un profond malaise.

– Est-ce que je vous répugne ?

– Oh non ! Vous êtes... si... attirant.

Elle eut l'impression de rougir jusqu'à l'âme. Mélénor s'empara de nouveau de sa main.

– Dans ce cas, quel est le problème ? Vous semblez embarrassée ; dites-moi ce qui vous préoccupe.

Isadora le fixa droit dans les yeux, inspira profondément et se jeta à l'eau :

– Je n'ai encore jamais connu d'homme, encore moins un Longs-Doigts. J'ai peur de me rendre ridicule... Je suis si inexpérimentée !

En d'autres circonstances, Mélénor aurait ri, mais la jeune fille était différente de ses autres conquêtes. Son ingénuité la rendait encore plus désirable.

– Les choses de l'amour, ma douce, ne s'enseignent pas avec les mots ; pour cela, il faudra me faire confiance. Par contre, je peux vous éclairer sur les gens de ma race.

Mélénor se leva et lui fit face.

– Tous les elfes possèdent des ongles durs et nacrés. Voyez !

– Oh... ils semblent très tranchants.

– Des armes redoutables quand ils sont taillés en pointe.

– Vous le faites parfois ?

Le roi secoua la tête.

– Non, mais si je devais partir pour la guerre, je le ferais certainement ! Les miens sont clairs parce que je suis à demi humain. Mais ceux des elfes purs sont sombres, quelle que soit leur teinte. Ceci est vrai pour chacune des races d'elfes.

– Chacune des races... Il y en a donc plusieurs ?

– Je ne les connais pas toutes, mais ici, sur le continent d'Anastavar, on en dénombre au moins trois. Les elfes-iva sont les plus nombreux ; plus grands et plus élancés que les humains, on pourrait facilement les confondre avec eux, ce qui ne risque pas de se produire avec les elfes-ubu.

– Je crois savoir... Ils sont de très petite taille, n'est-ce pas ?

– Pas plus grands que cela ! approuva Mélénor en plaçant sa main à la hauteur de son estomac. Et quelle exubérance ! On ne s'ennuie jamais avec un elfe-ubu.

Il sortit la dague qu'il portait à sa ceinture.

– Et puis, viennent les elfes-sphinx. Les gens de ma race possèdent souvent des dons qui se révèlent dans les vingt premières années de leur longue existence. Laissez-moi vous montrer.

D'un geste vif, le jeune roi fit une profonde entaille sur le dos de sa main gauche. Ce qu'Isadora vit la stupéfia : la plaie se refermait déjà sans même laisser une goutte de sang.

– Ce don s'est rapidement avéré utile. Téméraire comme je l'étais, ma mère n'aurait jamais eu assez de temps pour soigner toutes mes blessures. Un jour, au combat, j'ai été gravement blessé ; pourtant, dès le lendemain, je tenais en selle.

– Et le sphinx ?

– Notre corps porte une marque que nous appelons « sphinx », expliqua-t-il.

Mélénor tendit les mains à Isadora et l'aida à se lever. Lentement, il ouvrit sa chemise, dévoilant le chêne qui s'épanouissait sur son torse.

– Vous avez tous un chêne sur la poitrine ? s'enquit-elle, tétanisée par la surprise.

– Non, le sphinx diffère pour chacun de nous et il peut se situer n'importe où sur le corps. Certains elfes-sphinx en ont même plusieurs.

Isadora toucha le tronc de l'arbre. La peau était rugueuse et dure à cet endroit. Elle posa ses deux mains sur la poitrine du roi et le caressa délicatement. Elle sentit la fraîcheur du feuillage et éclata de rire, émerveillée. Mélénor saisit les poignets de la jeune fille. Il voyait bien qu'elle n'était pas consciente du trouble qu'elle provoquait en lui. Son désir devint si intense qu'il n'eut bientôt plus qu'une idée : la prendre là, sur le sol, dans le jardin de sa mère. Cette dernière pensée le ramena à la raison. Isadora était sa reine, pas n'importe quelle courtisane, et il devait la traiter comme telle.

– Je crois qu'il est temps de partir.

Sa gorge était sèche ; prononcer ces simples mots le brûlait. Il referma sa chemise et effleura d'un chaste baiser les lèvres de sa compagne.

– Vous m'êtes déjà plus chère que tout au monde.

✧

Grisée par les moments magiques qu'elle venait de vivre dans le jardin de Carmine, Isadora regagna la salle de bal au bras de son fiancé. La deuxième lune brillait à l'horizon, l'avisant que l'heure était venue pour elle de prononcer le serment tant attendu. L'orchestre cessa de jouer, les danseurs se séparèrent et les convives luttèrent contre leur humeur avinée pour accueillir avec dignité leur future souveraine.

Quelles que soient leurs origines, nobles ou paysannes, toutes les petites filles du pays rêvaient de réciter les paroles solennelles qui liaient à un prince le destin de sa fiancée. Inlassablement, dans les venelles, dans les prés, au fond des étables, elles rejouaient la scène féerique des fiançailles royales. À l'instar de ses congénères, Isadora connaissait depuis longtemps les strophes sacrées. Lorsqu'elle se retrouva seule devant l'assemblée pour les prononcer, elle se demanda encore une fois si elle ne rêvait pas.

Mes mères les lunes, marquez les heures
Qui soudain toutes me semblent vaines.
Lunes adorées, je vous en prie
Pressez le jour pour qu'il revienne.

Demain mon roi prendra mon cœur
Et pour toujours je serai sienne.
Demain son peuple prendra ma vie
Et pour toujours je serai reine.

Les cors rompirent le silence recueilli. Lancées depuis les hautes tours du palais, les notes solennelles résonnèrent jusqu'aux confins des parcs où le peuple festoyait. La tradition avait été respectée, le premier geste sacré accompli.

✧

C'est avec beaucoup de reconnaissance que Mélénor accepta la coupe de vin qu'Alban lui tendait. Il était si troublé. Isadora venait de faire une dernière révérence et Milirin la précédait déjà à petits pas pressés vers les appartements qu'il avait fait préparer pour elle. Avec l'accord de Mélénor, le chancelier avait rendu sa lyre à la jeune fille. Aussi, plutôt que de réciter les paroles rituelles, elle avait chanté sa promesse avec une émotion qui avait subjugué la foule.

Alban ne savait que dire pour réconforter son ami ; il semblait vraiment secoué. Il l'attira à l'écart afin qu'ils puissent discuter sans s'encombrer des salamalecs dus au rang de Mélénor.

– Comment te sens-tu ? s'inquiéta le chambellan.

– Je n'en sais trop rien. Dès que je l'ai vue, je me suis dit : « C'est cette femme que je vais épouser. » Tu crois que c'est un signe ?

– Un signe..., je l'ignore, mais un sérieux coup de foudre, c'est certain !

Les deux amis trinquèrent joyeusement. Mélénor afficha un air faussement maussade.

– De quoi vais-je avoir l'air avec ma promesse ? Je ne peux quand même pas me mettre à chanter !

– De grâce, n'y songe même pas. Tu as peut-être des dons surprenants, mais celui-là te fait assurément défaut.

– Allons faire un tour, dit le roi en entraînant son ami.

Ils se rendirent dans une salle attenante où des hommes étaient rassemblés. L'eau-de-vie coulait à flots et l'atmosphère était à la fête.

– Qu'est-il advenu des paris ? demanda soudainement Mélénor.

– Quels paris ?

– Alban, ne joue pas au plus fin avec moi !

– Eh ! bien, il n'y a eu qu'un seul prolétaire assez audacieux pour parier sur Isadora. Le joueur a remporté la mise et crois-moi, c'est un joli pécule.

– Le gagnant n'appartient pas à la noblesse ? s'étonna le souverain.

– Ni à la haute bourgeoisie.

– Bien fait pour eux. Malgré tout, je trouve cela répugnant. Je veux parler à ce filou.

– Tu es en train de le faire.

Scandalisé, le roi s'exclama :

– Tu as osé ? Toi... mon ami ! Je n'en crois pas mes oreilles. Ton père aurait honte de toi.

Alban l'interrompit.

– C'est là toute la confiance que tu me portes ? Mélénor, c'est toi qui me déçois. Oublies-tu que je te connais depuis longtemps et que je devine la moindre de tes pensées ? J'ai tout de suite su que tu allais choisir Isadora. J'ai parié parce que je voulais voir ces salauds cracher leur or. Si je ne l'avais pas fait, ils auraient tous récupéré leurs mises. C'est ce que tu aurais souhaité ?

Puis, reprenant son souffle, il ajouta :

– J'ai offert l'argent à Guilly de Teut, l'oncle d'Isadora.

Mélénor était confus. Il devait reconnaître qu'il n'aurait pu espérer meilleure conclusion à cette sordide histoire.

– Et il a accepté ?

Alban, visiblement vexé, répondit sèchement :

– Non, mais je compte sur toi pour régler ce problème.

Mélénor était trop orgueilleux pour s'excuser. Il passa une main sur le crâne prématurément dégarni de son ami et le bouscula gentiment.

– Tout va pour le mieux, alors. Cesse de bouder... Tu es grognon comme un cochon !

– T'as moins de cervelle qu'une hirondelle.

C'était un jeu auquel ils se livraient depuis l'enfance.

– T'as pas plus de couilles qu'une grenouille.

– T'es aussi sot qu'un escargot.

– Bon, bon. Tu gagnes, céda Mélénor.

– Deux pièces d'or.

– Ça va, ça va... On la goûte, cette eau-de-vie ?

✧

Après avoir éclusé quelques verres avec Alban, le futur époux revint dans la salle où le bal battait son plein. La troisième lune ayant rejoint ses sœurs dans le ciel étoilé, Mélénor prit place à son tour devant les convives. À cet instant, il eut une pensée pour son père ; il l'imaginait, trente années plus tôt, au même endroit, se préparant à répéter les mêmes paroles. Dobfrey avait dû déborder de bonheur à cet instant. Mélénor réalisa à cet instant que lui aussi était heureux. Il parla avec son assurance et sa majesté habituelles.

Mes mères les lunes, marquez les heures
Qui soudain toutes me semblent vaines.
Lunes adorées, je vous en prie
Pressez le jour pour qu'il revienne.

Demain mon âme prendra son cœur
Et pour toujours elle sera mienne.
Demain mon peuple prendra sa vie
Et pour toujours elle sera reine.

Forte et fidèle, dans la douleur
Elle enfantera mais pour sa peine
Nos princes toujours seront bénis.
Vous, mes trois lunes, serez marraines.

Les cors retentirent une dernière fois dans la nuit et le peuple salua l'annonce officielle des fiançailles royales par des acclamations assourdissantes. Mélénor se retira aussitôt, suivi des soldats de son escorte. Il n'était pas mécontent de sa prestation qui lui avait valu de longs applaudissements.

Une fois seul dans sa chambre, il s'assit lourdement sur un siège. Il avait envisagé bien des possibilités pour cette singulière journée mais jamais il n'avait pensé qu'elle lui apporterait l'amour. La tête lui tournait un peu. Trop d'eau-de-vie ? Trop d'émotions ? Un heureux mélange des deux ? Mélénor n'était pas du genre à ressasser longtemps ses sentiments.

Tout à coup, son cœur s'emballa au bruit d'un imperceptible frôlement. Une main masqua ses yeux tandis qu'une autre se plaquait sur ses lèvres. Il les saisit doucement pour les poser sur ses épaules.

– Tu m'as fait peur, vilaine.

– Pourtant, c'est toi, le gros méchant ! Je devrais te battre pour m'avoir mise à la porte de cette manière, ce matin.

– Tu aurais sûrement préféré que je te laisse sortir sans vêtements. Avoue !

– Tu me connais, j'aime quand tes hommes me regardent ; mais tu as tout gâché. J'ai bien été obligée de la passer, cette fichue chemise.

Le roi se leva et attira la jeune femme en riant.

– En prenant tout ton temps, j'imagine ?

– C'est fou ce que j'étais maladroite... Il faut dire que tu m'as habituée à des réveils plus délicats !

– Tu es une adorable petite vicieuse, mais je refuse que mes hommes me prennent pour un goujat.

– N'est-ce pas ce que tu es ?

– Viens là, que je te montre ce que je suis.

Déjà, Selena s'affairait à le dévêtir. Quand il fut complètement nu, il s'agenouilla devant la jeune fille pour mieux la contempler et caresser ses seins. Bientôt, il se redressa et souleva le corps léger de sa maîtresse. Elle s'accrocha à lui et l'emprisonna dans le cercle de ses longues jambes dorées. Le roi la prit debout, ses mains la soutenant sous les fesses. Selena était insatiable, et Mélénor ne s'en plaignait pas. Ils firent l'amour plusieurs fois et ce n'est que tard dans la nuit que le futur marié tomba, épuisé, dans un sommeil sans rêves.

– V –

Le lendemain, Milirin trouva Mélénor dans la petite pièce adjacente à la salle du conseil. Maugréant à voix haute, le roi faisait les cent pas comme un lion en cage.

– Espèce de vieux sot ! Attends que je t'attrape... Me faire ça à moi ! Non mais, où es-tu, sale sorcier ?

La cérémonie du mariage devait avoir lieu avant le coucher du soleil, et Mélénor était toujours sans nouvelles de son aïeul, le magicien Hµrtö. S'adressant à son chancelier, il demanda encore une fois :

– Et de ton côté, Milirin ?

– Toujours rien, Votre Altesse.

– Mais ça n'a aucun sens ! Hµrtö et Mauhna ne peuvent pas me faire ça. S'ils n'assistent pas à mon mariage, le peuple remettra en question la justesse de mon choix. Y comprends-tu quelque chose, toi ?

– Ils ont peut-être eu un empêchement ?

– Milirin, tu parles des plus puissants magiciens de tous les temps.

– Avez-vous essayé avec le miroir ?

– Évidemment, mais je n'en tire rien.

– Vous êtes trop troublé, Votre Majesté. Le miroir ne fonctionne que si les sentiments sont purs et honorables.

– Je sais, je sais, mais je n'y peux rien, hurla le roi, excédé. Je crois que si le vieux bouc se tenait devant moi, juste là, je serais capable de l'étrangler.

Le chancelier n'osa plus rien dire. Mélénor se rendit à sa table de travail afin d'y prendre le petit miroir.

– Tu as raison, Milirin, il faut que je me calme. Laisse-moi seul, je vais me concentrer et tenter un nouvel essai. Reviens dans une heure avec Isadora et Alban. Si nous sommes toujours sans nouvelles, je prendrai alors les décisions qui s'imposent.

– Bien, Votre Altesse.

Mélénor s'assit à sa table de travail, un très beau meuble en bois de rose que son père avait reçu en cadeau voilà bien des années. Le jeune homme aimait se retrouver assis, là, dans cette pièce qui lui rappelait ses meilleurs souvenirs de son père. Après la mort tragique de Carmine, Dobfrey n'avait presque plus utilisé les appartements royaux ; il passait le plus clair de son temps dans son cabinet et ne semblait trouver de réconfort que dans le travail et les livres. Il y passait ses nuits à lire, et c'est alors que Mélénor le rejoignait. Ils se parlaient rarement. Mélénor s'installait et lisait auprès de son père, parfois jusqu'à l'aurore. C'étaient les seuls moments intimes qu'ils partageaient, longues heures alourdies par le poids de l'absence de celle qui les avait abandonnés.

Le jeune roi était bouleversé. Il ferma les yeux et pensa à sa mère, la petite-fille d'Hµrtö.

– Je dois lui parler à tout prix. Maman, aide-moi. Je ne me trompe pas ; Isadora est la femme qu'il me faut. Pourquoi Hµrtö n'est-il pas déjà là ?

Il rouvrit les yeux et se concentra sur le miroir. Son visage fraîchement rasé s'y reflétait de même que ses yeux inquiets.

– Ça ne marchera jamais, s'énerva-t-il. Du calme, Mélénor, du calme. *Par les liens qui nous unissent, miroir, cherche mon frère Hµrtö.*

Lentement, ses traits s'effacèrent, cédant la place à un brouillard mouvant.

– Grand-père ?

Tant de générations le séparaient des magiciens. Aussi, dès son plus jeune âge, Mélénor avait éliminé d'emblée tous les « arrière » qui auraient dû précéder « grand-père » ou « grand-mère » pour définir leur filiation exacte. Pour leur part, Hµrtö et Mauhna soutenaient que, de ce fait, ils se sentaient plus proches de lui, et moins vieux, ajoutait immanquablement le magicien en se moquant de lui-même.

– Je t'en prie, grand-père, réponds-moi. Où es-tu ? implora Mélénor.

Le visage malicieux du maître de magie aurait dû lui apparaître à cet instant. Il en allait ainsi depuis qu'il avait hérité du miroir. Le brouillard vacilla encore un moment, puis le reflet de son propre visage réapparut cruellement.

✧

Lorsque Isadora se présenta à lui dans la robe de noces de Carmine, Mélénor redevint confiant. Les couturières avaient travaillé toute la nuit afin d'ajuster le vêtement trop ample au corps menu de la jeune fille, qui n'en était pas moins majestueuse. Elle s'assit dans un fauteuil, Alban et Milirin prenant place derrière elle. Mélénor se leva et se mit à arpenter la pièce.

– Bien, vous connaissez la situation. Il semble que mes chers aïeux n'assisteront pas à la cérémonie. Milirin, existe-t-il des précédents ?

– En fait, leur participation ne relève pas de la tradition de notre pays. Ils ont béni plusieurs unions de souverains depuis l'époque de votre ancêtre Garomil, mais je doute qu'ils aient toujours été présents. Vous le savez, Votre Altesse, il est impossible de comprendre les motivations de ces deux-là. Ils sont tellement... excentriques.

– Eh ! bien, il faudra que nous nous passions d'eux. Ce qui importe, c'est de respecter notre tradition. Le peuple comprendra, affirma le roi d'une voix forte, plus pour se convaincre lui-même que ses interlocuteurs.

– Permettez-moi d'être en désaccord, lança Isadora. Voyez-vous, le peuple, c'est moi !

Les trois autres la dévisagèrent, un peu confus.

– Les gens se souviennent avec émotion du mariage de vos parents. Beaucoup y ont même assisté. Sans la bénédiction des Anciens de votre race, le peuple doutera de ma légitimité et la noblesse contestera toujours mon autorité.

Mélénor réagit violemment.

– Nom d'une déesse, tonna-t-il, je ne suis pas sorcier ! Je ne peux tout de même pas matérialiser ces damnés magiciens !

Malgré la véhémence du roi, Isadora répondit calmement :

– Évidemment ! Par contre, le peuple a confiance en vous.

– Que voulez-vous dire ?

– Je pense que je commence à comprendre, intervint Alban. Vous croyez qu'il suffit que Mélénor justifie l'absence de Mauhna et Hµrtö.

– Tout à fait, approuva-t-elle en hochant la tête.

Reprenant espoir, Mélénor renchérit :

– Il faudrait que ce soit une raison honorable... une raison qui anoblirait notre sacrifice.

Fébrile, Alban s'écria :

– Une épidémie... très grave... Une épidémie qui sévit dans l'île.

Le roi plissa le nez et secoua la tête.

– Trop dangereux. Les gens finiront par apprendre qu'une telle catastrophe ne s'est jamais produite.

Milirin y alla lui aussi de sa suggestion.

– Une naissance royale à bénir. La reine de Môjar ne vient-elle pas de mettre au monde sa première fille ?

Mélénor hocha la tête une fois de plus.

– Cela équivaudrait à proclamer au continent entier que je suis moins important que Sol'Maglian Ez Môjar.

Il réfléchit un moment avant de s'exclamer :

– J'ai trouvé ! Hµrtö et Mauhna doivent rester sur l'île pour nous protéger. Ils conjugent actuellement leurs pouvoirs pour empêcher une violen..te tempête de s'abattre sur nos côtes. Dès demain, il se trouvera des centaines de marins pour confirmer l'histoire. Ils aiment fanfaronner ; ils seront tous prêts à jurer qu'ils ont failli périr dans la plus effroyable tornade. Nous allons créer une légende.

Milirin ne partageait pas l'enthousiasme des jeunes gens.

– Le peuple n'est pas si crédule !

Très assurée, Isadora répliqua :

– Les gens croient ce qu'ils voient. N'oubliez pas que j'enseigne le théâtre. Faites-moi confiance, nous célébrerons le plus spectaculaire des mariages royaux.

Elle pivota vers Alban.

– Sire, je voudrais que vous alliez chercher ma tante. Dites-lui d'apporter son matériel, elle comprendra. Il faudra également me rapporter la malle de costumes de l'atelier de théâtre. Mon oncle vous aidera.

Alban partit sans plus attendre.

– Pour la suite, j'ai besoin de votre aide, Mélénor. Ne vous moquez pas si je dis des sottises, mais je dois vérifier l'exactitude de certaines croyances. Mon roi, le peuple prétend que vous possédez un miroir enchanté vous permettant de communiquer avec les magiciens. Est-ce vrai ?

– Depuis Garomil, ce miroir est transmis de génération en génération, du défunt roi de Gohtes au nouvel héritier du titre.

Isadora se rasséréna. Elle se leva et se dirigea vers un coin de la pièce où se dressait une magnifique psyché. Le cadre oblong du miroir était ouvragé et sculpté dans le même bois de rose que la table. La jeune femme le toucha avec respect.

– Je croyais qu'il s'agissait d'une légende. Il est splendide.

– Désolé de vous décevoir, mais le vrai miroir magique, c'est celui-ci.

Stupéfaite, la future reine contempla le petit bout de miroir que le roi tenait dans sa main. Sans se laisser décontenancer, elle désigna la grande psyché.

– Eh ! bien, à partir de maintenant, pour le bénéfice du peuple, le légendaire miroir sera celui-là. Autre question, enchaîna-t-elle, on dit que votre mère possédait une ménagerie d'animaux exotiques.

Milirin ne comprenait plus rien ; il ressentait un profond malaise devant la tournure des événements.

– J'aimerais bien que vous nous expliquiez en quoi la forêt de la reine Carmine est concernée par cette histoire.

Isadora exposa son plan au roi et au chancelier. Mélénor en oublia sa frustration. Il se félicitait presque de l'absence des magiciens. Après tout, pourquoi faire les choses de façon habituelle ? Le lendemain, le pays entier allait parler de ce mariage comme du plus grand événement jamais vécu. Milirin se sentait vaincu.

– Je ne peux pas. C'est parfaitement ridicule, souffla-t-il tout en sachant que le roi ne se laisserait pas fléchir par un aussi piètre argument.

– Et pourquoi donc ? As-tu une meilleure idée ? Préfères-tu nous voir perdre la face devant toute la nation ?

– Bien sûr que non.

– Isadora, pourriez-vous nous laisser un moment ?

La jeune femme acquiesça sans rechigner à la demande de son futur époux.

Quand ils furent seuls, Mélénor s'approcha du vieil homme et le saisit par l'épaule.

– Milirin, si je pouvais éviter cela, jamais je n'insisterais. Personne ne devra connaître ce secret. Pour tout dire, je commence à croire que nos amis sont peut-être effectivement occupés à nous protéger contre un quelconque danger. C'est la seule raison logique à leur silence. Après ce qu'elle vient de faire, reconnais qu'Isadora est une femme exceptionnelle.

– Elle ne manque pas de ressources, admit à regret le chancelier.

Les deux hommes rejoignirent la jeune femme qui trépignait d'impatience dans le couloir. Ils partirent tous les trois, faisant maints détours afin que personne ne les voie. Ils arrivèrent enfin dans une aile isolée du château. Une forte odeur d'humus les surprit dès que Mélénor eut poussé la porte. Isadora était bouche bée. Elle avait sous les yeux la réplique miniature d'une forêt typique des pays du nord. Ce qu'elle avait pris pour une aile du château constituait en réalité une immense cour intérieure. Milirin daigna donner quelques explications.

– La reine Carmine n'a jamais connu la Terre des Damnés mais elle était fascinée par les forêts natales de son peuple. Elle a travaillé dur pour arriver à reconstituer la flore et la faune familières à ses ancêtres.

– Qui s'occupe de la ménagerie, maintenant ? demanda la jeune femme.

Le vieil homme parut embarrassé.

– Je crois que je ne m'en tire pas trop mal avec la gestion de l'endroit. Les animaliers et les jardiniers que la reine avait formés sont encore ici, plus âgés, mais toujours aussi passionnés.

Isadora aperçut un petit singe dont les longs poils noirs se hérissaient bizarrement, dévoilant par endroits une peau aux reflets orangés. Plus loin, elle découvrit un cheval ailé. Comme bien d'autres, la jeune fille avait toujours cru cet animal imaginaire. Mélénor la guida dans les méandres de sentiers étroits où fleurissaient des plantes aux propriétés mystérieuses.

– Ma tante Volda va raffoler de cet endroit, déclara Isadora, émerveillée.

Pour toute réponse, le roi désigna une gigantesque volière.

– Je crois que vous trouverez ce qu'il vous faut ici.

✧

Trois heures plus tard, une foule en liesse assistait à la cérémonie du mariage. Il s'agissait en fait d'une procession semblable à celle de la veille où on venait rendre hommage au couple royal et lui offrir des présents somptueux. C'était une occasion exceptionnelle d'admirer des objets rares et de grande valeur. Des nobles de tous les pays faisaient des apparitions très appréciées. Le peuple de Gohtes aimait voir les costumes pittoresques de ces étrangers au langage souvent incompréhensible.

Les demoiselles d'honneur, placées derrière les souverains, acceptaient les cadeaux en leurs noms. Leila se demandait par quel miracle elle tenait encore debout. La souffrance l'avait vidée de toute vigueur. Elle évitait de regarder Mélénor et s'efforçait de ne plus penser à la rebuffade qu'il lui avait infligée publiquement. La rage, la honte et le désespoir semblaient guetter le moindre relâchement de sa volonté pour l'assaillir et lui broyer les entrailles. Avec le peu de force et de bon sens qui lui restait, elle se répétait : « D'ici quelques heures, ce cauchemar sera terminé. » Elle ne rêvait plus que d'une chose : se retrouver dans son lit et ne plus jamais en sortir.

Lorsqu'on vit poindre la fin du cortège, de nombreuses voix chuchotèrent, incrédules : « Où sont donc les magiciens ? » Mélénor et Isadora se levèrent brusquement, et toutes les bougies s'éteignirent d'un seul coup. Sur l'estrade, une lueur tremblota puis une épaisse fumée envahit le sol, s'enroulant autour des jeunes époux. Si le roi n'avait pas été si calme, la panique se serait vite emparée de l'assemblée. La lueur devint plus intense. Elle sembla se concentrer sur un magnifique miroir dans lequel les arabesques de fumée se reflétaient. Peu à peu, une image brouilla la surface lisse du miroir : le visage d'Hµrtö. Les deux époux firent volte-face quand la voix du vieux mage résonna.

– *Mes amis, des circonstances tragiques nous retiennent loin de vous. Une terrible tempête s'est levée et menace de s'abattre sur votre cité. En conjuguant nos pouvoirs, Mauhna et moi souhaitons détourner la course des vents vers le cœur de l'océan. Restez calmes mais soyez vigilants. Lorsque tout danger sera écarté, nous vous enverrons un signe. Par ce signe, nous bénirons l'union de ces âmes sœurs que le destin a enfin réunies. Cette alliance nous procure un très grand bonheur et glorifie votre nation.*

L'image disparut et, avec elle, toute trace de lumière. Un coup de tonnerre retentit ; les gens entendirent des bruits mystérieux, semblables au vent qui se déchaîne. Un lourd silence domina la salle. Tout le monde retenait son souffle.

Une lumière éblouissante éclaira tout à coup la scène où Mélénor et Isadora se tenaient face à face, les mains tendrement enlacées. Lentement, ils se retournèrent vers l'assemblée, puis ils levèrent les yeux vers la haute voûte du plafond. Deux oiseaux tournoyaient au-dessus de la foule ébahie.

– Des faucons !

– Non, ce sont des phénix des plaines ! Je croyais qu'ils avaient tous disparu.

– Regardez ! Il y en a un bleu et un gris argenté !

– Là, là... Voyez-vous les marques sur leurs poitrines ?

– Vous avez raison... Le bleu a des croissants de lunes !

– Et l'autre ?

– Il a des étoiles... des soleils.

– C'est le signe ! C'est le signe !

Se tenant toujours par la main, Mélénor et Isadora levèrent lentement leurs bras restés libres. Dans un vol parfaitement harmonisé, les oiseaux décrivirent trois cercles au-dessus de la tête du couple royal puis ils plongèrent. Le phénix gris se percha majestueusement sur le poignet de Mélénor et le bleu, sur celui d'Isadora. Lorsque les acclamations retentirent, ébranlant les murs du palais, Leila s'écroula.

– VI –

Quand Raicha de Borg vit Leila s'effondrer, elle voulut se précipiter vers sa fille, mais les soldats de la garde l'en empêchèrent.

– Non, madame, on ne passe pas, dit le plus costaud d'entre eux.

– C'est ma fille. Elle se trouve mal, plaida-t-elle.

Mais le grand gaillard s'obstinait toujours à ne pas la laisser passer.

– Si tu ne bouges pas immédiatement, sombre crétin, je jure que tu vas le regretter.

Raicha n'aurait pas hésité à le frapper mais un officier s'interposa.

– Vous dites que c'est votre fille ?

– Je suis Raicha de Borg. Allez-vous laisser mon enfant par terre encore très longtemps ? Vous ne voyez donc pas qu'elle a eu un malaise !

L'officier fit signe à ses hommes de reprendre leurs places avant de précéder Raicha jusque sur la scène où s'attroupaient les demoiselles d'honneur. Beatrix Vor Valeron était à genoux auprès de Leila. L'air désemparé, elle lui tapotait la main. Raicha fut surprise de voir avec quelle force l'officier souleva la jeune femme pour la prendre dans ses bras.

– Suivez-moi, je sais où la conduire. Je suis Ubert de Lomgo, officier de la garde personnelle du roi.

Ubert les conduisit à travers les couloirs du palais. Lorsque, du pied, il poussa la porte d'un petit boudoir, la tête de Leila bascula vers l'arrière ; le peigne de nacre qui retenait son chignon se brisa sur le sol de marbre et libéra sa longue chevelure. Délicatement, l'officier étendit la jeune femme sur une méridienne. Quand il se releva, il était rouge jusqu'à la racine des cheveux et l'effort n'était pas en cause. Le corsage de soie de l'inconsciente avait glissé, révélant la peau satinée de la poitrine et la presque totalité d'un mamelon couleur d'ambre. Ubert n'arrivait pas à quitter la jeune femme des yeux. En vérité, il avait eu du mal à s'intéresser à la cérémonie tellement la beauté sauvage de Leila l'avait ébloui. Maintenant, les bras ballants devant la jeune femme évanouie, il ne maîtrisait plus son trouble.

Raicha empila des coussins sous la tête de Leila qui, lentement, revenait à elle.

– Officier, pourriez-vous nous trouver de l'eau ?

– Bien sûr, où avais-je la tête ? Et des couvertures... Je ramène aussi le guérisseur, ajouta-t-il fébrilement.

– Merci bien, mais de l'eau suffira.

Après un dernier regard inquiet vers Leila, Ubert sortit, le cœur battant la chamade et l'esprit embrouillé.

– De l'eau, il me faut de l'eau.

✧

Au grand désarroi de Raicha, le réveil de sa fille fut effroyable. D'abord, elle se mit à hurler en s'empoignant les cheveux, lacéra son visage avec ses ongles. Raicha tenta de la retenir mais Leila l'agrippa et l'entraîna sur le sol où, telle une furie, elle la frappa de toutes ses forces. C'est à ce moment que Firmin arriva, agité et à bout de souffle. Le banquier se jeta dans la mêlée et saisit Leila sans ménagement, si bien qu'elle sombra de nouveau dans l'inconscience. Bien qu'ébranlée et meurtrie, Raicha se releva, les cheveux en bataille et la robe de travers.

– Nous rentrons à la maison, annonça-t-elle.

– Allons, Raicha, c'est impossible ; Leila doit assister au souper royal.

– Firmin, fais préparer les attelages, nous rentrons à la maison, répéta Raicha, une note d'impatience teintant sa voix.

Le banquier fronça les sourcils puis se redressa pour affronter sa femme.

– C'est hors de question. J'en ai assez des caprices de Leila. Elle va assister à ce souper, que tu le veuilles ou non.

– Ne vois-tu pas la détresse de ta fille ?

– Elle...

– Bien sûr que non ! l'interrompit-elle brutalement. Tu ne vois rien. Tu n'es qu'un tyran vaniteux et égoïste.

– De quel droit oses-tu me parler sur ce ton, espèce d'ivrognesse ?

– Ivrognesse ! éructa sa femme, les yeux exorbités.

– Crois-tu que j'ignore que tu te caches pour boire ?

Raicha s'avança jusque sous le nez de son mari.

– Eh ! bien, soit, je suis une ivrognesse. Moi, au moins, j'ai un cœur...

– Mais pas de tête, tu...

– ...et une seule parole. Ai-je jamais manqué à ma parole ?

– Ne détourne pas la conversation.

La voix de Raicha devint sourde et rauque.

– Firmin, réponds-moi. Ai-je déjà manqué à ma parole ?

– Où veux-tu en venir, nom de Dieu ?

Cédant au regard menaçant de sa femme, Firmin hurla, à bout de nerfs :

– C'est vrai ! Bon sang, tu es contente, là ? C'est vrai, tu as toujours tenu tes promesses.

– Alors, écoute-moi attentivement. Si tu ne nous fais pas sortir d'ici au plus vite, je te promets, Firmin de Borg, que plus jamais tu ne me toucheras. Tu feras comme les autres, tu iras au bordel.

Sur ces paroles implacables, elle fit volte-face et le laissa planté là.

✧

Pour la première fois, Raicha utilisait la dépendance sexuelle de Firmin aux fins de menaces. Le banquier était passé maître dans l'art du chantage ; personne n'était mieux placé que lui pour savoir que, cette fois, il avait perdu la bataille.

Très tôt, Firmin avait découvert qu'il était différent des autres jeunes hommes. Il devait avoir quinze ans quand une domestique de la maison paternelle avait éveillé sa passion. Il se cachait dans un placard et, par la porte entrebâillée, observait la jeune fille quand elle allait aux bains. Extasié, il la regardait passer l'éponge sur ses petits seins à peine éclos. Invariablement, il jouissait quand elle sortait de l'eau, exposant son joli corps ruisselant. Mais la belle Tyna n'était pas sourde. Un beau jour, après s'être dévêtue lentement, Tyna s'était dirigée vers le placard. Elle avait fait sortir le jeune maître de sa cachette puis elle l'avait embrassé. Tout son être en émoi, Firmin s'était pressé contre le ventre chaud de la jeune fille. Comme il la désirait ! Pourtant, quand il avait voulu la prendre, son excitation avait misérablement fondu. Tyna avait eu beau le caresser, il n'avait pas pu lui faire l'amour, ni cette fois, ni les autres. Il avait vécu les mêmes tourments avec toutes les femmes qu'il avait courtisées jusqu'à ce qu'il épouse Raicha.

Le père de Raicha avait offert sa fille au jeune banquier en échange du règlement de ses dettes. Firmin avait accepté pour faire taire les mauvaises langues ; son célibat prolongé alimentait la rumeur de plus en plus répandue que l'insensible banquier préférait les garçons. Accablé de frustration et de honte, Firmin n'avait pas même essayé de posséder sa nouvelle épouse. De toute manière, cette union forcée avait plongé Raicha dans une morosité peu invitante.

Plusieurs lunes après leur mariage, Raicha s'était pourtant glissée dans le lit de Firmin.

– Fais-moi un enfant, avait-elle chuchoté en se blottissant contre lui.

Raicha était belle, douce et persévérante. Quelque temps plus tard, tandis que son incapacité était devenue un lointain souvenir, Firmin s'était senti d'humeur à la conquête. Un peu par vanité, un peu pour prouver qu'il n'était pas avare, il s'était offert la plus réputée des courtisanes. Une véritable fortune gaspillée en pure perte ; il aurait pu tout aussi bien jeter son or au fond d'un puits. Le banquier était revenu vers son épouse, la queue entre les jambes, bien décidé à ne plus jamais revivre pareille humiliation. Pendant un certain temps, l'esprit soupçonneux de Firmin s'était affolé : « Ma femme a tellement de pouvoir sur moi... Un bon jour, elle va me le faire payer. » Firmin pouvait se compter chanceux ; Raicha s'était montrée d'une indéfectible honnêteté. Le banquier, lui, n'avait pas l'habitude de s'embarrasser d'autant de scrupules.

Revenant lentement à la réalité, il observa sa fille inconsciente et sa femme auprès d'elle. « Sang de vipère ! Le pire, c'est qu'elle a raison. »

En sortant, il se heurta à un jeune officier qui poussait une desserte remplie de carafes et de gobelets. Dommage, ce n'était que de l'eau.

✧

Avant de quitter le château, le banquier demanda à Milirin de le recevoir. Si Firmin de Borg avait cédé aux arguments de sa femme, il était hors de question qu'il perde la face devant le roi. Le chancelier parut sincèrement attristé.

– Je suis désolé pour votre fille. Ne vous inquiétez pas, j'expliquerai la situation aux souverains.

Chaque problème ayant sa solution, le banquier pensait la connaître. Il tendit au chancelier une bourse bien lourde.

– Un petit cadeau... pour compenser, dit-il d'un ton faussement modeste. J'aurais mauvaise conscience si vous refusiez, ajouta-t-il, sentant que le vieil homme s'apprêtait à protester.

Devant l'insistance du banquier, le chancelier dut se résoudre à accepter, mais le doux contact du cuir de la bourse lui donna un désagréable frisson.

✧

Raicha veilla sa fille pendant plusieurs jours. Quand Leila se réveillait, elle hurlait jusqu'à s'épuiser. Rapidement, ses forces l'abandonnèrent. Les crises cessèrent. La jeune femme devint apathique, se recroquevillant sous les couvertures et refusant de manger.

✧

Ce matin-là, Raicha revenait des bains avec Leila. Comme une douce chaleur régnait dans la chambre de sa fille, elle décida de la mettre au lit sans chemise. Tendrement, elle la couvrit d'un drap parfumé que Leila agrippa aussitôt pour le tirer par-dessus sa tête.

Accablée, Raicha se rendit à la fenêtre. Le spectacle du jardin ne parvenait pas à apaiser sa douleur. Distraitement, elle nota que les rosiers avaient besoin d'être soignés. Elle se mit à pleurer, les doigts pressés sur ses lèvres tremblantes.

– Excusez-moi, madame ! fit une voix derrière elle.

Raicha sécha ses larmes, cherchant à recouvrer son calme en respirant lentement. Lorsqu'elle se retourna, quelle ne fut pas sa surprise de trouver Ubert de Lomgo sur le seuil de la porte. Il la salua d'un bref signe de tête.

– Le majordome m'a dit que je vous trouverais ici.

– Que puis-je pour vous ?

Voyant son air embarrassé, elle l'invita à s'asseoir. Elle scruta le visage de l'officier, qu'elle aurait jugé plutôt banal sans le regard vif et intense de ses yeux bleu clair.

– En fait, je suis venu vous offrir mon aide. Vous devez être épuisée. Je pourrais veiller sur Leila dans mes temps libres.

Raicha voulut protester mais Ubert reprit rapidement :

– Je n'attends rien en retour..., détrompez-vous.

Puis, rougissant, il baissa les yeux sur ses mains croisées.

– Je sais également que je ne suis pas un parti convenable pour une famille comme la vôtre. Vous voyez, je suis réaliste. Acceptez mon geste comme de l'amitié pour vous et votre fille ; je me sens touché par votre épreuve.

Il se leva brusquement et s'empara d'un livre qui traînait sur la table de chevet.

– Tenez, je vais lui faire la lecture.

Devant la détermination d'Ubert, Raicha s'inclina.

– Au point où nous en sommes... Pourquoi pas ? S'il y a un problème, vous m'appelez immédiatement..., est-ce clair ? Je serai avec le jardinier, juste là, dans la roseraie.

– Cela me convient parfaitement !

Raicha sentit son cœur devenir plus léger. Elle regarda le jeune homme qui lui souriait avec bienveillance. Au bout d'un long moment, elle lui rendit son sourire.

✧

Ubert revint tous les jours à la même heure. Leila cessa peu à peu de se cacher sous les draps. Il prit l'habitude de lui tenir la main tandis qu'il lui parlait avec douceur, décrivant la beauté du chant des oiseaux, l'ambiance exaltante des fêtes de campagne, le goût unique de la tarte aux cerises. Il transportait la jeune femme aux bains, lui donnait du bouillon, brossait patiemment ses longs cheveux, lui faisait la lecture. Raicha se demandait comment elle avait pu se passer de son aide.

Un jour, il insista pour conduire Leila au jardin. Il l'installa sur la terrasse et, au grand étonnement de Raicha, sa fille cessa de fixer le vide pour regarder le paysage. Une fois à l'extérieur, Ubert entreprit de lui lire des pièces de théâtre ; c'était sa nouvelle passion. N'étant pas homme à faire les choses à moitié, il interprétait tous les rôles, avec, lui semblait-il, beaucoup de conviction. Il fallait l'entendre réciter de longues tirades, modulant sa voix pour l'adapter à chaque personnage.

Cet après-midi-là, ils se trouvaient au verger. Leila était assise à l'ombre tandis qu'Ubert suait sous les rayons ardents du soleil. Il tenait un bout de bois pointé sur son cœur et, l'air inspiré, déclamait son texte d'une petite voix pointue.

– *Mon prince, en me retirant votre amour, vous me tuez aussi sûrement que si vous me transperciez le cœur de cette dague !*

– Avez-vous jamais entendu pareilles sottises ?

La question sortit Ubert de sa transe. Puis il réalisa que Leila venait de parler. Craignant qu'elle ne replonge dans son mutisme, il resta immobile, le geste suspendu.

– Qu'est-ce qui paraît si sot ? demanda-t-il, légèrement vexé.

– Mourir d'amour... Quelle idée idiote ! Je préfère vos histoires d'aventures. Au moins, quand les gens y meurent, c'est par courage ou par malchance... pas par bêtise.

Le jeune officier baissa les bras et se mit à jouer avec son bout de bois.

– Comme acteur, je suis exécrable... Avouez !

Derrière eux, Raicha accourait. Leila se leva et sourit tendrement à Ubert.

– Peu importe puisque vous êtes le meilleur des amis.

Raicha les rejoignit enfin. Leila lui tomba dans les bras et, pour la première fois depuis des lunes, elle pleura.

✧

Ce soir-là, Raicha partagea le lit de sa fille. En sécurité dans le giron maternel, la jeune femme s'endormit au bout de ses larmes. Caressant d'une main douce les cheveux de Leila, l'épouse du banquier parlait à l'obscurité et à la brise qui agitait paresseusement les rideaux de dentelle.

– Moi aussi, j'ai été amoureuse mais ça n'a pas empêché mon père de me vendre à Firmin. Personne ne peut survivre à une telle souffrance sans en garder longtemps la marque. Bien sûr, j'ai continué à vivre, tout en me demandant continuellement pourquoi. Je suis devenue chaque jour un peu plus froide, un peu plus détachée de moi-même. J'ai fini par trouver une paix glauque dans la bouteille.

Raicha contempla sa fille endormie, luttant contre ses souvenirs.

– J'étais belle, moi aussi ; ma peau était ferme et satinée. Les hommes se battaient pour que je leur accorde un sourire. Vois ce que le temps a fait de moi. Quand je me regarde dans une glace, elle me renvoie l'image impitoyable de mes yeux bouffis, de ma chair affaissée et de mes cheveux ternes. Je me sens usée et impuissante devant ta douleur. Pourquoi n'ai-je pas su empêcher la vie de te blesser ?

Comme on berce un enfant, Raicha chantonna pour sa grande fille qui, inexorablement, devenait une femme.

– Sais-tu ce qui m'a donné la force de continuer ? Je voulais vous voir grandir, toi et tes frères. Sans vous, ma vie n'aurait été qu'une longue suite de renoncements insensés. Toi aussi, tu trouveras une raison de t'accrocher... Oui, tu trouveras...

Dans les couloirs de la luxueuse demeure, on entendit longtemps les échos d'une tendre berceuse.

✧

Dès que Leila eut repris des forces, Ubert l'emmena chevaucher dans les bois. Tout au long de l'automne, les deux jeunes gens firent de longues balades aux abords de la cité. Leila en revenait les joues rouges et fraîches. Sa mère se réjouissait de la voir retrouver l'appétit.

Les mois s'écoulèrent ainsi, sereinement. Quand l'hiver s'installa avec les lunes de givre, Leila insista pour recommencer à aider son père dans ses tâches. Un soir, comme elle était retenue par la préparation d'un dossier important, Firmin prit des airs de conspirateur pour consulter sa femme. Ils étaient assis à la table, attendant que Leila les rejoigne pour prendre leur repas.

– Je songe à lui présenter un nouveau parti, déclara le banquier en guettant la réaction de son épouse.

Raicha savait se montrer câline quand il le fallait. Elle se rapprocha de Firmin et déposa un petit baiser sur sa joue.

– Malgré tes grands airs, je sais que tu es bon. Tu ne la forceras jamais, n'est-ce pas ?

Firmin grommela mais il lui prit la main.

– J'aime cette enfant autant que toi, Raicha. Je ne ferai rien qui la rende malheureuse.

– Un nouveau parti... Ai-je bien entendu, père ?

Leila se tenait sur le seuil de la salle à manger. Elle prit place et un valet entreprit aussitôt de les servir. La jeune femme entama son repas sans grand enthousiasme.

– Alors, père ?

– Hmm ?

– Dites-moi à qui vous pensez.

Firmin mastiqua longuement sa viande, s'essuya la commissure des lèvres à l'aide de sa serviette, qu'il déposa sur la table et replia soigneusement. En tant que fin négociateur, il savait utiliser à son avantage l'impatience de ses interlocuteurs.

– Le duc Ez Breaimes, lança-t-il enfin. Le fils évidemment ; le vieux duc est décédé l'année dernière. Il a légué une petite fortune et des terres fertiles à son fils unique, Thiery.

– Mais papa, le duché de Breaimes est au pays de Môjar ! s'exclama Leila.

– Raison de plus pour favoriser ce mariage, tu ne trouves pas ? Si le roi de Gohtes n'a pas voulu de toi, je ne vais certainement pas te donner à un de ces minables aristocrates !

Le regard furieux de Raicha fut éloquent. Comment pouvait-il se montrer aussi maladroit ? Firmin se ressaisit rapidement.

– Leila, essaie un moment de suivre mon raisonnement : le Môjar est la plus puissante nation du continent d'Anastavar et tu mérites ce qu'il y a de mieux. Les fils du roi Sol'Maglian sont encore trop jeunes mais le duché de Breaimes est le plus prestigieux de cette cour.

Firmin fit signe au valet de verser du vin dans la coupe de Leila. Le rire dans la voix, il abattit sa dernière carte.

– Bon, je sais, je suis probablement mauvais juge en la matière, mais ce Thiery, il m'a semblé plutôt bel homme.

– La beauté et la richesse m'indiffèrent, soupira-t-elle.

– Qu'est-ce qui t'importe, ma chérie ?

– Je l'ignore... J'évite de penser à cela. Je ne me sens aucune envie de changer d'existence pour le moment.

– Il faudra bien que tu épouses quelqu'un.

– Pourquoi donc ? se rebella la jeune femme.

Firmin lui lança une œillade coquine.

– Pour combler les caprices d'un vieillard... J'aimerais être grand-père avant de devenir complètement sénile.

Leila secoua la tête et leva des yeux exaspérés au plafond, mais elle souriait.

– Quel incorrigible charmeur vous faites !

– Le duc doit justement me rendre visite dans un proche avenir, l'informa prestement le banquier, poussant son avantage.

– Dans ce cas, je peux bien lui accorder un bref entretien. Qu'en dites-vous, mère ?

– Cela ne t'engage à rien, en effet. N'est-ce pas, Firmin ?

Le sourire entendu de Raicha ne laissait place à aucune discussion.

– Bien sûr, ma mie. Leila sera libre de choisir.

✧

Myr'Thiery Ez Breaimes rendit une première visite à la famille de Borg au début du printemps. Il ne resta que quelques jours et Leila ne le vit qu'à l'occasion d'un banquet donné en son honneur. Comme toujours, Firmin avait fait les choses en grand. Cette exubérance sembla embarrasser le duc. Pour un homme de vingt-six ans, Leila le trouva particulièrement sérieux.

Les cheveux sombres et coupés très court, il avait un visage harmonieux et des yeux noirs remplis de tristesse. Le vin aidant, son humeur s'adoucit. Son sourire bouleversa Leila ; ses lèvres charnues révélèrent des dents très blanches qui contrastaient agréablement avec son teint légèrement basané et une étincelle amusée éclaira son regard ténébreux. À deux reprises, Leila surprit Thiery occupé à la dévisager. Elle mit sur le compte de son imagination l'impression, pourtant très nette, qu'il l'avait regardée avec tendresse.

Quand ils se quittèrent, ce soir-là, Thiery lui demanda la permission de revenir la visiter durant l'été.

✧

La nuit était douce. Thiery invita Leila à faire quelques pas dans le parc du domaine. Il y avait dix jours que le duc était arrivé à Döv Marez. Silencieuse, elle s'arrêta pour admirer les étoiles.

– Madame ?

– Oui, Thiery ?

– Je partirai demain.

Cette annonce causa un un choc à Leila.

– Mais pourquoi ? Ne deviez-vous pas rester jusqu'aux lunes des moissons ?

– Et vous embêter de ma présence ?

– Que voulez-vous dire ?

La jeune femme n'y comprenait plus rien. Il était là, la dévorant de ses yeux remplis de tendresse. Et il parlait de son départ. Elle lui caressa doucement la joue. Malgré sa réserve, il saisit sa main et lui confia son malaise.

– Vous êtes distante, je le sens. Je ne veux pas vous importuner plus longtemps.

Leila rassembla son courage pour répondre au jeune duc.

– Si je semble distante, Thiery, ce n'est pas à cause de vous, mais... j'ai beaucoup souffert. J'aimerais prendre le temps de mieux vous connaître.

Ils s'assirent sur un banc, et Thiery entreprit de lui raconter sa propre histoire.

– Votre père vous a-t-il dit que j'avais déjà été marié ?

– Non.

– Elle m'a quitté pour un homme de Qualbraz. En ce moment, elle se trouve sûrement à ses côtés, dans son pays, au-delà des mers du sud.

– Cette femme ne vous méritait pas, jeta sèchement la fille du banquier.

– Elle est partie avec nos deux enfants. Leila, comprenez-moi, je ne les reverrai peut-être jamais.

La voix du duc était si triste. La jeune femme avait mal pour lui. La mélancolie de son compagnon s'expliquait enfin. Mais parviendrait-il un jour à tourner la page sur ce drame ? Leila en doutait. Pareille blessure ne guérirait jamais complètement. Quelles séquelles la cruauté de cette femme avait-elle laissées dans le cœur de cet homme si profondément attachant ?

– Je sens que je peux vous aimer follement, reprit-il, et j'ai peur. Je ne veux plus souffrir.

– Croyez-moi, le seul moyen de ne pas souffrir, c'est de mourir, déclara la jeune femme, le ton sévère de sa propre voix la surprenant. Je ne peux rien pour vous.

La brutalité la protégeait contre cette crainte de souffrir qui était aussi la sienne.

– Vous êtes aigrie, constata platement le jeune duc.

– Non, seulement réaliste. Sincèrement, Thiery, j'aimerais que vous restiez, mais j'ignore encore où mes sentiments me conduiront. Si vous préférez partir, je comprendrai... Croyez-moi, je comprendrai.

✧

Aux lunes des moissons, ils annoncèrent leur mariage, qu'ils célébreraient au début de l'hiver. Leila ne posa qu'une seule condition, sachant que Thiery accepterait : Ubert viendrait avec elle au Môjar. Elle avait déjà fait part de sa proposition à l'officier.

– Les dames de la noblesse ont souvent des gardes assignés à leur protection. J'aimerais que tu viennes avec moi. Seulement si tu en as envie, évidemment.

N'étant pas d'une nature impulsive, Ubert avait demandé à réfléchir. Deux jours plus tard, il avait accepté. Leila l'avait embrassé sur les joues, amusée de le voir rougir si facilement.

– Tu es certain que tu ne m'en voudras pas d'avoir complètement bouleversé ta vie ?

– Tu ne bouleverses pas ma vie puisque rien ne me retient ici ; aussi bien en profiter pour élargir mes horizons. Il n'y a qu'une seule chose que je ne te pardonnerais pas.

– Ah oui ! Quoi donc ?

– Que tu te rendes à nouveau malheureuse. Pour ton bonheur, j'ai déjà sacrifié une carrière théâtrale très prometteuse. Je n'en ferai pas davantage, conclut-il dans un sourire narquois.

Les deux amis éclatèrent d'un rire joyeux, bercés par l'espoir d'une nouvelle vie.

✧

Raicha de Borg surveillait les domestiques qui peinaient pour entasser les bagages dans trois carrosses déjà surchargés. Aujourd'hui, Leila partait rejoindre le duc. Même si Raicha savait que sa fille avait consenti à ce mariage en toute liberté, elle ne pouvait s'empêcher de s'inquiéter.

– Tu la couves trop.

Elle sursauta, car elle n'avait pas entendu Firmin s'approcher. Les épreuves récentes les avaient tous deux ébranlés. Raicha regarda son mari avec affection. Bien sûr, il ne s'agissait pas d'amour ; toutefois, avec les années, elle avait appris à apprécier et à respecter cet homme excentrique.

– Tu as sûrement raison. Mais, par moments, elle semble encore triste.

– Ce qui m'inquiète, moi, c'est la tristesse que je vois dans tes yeux.

– Après tout ce temps passé ensemble, on dirait bien que je n'ai plus de secret pour toi, mon ami. Quand je pense que notre cadette quitte la maison... Tout à coup, je me sens vieille.

L'air malicieux, Firmin passa un bras autour de sa taille. Leila, qui descendait l'escalier, les surprit ainsi enlacés. Le banquier fit un clin d'œil à sa fille.

– Ta mère dit qu'elle se sent vieille. Allons donc ! Impossible... avec les atours qu'elle a !

– Ah, les hommes ! Leila, es-tu bien certaine de vouloir te marier ? Le couvent offre plusieurs avantages !

Ils rirent tous les trois, cherchant ainsi à masquer leur émotion. Puis Leila les prit dans ses bras.

– Je vous attends pour la cérémonie. Vous allez me manquer terriblement.

Une fois installée dans le carrosse le plus confortable, Leila se pencha vers sa mère. Raicha nota les cernes qui, maintenant, soulignaient en permanence les yeux de sa fille. Même si la malheureuse histoire du mariage royal remontait à an et demi déjà, et bien qu'elle s'en fut remise, Leila avait perdu pour toujours sa candeur et son insouciance.

– Mère, ne vous inquiétez pas, Ubert m'accompagne.

Luttant contre ses larmes, elle ajouta :

– Je ne vous remercierai jamais assez pour votre patience. Je serai digne de vous, maman !

Les carrosses s'ébranlèrent enfin. Firmin marcha un moment près du cortège, envoyant des baisers sonores à sa fille attendrie.

– Je t'aime, ma chérie.

Quand il ne put plus suivre, il agita les deux bras au-dessus de sa tête, comme un gamin. Il revint vers sa femme, le visage congestionné et le souffle court.

– Tout ira bien, ma mie.

Raicha aurait aimé se montrer aussi optimiste. Pourquoi les hommes s'imaginaient-ils que le mariage était une panacée dans la vie d'une femme ?

– Ciel, Firmin ! s'écria-t-elle tout à coup. Le marquis Vor Piaz t'attend dans ton cabinet. Il va être furieux.

– Ça m'étonnerait ! Il est venu me demander de surseoir au remboursement de sa dette. Heureusement pour lui, je suis de fort belle humeur.

Le pas léger, il se dirigea vers la maison. Raicha de Borg contempla la rue vide et frissonna dans le vent froid des lunes de givre. L'hiver s'installait déjà. Tourmentée par des idées sombres, elle monta à sa chambre où un feu crépitant l'accueillit. Sa femme de chambre passa un châle sur ses épaules.

– Je vous apporte du vin doux, madame ?

– Oui, Lusia, merci. Et, je t'en prie, ne laisse entrer personne.

– VII –

Le printemps s'était installé depuis un bon moment et une douce chaleur réveillait les parfums musqués de la terre. Alban chevauchait en silence aux côtés de Mélénor. Quand le roi se montrait d'humeur aussi taciturne, mieux valait le laisser lui-même engager la conversation. Les deux hommes revenaient d'une partie de chasse qui n'avait pas réussi à dérider son compagnon.

– Elle boude encore, lança finalement Mélénor.

– Qu'es-tu censé avoir fait, cette fois ?

– Voilà bien le problème... Je n'en ai aucune idée !

Alban comprenait mieux pourquoi le roi retenait sa monture, Kabbah, un étalon que ce dernier avait l'habitude de mener à toute allure. Le cheval piaffait d'impatience mais son cavalier n'était pas pressé de rentrer au bercail.

– Bah ! Tu auras droit à une autre de vos réconciliations enflammées, tenta de le réconforter Alban.

Comme Mélénor observait un mutisme buté, il comprit qu'il faudrait le bousculer un peu.

– Cela remonte à quand ?

– Bientôt deux ans. Mais j'ai l'impression que cela en fait dix, soupira le roi.

– Pas ton mariage, idiot ! Ce que je veux savoir, c'est depuis quand tu trompes Isadora.

Le jeune homme fit la moue puis il lâcha du bout des lèvres :

– Comment as-tu deviné ? Tu dois me trouver méprisable, non ?

– Pas méprisable, Mélénor, seulement malheureux. On dirait bien que les magiciens avaient raison.

La violente réaction de son ami le surprit.

– Je te défends de dire ça. Je ne me suis pas trompé. Isadora est un peu trop émotive mais je suis certain que tout rentrera dans l'ordre très bientôt. Un jour, je confondrai ces vieux fous.

Devant tant d'aveuglement et de mauvaise foi, le chambellan préféra se taire. Ils poursuivirent leur chemin en silence puis Alban stoppa sa monture.

– Mélénor..., il faut parler sérieusement.

– Ce que tu peux m'exaspérer, parfois !

Alban saisit les rênes de Kabbah et immobilisa la bête.

– Il est plus que temps... Nous devons aller au pays de Yzsar. Nous avons déjà trop attendu. Tu ne peux plus laisser les paysans se défendre seuls contre les attaques des traîtres de Bortka. Maintenant que la neige a fondu dans les montagnes, nous devons aller rencontrer le roi Verlon. Avec le support de Milirin et de Cassandra, Isadora est parfaitement capable de diriger les affaires du royaume pendant ton absence.

– Elle ne me pardonnera jamais de la laisser seule.

– Pardonne-moi d'être aussi brutal, mais au point où nous en sommes, je me moque éperdument des humeurs de ta femme. Pendant que tu hésites à indisposer la reine, des hommes sont assassinés, des femmes, violées et des enfants, vendus comme esclaves. Réfléchis et rejoins-moi au château.

Sans laisser à Mélénor le temps de répliquer, Alban éperonna sa jument et la lança au galop.

✧

Le jeune monarque mit pied à terre et repéra un tronc d'arbre écroulé sur lequel il s'assit lourdement. La tête entre les mains, il se remémora le jour exaltant de son mariage. Quel moment magique ! Il se souvenait du sentiment de puissance qu'il avait ressenti. Ils avaient bel et bien créé une légende, et le secret restait toujours aussi bien gardé. Seuls les acteurs de la supercherie et les deux grands magiciens savaient que le mariage royal n'avait pas reçu la bénédiction des Anciens.

En pleine ovation, Mélénor et Isadora avaient disparu derrière de longs rideaux. Alban s'était précipité pour reprendre les oiseaux agrippés à leurs poignets. Le jeune chambellan avait effacé les symboles peints sur le plumage des phénix des plaines ; ensuite, il s'était empressé de les rapporter à la ménagerie avant que les fauconniers ne dessoûlent. Les yeux brillants d'excitation, Isadora s'était jetée dans les bras de son nouvel époux.

– Qu'est-ce que vous avez ? Vous n'êtes donc pas heureux ? Entendez les acclamations de notre peuple.

– Bien sûr, c'est magnifique... grâce à vous.

Il avait embrassé Isadora sans toutefois y mettre beaucoup d'ardeur. L'expression de dégoût que Milirin avait affichée en retirant sa fausse barbe et son chapeau cornu l'avait bouleversé. Mélénor avait cherché des paroles capables d'apaiser la conscience malmenée du vieux chancelier, en vain.

Pour chasser son trouble, le roi s'était approché de Volda, laquelle aidait son frère à ranger le matériel dans les caisses.

– Vous êtes donc magicienne ?

Isadora avait répondu à la place de la vieille femme.

– Pas du tout ! N'est-ce pas, ma tante ?

Puis, l'ignorant, Isadora avait repris d'un ton acide :

– Volda sait préparer les remèdes et les potions. Elle connaît les poudres à mélanger pour obtenir les effets que vous avez vus. Si elle me donnait ses recettes, je pourrais en faire autant. Mais jamais elle ne s'y résoudra.

Guilly finissait de ficeler le gros soufflet qui avait servi à répandre la fumée et à éteindre les bougies.

– Isadora, reste polie avec ta tante.

La jeune mariée s'était avancée vers son tuteur et avait répliqué, hautaine :

– Tu n'as pas à dire à ta reine comment elle doit se comporter.

L'homme avait baissé les yeux, et Mélénor avait choisi d'entraîner Isadora vers la salle des banquets. Dès leur apparition, une vive clameur s'était élevée. Le roi avait tout oublié, ne songeant plus qu'à profiter de son bonheur.

✧

Plus tard, bien que passablement ivre, Mélénor avait rejoint Isadora dans l'ancienne chambre de la reine Carmine. La jeune femme avait défait ses cheveux et sa fine chemise laissait voir ses formes invitantes. Sans autre préambule, Mélénor avait retiré ses vêtements. Il avait vite réalisé son erreur ; Isadora fixait son corps nu avec effroi.

– Mais c'est beaucoup trop !

Mélénor avait remis son pantalon aussi vite que son équilibre précaire le lui permettait. Trop tard, Isadora fondait en larmes. Maladroitement, il avait tenté de la consoler mais elle l'avait repoussé.

– J'ai une faveur à vous demander.

– Tout ce que vous désirez, ma douce, avait-il répondu, déconcerté.

Isadora était allée chercher sa lyre.

– Je vais chanter une dernière fois pour vous.

– Pourquoi dites-vous cela ?

– Vous ne comprenez donc pas ! La musique était toute ma vie, mais maintenant je dois vous appartenir entièrement. Après ce chant, vous serez tout pour moi ; la musique ne signifiera plus rien.

– Vous avez raison, je ne comprends pas. Mais de grâce, cessez de pleurer !

Isadora avait chanté une longue complainte. Mélénor l'avait patiemment écoutée jusqu'à ce qu'elle laisse tomber sa lyre dans un geste indifférent. Le regard fiévreux, elle avait retiré sa chemise et, enfin, le roi avait pu apprécier sa beauté dans toute sa splendeur. Quand il l'avait prise après avoir longuement caressé sa peau douce et claire, Isadora avait répondu avec un total abandon. Mélénor avait vécu le plus bel été de sa vie.

✧

Une bagarre d'hirondelles ramena le jeune souverain à la réalité. Son étalon s'était calmé et s'intéressait à un îlot de tendres pousses vertes. Mélénor respira profondément en se laissant submerger par les images du passé. « Ah oui ! Le plus bel été de ma vie. »

Pour plaire à sa reine, il avait fait renaître le jardin de Carmine. Après une journée chargée, les jeunes époux s'y retrouvaient. Souvent, ils faisaient l'amour sous la tonnelle. Mélénor était fier d'Isadora ; elle avait vite compris les rouages de la politique, et le peuple semblait avoir oublié ses origines modestes. Lors des assemblées publiques, elle savait se montrer impériale et imposer le respect.

Au début de l'automne, tout avait soudainement basculé. Ce soir-là, l'air du jardin était frais. Isadora s'était blottie dans les bras de son époux.

– Tu as l'esprit ailleurs, mon ami !

– Je dois bientôt partir pour le pays de Yzsar. Il faut passer les montagnes avant l'hiver.

Isadora avait réagi violemment.

– Je refuse de rester seule !

– Il le faudra bien...

Elle ne l'avait pas laissé terminer sa phrase et s'était enfuie. Mélénor avait pensé devenir fou devant l'attitude incohérente d'Isadora ; en public, elle se montrait adorable mais dès qu'ils étaient seuls, elle évitait de le regarder et de lui adresser la parole. Toutes les nuits, elle s'enfermait dans sa chambre et refusait de lui ouvrir. Il avait fini par céder. Il avait reporté son voyage, prétendant que Verlon Kom Yzsar ne pouvait le recevoir avant le printemps. Il avait aussitôt eu accès au lit d'Isadora. Du moins, pendant quelques jours.

Peu de temps après, un commentaire inoffensif lui avait valu une bouderie de dix jours. Il avait également eu droit à ce traitement pour avoir reluqué les formes généreuses d'une comtesse. Ce genre d'incident avait progressivement transformé sa vie en une séquence chaotique de querelles et de réconciliations ; il lui semblait qu'une mer infinie et houleuse le ballottait comme un fétu de paille. Malgré tout, les époux s'employaient à sauvegarder les apparences d'un couple parfaitement uni.

✧

Mélénor eut un rire amer. « La perfection, quelle farce ! » Il promena son regard autour de lui. « La nature est si paisible. » Il avait toujours apprécié la quiétude et le sentiment de communion qu'il ressentait dans la forêt. Une irrésistible envie de liberté le saisit à la gorge.

« Partir, voilà ce qu'il me faut. Partir loin et longtemps. » Bien que sa décision fût prise, la culpabilité le tenaillait.

Alban avait raison ; il avait négligé ses devoirs et des innocents payaient depuis trop longtemps son manque de courage.

✧

Quand il vit le roi surgir dans la salle du conseil, Alban sut qu'il était parvenu à raisonner son ami et qu'il devait se tenir prêt à partir. Le chambellan s'occupait de la correspondance en compagnie de Cassandra et Milirin. L'arrivée intempestive du roi les interrompit en plein travail.

– Je pars demain pour le pays de Yzsar, lança-t-il en prenant place au bout de la table. Cassandra ? Milirin ? Vous sentez-vous capables de supporter la reine dans les affaires courantes ?

Cassandra adressa un regard discret au chancelier avant de répondre.

– Tout ira très bien.

– Parfait ! Je sais que ce départ est précipité, mais je compte sur vous pour tout organiser. Prévoyez le nécessaire pour une cinquantaine d'hommes.

Cassandra leva le nez de son carnet de notes.

– Combien de temps ?

– Environ six cycles lunaires.

– Je vois. Nous disons deux saisons alors : l'été et l'automne.

– Mais nous devrons traverser les montagnes et la température sera glaciale en altitude.

– Je résume donc : provisions, chariots, montures, couvertures et manteaux chauds, costumes d'apparat, pièces d'or et d'argent, énuméra-t-elle. Est-ce que j'oublie quelque chose ?

– Des présents. Voyez avec Milirin ce qui pourrait convenir au roi Verlon ainsi qu'aux souverains de Môjar.

Le chancelier trahit sa surprise.

– Vous comptez rendre visite à Sol'Maglian ?

– Je m'imagine mal traverser son pays sans avoir la politesse d'aller le saluer.

– Bien sûr ! J'aurais dû y penser.

Alban ramassa rapidement les documents étalés devant lui. Il les confia à Cassandra tout en interrogeant Mélénor :

– Tu as parlé d'une cinquantaine d'hommes. À qui penses-tu ?

– Je préférerais vous faire part de ces détails un peu plus tard..., disons au coucher du soleil. Cela permettra à Milirin de convoquer l'amiral de Veod et le général Vor Garet.

Le chancelier sortit comme un coup de vent pour revenir aussitôt sur ses pas.

– Dois-je d'abord prévenir la reine ?

– De grâce, non !

Horrifié par le ton implorant de sa propre voix, Mélénor se ressaisit et dit sèchement :

– Je n'ai pas envie de tout répéter deux fois. Demandez-lui de venir nous rejoindre au crépuscule.

✧

Un peu plus tard, le roi répétait son annonce.

– Demain, je pars pour le pays de Yzsar. J'amènerai une cinquantaine d'hommes dans cette mission diplomatique auprès du roi Verlon.

Isadora n'émit aucun commentaire. Elle se contenta de sourire, ce qui alarma Mélénor plutôt que de le rassurer. Évitant de la regarder, il allait poursuivre, quand le général Vimon Vor Garet prit la parole.

– Cinquante hommes ! Avons-nous besoin d'une aussi grosse troupe ?

– Non, trancha le roi sans plus d'explications. Maintenant, si le général n'a pas d'autres questions, je vais vous faire part des détails du voyage. Nous prendrons la route du Walon ; nous nous arrêterons quelques jours à Oz'Garanz. Là, je demanderai à l'intendant qu'il sollicite en mon nom une audience avec Sol'Maglian.

L'amiral Anto de Veod pesa ses mots avant de s'adresser au roi. L'idée d'essuyer une rebuffade comme le général plus tôt ne lui souriait guère.

– Nous pousserons donc jusqu'à Oz'Steyfia puisque le roi de Môjar y réside cet été.

– Exact.

L'officier de la marine semblait embarrassé.

– Permettez, Majesté, mais j'ai du mal à comprendre ce que vous attendez d'une audience avec le roi de Môjar. Cela doit revêtir une grande importance, car le détour par Oz'Steyfia nous retardera énormément. Par la mer, nous pourrions rejoindre la capitale de Yzsar en bien moins de temps... Alors, pourquoi passer par le continent ?

Le roi respectait beaucoup son amiral qui, bien qu'issu d'un milieu modeste, avait réussi à gravir les échelons menant à son grade. L'ancien roi Dobfrey avait su reconnaître l'intelligence et le jugement de ce précieux conseiller. Avec les années, ce très bel homme aux cheveux gris avait acquis des manières exquises et une grande culture des usages des pays étrangers. Mélénor se retourna vers l'amiral.

– Je vais vous répondre par une question, Anto. Si nous empruntons la mer, pouvez-vous me garantir que nous ne courons aucun risque d'être aperçus par la marine de Bortka ?

L'amiral comprit immédiatement.

– Vous avez raison. Même en naviguant loin des côtes, le risque de croiser des navires ennemis reste non négligeable.

– La seule solution consiste donc à passer par les terres...

Anto de Veod enchaîna en hochant la tête :

– ...d'où l'obligation d'une audience avec le roi de Môjar.

Mélénor acquiesça.

– Qui sait ? Peut-être réussirons-nous à le sensibiliser à notre cause.

Le roi fit signe à Milirin de s'approcher. Le chancelier lui tendit un parchemin qu'il s'empressa de signer.

– Ce document atteste l'autorité pleine et entière d'Isadora, dit le roi sur un ton qui interdisait toute discussion. En plus des droits de gestion courante qu'elle possède déjà en tant que souveraine de Gohtes, elle a désormais le droit de prendre unilatéralement toute décision relative à la sauvegarde des intérêts de notre pays. Je connais nos nobles et sans les clauses très explicites de ce document, ils ne manqueraient pas de lui rendre la vie impossible.

Toujours aussi impassible, Isadora reçut le document des mains de son époux.

– Je te remercie de ta prévoyance, Mélénor, susurra-t-elle de sa voix la plus douce. Je tâcherai d'être aussi juste et efficace que toi.

– Milirin et Cassandra assisteront la reine comme ils le font avec moi. Y a-t-il des questions ?

Comme tout le monde se taisait, Mélénor se tourna vers l'amiral.

– Anto, vous emmènerez vos deux meilleurs officiers ainsi que vingt marins.

– À vos ordres, Votre Altesse.

– Même chose pour vous, général : deux officiers et vingt soldats.

– Nous serons prêts à l'aube, Votre Majesté...

Par cette réponse, le général entendait démontrer plus de zèle que l'amiral, qu'il méprisait en raison de ses origines modestes. Mélénor l'arrêta d'un geste sec de la main et poursuivit :

– Alban sera en charge des éclaireurs. Je veux le « trio impossible ».

– Il est déjà prévenu, mon roi.

– Je veux également que tu sélectionnes cinq de mes gardes, lesquels seront sous la responsabilité d'Ubert de Lomgo.

– Désolé, Votre Altesse, mais vous oubliez que l'officier de Lomgo n'est plus à votre service.

– C'est pourtant vrai ! reconnut Mélénor, visiblement agacé.

– Peut-être Colbert ? suggéra le chambellan.

– Bon choix, approuva le roi en hochant la tête. Bien sûr, ajouta-t-il dans un sourire, il ne faut pas oublier notre incomparable cuisinier.

Isadora rit avec les autres quand l'amiral, le général et Alban gémirent à l'unisson :

– Oh, misère ! Pas Gil le coq !

✧

Une fois la réunion levée, les époux se retrouvèrent seuls. Le roi attendait que la tempête s'abatte sur lui. Contre toute attente, Isadora commença à lui masser les épaules. De sa voix la plus câline, elle lui murmura à l'oreille :

– Tu dois être très fatigué. Es-tu certain de devoir partir si précipitamment ?

Mélénor avait décidé de se montrer ferme avec Isadora.

– Il le faut et tu le sais.

– Alors, viens te coucher. Tu sembles vraiment las.

Il y avait longtemps qu'ils avaient fait l'amour avec autant de fougue. Le jeune homme s'abandonnait à une douce torpeur et le sommeil le gagnait quand Isadora posa sa tête sur sa poitrine.

– Tu ne peux pas partir demain, souffla-t-elle doucement.

Mélénor était pourtant convaincu que sa détermination avait muselé les caprices d'Isadora. Il l'attira à lui et caressa sa cuisse. Elle déplaça la main de son époux jusqu'à son ventre.

– Tu ne peux pas partir parce que j'attends un enfant.

Mélénor se redressa prestement et la regarda avec attention :

– Est-ce une autre ruse ?

Isadora pinça les lèvres, mécontente.

– Tu ne penses tout de même pas que je mentirais sur ce point, s'indigna-t-elle. Ton héritier... C'est beaucoup trop important !

Le pouls rapide du roi fit trembler les feuilles du chêne sur sa poitrine. « Bon sang, elle dit la vérité ! » Il repoussa brusquement les couvertures et entreprit de tâter le corps de son épouse.

– Espèce de grand fou, cela ne paraîtra pas avant des lunes... Arrête, tu me chatouilles !

– Je suis si heureux, fit Mélénor en l'enlaçant tendrement.

– Moi aussi, je suis heureuse.

– Tu es plus belle que jamais !

– Attends de voir ce que je vais devenir... Énorme, affreuse... Tu ne voudras plus de moi !

– Tu dis n'importe quoi, mon tendre amour.

✧

Le lendemain, Isadora n'était pas là pour saluer le départ de Mélénor. Elle l'avait jeté hors de sa chambre à l'instant même où elle avait compris qu'il ne renoncerait pas à ses projets. Il lui avait promis qu'il reviendrait avant la naissance de l'enfant. Pour toute réponse, la porte lui avait claqué au nez.

✧

Le temps était encore frais en ce début du cycle des lunes des pluies. L'haleine des voyageurs formait de petits nuages de vapeur quand Mélénor et Alban les rejoignirent aux écuries. Le « trio impossible », formé des éclaireurs Drago, Marius et Lucas, avait déjà pris la route.

Baignée par les lueurs de l'aube, la délégation s'engagea sur la route qui conduisait aux portes de Döv Marez. Mélénor avait refusé de faire le trajet en carrosse ; il chevauchait devant, accompagné d'Alban. Au pas, juste derrière eux, six gardes du corps les escortaient.

Par hiérarchie plus que par sympathie, le général et l'amiral précédaient, de concert, les quatre officiers. Les quarante marins et soldats avaient été répartis de part et d'autre des chariots afin d'en assurer la protection. Trônant au milieu de ses casseroles, Gil dit le coq, le cuisinier des troupes, haranguait les hommes.

– Par tous les esprits, que contenait le lait de vos mères ? De la pisse de chat ? Vous allez voir, je vais vous remplumer. Des muscles, vous en aurez... Des muscles, pas cette espèce de graisse branlante qui vous fait croire que vous êtes costauds.

Par chance, il lui arrivait de perdre la voix.

✧

Mélénor connaissait assez bien leur première destination, la ville d'Oz'Garanz. Après la mort de Carmine, Dobfrey avait pris l'habitude d'emmener le prince lors de ses nombreux déplacements. C'est ainsi que le jeune roi avait découvert la seconde capitale du Môjar. Sol'Maglian vivait principalement à Oz'Steyfia, mais souvent, il se déplaçait vers le sud, entraînant dans son sillage la famille royale et sa cour. Cette coutume avait contribué à améliorer la gestion du pays, qui était vaste et prospère. Le père de Mélénor profitait régulièrement de ces migrations pour visiter son puissant voisin et conclure avec lui d'importantes ententes commerciales. Mélénor se souvenait du faste de la cour de Môjar ; en comparaison, la vie à la Cité des Mirages lui paraissait bien primitive.

Alban sembla lire dans les pensées de son ami. Tout excité par cette aventure, il interrogea Mélénor.

– Il est comment, Sol'Maglian Ez Môjar?

– Je n'avais que treize ans quand je l'ai rencontré pour la première fois ; l'homme m'avait moins impressionné que ses palais. Je sais que mon père le respectait et que ce sentiment semblait partagé. À cette époque, Sol'Maglian avait déjà plus de trois cents ans.

– Un Longs-Doigts ! s'étonna Alban.

– Tu ne le savais pas ?

Le chambellan hocha la tête en signe de dénégation.

– Et Oz'Steyfia ?

– Je n'ai jamais vu la capitale, avoua le monarque. J'ose à peine imaginer le luxe de cette cité.

Alban rêvassa un bon moment avant de reprendre :

– Combien de jours avant Oz'Garanz ?

– Plus ou moins quarante. Tu n'auras plus jamais les mêmes fesses après ce voyage, crois-moi, gouailla-t-il.

Puis il se souleva de sa selle et s'asséna une claque sur le postérieur.

– Du roc, mon cher !

– Est-ce que je comprends bien ? se moqua Alban. Tu essaies de me faire croire que tu as les fesses aussi dures que la tête ?

– Rigole tant que tu voudras. On s'en reparlera dans trois jours.

Mélénor lança Kabbah au galop. Alban le suivit avec enthousiasme. Les soldats de la garde leur emboîtèrent le pas ; ils assuraient la sécurité du roi et, sous aucun prétexte, ils ne voulaient le perdre de vue.

✧

Drago et Lucas s'arrêtèrent auprès de Marius. Les trois éclaireurs chevauchaient depuis plusieurs heures ; le moment était venu de choisir l'emplacement du camp pour la nuit. Mélénor nourrissait une affection particulière pour ceux que sa mère avait surnommés le « trio impossible ».

Carmine avait du flair pour repérer les enfants qui deviendraient des cavaliers exceptionnels. Afin de raffiner la technique de ses jeunes élèves, elle exigeait qu'ils exécutent des figures complexes, seuls et en groupe. L'épouse de Dobfrey avait donc recruté trois gamins talentueux en vue d'améliorer l'entraînement de Mélénor et d'Alban. Avec ces trois-là, elle en avait vu de toutes les couleurs ; en plein milieu d'une leçon, ces chenapans partaient parfois au galop, laissant les autres loin derrière. Carmine devait alors les rattraper et les sermonner, soulignant chaque fois l'importance de la discipline. La patience de Carmine avait fini par porter ses fruits ; ils formaient aujourd'hui la meilleure équipe d'éclaireurs jamais mise à la disposition d'un roi de Gohtes. Marius en était le chef.

✧

– Nous approchons du village d'Arbois. Nous pourrions descendre à l'auberge de Tudor.

– Et pourquoi pas à La queue de tortue ?

Drago n'avait pas l'habitude d'intervenir dans les décisions de Marius. Ce dernier lui jeta un coup d'œil méfiant. Ses larges sourcils noirs se froncèrent au-dessus de ses beaux yeux sombres.

– Que me caches-tu, Drago ?

L'éclaireur afficha un air faussement honteux, puis un petit sourire en coin se dessina sur ses lèvres minces.

– Eh ! bien, vois-tu, dit-il, les yeux pétillants de malice, la dernière fois qu'on a logé chez le bonhomme Tudor, j'ai... comme qui dirait... couché avec sa femme. Rien qu'une petite fois, mais je crains que monsieur l'aubergiste n'ait pas aimé. Je n'ai pas envie de me faire occire par un mari jaloux. Ce serait vraiment trop bête, tu ne trouves pas ? Juste au moment où on entreprend enfin un vrai voyage.

– Tu fais vraiment tout pour me rendre la vie impossible, déclara le chef, exaspéré. La queue de tortue n'est pas aussi confortable que l'auberge de Tudor, et tu le sais. Qui donc va se faire tancer par les officiers ?

Le sourire de Drago s'élargit jusqu'à illuminer son visage ingrat.

– Mais la bière y est bien meilleure !

– Espèce de rat mité ! répondit Marius, incapable de résister au sourire de son ami.

Drago était le pire séducteur qu'il ait jamais connu, ce qui, aux yeux de Marius, constituait un véritable mystère. L'homme avait la figure étroite et ses yeux étaient beaucoup trop rapprochés. Un nez busqué et une bouche quasi inexistante surplombaient un menton fuyant, où une profonde fossette dessinait une zébrure noire qui contrastait bizarrement avec la peau trop claire. Mais en dépit de son apparence, les femmes se pâmaient en le voyant.

– Est-ce qu'il t'arrive de garder ta queue dans ton pantalon ?

– Tu es trop sérieux, Marius. C'est ça ton problème.

– Peut-être, mais je n'ai pas un millier de maris cocus à mes trousses !

La discussion risquait de s'éterniser. Mais comme toujours, Lucas s'interposa.

– Ce sera donc La queue de tortue ?

– Il le faut bien puisque nous n'avons pas le temps d'assister à un autre duel.

Lucas fit caracoler sa monture dans un habile demi-tour. Le chef ne se lassait pas d'admirer l'aisance de Lucas. Des trois éclaireurs, il était assurément le meilleur cavalier. Son corps, à la fois élancé et robuste, semblait fait pour s'adapter à la bête. Jamais un cheval ne l'avait désarçonné. Marius n'avait plus de doute et il répétait à qui voulait l'entendre : « Lucas sait parler aux chevaux. »

Le chef regarda son compagnon s'éloigner dans un nuage de poussière. La longue natte noire battait le dos de son ami au rythme des mouvements du cheval. Il rapprocha sa monture de celle de Drago.

– Bon, il va falloir prendre des dispositions spéciales pour le campement, lui expliqua-t-il en éperonnant son cheval.

Son groupe avait deux responsabilités : repérer les dangers avant le passage de la troupe et établir le camp de nuit. L'éclaireur ne se sentait pas trop préoccupé par l'aspect sécurité. Il s'inquiétait plutôt pour le campement : certains officiers se montraient plus capricieux quand il était question de leur confort.

✧

Comme Marius l'avait prédit, le général Vor Garet leur offrit toute une scène. Évidemment, il s'assura d'être entendu par le roi et les officiers. Il aboya si fort que l'amiral ainsi qu'Alban rappliquèrent à toute vitesse, convaincus que la foudre venait de s'abattre sur le détestable personnage. Le général postillonnait copieusement sous le nez de Marius.

– Ne me dites pas que vous ne pouviez trouver mieux que ce taudis ! Vous n'êtes qu'un incompétent !

Ajoutant à l'embarras de l'éclaireur, Drago choisit ce moment pour revenir avec la femme de l'aubergiste. Marius jeta un coup d'œil meurtrier à son compagnon. Il devait réagir promptement : « Si je perds cette bataille, le général me houspillera tout le reste du voyage. » L'air impassible, il répliqua :

– Sauf votre respect, mon général, sachez qu'ici la bière est excellente ; cela profite à tous les hommes.

L'amiral de Veod s'approcha de Marius et lui mit la main sur l'épaule.

– Vous avez bien fait, chef ! dit-il en dévisageant effrontément le militaire. Le voyage sera long pour tout le monde. Nous sommes capables de sacrifier un peu de confort pour le bien-être de la majorité.

Le teint de Vor Garet vira au rouge. Ses énormes moustaches se mirent à trembler de colère. Il allait rétorquer mais Mélénor s'interposa et donna raison à l'amiral.

– Après tout, nous ne sommes pas des demoiselles. Nous devrons bientôt dormir à la belle étoile ; le ciel sera le même au-dessus de toutes nos têtes.

Drago envoya un clin d'œil malicieux à Marius, qui résista à l'envie de lui botter le derrière.

✧

Lorsque la femme de l'aubergiste se présenta, Mélénor ne vit sur son beau visage qu'une expression de bienveillance naturelle. Si l'esclandre du général l'avait vexée, elle n'en laissait rien paraître. Elle salua le roi avec respect et simplicité.

– C'est un très grand honneur, Votre Majesté.

– D'après mes hommes, votre bière est excellente.

– C'est la meilleure de la région. Suivez-moi, vous en jugerez par vous-même.

Elle entraîna le roi et son escorte dans une salle bien éclairée et reluisante de propreté. Le mobilier était rustique mais sentait bon l'encaustique.

– J'adore ce genre d'endroit, s'exclama Mélénor, ravi. C'est typique des campagnes du pays de Gohtes. Nous devrions nous montrer fiers de nos campagnes, n'est-ce pas, général ?

Ce dernier tentait péniblement de loger son énorme bedaine derrière une table de chêne massif.

– Fiers... Humph ! Bien sûr, Votre Altesse.

On aurait dit qu'il venait d'avaler une chope de vinaigre. Il s'assit en s'efforçant de sourire. Un craquement sonore retentit quand le tabouret abdiqua.

✧

Les haltes des jours suivants se passèrent sans autre incident. Dans son évaluation, Alban ne tenait pas compte des inévitables affrontements entre Gil le coq et les cuisiniers attitrés des auberges et des châteaux qui les accueillaient. Jusqu'à présent, on avait évité le pire ; les couteaux ne tâtaient encore que des ragoûts.

✧

Bercé par le pas tranquille de sa monture, le chambellan soupira d'aise. Il jeta un coup d'œil furtif à Mélénor qui chevauchait à ses côtés. Le roi était visiblement détendu ; l'éloignement semblait lui faire le plus grand bien. Imperceptiblement, les villages se distançaient ; bientôt, ils devraient tous dormir dans la forêt. Cette perspective semblait réjouir Mélénor ; après tout, rien n'était plus naturel pour un elfe-sphinx.

Quant à Alban, il avait une autre raison de se réjouir. Le général Vor Garet se montrait plus accommodant depuis l'incident qui avait laissé son postérieur endolori. Plein de sollicitude, Polan, le soigneur de la troupe, s'était proposé pour ausculter le général. La frustration refoulée du gros officier avait jailli en un flot d'injures qui avait fait reculer le soigneur. Il en fallait pourtant beaucoup pour impressionner ce colosse de la garde royale.

Le général s'était donc relevé seul et avait quitté la pièce la tête haute. Le lendemain matin, quand il était monté en selle, il avait surpris plusieurs regards moqueurs. Certains avaient même parié qu'il ne tiendrait pas une heure. Malgré la souffrance qui devait être intolérable, il avait précédé la troupe sans jamais ralentir ni se plaindre. Il en était allé de même tous les jours qui avaient suivi, mais depuis, on le voyait peu ; surtout, au grand soulagement de tous, on l'entendait peu.

Alban fut tiré de ses pensées par l'arrivée d'Isidor. Le soldat avait ajusté le rythme de sa monture à celui de la jument du chambellan. Comme la plupart des gardes du corps du roi, Isidor était un grand gaillard capable de se battre avec courage. Ses yeux avaient une étrange mobilité qui donnait l'impression qu'il regardait ailleurs quand il vous parlait ; ses compagnons le surnommaient « le bigleux ».

– Je crois que j'ai quelque chose qui pourrait vous intéresser.

– Je t'écoute, Isidor.

– Hier, à l'auberge, j'ai rencontré un type...

Alban ouvrit de grands yeux inquiets.

– Ne me dis pas que tu l'as détroussé !

Le soldat était un joueur redoutable qui avait causé plus d'une bagarre dans les tripots de Döv Marez. Son visage mouvant exprima une profonde indignation.

– Je ne triche qu'avec les voleurs !

– Désolé, j'ai parfois du mal à comprendre la versatilité de ton code moral, s'excusa Alban, un brin mordant.

– Vous désirez savoir ou pas ?

Isidor était loyal et Alban pouvait compter sur son jugement ; il hocha la tête, lui signifiant qu'il l'écoutait. Une fois de plus, l'étrange regard du soldat déconcerta le chambellan.

– Le type faisait vraiment pitié. Je lui ai offert à boire et voici ce qu'il m'a raconté.

Le récit d'Isidor se révélant captivant, Alban demanda à Mélénor d'y prêter attention. Isidor répéta son histoire aux deux amis qui passèrent le reste de la journée à discuter de ce qu'il convenait de faire.

✧

Le lendemain matin, Alban convoqua Marius.

– Ce soir, nous réquisitionnons le domaine du comte d'Aventi.

– Mais ce comté se trouve à l'écart de la route du Walon, s'étonna le chef du « trio impossible ».

– Je sais, opina Alban.

– Nous allons perdre plusieurs heures..., à l'aller et au retour ! tint à préciser Marius.

– Tu peux composer avec cela ?

– Sans problème. Tels que je vous connais, vous et le roi, je crois que vous manigancez quelque chose.

Leurs lointaines leçons d'équitation avec la reine Carmine avaient tissé une complicité particulière entre les anciens élèves. Alban sourit à l'éclaireur.

– Ne t'inquiète pas, je te raconterai tout un peu plus tard. Nous allons nous amuser !

Marius ne faisait jamais rien avec excès ; il rit donc discrètement avant de reprendre la parole.

– Qui est le pigeon, cette fois ? Pas le...

– Lui-même, mais pour l'instant, pas un mot à personne. D'accord ?

– Comptez sur moi ! À ce soir.

Alban le retint au dernier instant.

– Je veux que Drago et toi, vous m'attendiez à l'entrée du domaine ; j'aurai des instructions pour vous.

En route, Alban et Mélénor fignolèrent les détails de leur plan.

✧

Quand la troupe s'arrêta devant le manoir d'Aventi, les principaux acteurs connaissaient leurs rôles. Mélénor entendit les commentaires dépités des soldats que suscitait le délabrement des lieux. Le roi mit pied à terre et attendit qu'on vienne l'accueillir.

L'homme qui leur ouvrit avait de longs cheveux gris et sales qui pendaient misérablement sur ses habits usés. Il plongea dans une profonde révérence à l'équilibre précaire.

– Votre Majesté, quel honneur ! Mais quelle honte aussi ! Ma demeure est bien trop modeste pour accueillir des hôtes aussi prestigieux.

– Nos besoins sont également modestes, Elzar Vor Aventi.

Le noble prit un air contrit avant de gémir :

– Je n'aime pas me plaindre, mais vous savez, les terres ne rapportent pas autant que les gens de la cité le croient.

Mélénor balaya du regard le spectacle navrant qu'offraient les terres dévastées entourant les bâtiments en ruine.

– Vous m'étonnez, dit-il sévèrement. J'ai vu plusieurs domaines très prospères en venant jusqu'ici.

Le comte joignit les mains devant sa poitrine et commença à se dandiner sur place.

– Vous allez m'obliger à manquer d'humilité, mon roi. Voyez-vous, je suis trop bon avec mes gens. Je leur verse des salaires bien supérieurs à la moyenne. Cela me ruine, mais je n'y peux rien, je suis né avec un grand cœur !

– Vous n'aurez donc aucune objection à nous offrir le gîte et le couvert.

– Ma générosité naturelle me porte plutôt à vous recommander le domaine du marquis Vor Lim, susurra le comte, doucereux. Vous trouverez là-bas bien plus de confort que sous mon humble toit.

Le jeune souverain fronça les sourcils.

– J'ai dû mal entendre. Seriez-vous assez impertinent pour me refuser l'hospitalité ?

Le comte piqua du nez vers la pointe de ses vieux chaussons crasseux.

– Bien sûr que non, mon roi !

– Voilà qui est mieux !

Le roi se retourna vers ses officiers supérieurs.

– Général ? Amiral ?

– Votre Altesse ? répondirent-ils en chœur.

– Investissez les lieux !

Les chariots pénétrèrent dans la grande cour. Puis les officiers donnèrent des ordres aux hommes qui se munirent de pelles avant de se disperser autour des bâtiments. Les trois éclaireurs lancèrent leurs montures au galop et disparurent dans les champs.

Le monarque dévisagea le comte qui se trémoussait, visiblement mal à l'aise. Une moue dédaigneuse se peignit sur les traits du roi.

– Je comprends maintenant pourquoi les impôts que vous payez à l'État sont si... rares.

Pour la première fois, le comte sourit, révélant des chicots noirs et branlants.

– Je me tue à expliquer ma situation délicate à votre ministre des Finances. Si cela vient de vous peut-être qu'elle...

Aventi se détourna soudainement pour interpeller un des officiers. Son teint était livide.

– Dites à vos hommes de ne pas creuser à cet endroit.

– Pourquoi ? s'informa l'officier.

– C'est un ancien marais... Vous allez dormir dans l'eau !

La panique commençait à gagner l'hôte récalcitrant. Sans plus s'en occuper, Mélénor pénétra dans la demeure ancestrale. Tout comme les vêtements du comte, le manoir avait connu des jours meilleurs ; malgré les signes évidents de négligence, on distinguait encore la beauté originale de l'architecture. Le domaine avait fait l'orgueil de plusieurs générations d'Aventi.

– Ne vous inquiétez pas pour si peu, déclara le roi. Mes hommes excellent dans l'établissement de campements. Ne pensez-vous pas qu'il conviendrait maintenant de nous faire goûter votre vin ?

– Un homme de votre qualité le trouvera certainement sans finesse.

– Je vous l'ai déjà dit, le rabroua Mélénor, nos besoins sont modestes.

✧

L'attitude offensante de l'avare fit bouillir Mélénor. Après les avoir installés dans une pièce aux murs nus dont les fauteuils et les tapis avaient grand besoin d'être dépoussiérés, le comte était revenu avec un seul verre, qu'il avait déposé devant le roi directement sur le bois graisseux de la table. Mélénor nota avec satisfaction que le comte commençait à démontrer des signes de nervosité depuis qu'Alban et Isidor s'étaient adossés au cadrage de la porte ; l'air de ne pas y toucher, ils en bloquaient l'accès, si bien que le comte ne savait plus où mettre sa peau. Hésitant, il se dirigea vers une chaise droite sur laquelle il ne déposa que le bout de ses fesses. Il croisa et décroisa les bras, puis se releva d'un bond.

– Je vais aider vos hommes à choisir les bons emplacements, annonça-t-il nerveusement.

– Vous n'avez donc pas de domestiques ?

– Bien sûr... En fait, non... Oui, mais ils sont peu nombreux !

– Assez nombreux pour vous empêcher de faire des profits, d'après ce que vous m'avez dit.

– Ils sont en repos ! lança l'avare, pris au piège.

Cette fois, Mélénor rit franchement.

– En repos ! Elle est bien bonne !

L'attitude du roi acheva de troubler son hôte ; le sourire qu'affichait Mélénor contrastait dangereusement avec le ton glacial de sa voix.

– Je prendrais bien encore du vin. Mes hommes aussi ont soif. Les auriez-vous oubliés ?

Le comte vit là une occasion de s'échapper. Il s'élança vers la porte mais se heurta à Alban et Isidor. Coincé entre les deux colosses, il avait l'air d'un poulet déplumé. Isidor se pencha vers l'horrible bonhomme et siffla :

– J'ai un ami qui travaille chez vous ; il s'appelle Cormier. Il a un jeune fils qui se nomme Éloi. J'aimerais les voir.

– Ils sont partis.

– Partis ? répéta le bigleux, sarcastique. Alors que vous les traitez si bien ? Étonnant, vous ne trouvez pas ?

– Mes gens sont libres d'aller où bon leur semble...

Il se produisit un remous derrière Alban. Les quatre officiers étaient là ainsi que Marius. Le chambellan les interrogea du regard. Ils répondirent d'un hochement de tête. Alban s'écarta de la porte en criant haut et fort :

– Mon roi, il me semble que l'air pue ici !

– Je m'apprêtais justement à en faire la remarque. Et si on allait respirer un bon coup dehors ?

Ils retournèrent tous dans la cour qui ressemblait désormais à un vrai champ de bataille ; les soldats avaient creusé en plusieurs endroits et des trous énormes laissaient voir des coffres remplis d'or.

– Pouvez-vous m'expliquer ceci ? demanda Mélénor, incisif. Je suis certain que mes livres n'indiquent aucun impôt sur de pareils trésors.

– Je vous jure que j'ignorais l'existence même de ces coffres !

– Vous volez votre nation. Vous aggravez votre cas en m'insultant, moi, votre souverain. Me prenez-vous pour un imbécile ? tonna-t-il.

– Je vous jure que je ne savais rien. Comment aurais-je pu amasser cette fortune avec mes terres ingrates ? geignit le comte en désignant ses champs.

À ce moment, Drago et Lucas descendirent de leur monture pour déposer aux pieds du roi une pleine brassée d'herbes odorantes. Marius désigna l'horizon.

– Il y en a à perte de vue de l'autre côté de la colline.

Alban ramassa un rameau et froissa une poignée de feuilles dans sa main.

– De l'urssac..., de très belle qualité d'ailleurs.

Les feuilles brûlées de cette plante dégageaient une fumée euphorisante qui lui avait valu le nom d'« herbe à rêver ». On en tirait aussi des résines somnifères très prisées à travers le continent d'Anastavar. Il n'était pas interdit de la cultiver, mais au pays de Gohtes comme dans les autres nations, l'État réclamait une forte taxe aux producteurs de l'herbe. Lucas désigna à son tour la petite colline qui divisait les terres du comté.

– Les séchoirs et les installations de transformation sont cachés dans une pinède. J'ai vu une trentaine de travailleurs... Ils sont probablement davantage. Parmi eux, j'ai compté au moins douze enfants.

Le général et l'amiral vinrent encadrer le roi ; il fallait un minimum de solennité pour rendre justice. Les mains sur les épaules du comte, Isidor le força à s'agenouiller.

– Savez-vous quelle peine vous encourez pour avoir volé votre pays ? gronda Mélénor, le dominant de sa haute taille.

– Je vais payer..., j'en avais l'intention... Tout ceci n'est qu'un horrible malentendu..., bredouilla le comte.

Le jeune souverain coupa court à ses lamentations.

– S'il n'y avait que cela ! Dites-nous ce qui est arrivé à Cormier et à son fils Éloi.

– Je vous l'ai dit : ils sont partis...

Nelse de Boes, un des officiers du général, s'avança pour prendre la parole. Il était accompagné d'une femme émaciée, dont le visage portait les marques d'une vie de misère. Un peu plus loin, les gens du domaine commençaient à s'attrouper, curieux de voir ce qui se tramait.

– J'ai trouvé des témoins, déclara l'officier de Boes. En vérité, les domestiques ont été scandalisés et ils ne demandent qu'à parler. Madame, racontez au roi ce qui s'est produit.

La femme hésita un moment. Le regard meurtrier que lui lançait son maître la terrorisait mais la rage de la servante l'emporta sur sa peur. Quand elle prit la parole, sa voix tremblait violemment.

– Éloi est mort à cause de la négligence du comte, l'accusa-t-elle. Lorsque Cormier l'a prié d'aller quérir le guérisseur, le comte a refusé. Éloi n'avait que neuf ans. Il travaillait aux séchoirs depuis trois ans malgré ses problèmes de souffle. Le comte l'a forcé à travailler jusqu'au dernier jour.

– J'ai cru qu'il faisait semblant... C'était un paresseux qui cherchait toujours à se sauver des corvées... Tout comme son père d'ailleurs !

Isidor imposa le silence au comte en lui broyant l'épaule. La femme ne cachait plus son indignation ni sa douleur.

– Éloi était un enfant adorable et généreux. Malgré sa santé fragile, il travaillait dur pour aider son père à gagner le pain de sa famille. Cormier s'est enfui parce qu'il ne pouvait plus souffrir de vivre ici.

Elle tendit un bras squelettique afin de désigner un potager plutôt bien entretenu ; la luxuriance du grand carré détonnait avec l'état de délabrement de l'ensemble du domaine.

– Vous pouvez vérifier. Le pauvre petit a été enterré sous le saule, là-bas... Et il n'est pas seul... Ma Juliette, Cora, Ergih...

La femme eut du mal à continuer tant ses sanglots l'étranglaient. Elle pencha la tête et enfouit son visage dans ses mains.

– Et encore..., s'il ne les avait forcés qu'à travailler ! fit-elle misérablement.

– Que voulez-vous dire, madame ? s'enquit Mélénor, les mâchoires durcies et les yeux rétrécis jusqu'à n'être que des fentes.

– C'est trop horrible... Il leur faisait des choses... Il a juré qu'il me tuerait si je parlais ! J'aurais dû avoir le courage de...

– Ne vous blâmez pas, ma pauvre. C'est lui, l'infâme !

– Je n'arrive pas à me pardonner depuis que la jeune Milly est morte au bout de son sang.

Le roi n'avait cru qu'à moitié l'histoire d'Isidor. Il avait voulu humilier le comte et s'en amuser tout en récupérant une bonne part de la fortune du bonhomme pour la distribuer à ses gens. Il se retrouvait maintenant plongé en plein drame. Le comte tenta de protester mais les visages fermés des paysans attroupés le condamnaient sans appel.

– Ce n'est pas moi, glapit Aventi. Cette femme ment, brama-t-il en tentant de se libérer de l'emprise d'Isidor.

À cet instant, Mélénor surprit sur le visage de l'avare l'esquisse d'un sourire aussi cruel qu'incongru ; en dépit des circonstances, celui-ci ne pouvait s'empêcher de savourer le souvenir de ses délits immondes. Profondément écœuré, le roi détourna la tête.

– Je suis trop horrifié pour porter immédiatement un jugement. Demain, je rendrai ma sentence. Officier de Boes, de grâce, emmenez ce porc hors de ma vue.

Sur ces entrefaites, Gil le coq sortit du manoir, entraînant dans son sillage une bonne dizaine de domestiques. Lui aussi avait rempli sa mission.

– Par tous les esprits, vous devriez voir ses caves : je n'ai jamais vu tant d'abondance. Il ne se prive de rien, le scélérat. Il y a un cellier rempli des meilleurs vins. J'ai vu des montagnes de fromages vieillis, des jambons fumés gros comme ça, des huiles fines, des épices et plusieurs blocs de résine d'urssac... Et je n'ai pas encore fait le tour !

Pour une fois, le verbe tonitruant du cuisinier fut accueilli avec reconnaissance. Cette interruption allégea un peu l'atmosphère et permit à Alban de se ressaisir.

– Gil, pourrais-tu organiser un festin pour la troupe et les résidants ?

– Je pourrais en organiser vingt tellement cet endroit croule sous les vivres.

– Eh ! bien, mets-toi tout de suite à l'œuvre. Sors la bière et le vin, nous en avons grand besoin.

✧

Les appartements privés du comte étaient luxueux et confortables, sans comparaison possible avec les pièces qu'il laissait voir à ses invités. En les explorant, Mélénor découvrit une chambre plus modeste que de lourds rideaux plongeaient dans l'obscurité : l'épouse d'Aventi s'y était réfugiée. Malade de honte, implorante, elle se jeta aux genoux de son souverain. Il discuta un moment avec elle, tenta de la rassurer, puis alla rejoindre Alban dans un vaste salon. Les deux amis s'effondrèrent sur des fauteuils en brocart et firent honneur au vin que Gil avait sélectionné pour eux.

– Je te le jure, j'ai failli l'étrangler de mes propres mains, le saligaud, dit Mélénor en mimant le geste.

– Qu'est-ce que tu entends faire ?

– Je déteste punir le meurtre par le meurtre, pourtant...

– Comment un homme peut-il commettre des atrocités pareilles ?

Mélénor se perdit dans ses pensées.

– J'ai rencontré son épouse, la fille aînée du marquis Vor Suroit. Elle semble très affectée mais elle est restée lucide. Elle m'a avoué qu'elle n'a survécu que pour protéger son fils, Yul. Elle aurait voulu faire invalider leur union mais elle craignait pour leurs vies. Je lui ai promis que je prendrais soin d'elle.

– Et comment vas-tu t'y prendre ?

– Je l'ignore, soupira Mélénor.

– Et le magot ?

– Je vais réclamer le paiement intégral des impôts, plus les arrérages et les amendes. J'en distribuerai une bonne part aux gens du domaine ; ce n'est que justice.

Le roi s'accorda un temps de réflexion avant de poursuivre :

– Qu'est-ce que tu penses de cette idée : j'investis Yul des titres de son père et je lui lègue les pleins droits sur le patrimoine familial ? Je pourrais le placer sous la régence de sa mère en attendant qu'il atteigne sa majorité. Jusqu'à ce jour, la famille Aventi a toujours été honorable.

– Tu as raison.

– Et je ne veux pas punir le fils pour les crimes du père.

– Parfait ! Il ne te reste donc plus qu'un problème à régler : que vas-tu faire du comte... euh ! je veux dire... de... de lui ?

– Si nous avions été sur le chemin de retour, je l'aurais personnellement accompagné jusqu'aux portes du plus sinistre de mes cachots pour l'y laisser pourrir dans sa crasse, expliqua Mélénor avec une moue dégoûtée. Mais nous allons dans le sens inverse...

– ...et il te faudrait sacrifier au moins un officier et trois soldats pour le faire ramener à Döv Marez.

Le roi acquiesça, préoccupé. Alban se pencha, appuyant ses coudes sur ses genoux pour mieux réfléchir. Le menton dans la main, il sourit soudainement.

– Et si tu le laissais tout bonnement ici ? suggéra-t-il, énigmatique.

Un éclair de compréhension traversa le regard de son ami.

– Comme esclave ! Sur ses propres terres et sous les ordres de son épouse !

Il se frappa les cuisses en riant bruyamment.

– Alban, tu es l'être le plus pervers que je connaisse... Je t'adore ! Je savais bien qu'on finirait par s'amuser.

– On commence tout de suite ? demanda le chambellan avec un sourire grinçant.

– À quoi penses-tu ?

– On va l'obliger à assister au festin de ce soir. Toute cette nourriture, cette bière, ce vin que nous allons soustraire de ses réserves, la fête elle-même... Une insupportable torture pour un avare, tu ne crois pas ?

Alban bondit de son siège et se précipita vers la porte. Mélénor le retint de justesse par la manche de sa veste.

– Où cours-tu comme ça ?

– Aux cuisines. Je veux m'assurer que Gil nous en mettra plein la vue.

✧

Le festin fut mémorable ; le vin coula à flots. Ligoté et bâillonné, le comte, qui ne l'était plus, fermait les yeux pour ne pas assister à cette odieuse dilapidation de ce qu'il considérait encore comme ses biens. Il ignorait le sort que lui réservait Mélénor mais il espérait acheter sa clémence. « Chaque homme a son prix. Il suffit de découvrir celui d'un roi. » À travers les bruits assourdissants de la fête, il entendit un homme crier :

– Surtout, Adyle, ne le manque pas !

Aventi sentit s'écraser une masse molle et humide juste à côté de sa tête. Il ouvrit les yeux et aperçut la femme qui avait témoigné contre lui. Elle se tenait bien droite et ajustait son tir. Ce coup-là, l'œuf pourri l'atteignit en plein front. Tout le monde, y compris la comtesse et le roi, encourageait la paysanne. Elle recommença encore une fois et, pinçant les lèvres dans une moue méprisante, retourna s'asseoir à sa place. Alors, elle darda sur lui un regard haineux et cracha :

– Maintenant, Elzar, tu pues autant que ton âme pourrie.

L'approuvant, la comtesse dit au roi :

– Il est vraiment trop répugnant. Je le crois tout juste bon à soigner les cochons.

Depuis des années, l'avare n'avait pas entendu le rire léger de sa femme. Stupéfait, il vit un homme au visage ingrat chuchoter à l'oreille de la comtesse. L'homme caressait suavement les épaules dénudées de la nouvelle maîtresse du domaine Aventi. Elle fut prise d'un autre fou rire.

– Mon roi, votre éclaireur a des idées très amusantes... « Verrat »... Je trouve cela très approprié. Qu'en dites-vous, Votre Altesse ?

– Madame, n'ayez aucun scrupule. Vous et Drago avez raison : cet affreux personnage ne mérite pas de porter le nom de son père.

✧

Assisté par ses officiers supérieurs, Mélénor improvisa un tribunal de justice. Il prononça sa sentence devant la troupe et les résidants du comté rassemblés.

– Depuis l'époque de mon ancêtre, le grand roi Garomil, l'esclavage est proscrit au pays de Gohtes. Je suis fier de régner sur une nation où les citoyens naissent libres.

Toutefois, par l'héritage que j'ai reçu de mon père Dobfrey, j'ai le droit de retirer sa liberté à un individu qui a été reconnu coupable de crimes graves. Je déclare donc que l'homme, maintenant désigné sous le nom de Verrat, devient, à compter de ce jour, l'esclave des nouveaux maîtres d'Aventi. Son front sera marqué du sceau du comté. L'esclave ne pourra, en aucun temps, quitter les limites du domaine et ses propriétaires auront sur lui droit de vie et de mort. Seule l'autorisation d'un souverain de Gohtes pourra lui rendre son statut d'homme libre.

Mélénor parapha les documents officiels et, s'adressant à l'homme prostré devant lui, il ajouta :

– Il ne te reste plus qu'à espérer que tes maîtres se montreront moins cruels que toi.

Le roi fit signe à Isidor de se saisir du prisonnier.

– Marquez-le au fer et mettez-le au travail. Mais de grâce, ne le tuez pas à la tâche. Faites en sorte que son supplice dure une éternité... Nous reprendrons la route dans une heure.

Personne ne sembla s'émouvoir des cris de détresse de l'esclave lorsque deux soldats l'entraînèrent, toujours enchaîné, derrière la porcherie, son nouveau logis.

– VIII –

Le magicien prit soudainement conscience que sa lumière astrale vacillait. Il frotta ses yeux fatigués ; depuis plusieurs heures déjà, il lisait un vieux grimoire aux caractères pratiquement indéchiffrables.

– Je vieillis ! soupira-t-il en s'appuyant au dossier de sa chaise.

Voilà très longtemps, à l'époque où il étudiait encore avec son maître, Hodmar, Hµrtö avait démontré une étonnante faculté : quelle que soit la difficulté de la tâche à accomplir, il parvenait à maintenir la lumière de son aura à une intensité puissante et régulière. Le magicien sourit en se remémorant comment ce talent avait alors gonflé sa vanité. Apercevant son reflet dans l'imposant miroir qui encombrait sa table de travail, il se dit à voix haute :

– Tu n'es qu'un vieux sot... et prétentieux, de surcroît.

Sa lumière astrale redevint brillante et l'enveloppa d'une agréable chaleur.

– Bon, bon, ça suffit.

La lumière se fit plus discrète. Le sorcier referma le bouquin et, d'une main respectueuse, caressa le cuir gravé de la couverture. Le titre, tout comme l'ouvrage, était écrit dans la langue ancienne des initiés : *Incantations et sortilèges des grands maîtres, volume LXXVI - La face cachée du temps : mythes et réalité*. Hµrtö se leva et se mit à arpenter la pièce, qui s'emplit de spirales multicolores. Il les fit tournoyer et les regarda attentivement. Découragé, il effaça les volutes en secouant la tête.

– Voyager dans le temps... Quatre cent trente-trois ans que j'étudie, grommela-t-il, et toujours aucune révélation... Ma parole, si je n'ai pas réussi d'ici cinquante ans, j'abandonne !

Absorbé dans son lent va-et-vient, il heurta le fauteuil vide de Mauhna.

– Ciel ! J'oubliais. Elle va bientôt arriver avec Cassandra et je ne suis pas prêt.

Il s'approcha du miroir pour se coiffer et rajuster sa veste. Sa courte barbe et ses cheveux gris lui donnaient l'allure d'un honorable vieillard, mais quand on y regardait de plus près, on pouvait constater que sa peau était aussi lisse et souple que celle d'un jeune homme. L'intelligence et la malice animaient ses grands yeux noirs.

– Quand je pense qu'au pays de Gohtes, ils me représentent encore avec cet affreux chapeau pointu. Et la barbe comme un épi de maïs ! Quelle horreur ! Pas moyen d'oublier ses erreurs de jeunesse avec cette manie qu'ils ont de tout immortaliser en images !

Si elle avait été là, Mauhna se serait moquée de cette soudaine coquetterie. Jugeant qu'il était présentable, Hµrtö sortit de la maison. En apparence, c'était une simple construction de pierre harmonieusement intégrée au massif rocheux qui s'élevait derrière elle. Hµrtö marcha au-delà du couvert des arbres. L'implacable rayonnement du soleil d'été le força à placer sa main en visière afin de scruter le ciel. Sur le fond blanc des nuages, deux cygnes effectuaient de lentes et gracieuses arabesques. Le magicien agita la main et l'étoile qui scintillait dans sa paume projeta un faisceau de lumière qui fendit l'air de zébrures argentées. Les deux oiseaux obliquèrent immédiatement vers lui. Dès qu'ils touchèrent le sol, une lueur bleue apparut sur leur poitrine. La lueur grandit et, lentement, les deux femmes reprirent leur apparence habituelle. Bras dessus, bras dessous, elles rejoignirent Hµrtö en riant. Cassandra avait les joues roses et les yeux brillants.

– Mais Mauhna, était-elle en train de protester, un cygne ne pique pas vers le sol de cette façon ! Maître Hµrtö, vous avez vu cet atterrissage ?

Mauhna haussa les épaules et répondit, candide :

– Peut-être bien, mais c'est tellement plus excitant !

Le sorcier embrassa Cassandra et l'étreignit tendrement.

– Vous aviez l'air de bien vous amuser, toutes les deux. Je n'ai pas voulu vous interrompre.

Comme la plupart des Longs-Doigts qui portaient un sphinx d'oiseau, Cassandra avait toujours désiré voler. Pour elle, l'étude de la magie n'avait pas d'autre but, et elle ne l'avait pas caché à ses maîtres. Hµrtö et Mauhna respectaient le choix de leur élève, car l'apprentissage de toutes les magies nécessitait un travail acharné qui en décourageait plus d'un. Grâce à son talent et à sa détermination,

Cassandra avait complété son cours élémentaire en tout juste deux cents ans. Cette formation de base lui permettait de voler sous la forme de son sphinx : le cygne.

– Non, non ! Il fallait me rappeler à l'ordre, reprit-elle plus sérieusement. Le temps passe toujours trop vite quand je vole. Et puis, j'avais hâte de vous voir.

Les deux vieillards hochèrent la tête à l'unisson. Ils agissaient souvent ainsi, conséquence attendrissante de leur très longue vie commune. Tout comme son époux, Mauhna avait les cheveux entièrement blancs. Ils formaient, autour de son visage ovale, une masse de boucles souples qui accentuaient la douceur de son regard gris. Mais il ne fallait surtout pas s'y tromper ; Mauhna était une femme énergique et, à sa manière, aussi puissante que son mari.

Les maîtres de magie entraînèrent Cassandra à l'ombre, où ils s'assirent autour d'un bloc de granite poli qui servait de table basse.

Le matin même, Cassandra avait utilisé son miroir pour annoncer sa venue. Mauhna avait décidé d'aller à sa rencontre.

– Ça me fera du bien ; j'ai besoin de prendre l'air.

Hµrtö avait tout juste eu le temps d'apercevoir la lueur bleue. Pouf ! Sa femme était déjà transformée en aigle. Elle adorait cet oiseau, en raison de son vol puissant. La magicienne avait un don exceptionnel pour les transmutations et elle ne cessait de s'amuser des succès mitigés d'Hµrtö en la matière. Invariablement, il oubliait un détail : les oreilles, la longueur de la queue, la nuance des couleurs, le bec, et quoi encore !

– Nous, les hommes, se défendait-il, piqué dans son orgueil, nous avons plus de facilité à transformer ce qui est à l'extérieur de nous.

Mauhna devait reconnaître qu'il n'avait pas tout à fait tort. Son époux était un redoutable magicien ; même les éléments lui obéissaient.

✧

Une légère brume apparut au-dessus de la table. Lorsqu'elle se dissipa, une nappe brodée recouvrait le granite ; le fin tissu de lin ondulait au rythme capricieux de la brise marine. Un grand bol de fruits et des verres d'eau fraîche reposaient sur un plateau. Il y avait également trois chopes remplies d'une bière rousse si froide que la condensation humectait déjà la nappe. Mauhna jeta un regard furtif à Hµrtö.

– Quoi ? fit-il en lui adressant un clin d'œil coquin. Je n'ai pas le droit d'ajouter ma touche personnelle ?

Les deux femmes burent l'eau. Cassandra soupira de contentement.

– Tout est toujours meilleur dans l'île. Avant que j'oublie, Mauhna, merci de votre délicate attention.

En plein ciel, Mauhna s'était transformée en cygne pour harmoniser son vol à celui de Cassandra. Cela exigeait une virtuosité qui confirmait le talent unique de la grande magicienne.

– C'était tout naturel et... plus discret, répondit-elle d'un air entendu. A-t-on jamais vu un aigle et un cygne voler côte à côte ?

Hµrtö essuya discrètement la mousse de sa bière accrochée à sa moustache.

– Je suis heureux de te voir, ma fille, mais quelque chose me dit que tu n'es pas venue simplement pour nous saluer.

Cassandra prit une pêche dans le bol. Elle la contempla en cherchant la meilleure façon d'aborder le sujet qui la préoccupait.

– J'ai besoin de vos conseils, se décida-t-elle enfin à avouer. Vous savez que Mélénor est parti rencontrer Verlon Kom Yzsar ?

– Oui. Y a-t-il eu d'autres attaques sur les frontières ?

– Pour l'instant, il s'agit surtout de saccage et d'intimidation. Néanmoins, près de vingt paysans sont morts dans des conditions douteuses. De nombreuses femmes ont été violentées et huit enfants ont disparu. Les gens de Bortka nient toute responsabilité.

– Et toi ? Qu'en penses-tu ?

– Les faits sont accablants, mais je compte sur Mélénor pour régler cette affaire. Maintenant qu'il est décidé, il ira jusqu'au bout, je n'en doute pas. Mon souci est ailleurs.

Hµrtö haussa les sourcils en signe d'incompréhension. Cassandra respira le parfum de son fruit.

– La reine ! Elle ne va pas bien du tout.

– Elle est souffrante ? s'inquiéta la magicienne.

– Oui, dans son âme. Depuis le départ du roi, elle s'enferme dans sa chambre et refuse de recevoir quiconque. Elle signe les documents que je lui apporte sans même les lire. Laissés à eux-mêmes, les nobles ont commencé à ourdir des complots. Si Isadora ne reprend pas rapidement ses sens, ils risquent fort de lancer une attaque contre Bortka, avec toutes les conséquences désastreuses que Mélénor a voulu éviter jusqu'à présent.

– Tu crois que les forces de Gohtes seraient vaincues ? s'étonna le maître de magie.

– La riposte du roi Trevör serait terrible, et nous ne sommes pas prêts. Une fois de plus, l'impatience et la vanité des aristocrates menacent notre sécurité. Voilà pourquoi le pays a besoin d'être dirigé avec autorité.

Hµrtö hocha la tête en saisissant un second boc de bière.

– Je peux le comprendre. Mais qu'attends-tu de nous ?

– J'ai une idée pour sortir la reine de sa torpeur. Toutefois, je répugne à recourir à la manipulation.

– Tu veux savoir si la fin justifie les moyens ? demanda Mauhna.

– En un sens, oui ! Isadora est une femme instable et je la plains énormément. Cependant, la vie de beaucoup de personnes est en jeu.

– Alors, parle-nous un peu d'elle et explique-nous en quoi consiste ton plan.

Lorsque Cassandra eut terminé, Mauhna regarda Hµrtö. Visiblement, les maîtres magiciens partageaient la même opinion.

– Bien que sa réaction face au départ de Mélénor semble exagérée, dit enfin la magicienne, la douleur de votre reine est réelle.

Cassandra approuva d'un léger hochement de tête. Mauhna enchaîna :

– En raison de la mort prématurée de ses parents, Isadora souffre d'une peur maladive d'être abandonnée. Une telle blessure met du temps à guérir. Malheureusement, les risques sont grands qu'elle reste ainsi toute sa vie : incapable de supporter l'absence de ceux qu'elle aime.

– Il n'y a donc rien que nous puissions faire ? se désola la ministre.

– Je n'ai pas dit cela. Selon toi, que fait le guérisseur devant un mal incurable ?

Cassandra réfléchit longtemps avant de répondre.

– Il soigne autant qu'il le peut et il essaie de limiter la souffrance du malade.

– Voilà ! fit Hµrtö en prenant la main de Cassandra. Ce que tu proposes, ma fille, c'est un moyen de diminuer temporairement la souffrance d'Isadora en donnant un sens à sa peine. Je souhaite que ton plan fonctionne, celui-là ou un autre.

Mauhna regarda la ministre avec tendresse.

– Ta loyauté envers Mélénor est admirable.

– J'ai promis à Carmine de veiller sur lui ; pour l'instant, cela veut dire prendre soin de la reine et du royaume.

– Notre petite-fille t'aimait comme une sœur mais je crains qu'elle n'ait pas réalisé quel fardeau elle mettait sur tes épaules.

– Elle aurait fait la même chose pour moi, protesta Cassandra, se portant à la défense de Carmine.

Le chagrin les avait sournoisement rattrapés tous les trois. La mère de Mélénor leur manquait toujours autant. Cassandra tourna légèrement la tête, luttant pour refouler ses larmes.

– Comment se porte Aglaë ? s'enquit-elle après avoir raffermi sa voix.

Hµrtö vida sa bière d'un trait avant de répondre :

– Notre fille tente de se consoler en étudiant sans relâche. Depuis la mort de Carmine, elle poursuit un seul but : voir le jour où sa science vaincra toutes les maladies.

Mauhna cessa de suivre avec son doigt les motifs brodés de la nappe. Elle offrit un pauvre sourire à Cassandra et compléta la pensée de son mari.

– Elle se pardonne difficilement de ne pas avoir pu sauver sa propre fille.

– Mais... personne ne pouvait sauver Carmine !

– Je sais, je sais. C'est bien là le drame.

Cassandra se leva, son regard s'abîmant dans le miroitement du soleil sur la mer. Malgré les liens qui l'unissaient aux maîtres de magie, pas plus que quiconque elle n'était autorisée à poser la terrible question : « Et Jordan... quelqu'un peut-il sauver Jordan ? »

– IX –

La reine avait vomi trois fois depuis le matin. Elle était d'une humeur massacrante quand Cassandra pénétra dans les appartements assombris par les tentures closes. La ministre avait une pile de documents à faire signer. Isadora s'exécuta en maugréant. Elle fut surprise d'entendre Cassandra lui rapporter les derniers potins ; ce n'était pas dans les habitudes de la grande dame.

– Ma reine, il y a longtemps que vous avez reçu vos dames de compagnie.

– Je suis si lasse, soupira la reine sur une note dramatique.

– Vous seriez étonnée d'apprendre ce qu'elles racontent. Imaginez, elles ont toutes rendu visite à ce mystérieux voyant qui vient de s'installer rue Des Embruns.

Isadora abandonna ses airs de suppliciée pour s'intéresser à la nouvelle.

– Un voyant ? Mes dames de compagnie ?

– Pas seulement elles. La cour entière ne parle plus que de cet homme ; on le dit très fort..., surtout pour les affaires de cœur. Les gens de la bonne société le consultent en secret. Certains y vont même masqués par crainte d'être reconnus.

– Masqués ! Ces sombres crétins ? Pfff !

– Pardonnez-moi, Votre Altesse, je ne devrais pas vous embêter avec ces sottises. Je suis certaine que vous n'ajoutez pas foi à ces balivernes.

– Bien sûr que non ! s'indigna la souveraine en se levant brusquement.

Elle se mit à arpenter nerveusement ses appartements.

– Je ne me sens vraiment pas bien, mais il est de mon devoir de mettre mes dames de compagnie en garde contre les charlatans. Appelez ma camériste et convoquez ces écervelées.

D'un geste énergique, la reine tira les rideaux et la lumière inonda la pièce.

✧

Lorsque Isadora descendit du carrosse, la nuit enveloppait la rue Des Embruns. La reine rabattit sur sa tête le large capuchon de sa cape et s'assura que le loup de velours noir couvrait bien son visage. Elle se dirigea vers la porte que la marquise Vor Listel lui avait décrite.

Tout l'après-midi, la jeune reine avait prêté une oreille complaisante et fascinée aux propos de ses dames de compagnie. Janne Vor Listel, une des favorites d'Isadora, avait raconté comment le devin lui avait permis de retrouver un bracelet égaré depuis plusieurs années. La comtesse Vor Preüver avait obtenu la description détaillée de l'homme qu'elle allait bientôt épouser.

– Un homme courageux et immensément riche, que je vais rencontrer à l'occasion d'une soirée mondaine. Il m'a dit que je reconnaîtrais mon élu grâce au regard franc de ses yeux clairs.

Profitant du désordre causé par le service d'une légère collation, Janne Vor Listel avait attiré Isadora un peu à l'écart.

– Si vous le désirez, ma reine, je peux vous emmener discrètement dans ma voiture. Cela restera entre nous.

– Dans votre voiture ? répéta Isadora, faisant mine de ne pas comprendre.

– Vous ne le regretterez pas, chuchota la marquise. Ce voyant est absolument fantastique !

– Personne ne devra jamais savoir, murmura la reine, incapable de résister plus longtemps. Il faut me le promettre, Janne.

– Évidemment ! Mais il serait plus sage d'attendre la tombée de la nuit.

Isadora acquiesça.

– Je vous rejoindrai à la deuxième lune, répondit-elle, les yeux brillants d'excitation.

– Mon carrosse sera près de la grande fontaine, à l'entrée du parc des saules.

✧

Isadora attendit que le carrosse de la marquise se soit éloigné avant de soulever le heurtoir de métal grossier. Le mystère et le danger entourant la situation lui procuraient d'agréables frissons. La porte s'ouvrit enfin et la reine pénétra dans une pièce étouffante ; le feu dans l'âtre jetait des lueurs rouges qui dansaient sur les murs sombres. L'homme qui l'accueillit était entièrement vêtu de noir. Sa tête disparaissait sous un voilage de la même teinte, si bien que tout ce qu'elle voyait de l'homme se résumait à ses mains blanches et décharnées. D'un doigt autoritaire, il désigna un fauteuil. Isadora alla s'asseoir docilement, consciente des battements affolés de son cœur.

L'homme prit place à ses côtés et lui saisit la main d'un mouvement brusque, la faisant sursauter. Pendant un long moment, l'homme ne dit rien. Isadora percevait le souffle lent et régulier qui soulevait le fin voilage. Enfin, la voix de l'inquiétant personnage résonna, à la fois sourde et nasillarde.

– Vous avez souffert terriblement dans votre vie.

– Oh oui ! Vous avez raison, j'ai...

– Chut ! ordonna-t-il. Ne dites rien. Ici, on écoute.

Suivit un autre interminable silence. Puis la voix sinistre du voyant reprit :

– Vous souffrez encore. Les gens ne vous comprennent pas. On vous taxe d'égoïsme et d'insensibilité mais vous savez que c'est faux.

Isadora se mordit la lèvre inférieure pour s'empêcher de parler.

– Vous vous sentez très seule ; l'homme que vous aimez est parti au loin et vous doutez de ses sentiments.

– ...

– Madame, sachez que cet homme vous aime de tout son cœur même s'il est assujetti à son devoir... Il pensait que vous compreniez cela, il vous a fait confiance. Êtes-vous digne de son amour ? Non, ne dites rien !

La jeune femme avait les yeux pleins de larmes.

– Vous allez devoir faire preuve de courage, poursuivit le voyant de sa voix détestable. Par moments, votre abnégation tiendra de l'héroïsme, mais des âmes aimantes et puissantes vous supportent et vous protègent.

Derrière son masque, Isadora pleurait maintenant sans retenue. Elle pressait sa main libre sur son cœur et se répétait, triomphante : « Maman, papa, je savais que vous étiez là. Je le savais ! » Le devin exerça une forte pression sur la main qu'il gardait entre les siennes.

– Écoutez-moi attentivement. L'homme que vous aimez compte sur vous. Si vous ne le décevez pas, ses sentiments à votre endroit grandiront en même temps que sa reconnaissance. À vous de décider si vous vous sentez prête à payer le prix pour réaliser, avec cet homme, le destin fabuleux de l'amour infini.

L'homme lâcha la main de la reine aussi brusquement qu'il l'avait prise. Dans son trouble, elle ne remarqua pas immédiatement la main tendue sous son nez. Embarrassée, elle y déposa deux pièces d'or puis sortit sans avoir été reconduite. Elle n'eut pas à attendre bien longtemps le carrosse de la marquise Vor Listel, qui lui offrit son bras pour l'aider à monter. Dès qu'elle fut à l'abri des regards, la jeune femme se débarrassa de la cape et du loup ; elle était en sueur. Elle se laissa choir sur le siège trop mou et poussa un soupir théâtral.

– Janne, vous ne saurez jamais tous les sacrifices que cela exige d'être reine.

– Vous êtes si courageuse, si belle.

– Ma vie ne m'appartient pas, se plaignit-elle, ignorant les compliments de son interlocutrice. Mes intérêts personnels ne comptent pas. Malgré tout, je dois me montrer forte.

– Je vous admire tellement...

– Vous ne comprenez rien à rien, la coupa Isadora, un tantinet méprisante. Vous avez toujours été choyée, vous avez des parents qui vous aiment, un mari, des biens. Personne n'attend rien de vous parce que vous êtes trop sotte.

– Vous avez raison, ma reine, reconnut la marquise sans même s'offusquer. Ce que j'aimerais être intelligente comme vous.

Isadora soupira de nouveau.

– Hélas ! Tout le monde ne m'apprécie pas autant que vous. J'ai des tas d'ennemis, des gens qui m'envient..., voire pire.

– Je vous défendrai, s'écria Janne Vor Listel, dans une vibrante profession de foi.

La reine émit un rire cruel.

– Vous seriez incapable d'effrayer un mouton, ma pauvre ! Continuez de manger..., c'est encore ce que vous savez faire de mieux.

La marquise sourit, apparemment insensible à la méchanceté de la reine. Obéissante, elle fouilla dans un panier déposé à ses pieds et en sortit des pâtisseries énormes. L'odeur sucrée du miel envahit le petit habitacle secoué par les cahots. Isadora ouvrit de grands yeux et porta une main à sa bouche.

– Vite, faites arrêter la...

✧

Lorsque la jeune marquise Vor Listel frappa un coup discret à la porte du cabinet de Cassandra, la ministre, qui l'attendait en se rongeant les sangs, lui ouvrit avec empressement.

– Enfin, vous voilà ! Comment cela s'est-il passé ?

– Comme prévu. Nous rentrons à l'instant. Je crois qu'elle va déjà mieux, elle a retrouvé sa morgue habituelle, lança la visiteuse, une lueur amusée dans le regard.

– Janne, inutile de vous rappeler que...

– Je sais, je sais. N'ayez aucune inquiétude, personne ne saura. L'homme non plus ne dira rien ; vous avez grassement payé son silence. Il a bien rouspété un peu quand je lui ai dit qu'il devait s'en tenir strictement au texte que vous aviez préparé, mais j'ai fini par le raisonner !

La marquise s'amusait beaucoup de l'habile mise en scène orchestrée par Cassandra. Cette dernière l'avait choisie pour son intelligence et parce que son apparente duplicité dissimulait une affection sincère pour Isadora.

– J'aimerais savoir comment vous est venue l'idée du loup et du voile noir.

Cassandra sourit à la pensée des magiciens.

– Des amis à moi... Ils ont remarqué le goût de la reine pour les effets dramatiques.

Janne ne put s'empêcher de rire. Elle lécha son index et se mit à frotter une tache grasse qui s'étalait sur la soie bleue de sa jupe.

– Je la crois prête à endosser son nouveau rôle.

Cassandra fronça les sourcils mais ne souffla mot, convaincue que chacune de ses répliques ne servirait qu'à nourrir l'espièglerie de Janne.

– L'héroïque impératrice contre les méchants ennemis de son époux, renchérissait-elle. Elle sera excellente ! Au moins, ça nous changera de la pauvre épouse abandonnée.

– Vous ne devriez pas vous moquer, petite futée. N'oubliez pas que, en dépit de sa nature capricieuse, la reine souffre réellement.

– Eh oui ! Maintenant, c'est nous qui allons souffrir.

La ministre soupira.

– Quand je pense que la reine vous croit sotte... Janne, vous êtes incorrigible !

– Non, seulement réaliste, la détrompa la marquise en redevenant grave.

✧

Le lendemain, Isadora trônait dans la salle des audiences publiques. Avec autorité, elle informa les nobles qu'elle ne tolérerait aucune indiscipline et punirait sévèrement toute initiative belliqueuse contre Bortka. Ensuite, elle s'attaqua aux affaires courantes, bousculant sans ménagement les ministres récalcitrants et les fonctionnaires ahuris.

– X –

Marius accomplissait des miracles. Pour leur dernière halte avant Oz'Garanz, il avait déniché un petit lac alimenté par une chute d'eau glaciale sous laquelle Mélénor se rafraîchissait avec volupté. À ses yeux, rien n'était plus sensuel que de se retrouver nu dans la nature. Il plongea dans le lac et nagea vigoureusement jusqu'au rivage, où Polan l'attendait pour le raser et le coiffer. Le roi sortit de l'eau à regret et s'ébroua comme un jeune chien avant de se sécher avec le drap que lui tendait son garde du corps.

Les soldats et les marins trépignaient. Mélénor se retourna vers les officiers, lesquels s'empressèrent de répondre à son signal. Une pluie de vêtements tomba sur la berge et, chahutant comme des enfants, les hommes se précipitèrent à l'eau. La chaleur avait été torride, ces derniers jours, et la poussière s'était impitoyablement agglutinée sur leur peau moite. Aucune auberge n'aurait pu leur offrir le confort de ce boisé délicieusement frais.

Assis sur un gros rocher, les pieds enfoncés dans la glaise, Alban rêvassait. Les vagues venaient doucement lui caresser les chevilles. Il ne se rappelait pas la dernière fois où il s'était senti aussi détendu. Mélénor le rejoignit.

– Qu'est-ce qui te rend aussi songeur ?

– D'une part, j'ai hâte de voir Oz'Garanz, mais d'un autre côté, on est si bien comme ça.

– Que veux-tu dire ?

– Eh ! bien, ce voyage..., la liberté, la tranquillité. J'ai le pressentiment que cela va s'évanouir à partir de demain.

– C'est fort probable, soupira Mélénor. Nous sommes en mission, après tout !

– On va rester combien de temps à Oz'Garanz ?

– Cinq jours, peut-être un peu plus, le temps de visiter la ville et de laisser se reposer les hommes. La prochaine partie du voyage sera longue.

– On doit aussi refaire le plein de provisions.

– Qui s'en chargera ?

– Gil le coq et Marius.

– Bien !

Le roi marqua une pause avant de reprendre :

– Il faudra que les hommes revêtent leur tenue d'apparat, demain.

– Je vais prévenir les officiers.

Mélénor le retint en posant sa main sur son bras.

– Rappelle-leur qu'on dit « Ez » plutôt que « Vor » pour saluer les nobles du Môjar.

Le chambellan s'éloignait quand il entendit Mélénor jurer.

– Nom d'une déesse ! Alban, reviens !

– Quoi ?

– J'allais oublier le plus important.

– Mais parle, bon sang ! s'impatienta son ami.

– En sol Môjar, il faut toujours employer la particule propre au statut de son interlocuteur.

– Quelle particule ?

– La particule des gens titrés : Sol veut dire roi, Laï signifie reine.

– Où est le problème ? Cela semble assez simple, dit Alban en haussant les épaules.

– C'est parce que tu ne connais pas l'étendue de cet usage. Prends la famille royale, par exemple. Eh ! bien, il existe une particule pour distinguer le rang de chacun des princes : « Op » pour le premier, « Dun » pour le deuxième et ainsi de suite. C'est pareil pour les princesses. Un intendant est « Mo », un duc « Myr » mais une duchesse « Myra ». « Oz » s'applique à une ville... Ils en mettent partout !

– Mais c'est horrible ! se lamenta le chambellan. Comment vais-je me rappeler de tout ça ? Je vais passer pour le pire des ignorants !

L'angoisse venait de chasser sa douce quiétude.

– Et c'est maintenant que tu me dis cela, lui reprocha-t-il. Félicitations pour ta prévoyance... Sol'Mélénor !

Ce dernier riait devant le désarroi de son ami.

– Cesse de te tracasser, Fer'Alban.

– Fer'Alban ?

– Fer'Alban Ez Lenux, c'est ton nom complet à la façon des gens du Môjar. Pas mal, hein ?

– Et si je fais une bourde ?

– Je t'excuserai en te présentant comme Pis'Alban.

– Ce qui veut dire ?

– Alban l'idiot !

✧

Ce soir-là, l'atmosphère qui régnait sur le camp était si fébrile que personne ne put trouver le sommeil. Les hommes se rassemblèrent autour du feu, et Nilg, un des officiers du général, sortit une petite flûte quand Zacch entonna une chanson à la mode. Pressé par ses compagnons, Valtan alla chercher son luth. Un concert s'improvisa et, bientôt, Mélénor se joignit à la troupe. Assis parmi ses hommes, il écouta en silence, applaudissant avec ferveur après chaque chant. Lorsque les musiciens eurent besoin de repos, l'amiral de Veod demanda l'attention de tous.

– Nous avons la chance de compter dans nos rangs un conteur réputé. Officier De Greu, accepteriez-vous de nous raconter une de vos histoires ?

L'officier quêta le soutien de ses hommes, qui s'empressèrent de lui faire des suggestions.

– *Les déesses de l'Île des vents !*

– Non, non ! *La licorne aux sabots d'argent.*

– Moi, je préfère l'histoire des esprits maléfiques. Vous savez, celle où les paysans deviennent possédés et...

De la main, Eugue De Greu imposa le silence à ses matelots. Leur enthousiasme avait réussi à piquer la curiosité des soldats. Le public étant maintenant bien disposé, le conteur se leva et s'assura d'avoir assez d'espace pour bouger.

– En l'honneur de notre roi, je vais vous raconter une toute nouvelle histoire.

Les marins étaient manifestement ravis, mais pas un son ne franchit leurs lèvres. Mélénor les vit s'installer plus confortablement, oubliant tout à coup de faire circuler les bouteilles d'eau-de-vie.

– Il s'agit de l'histoire fabuleuse du capitaine Bazdinar et de la ville sous les mers...

Mélénor se laissa bientôt transporter par le récit. Il aurait pu écouter pendant des heures la voix modulée du marin. Lorsque l'officier décrivait des paysages féeriques ou des monstres dégoûtants, le roi imaginait sans problème chaque détail. Il en oublia même le temps.

– Et c'est ainsi que notre capitaine découvrit que la peur et la bravoure sont comme les deux faces d'une pièce de monnaie, l'une ne pouvant aller sans l'autre.

Les efforts d'Eugue De Greu lui méritèrent une ovation. Mélénor le remercia chaleureusement.

– Je n'ai pas le talent de notre officier, admit-il modestement, mais j'aimerais à mon tour vous raconter une histoire que vous devriez garder en tête durant notre séjour à l'étranger. Je l'intitulerai *Les mésaventures d'un jeune roi.*

Un silence respectueux accueillit ces paroles ; les hommes étaient conscients qu'ils vivaient un moment unique. Mélénor les regarda un à un.

– Je sais que certains d'entre vous se demandent pourquoi nous sommes si nombreux pour ce qui n'est, somme toute, qu'une mission diplomatique.

Le général Vor Garet manifesta un intérêt aussi subit que profond pour le fond de son gobelet, ce qui lui évita de voir le sourire moqueur de l'amiral.

– Mon père était très jeune quand il est devenu souverain de Gohtes. Il avait toujours été en désaccord avec la tradition qui interdisait alors les échanges commerciaux avec les autres pays du continent. Depuis plusieurs générations, aucun roi de Gohtes n'avait traversé ses propres frontières pour d'autres raisons que de très rares civilités. Dobfrey était convaincu de la nécessité d'établir des relations avec le pays de Môjar, à tel point qu'il modifia les lois du pays et partit sur un coup de tête avec cinq soldats et un chariot léger. Tout fringant qu'il était, il effectua, dans un temps record, le long trajet jusqu'à Oz'Garanz. Un matin, il se présenta au palais sans avoir été annoncé et demanda à être reçu sur-le-champ. Quand on lui répondit que c'était impossible, mon père s'emporta : *Je suis Dobfrey, roi du pays de Gohtes, et j'exige d'être conduit auprès du roi Sol'Maglian.*

Le général rugit.

– Bien dit ! Ils ont du culot, ces étrangers !

Mélénor fit un geste pour apaiser les hommes qui obéirent rapidement, car ils ne voulaient rien perdre du récit.

– Croyez-moi, mon père rougissait encore de honte quand il m'a raconté cette mésaventure... Mais revenons aux événements de ce jour-là. Le chancelier a regardé la petite troupe avec mépris ; leurs habits de voyage étaient gris de poussière et leurs bagages indiquaient clairement qu'ils entendaient être hébergés. Du bout des doigts, le magistrat s'est emparé du sac de toile de Dobfrey et lui a fait signe de le suivre dans la salle d'audience. Devant toute la cour de Môjar, il a annoncé : *Le roi des mendiants demande audience et asile à Notre Majesté.*

Les soldats et les marins réagirent avec fureur devant l'énormité de l'affront. Mélénor dut hausser le ton pour ramener le silence.

– En vérité, expliqua-t-il patiemment, mon père avait commis nombre d'impolitesses en regard des coutumes du Môjar. Chez nous, au château de Döv Marez, nous accueillons les visiteurs à n'importe quelle heure du jour et nous leur accordons notre hospitalité aussi longtemps qu'ils désirent en bénéficier. Les usages sont différents au pays de Môjar ; toute audience doit être planifiée et ensuite inscrite à l'horaire du roi ou de son intendant. Plus le visiteur est important, plus il est reçu tard dans la journée ; rares sont ceux qui ont le privilège de séjourner au palais. En fait, les mendiants eux-mêmes hésitent à demander asile ; il s'agit là d'une question de fierté.

Le général lança, acerbe :

– Ils ont une bien curieuse conception de l'hospitalité.

– Peut-être, mais c'est la leur.

Pressé par son auditoire, Mélénor reprit :

– Par chance, le roi Sol'Maglian s'est montré magnanime. Il a demandé à la cour de se retirer et a reçu Dobfrey dans ses appartements privés. Gentiment, il lui a expliqué les coutumes de son pays. C'est à cette occasion que mon père a appris qu'un roi ne se présente jamais en sol Môjar sans une escorte d'au moins cinquante soldats en uniforme. Prestige oblige...

Cette fois, ce fut un marin surnommé Boulet qui s'indigna.

– Vous voulez dire que si nous sommes tous là, c'est uniquement pour vous servir de... de décorations !

– J'en conviens, il est parfois difficile de comprendre les coutumes des étrangers. C'est pourtant un devoir que nous avons, en tant qu'hôtes, de respecter les usages de ceux qui nous accueillent.

Les hommes devinrent songeurs. Claudio le bavard fut le premier à rompre le silence. À l'instar de ses compagnons, il brûlait de curiosité.

– Qu'est-il advenu de l'impertinent chancelier ? On prétend Sol'Maglian très autoritaire. Il a dû le punir sévèrement !

Fidèle à son vice, Isidor cria :

– Je parie une pièce d'or que le roi l'a fait fouetter.

Mélénor sourit mais nia l'affirmation d'un mouvement de tête. Isidor tenta autre chose.

– Il l'a envoyé à la torture.

– Non, pire que cela ! répondit le roi, visiblement amusé.

Incrédule, Gil le coq s'exclama :

– Il ne l'a tout de même pas fait pendre ?

Les hommes ne cachèrent pas leur perplexité devant l'expression énigmatique de Mélénor.

– Non, finit-il par lâcher, il l'a donné à Dobfrey.

Marius fut le premier à établir le lien.

– Vous voulez dire que Milirin... ?

Le roi approuva en riant :

– ...est en fait Mil'Irin Ez Liman. Sol'Maglian est un homme très sage. Mon père et son nouveau chancelier se sont chamaillés pendant quelques années, puis ils sont devenus très proches. Sol'Maglian a donné une leçon d'humilité à Milirin parce qu'il désapprouvait son attitude hautaine. De son côté, grâce à l'expérience de son chancelier Môjar, mon père a appris l'art de la diplomatie. À la fin de sa vie, on disait qu'il était le roi le plus cultivé qu'ait jamais connu le pays de Gohtes.

L'amiral remercia le roi au nom de tous puis il ajouta :

– Au cours de notre voyage, nous allons être confrontés à l'inconnu. Nous serons tentés de juger, parfois même de condamner. Rappelons-nous cependant que nous sommes désormais les représentants de notre nation. Mon roi, vous souvenez-vous de la maxime préférée de votre père ?

– Il y a si longtemps que j'avais presque oublié. Mon père disait : *Quand un homme va à l'eau, il nage comme les poissons, il n'en devient pas un.*

Le roi se leva et regarda avec reconnaissance les hommes qui applaudissaient.

– Je suis heureux de vous avoir tous auprès de moi. Bonne nuit, mes braves.

✧

Le lendemain, quand Mélénor atteignit la forteresse d'Oz'Garanz, sa troupe l'escortait fièrement, parée des couleurs du pays de Gohtes.

– XI –

Mo'Omar Ez Linaz, l'intendant de la cité d'Oz'Garanz, reçut la délégation royale à la tombée de la nuit, reconnaissant ainsi le caractère prestigieux de son hôte. Mélénor dut même accepter, pour le lendemain, une invitation inattendue. Une fois ces formalités réglées, le jeune souverain présenta sa requête.

– Je dois à tout prix rencontrer le roi de Môjar. Je souhaiterais que notre visite à Oz'Steyfia soit annoncée le plus rapidement possible. Nous prévoyons reprendre la route dans cinq jours.

– Il sera fait selon votre désir, Votre Altesse. Je dépêche dès aujourd'hui un courrier spécial à cet effet.

– Votre empressement vous honore. Mais j'ai assez abusé de votre temps.

– J'aurai donc le privilège de vous revoir demain au banquet de notre fête des arts.

– Le plaisir sera pour nous, Mo'Omar Ez Linaz.

Mélénor se retira et défila avec ses hommes dans les rues de la splendide cité. La procession attira la population locale, qui s'ennuyait ferme, en l'absence de la cour de Sol' Maglian. Dans la deuxième capitale, c'était la saison morte et la moindre distraction était accueillie avec bonheur. Peu habitués à susciter autant d'intérêt, les soldats et les marins bombaient le torse, lançant des œillades audacieuses aux citoyennes qui les saluaient. Lorsqu'ils arrivèrent à leur auberge, les officiers libérèrent leurs hommes, non sans les menacer des pires représailles s'ils ne se comportaient pas de façon exemplaire.

Fidèle à ses habitudes, Drago partit seul en quête de belles dames à séduire. Isidor le bigleux rassembla un petit groupe décidé à défier les joueurs de la cité. Il insista pour que l'officier Berto de Lor se joigne à eux.

– Venez avec nous, Berto. Nous allons provoquer les buveurs Môjar en duel. Avec vous dans notre équipe, ils n'ont aucune chance. Les pièces d'or vont littéralement pleuvoir sur nous !

Berto était connu pour être un buveur sans fond. La perspective d'une bonne cuite suffit à l'entraîner dans l'aventure. Ses matelots ne se firent pas prier pour le suivre ; leur chef allait avoir besoin d'un petit coup de main pour revenir à l'auberge.

Le général Vor Garet rechigna avant d'accompagner l'amiral de Veod à un concert. Il faillit s'endormir plus d'une fois mais cela ne l'empêcha pas, au cours du dîner qui suivit, de critiquer le spectacle d'un ton docte. Il prit des poses qu'il croyait avantageuses et donna son avis en lissant ses moustaches d'un air suffisant. Ses remarques firent sourire l'amiral tellement elles révélaient le manque de culture de ce militaire mal dégrossi.

Polan, le soigneur de la troupe, fit la tournée des apothicaires. Il revint les bras chargés de produits aux propriétés prometteuses et occupa sa soirée à concocter un nouveau remède contre la gueule de bois.

Tout le monde trouva donc à se divertir, sauf Mélénor. Maintenant que sa présence dans la cité était devenue officielle, il ne pouvait plus circuler sans escorte. Alban planifiait la prochaine étape du voyage avec Marius ; il en avait encore pour plusieurs heures. Plutôt que de se morfondre, le jeune roi choisit d'aller dormir. Son sommeil fut toutefois troublé par un rêve angoissant. Il était en plein cœur d'une lande disparaissant sous un épais brouillard. Quelque part, dans l'obscurité, une bête monstrueuse le menaçait. Lorsqu'il porta la main à son fourreau, il n'y trouva qu'une branche de chêne carbonisée au lieu de son épée. Réveillé en sursaut, le jeune homme fit ce que son père lui avait toujours conseillé en pareil cas : il avala un grand verre d'eau-de-vie et chassa le rêve de ses pensées.

✧

Le lendemain soir, Mélénor trônait à la table d'honneur, aux côtés de l'intendant Mo'Omar. Tandis que les invités dégustaient des mets raffinés, les artistes se succédaient, rivalisant de talent pour faire valoir leur art : chant, musique et danse. Les tenues très légères des danseuses émurent un peu trop les hommes de Gohtes ; le général dut les rappeler à l'ordre, leurs applaudissements déchaînés incommodant la belle société.

La poésie calma les ardeurs mais suscita peu d'intérêt. Le marin surnommé Boulet murmura à l'oreille de l'officier De Greu :

– J'aime cent fois mieux vos histoires. Toutes ces belles paroles me font penser à un voile délicat sur le visage ingrat d'une belle-mère.

Ce disant, il vissa son poing au creux de son estomac, mimant un haut-le-cœur. L'officier sourit mais l'incita à se taire en portant son index à ses lèvres closes.

Les invités furent surpris lorsqu'ils entendirent l'annonce suivante :

– L'art du combat.

Mélénor interrogea Mo'Omar, qui lui répondit avec enthousiasme :

– Parmi nos gens, nous comptons plusieurs citoyens du pays de Qualbraz. Cette communauté nous a beaucoup appris quant aux techniques de combat. Leurs maîtres sont considérés comme de véritables artistes, et je commence à partager leur point de vue.

– Des artistes... maîtres de combat ?

– Constatez par vous-même !

Dix hommes entrèrent dans la salle, vêtus d'étranges habits de lin. Mélénor n'avait jamais rien vu de tel, et il n'était pas certain de partager la ferveur de l'intendant. Les hommes exécutaient des figures qui demandaient, de toute évidence, une grande souplesse.

– Cela ne me semble pas très... viril.

– Attendez, vous n'avez encore rien vu !

La stupéfaction de Mélénor fut totale quand quatre nouveaux combattants saluèrent la foule. Parmi eux se trouvait une femme à la peau sombre et mate. Pour se contenter de dire qu'elle était belle, il aurait fallu être aveugle ou imbécile. Le jeune souverain en avait le souffle coupé. Les cheveux de la femme étaient très courts et plaqués sur son crâne à l'aide d'une pommade luisante. Malgré ses vêtements amples et peu seyants, on devinait que son corps était aussi parfaitement sculpté que ses traits.

Lorsqu'il devint évident que les trois hommes luttaient ensemble contre la jeune femme, les invités de Gohtes protestèrent.

– C'est de la frime ! clamèrent-ils bruyamment. Ces hommes n'ont donc aucun orgueil ? Et devant notre roi encore !

Mo'Omar se montra indulgent devant leur scepticisme.

– Je comprends votre réaction. Au début, j'étais incrédule, moi aussi.

Ayant vaincu ses trois adversaires, la combattante se planta seule, face à l'assistance. L'intendant lui fit signe d'approcher.

– Sol'Mélénor Vor Gohtes, laissez-moi vous présenter Gherznithrz, notre maître de combat.

La jeune femme fit une gracieuse révérence et s'adressa directement à Mélénor :

– Je vois que vous doutez, Votre Altesse.

– Pardonnez ma franchise, madame, mais feindre n'est pas honorable !

– Vous croyez que c'est du théâtre ?

– Un vulgaire numéro de cirque, plutôt !

– Alors, permettez que je défende mon honneur en affrontant un de vos soldats.

Drago n'attendait que cela. Il se précipita, implorant Mélénor du regard. Le roi hésita un bref instant puis donna son accord devant l'insistance de l'intendant. Drago se mit aussitôt en position.

– N'ayez pas peur, ma jolie, je ne vous ferai aucun m...aaahhhlll !

L'impudent éclaireur gisait déjà sur le dos, légèrement sonné. Quand il se remit sur ses pieds, il protesta en se massant le bas des reins :

– Je n'étais pas tout à fait prêt, mais je vous att...

Cette fois, Marius dut aider Drago à se relever. Plusieurs hommes de la troupe tentèrent de clouer la jeune femme au sol, sans succès. Même Valtan le colosse mordit la poussière. Ce qui avait commencé par une blessure à l'amour-propre se transforma peu à peu en fascination. Lucas et Eugue De Greu, l'officier de la marine, opposèrent à la jeune femme une résistance énergique avant d'être vaincus. Elle les félicita chaudement.

– Vous avez un sens naturel de l'équilibre. Vous feriez sans aucun doute d'excellents combattants.

Pour la première fois, la jeune femme parut embarrassée. Elle se reprit aussitôt :

– Je ne voulais pas vous offenser... Vous *êtes* très certainement de braves soldats...

Eugue De Greu s'amusait beaucoup de son trouble.

– Marin, madame ! Marin et éclaireur, pour vous servir !

Puis, comme il aimait faire le malin, il exécuta à son intention une courbette des plus pittoresques. Gherznithrz rit de bon cœur et répondit en l'imitant. Même dans ces conditions, elle ne perdait rien de sa grâce. Mélénor n'arrivait pas à détacher ses yeux de la jeune femme.

– Les hommes sont emballés, dit Alban, lui assénant un coup de coude dans les côtes pour le sortir de son hébétement. Beaucoup aimeraient apprendre cette technique de combat. Qu'en penses-tu ? Imagine l'avantage que cela nous donnerait au moment d'affronter les rustres de Bortka !

Le roi voulait questionner la jeune femme mais celle-ci avait disparu. Mo'Omar ne cachait pas sa satisfaction d'avoir réussi à étonner ses invités.

– Elle est fascinante, n'est-ce pas ?

Mélénor acquiesça avant d'affirmer :

– Pour sûr, c'est une elfe-sphinx !

– Oh ! Vous avez remarqué ses index !

– Mmmm ! Comment m'avez-vous dit qu'elle s'appelle ?

– Gherznithrz.

– Quelle étrange sonorité ! Je crains de ne pas pouvoir le prononcer correctement...

Pour lui-même, il ajouta : « Ce n'est pas un nom, c'est un mal de gorge ! »

– Les gens de son pays parlent une langue aux consonances gutturales, expliqua l'intendant. Avec le temps, on s'y fait.

– Vraiment ? Geurnitrche ? articula le roi, dans une vague tentative infructueuse.

– Non ! Gherznithrz.

Ils furent interrompus par la reprise du spectacle et l'arrivée d'un plat de faisans grillés. Un peu plus tard, l'intendant se pencha vers Mélénor et murmura :

– J'ai pensé que vous apprécieriez que Gherznithrz se joigne à nous.

Le roi n'avait pas vu la jeune femme s'approcher. Elle portait une robe étroite en soie ocre ; une écharpe de voile orangé brodé de fils d'or couvrait ses épaules dénudées. Elle ne portait aucun bijou. Tandis qu'elle s'inclinait devant le visiteur royal, un laquais lui apporta un siège qu'il déposa entre le roi et l'intendant. Au cours de leur conversation, Mélénor découvrit que Gherznithrz n'était pas seulement belle et agile ; elle était également cultivée.

– Vous êtes bien loin de chez vous, madame. Votre pays natal vous manque-t-il ?

– Par moments, reconnut-elle gravement, mais les guerres qui sévissent sans cesse sur le continent de Trollixer me rendent malade. J'apprécie énormément la paix qui règne ici.

– Fait plutôt surprenant pour quelqu'un qui, comme vous, maîtrise l'art du combat.

Le sourire de la jeune femme révéla des dents d'une blancheur parfaite.

– Votre Altesse, vous venez de découvrir un de mes secrets : je suis une femme de contradictions.

Elle but une gorgée de vin et remonta sur son épaule cuivrée l'écharpe qui avait glissé. Quand elle eut déposé son verre, elle se rapprocha de Mélénor pour lui souffler à l'oreille :

– On m'a dit que vous étiez un adversaire redoutable. J'aimerais me mesurer à vous... Un combat amical, quoi !

– Madame, je vais, à mon tour, vous révéler un secret : mon orgueil est trop grand. Je doute qu'il survive à une telle épreuve.

– Pas devant la foule, évidemment... Seulement vous et moi, insista-t-elle.

Alors que les prouesses téméraires de trois équilibristes retenaient l'attention des convives, la jeune femme de Qualbraz prit la main de Mélénor et l'entraîna à sa suite. Surpris de se laisser ainsi manipuler, le roi endossa le ridicule costume de lin et rejoignit Gherznithrz dans la salle de combat.

Il se défendait honorablement et, l'espace d'un court instant, il crut même avoir pris l'avantage ; d'une main, il avait agrippé le col de son adversaire, et de l'autre, il tentait d'immobiliser le bras de la jeune femme. Mélénor tira si fort que le vêtement s'ouvrit. Sous l'étoffe rugueuse, la jeune femme avait bandé sa poitrine à l'aide d'une pièce de tissu blanc nouée entre ses seins. Le contraste ainsi créé avec la peau brune et satinée fit perdre toute sa concentration à Mélénor. Il reçut dans les jambes un coup bien senti qui le força à lâcher prise. Contre toute attente, Gherznithrz l'agrippa par les cheveux, qu'il portait, comme toujours, attachés sur la nuque. Déstabilisé, il se retrouva par terre, la jeune femme assise sur sa poitrine.

– Cette attaque était parfaitement déloyale, protesta-t-il.

– Ah ! Vous croyez ? Pourquoi pensez-vous que je garde mes cheveux courts ? Si vous comptez sur la loyauté de vos ennemis, il vaut mieux que vous ne vous battiez jamais !

Mélénor saisit alors la pointe de tissu blanc coincée entre les seins de Gherznithrz. Celle-ci esquissa un geste brusque pour empêcher le bandeau de glisser. Le roi donna un bon coup de reins et, de tout son poids, il s'abattit sur la jeune femme. Il s'attendait à ce qu'elle se débatte mais elle éclata de rire.

– Magnifique ! Vous apprenez très vite. Maintenant, me permettez-vous de respirer ?

Mélénor réalisa qu'il l'immobilisait toujours sous lui. Leurs visages se touchaient presque. Le jeune homme huma le parfum grisant de la belle combattante. Troublé, il se mit à genoux, dominant toujours Gherznithrz qui ne fit même pas mine de se relever. C'est alors qu'il aperçut une curieuse forme dépasser de l'étoffe blanche. Cela se voyait à peine sur la peau sombre ; on aurait dit une branche minuscule ou une fine cicatrice. Du bout des doigts, Mélénor suivit la forme sur la poitrine de la jeune femme.

– Vous êtes si belle, dit-il d'une voix enrouée de passion, et si mystérieuse !

Elle le laissa dénouer le tissu sous lequel se révéla le sphinx.

– C'est une fourmi guerrière, expliqua-t-elle.

Pudiquement, elle recouvrit ses seins sans toutefois cacher l'insecte.

– Comprenez-vous maintenant d'où me viennent mes aptitudes au combat ?

– Mais vous préférez la paix.

– Oui, la paix !

– Et l'amour ? s'enquit-il avec plus d'audace.

– Et l'amour !

Mélénor caressa doucement le visage de Gherznithrz. Elle ferma les yeux et il l'embrassa tendrement. Ils firent l'amour ardemment parce que rien ne leur semblait plus naturel. Au loin crépitaient les applaudissements de la foule qui célébrait la fête des arts.

✧

Au cours des jours suivants, les deux amants se retrouvèrent aussi souvent que possible. Le roi avait renoncé à prononcer correctement le nom de sa tendre maîtresse. Il l'appelait tout simplement Muscade, en raison du parfum épicé de sa peau.

Le moment du départ sonna trop vite aux yeux de tous ; Oz'Garanz aimait les étrangers, les hommes de Gohtes aimaient Oz'Garanz et Mélénor aimait Muscade.

– Je serai de retour au début de l'hiver. Tu pourrais venir me rejoindre.

– Dans la Cité des Mirages ? s'étonna-t-elle.

– Pourquoi pas ?

– Ça n'a aucun sens, tenta-t-elle de la raisonner.

– Mais si, se buta-t-il comme un enfant gâté. Tu viendras entraîner mes hommes. Nous serons discrets, je t'assure.

Muscade soupira et ferma les yeux.

– Donne-moi le temps de réfléchir.

Mélénor lui tendit une chaîne au bout de laquelle pendait une breloque. De minces filets d'or donnaient au bijou la forme d'une cage au centre de laquelle reposait une perle aux reflets changeants.

– Ma douce, tu as capturé mon cœur. Je t'en prie, ne m'oublie pas.

L'or du bijou et la texture laiteuse de la perle offraient un contraste saisissant avec la peau mate de la jeune femme. La fourmi se précipita vers l'objet pour l'explorer à l'aide de ses antennes. Rassurée par l'inertie de l'intrus, elle retourna se blottir sur le cœur de Muscade.

✧

Drago traînait derrière ses compagnons, ruminant la dernière rebuffade qu'il venait d'essuyer. Il confiait ses tourments à sa jument, qui se moquait bien de ses états d'âme.

– Je croyais pourtant connaître les femmes, maugréait-il. Qu'a-t-elle donc, celle-là ? Madame se croit différente des autres, peut-être ?

Il jeta un regard meurtrier à la gracieuse silhouette qui chevauchait en toute innocence entre Lucas et Marius. Depuis leur départ d'Oz'Garanz, le trio impossible était devenu un quatuor. Mo'Omar avait insisté pour que Mélénor prenne un guide.

– Puisque aucun membre de votre délégation ne sait comment se rendre jusqu'à Oz'Steyfia, sa présence facilitera votre voyage.

Le jeune monarque avait accepté avec reconnaissance. Depuis, Swalag faisait partie du groupe des éclaireurs.

Swalag venait d'une île lointaine située au nord-ouest du continent de Trollixer. Drago n'avait jamais vu son visage, car des voiles couvraient entièrement sa tête, ne laissant paraître que ses magnifiques yeux verts soulignés de khôl. Dès le premier jour, Drago avait été bouleversé par le caractère sauvage de leur nouveau guide, et à la fois totalement dérouté par son attitude. Il sentait la honte l'envahir chaque fois qu'il repensait à leur premier contact.

Il avait approché sa monture de celle de Swalag, captivé par son exotisme : ses vêtements étaient taillés dans une étoffe très légère aux teintes claires et doucement irisées. La tunique qui descendait sous les genoux était fendue de chaque côté jusqu'à la taille. En dessous, on pouvait voir un pantalon étroit qui se refermait sur des bottes de cuir fin. La grosse ceinture qui supportait un sabre visiblement lourd et une dague aux ornements bizarres jurait avec la finesse générale de la tenue. Confiant en son charme, Drago avait abordé Swalag en souriant.

– Salut, ma jolie ! Ce serait tellement plus sympathique si tu retirais tes voiles pour qu'on fasse connaissance.

Swalag l'avait fixé d'une étrange manière en haussant un de ses sourcils soigneusement épilés. Dans un geste inconsciemment séducteur, sa main gracieuse avait repoussé une mèche de cheveux noirs avant de se fermer sur son sabre.

– Il a perdu la tête le dernier homme qui m'a manqué de respect.

Marius était intervenu rapidement et Drago avait gardé ses distances pendant plusieurs jours. Sa dernière tentative de rapprochement n'avait pas eu plus de succès. Les quatre éclaireurs se préparaient à partir. Marius discutait avec Alban afin de confirmer ses instructions tandis que Lucas vérifiait la solidité des harnais. Drago en avait profité pour rejoindre Swalag et faire amende honorable.

– J'aimerais que vous me pardonniez, madame.

Ignorant Drago et ses excuses, Swalag avait pris Lucas à témoin :

– Mais quel imbécile il fait, celui-là !

Drago ne savait pas ce qui était le pire : le froid d'une lame ou le rire cruel qui avait accompagné cette déclaration. Pour ajouter à son malheur, toute la troupe se moquait maintenant de lui. « Drago est amoureux ! Drago est amoureux ! » chantonnaient ses compagnons, le faisant tourner en bourrique.

Ce matin-là, c'est donc de mauvaise grâce qu'il avait pris la route, traînant derrière les autres et mettant à rude épreuve la patience de Marius. Perdu dans ses sombres pensées, il lui fallut quelques instants pour comprendre ce qui se passait sous ses yeux. Au-delà d'un brusque tournant de la route, une vingtaine de brigands tentaient de voler leurs chariots à une bande de commerçants. Ces derniers se battaient avec l'énergie du désespoir mais leur nombre était insuffisant.

Tout se passa très vite. Drago vit Lucas rebrousser chemin à toute allure ; fidèle à son rôle, il allait chercher le reste de la troupe en renfort. L'infortuné éclaireur chassa aussitôt ses soucis amoureux. La moitié des voleurs étaient à cheval. Les autres, étonnement grands, semblaient particulièrement redoutables. Déjà, deux d'entre eux se précipitaient vers Swalag et Marius. Drago cria :

– Madame, ne faites pas cela. Allez vite vous cacher !

Manifestement, Swalag n'avait pas l'intention de suivre ce conseil. Drago reçut ses voiles et sa tunique en pleine figure. Se dépêtrant tant bien que mal des chiffons parfumés, il assista, impuissant, à la folle témérité de sa vindicative dulcinée ; debout sur ses étriers, Swalag fonçait vers l'ennemi en brandissant son sabre menaçant. Malgré sa petite taille, son corps révélait des muscles longs et puissants ; une lourde natte noire battait ses reins bien cambrés. Aussi fugitive que frappante, cette image s'imprégna dans le cœur de Drago. Confronté à l'irrémédiable, l'éclaireur abandonna l'idée chevaleresque de jouer au galant défenseur. Son épée à la main, il fonça sur trois truands qui essayaient d'entraîner un attelage avec tout son chargement. Dès lors, le soupirant éconduit ne pensa plus qu'au combat.

Les brigands attaquaient sans méthode et, pendant un certain temps, les défenseurs du convoi eurent l'avantage. Marius croyait au talent et à l'ingéniosité de Drago. Swalag combattait avec adresse et courage. Pourtant, le chef des éclaireurs était inquiet, car il sentait que les commerçants commençaient à faiblir. Certains étaient blessés, ce qui les empêchait d'utiliser efficacement leurs lourdes lances. Marius craignait que la panique ne s'empare bientôt de ces braves hommes.

Soulagé, il entendit des flèches siffler au-dessus de sa tête, signalant la présence de Claudio et d'Isidor. Il bénit intérieurement les archers qui annonçaient l'arrivée imminente des secours. Lucas le rejoignit dans un nuage de poussière et, ensemble, ils s'escrimèrent à repousser un géant couvert de poils répugnants. Bien que sans monture, leur adversaire pouvait facilement atteindre de son épée la poitrine d'un cavalier. Sa force était colossale. Marius ne pouvait plus en douter ; cette créature n'était pas humaine. Les traits grossiers du visage ornaient une tête trop petite pour la charpente du corps. Des crocs grisâtres s'entrecroisaient aux commissures des lèvres maculées de filets de salive puante qui s'accrochaient aux poils hirsutes du menton. Les mains affublées de griffes démesurées maniaient des armes rudimentaires beaucoup trop lourdes pour un homme. Il semblait être le chef de cette bande constituée d'hommes sauvages et de créatures de sa race.

Quand Lucas toucha le monstre au flanc, la fureur s'empara du géant. Un cavalier moins rapide que Lucas y aurait laissé sa peau. La bête immonde se rua sur les marins que l'officier De Greu avait envoyés en renfort. C'est seulement à ce moment que Marius remarqua les armes inusitées que les marins utilisaient. Dans un synchronisme parfait, ces derniers soulevèrent des fourches acérées qui stoppèrent le monstre dans sa lancée. Craignant de se retrouver encerclé, le géant recula puis émit des grognements rauques. Une incroyable débandade s'ensuivit.

Lucas fut horrifié par la scène qui se déroula alors ; dans leur fuite, les brigands cherchaient à s'emparer des chevaux affolés. Plutôt que de secourir leurs blessés, ils les tuaient, visiblement décidés à ne laisser aucun prisonnier à l'ennemi.

Le sang fouetté par le combat, les soldats et les marins voulurent poursuivre leurs attaquants mais Mélénor ordonna au général de rappeler les hommes. Il y eut un moment de silence qui parut insolite après le tumulte de la bataille. Les défenseurs du convoi étaient figés ; certains tenaient encore leurs armes levées. Quelque part, un oiseau chanta puis la voix tonitruante de Gil le coq ramena la troupe à la réalité.

– Pouach ! s'exclama-t-il, j'ai gâché mon meilleur couteau avec du sang de berohl.

Cette révélation ajouta encore à l'excitation des hommes. Polan dut faire appel à Alban pour que revienne le calme afin de vérifier si les combattants avaient besoin de ses soins. Comme il n'y avait que des écorchures, il se tourna vers les commerçants blessés qui s'étaient finalement écroulés, à bout de forces.

Après s'être assuré auprès du soigneur qu'aucun de ses camarades ne craignait pour sa vie, le doyen des commerçants rejoignit les hommes de Gohtes. Le sommet de son crâne arrivait à peine à la ceinture du grand Valtan. Son manteau luxueux pendait en lambeaux ; ses cheveux rebiquaient dans tous les sens. Mais en dépit de son apparence étriquée, il se dégageait de cet être une dignité peu commune. Sans la moindre hésitation, d'un pas légèrement chaloupé, il se dirigea vers le roi.

– Sol'Mélénor, permettez-moi de vous remercier et de me considérer comme votre débiteur. Le courage de vos hommes vous honore.

– Vous me connaissez ?

– Bien sûr ! affirma le petit homme.

– Pardonnez-moi, messire, la surprise me fait manquer à la plus élémentaire courtoisie. Qui ai-je le plaisir de saluer ?

– Je suis Basile Ez Isbra. J'exploite une mine de diamants dans le sud du pays. Votre intervention a sauvé cette livraison spéciale destinée à notre roi. Sol'Maglian vous sera donc également redevable.

– Je croyais que les berohls préféraient vivre à l'écart des autres races. Cette association avec une horde d'hommes sauvages m'apparaît fort inhabituelle.

– En effet, c'est plutôt étrange. Je voyage sur cette route depuis nombre d'années et jamais je n'avais été inquiété par ces abominables bêtes. Unies, ces deux races détestables deviennent franchement terrifiantes. Il vaudrait mieux en informer rapidement Sol'Maglian ; la sécurité des voyageurs est menacée.

– Dans ce cas, je suggère que nous vous escortions, proposa Mélénor. Ces voleurs ne lâcheront pas si facilement leur proie.

Le seigneur d'Isbra grimaça, trahissant le dégoût que lui inspiraient ses attaquants.

– Vous avez sans doute raison, reconnut-il. J'apprécie votre aide, croyez-moi.

– Mais, sire Basile, dites-moi, comment savez-vous qui nous sommes ?

– Je vous ai vu à Oz'Garanz... à la fête des arts.

– Je suis désolé, je ne me souviens pas de vous y avoir vu.

Le visage du petit homme s'éclaira alors d'un sourire malicieux.

– Ne vous excusez pas, Votre Altesse. Il y avait là-bas des créatures bien plus intéressantes à regarder qu'un vieil elfe-ubu comme moi.

✧

Bien qu'il fût encore tôt, Alban décida d'accorder à la troupe un repos bien mérité. Il demanda toutefois aux hommes d'enterrer les cadavres des brigands, ce qui souleva un tollé de protestations.

– Ces rats mériteraient de servir de repas aux vautours.

Néanmoins, les soldats obtempérèrent. Depuis le début du périple, une méfiance de bon aloi régnait entre les soldats et les marins. Aussi, Alban fut-il étonné de voir les marins se joindre promptement aux soldats pour les aider à creuser les fosses. Il attira l'attention de Mélénor sur ce fait.

– On dirait bien que d'affronter ensemble le danger les a rapprochés.

– Peut-être bien ! admit le roi, plutôt satisfait.

– Savais-tu, toi, que nos marins maniaient si bien les armes ? s'enquit Alban, admiratif.

– Pas à ce point, reconnut Mélénor, mais je crois que nos soldats, eux, ne sont pas près de l'oublier.

Pendant ce temps, Drago essayait de tirer profit de la situation pour gagner l'amitié de Swalag. Discrètement, il revint sur la route dans l'espoir de récupérer les vêtements irisés de sa flamme. Il n'eut pas à chercher bien loin, car le tissu clair s'était emmêlé dans les ronces en bordure du chemin. En le décrochant, il prit soin de ne pas abîmer le fin voilage. Il ne put résister à l'envie de presser l'étoffe contre son visage pour s'enivrer de son doux parfum. « Où est-elle ? La pauvre petite doit se cacher quelque part. Elle sera certainement touchée que j'aie deviné son trouble. »

Il courut rejoindre le reste de la troupe qui établissait le campement dans un état d'excitation peu commun.

– Hé ! Drago, que fais-tu là ? Tu cherches ton amoureuse ? lança Claudio en le voyant.

L'archer ne ratait jamais une occasion de se payer la tête de l'éclaireur.

– Là-bas, gros bêta ! fit-il en désignant d'un mouvement du menton un petit attroupement qui s'était formé autour d'un baril de bière.

Les hommes formaient un cercle et, à entendre leurs rires, on devinait qu'ils se racontaient de bonnes blagues. Quand l'éclaireur s'approcha, et bien qu'il ne vît que son dos, il reconnut sans difficulté la minuscule silhouette de Swalag entourée de tous ces gaillards. Drago marmonna, courroucé :

– Elle n'a donc aucune pudeur ! Sang de boudin, elle ne porte qu'un bustier... Aussi bien dire qu'elle est toute nue !

Au-dessus de sa taille fine, les épaules de Swalag étaient secouées par l'hilarité.

– Il m'a dit : « J'aimerais que vous me pardonniez... madame » !

Le vieux Colbert donna une grande claque dans les reins de Swalag qui répliqua en faisant de même. La jalousie eut raison de Drago. Son sang ne fit qu'un tour. Il bouscula Colbert puis saisit, d'un geste brutal, le coude de Swalag. L'éclaireur brandissait les vêtements qu'il froissait rageusement. Se dégageant vivement, Swalag pivota. Ses beaux yeux verts brillaient de larmes joyeuses. Un peu de khôl avait coulé sur ses joues. Son hilarité redoubla devant la mine déconfite de Drago.

Le guide Môjar portait une barbe élégamment tressée qui lui descendait jusqu'au nombril. Drago n'en croyait pas ses yeux : entre les seins à moitié dénudés, une toison noire et touffue cachait presque entièrement une délicate chaîne en or. Les bras aussi étaient couverts de poils drus, et l'éclaireur réalisa tout à coup que les mains de Swalag étaient épilées.

– Tu ne sais donc pas ce qu'est un elfe-jibi ? Un elfe hermaphrodite ? Si, à Oz'Garanz, tu n'avais pas passé ton temps dans le lit des femmes, tu aurais appris bien des choses concernant les races étrangères qui peuplent le pays de Môjar.

Swalag se pencha pour ramasser ses vêtements, Drago, frappé de stupeur, les ayant laissés tomber dans la poussière. La fureur de l'éclaireur se dirigea alors contre Marius et Lucas.

– Et vous ? Vous n'avez pas jugé bon de me prévenir ? tonna-t-il.

L'air candide, Lucas ouvrit innocemment les mains.

– Pourquoi cela ? Nous as-tu demandé notre avis ?

Marius entoura d'un bras les épaules de son ami bafoué.

– Cela vaudra pour la petite rousse que tu m'as chipée à la fête des arts. Nous sommes quittes, mon frère.

Dépassé, Drago reporta son regard sur Swalag. Ce dernier avait repris son apparence habituelle dès qu'il avait voilé le bas de son visage. Tout à coup, l'éclaireur réalisa le comique de la situation. Il se mit à rire et tendit la main à Swalag.

– Je le savais... Je n'ai jamais été fait pour le mariage !

✧

L'embuscade avait galvanisé la troupe ; les hommes se sentaient à la fois fébriles et anxieux. Mettant leur énergie à profit, ils entrèrent dans la grande cité d'Oz'Steyfia avec deux jours d'avance.

Alban croyait avoir vu, à Oz'Garanz, toutes les beautés du monde, mais devant le spectacle que lui offrait la capitale, il demeura sans voix. Le soleil couchant teintait de rose les murs blancs des hautes tours du château. Les principales avenues, animées d'une foule bigarrée, convergeaient dans une symétrie harmonieuse vers le palais qui surplombait la ville. Le général Vor Garet troubla la contemplation recueillie du chambellan.

– Dites-moi que je rêve ! Regardez les toits : ils semblent couverts d'or, s'écria le gros officier de sa voix de stentor.

Alban sortit enfin de son mutisme.

– Jamais je n'ai vu une architecture pareille... Tout est si droit, si ordonné et si propre !

Isidor ne se montra pas sensible aux mêmes détails.

– Ces coupoles, là-bas, ne sont-elles pas incrustées de pierres précieuses ?

Les hommes avaient tous mis pied à terre. Certains ressemblaient à des enfants devant des gâteaux au miel ; leurs yeux grands ouverts brillaient de convoitise mais l'étalage de tant de richesses semblait en dégoûter quelques-uns.

– C'est vaguement indécent, vous ne trouvez pas ?

– Je dirais plutôt décadent, précisa l'amiral dont la réputation le classait au rang d'humaniste.

– Je sais qu'ils exploitent des mines dans ce pays, mais utiliser des pierres précieuses comme matériaux de construction... bout de fiel ! jura le soldat Boulet.

Basile Ez Isbra, l'elfe-ubu, expliqua que les pierres architecturales étaient de qualité inférieure à celles utilisées pour fabriquer les bijoux. Malgré cela, les hommes demeuraient perplexes et manifestaient leur désapprobation. Prenant soudainement conscience de leur manque de dignité, l'amiral réagit avec vigueur :

– Matelots, à vos postes... et trêve de commentaires.

Les officiers supérieurs s'approchèrent du roi.

– Quels sont vos ordres, Votre Altesse ?

Cela faisait soixante-trois jours que les voyageurs avaient quitté Oz'Garanz.

– Trouvez une auberge confortable et accordez deux jours de repos à vos hommes.

Mélénor attira Alban un peu à l'écart. Il avait bien l'intention de profiter de ces deux jours de liberté.

– Suis-moi. Je sais où on peut se désaltérer et prendre du bon temps.

– Je croyais que tu n'étais jamais venu dans cette ville, s'étonna son ami.

– C'est vrai !

Devant le regard interrogateur du chambellan, le jeune monarque poursuivit :

– L'intendant Mo'Omar ne m'a pas seulement parlé d'art et de protocole quand nous étions à Oz'Garanz...

– Cesse donc de faire tant de mystères, s'impatienta Alban.

– Là où je t'emmène, il y a des danseuses ! Bon, tu viens ou tu boudes ?

– XII –

La reine venait de quitter la salle du conseil. Cassandra s'attardait, Milirin lui ayant fait comprendre qu'il désirait lui parler. La Longs-Doigts avait noté la démarche lourde d'Isadora et l'étonnante cambrure de ses reins ; sa grossesse n'en était pourtant qu'au quatrième cycle des lunes. La ministre soupira pour elle-même : « Mieux vaut ne pas accorder trop d'importance au comportement extravagant de la reine. »

Lorsqu'ils furent enfin seuls, le chancelier lui fit part de son inquiétude.

– Croyez-vous qu'elle tiendra le coup ?

– Elle est plus forte qu'il n'y paraît !

Devant l'air incrédule de Milirin, Cassandra ajouta :

– Je veille sur elle.

– Oh ! madame, vous me rassurez ! Elle est si...

Le vieil homme s'interrompit subitement et ferma douloureusement les yeux.

– Mais qu'est-ce qui m'arrive ? Je n'ai aucun droit de juger ma souveraine.

– Dites-le, Milirin : elle est si instable. Ne craignez pas d'utiliser le bon jugement dont la nature vous a doté.

– Savez-vous de quoi elle souffre ? s'enhardit-il à demander après une courte hésitation.

– Vous connaissez son histoire, n'est-ce pas ?

– On prétend qu'elle a le cœur trop petit... à cause de la mort prématurée de ses parents.

– Ses tuteurs sont des gens simples ; c'est ainsi qu'ils expliquent la détresse de leur pupille. En vérité, Isadora entretient des passions exclusives. Ses parents n'étant plus là, elle a encensé, embelli, amplifié leur souvenir. Ce faisant, elle ne pouvait aimer son oncle et sa tante, ni accepter leur amour sans s'imaginer qu'elle trahissait la mémoire de ses chers disparus. Puis, il y a eu la musique. Et maintenant, c'est Mélénor.

Milirin contemplait l'elfe-sphinx, en plein désarroi. La nature complexe de leur souveraine le désarmait. Cassandra esquissa un pauvre sourire en reprenant la parole :

– Cette affection dévorante doit être bien lourde à porter, surtout pour un homme avide de liberté comme Mélénor.

– Il y a quelque chose que je ne saisis pas dans le comportement de la reine, dit le vieil homme en secouant la tête. Si elle aime tant le roi, pourquoi se montre-t-elle si intransigeante avec lui ?

– J'ai parlé de passion, pas d'amour. Isadora *croit* aimer Mélénor ; en fait, ce qu'elle désire, c'est être aimée de lui. Elle cherche sa propre image dans le regard de son amant.

– Comme s'il s'agissait d'un miroir ?

– Oui, mais pour cette femme tourmentée, l'amour ne s'accommode d'aucune critique. Les gens qui l'aiment doivent lui renvoyer une image parfaite d'elle-même.

– Nul n'est parfait, vous le savez bien, se désola Milirin. Et les relations véritables ne survivent pas au mensonge. On doit aimer la réalité de l'autre, pas son reflet idéalisé.

– C'est pourquoi le cœur de cette femme est un puits sans fond que personne, hélas, ne pourra jamais combler.

– Mais c'est terrible !

– Vous comprenez maintenant l'étendue de sa solitude.

– Comment puis-je l'aider ?

– Votre bonté est touchante, répondit Cassandra en passant une main lasse sur son front. Je crois que nous pouvons l'aider en la gardant très occupée. Cela lui évite de se pencher sur ses chagrins.

– Qu'arrivera-t-il lorsque Mélénor reviendra ?

– Je l'ignore, mon bon ami.

Milirin se leva et se mit à arpenter la pièce.

– La reine aime être admirée et acclamée, n'est-ce pas ?

– Ça la calme et la rassure, convint la ministre, intriguée. Pourquoi demandez-vous cela ?

– Si nous lui proposions de chanter pour son peuple ? De donner un petit récital ?

Cassandra offrit au chancelier un large sourire.

– Vous tenez là une excellente idée.

– Notre souveraine a confiance en vous. Tâchez d'obtenir son accord et je m'occuperai du reste. Cela pourrait se faire aux prochaines lunes.

– Durant les lunes torrides, supputa l'elfe-sphinx à voix haute. Alors, pourquoi pas un spectacle en plein air ? La fête pourrait se prolonger tard dans la nuit.

– Nous illuminerons les parcs pour donner à l'événement une allure féerique.

– Cela devrait la rendre heureuse, du moins... pour un moment, conclut Cassandra, ponctuant sa phrase d'un claquement de langue satisfait.

✧

La ville entière s'était déplacée et piétinait allègrement les parterres fleuris du palais. Isadora ne se tenait plus d'impatience. Elle avait accepté avec enthousiasme la proposition de Cassandra. « Chanter pour le peuple, quelle merveilleuse façon d'accroître ma popularité. » Isadora se demandait pourquoi elle n'y avait pas pensé elle-même.

Derrière elle, Volda suait à grosses gouttes. Ses doigts tordus maniaient habilement les lacets du corset. La jeune reine la regarda par-dessus son épaule et ordonna :

– Plus fort, Volda ! Tire ! Tu veux que j'aie l'air d'une grosse paysanne ou quoi ?

– Dans ton état, Isadora, je ne peux vraiment pas faire mieux. Et puis, ce n'est pas bon pour l'enfant, plaida la vieille femme.

– Je t'ai dit de tirer, siffla-t-elle, balayant les objections de sa tante d'une main agacée.

S'exécutant, Volda resserra quelques rangs et, imperceptiblement, en relâcha plusieurs autres ; avec Isadora, il fallait savoir ruser en souplesse. Sa tâche terminée, la vieille femme mit ses mains sur les hanches de sa nièce et la complimenta avec sincérité.

– Tu es superbe, ma chérie. Regarde comme ta taille est fine ! Mais pas trop. Il ne faudrait pas que le peuple s'inquiète pour l'héritier.

– Mets-moi du rouge alors, la rabroua la reine.

Volda détestait cela. Un jour, son père l'avait giflée parce qu'elle avait souligné ses joues d'un soupçon de fard. Maintenant, elle pensait comme lui : « Ça fait vulgaire. »

– Mais Isadora, tu es resplendissante de santé !

– Parce que maintenant tu sais mieux que moi comment je me sens ? On voit bien que tu n'as jamais porté d'enfant. Tu crois peut-être que c'est une partie de plaisir ? Tu ne connais rien à rien.

Depuis qu'elle était enceinte, Isadora avait trouvé un nouveau moyen de tourmenter sa tante. Née dans un milieu où les femmes ne valent guère plus que des servantes, la jeune Volda avait vu son tempérament docile se transformer en timidité servile. La nature ne l'ayant dotée ni de beauté ni de verve, elle avait vieilli sans qu'aucun homme la remarque. Parfois, lorsqu'elle songeait aux enfants qu'elle n'avait pas eus, elle sentait la brûlure amère des regrets la saisir à la gorge. Mais, voilà, qui se souciait des chagrins d'une vieille demoiselle ? Malgré la cruauté de sa nièce, Volda se tut ; c'était là sa seule défense.

✧

Le peuple de Gohtes appréciait les fêtes plus que la musique. Le public applaudit tout de même avec entrain après chaque ballade. Certains auditeurs plus sensibles remarquèrent que, en dépit de sa technique impeccable, l'interprétation d'Isadora manquait d'inspiration.

– Citoyens, j'ai accepté de chanter pour vous afin de rendre hommage à mon époux bien-aimé qui vous manque sûrement presque autant qu'à moi.

La foule se mit à scander :

– Mélénor ! Mélénor !

La reine exigea le silence d'un geste autoritaire. Quand le calme fut revenu, elle sourit et porta une main à son cœur et l'autre à son ventre.

– Je suis convaincue qu'en ce moment même, il pense à nous et à son enfant qui grandit en mon sein. Je venais tout juste de l'informer de la venue de son héritier quand il a dû partir. Il était déchiré d'avoir à m'abandonner ainsi, mais Mélénor n'oublie jamais ses devoirs envers son peuple. Tout comme mon vaillant époux, j'accepte avec humilité que le bien-être de notre pays passe avant le mien. Votre affection me nourrit de courage.

Cette fois, le peuple acclama bruyamment sa souveraine. Elle attendit patiemment que les applaudissements cessent.

– J'ai un présent pour vous. J'ai écrit une chanson en l'honneur de notre roi : une complainte qui raconte la douleur de le savoir au loin et l'espoir de son retour.

Pour la première et dernière fois du récital, Isadora retrouva la pleine mesure de son talent. Au cœur de la foule, Milirin repéra Cassandra. Il se rapprocha discrètement.

– Eh ! bien, qu'en dites-vous ?

– Je crois que cette soirée lui sera salutaire. Et vous, cher ami, qu'en pensez-vous ?

– Son talent politique commence à m'impressionner.

– Je vous avais bien dit qu'elle était forte ! triompha la ministre.

✧

Tandis que la fête battait son plein et que les opportunistes se bousculaient pour complimenter Isadora, les échos d'une bagarre lointaine dominèrent la musique qui rythmait la danse. Poursuivis par les soldats de la garde, cinq cavaliers fendaient la foule, se dirigeant droit sur la reine. Milirin vit le premier cavalier défaire l'étoffe enveloppant un paquet qu'il tenait entre ses cuisses. Ce n'est qu'à ce moment que le chancelier reconnut le marquis Phippe Vor Harnbe. « Que fabrique-t-il ici ? » se demanda Milirin. Les terres du marquis se situaient à la frontière nord-ouest du pays et celui-ci n'avait pas remis les pieds dans la capitale royale depuis son mariage avec la belle Beatrix Vor Valeron.

Phippe semblait avoir perdu la raison. Il se débattait comme un damné, cognant des pieds et des poings dès qu'on tentait de l'arrêter. Il hurlait une phrase, toujours la même, mais il fallut un moment à Milirin pour mesurer la gravité de ce qu'il entendait.

– Bortka a attaqué ! Bortka a attaqué !

Rempli d'horreur, le chancelier vit alors ce que le marquis avait retiré de l'étoffe : une tête, tranchée en plusieurs coups sauvages qui avaient fracassé les os et les cartilages. La main du marquis serrait une poignée de cheveux ensanglantés. Le front ainsi dégagé laissait apparaître les armoiries de Bortka profondément burinées dans la chair.

Les gardes encerclèrent enfin les cinq cavaliers ; leurs chevaux, visiblement épuisés par la cadence folle qu'on leur avait imposée, étaient couverts d'écume. En proie à l'hystérie, Phippe Vor Harnbe tomba plus qu'il ne descendit de sa monture. Quand la reine l'eut autorisé à s'approcher, il s'agenouilla à ses pieds, brandissant la tête au visage mutilé.

– Ils ont tué tous les habitants d'un de mes villages... même les enfants. Ils ont marqué chaque cadavre et fiché toutes les têtes sur des piques.

Le corps du marquis fut alors secoué de sanglots incontrôlables. Il porta les mains à son visage, mêlant ses larmes au sang du paysan. Milirin était figé par l'effroi et ses entrailles se nouèrent quand le marquis hurla sa révolte d'une voix gutturale. La réaction de la foule fut immédiate :

– Vengeance ! Vengeance !

– XIII –

Au même instant, ignorant le drame qui se jouait dans son pays, Mélénor s'apprêtait à entrer dans la salle d'audience du palais d'Oz'Steyfia. Il était le dernier visiteur de la journée, donc le plus prestigieux.

Des portes hautes comme trois hommes s'ornaient de motifs sculptés qui représentaient les grands événements de l'histoire du peuple de Môjar. Mélénor était accompagné de tous ses hommes. Chacun avait revêtu son plus bel uniforme, à la grande fierté du roi.

Quand les portes s'ouvrirent, les cinquante hommes s'ébranlèrent à la suite de Mélénor en une impressionnante marche cadencée. Swalag les avait fait maintes fois répéter. Sur un signe de leur souverain, les hommes présentèrent leurs armes, que des laquais, un pour chaque homme, vinrent prendre. Leur responsabilité était grande, car ils pouvaient payer de leur vie le fait de perdre une arme, de l'abîmer ou de la remettre au mauvais propriétaire. Cette coutume avait incommodé le général plus que tout autre. « À quoi peut bien servir un soldat désarmé ? » s'était-il écrié.

Mélénor présenta sa dague et son épée, puis les remit dans leurs fourreaux ; c'était le privilège des rois. Il s'avança seul dans l'allée qui conduisait au trône de Sol'Maglian, roi de Môjar.

Resté derrière, Alban admirait le spectacle grandiose qu'offrait la salle d'audience. Compte tenu des splendeurs qu'il avait vues jusqu'à présent, la pièce lui semblait presque sobre. Bien sûr, elle était immense et très haute de plafond, mais le plus impressionnant, c'était les gens qui s'y trouvaient.

La nation du Môjar était remarquable par la diversité des races qui la composait. Malgré les rares accès à la mer et le nombre limité de vaisseaux Môjar, les navigateurs n'hésitaient pas à entreprendre de longs voyages. Ils parcouraient le monde, visitaient d'autres continents, en ramenant souvent des individus exceptionnels.

Sous la voûte des balcons qui longeaient la grande allée, Alban remarqua des hommes et des femmes à la peau très sombre qui, tout comme Muscade, venaient du pays de Qualbraz. Ces gens comptaient parmi les membres de l'élite intellectuelle de la cour : des savants mais aussi des architectes réputés.

À travers la foule, le chambellan dénombra une centaine d'elfes-iva à l'aspect éthéré. En plus d'être de valeureux combattants, les elfes-iva étaient des artistes à l'imagination inépuisable. Ils géraient les musées, organisaient les concerts et produisaient la plupart des œuvres d'art qui embellissaient la ville.

Grâce à leur légendaire exubérance, on ne pouvait manquer de remarquer ceux qu'on appelait les « petites gens ». Parmi eux, Alban repéra Basile Ez Isbra qui le salua chaleureusement. La richesse de la nation dépendait en grande partie du talent des elfes-ubu. À titre d'ingénieurs des mines, ils figuraient au rang des citoyens les plus respectés de cette société. Ils étaient également les plus fortunés.

En raison de leurs vêtements caractéristiques aux couleurs irisées, le chambellan reconnut bon nombre d'elfes-jibi. Ces êtres à la fois discrets et fascinants s'occupaient principalement de la santé. Swalag avait déclaré en riant qu'il était la honte de sa communauté parce qu'il ne pratiquait pas la médecine. Alban commençait à peine à s'habituer à leur physique incroyable ; la superposition des attributs masculins et féminins sur un même corps le prenait souvent de court.

Ramenant son attention sur l'allée centrale, Alban constata que son ami avait enfin rejoint son hôte.

– Comment se porte mon frère Sol'Maglian ?

– Il se porte bien et se trouve heureux d'accueillir son frère Mélénor.

– Les Anciens sont-ils témoins de notre amitié ?

– Oui, ils le sont.

– Je bénis tes Anciens, Sol'Maglian Ez Môjar.

– Je bénis tes Anciens, Mélénor Vor Gohtes.

Des murmures coururent dans l'assemblée, car il était rare qu'un étranger salue le roi selon le rituel. L'étonnement s'accrut encore quand Sol'Maglian donna un ordre inusité à son chancelier.

– Faites asseoir notre invité.

Lorsque Mélénor fut installé, Sol'Maglian reprit :

– Je rends hommage à ta courtoisie, Mélénor ; aucun roi, depuis ton père, ne m'a salué selon la tradition. Tu fais honneur à Dobfrey.

Le jeune monarque accepta le compliment en inclinant brièvement la tête. Sol'Maglian poursuivit :

– Sache toutefois que je devine le but de ta visite et que je demeurerai inflexible.

– Je ne te demande pas d'intervenir mais...

– Mais tu aimerais que je t'accorde mon appui, l'interrompit son hôte.

– Tu ignores les crimes que Trevör Oks Bortka commet à l'encontre de mon peuple, s'emporta Mélénor malgré qu'il s'était juré de garder son calme.

– Et le roi Trevör t'accuse des mêmes forfaits.

– C'est pure calomnie ! rugit le roi de Gohtes, parvenant tant bien que mal à contenir sa colère.

– Pourquoi te croirais-je plutôt que ton ennemi ?

– Tu vas trop loin, Sol'Maglian, grinça Mélénor, les dents serrées. Il est pourtant évident que...

– Non ! La vieille rivalité qui oppose vos deux peuples vous égare, Trevör et toi. Sois prudent, Mélénor, ton orgueil n'est pas bon conseiller.

– Tu n'as donc aucune confiance en moi ? questionna le roi de Gohtes, feignant un calme qu'il ne ressentait pas.

– La confiance n'a rien à y voir.

– Permets-moi au moins de...

– À mon avis, tu t'apprêtes à commettre une grave erreur. Évidemment, tes décisions t'appartiennent. Maintenant, parlons d'autre chose.

Mélénor comprit que Sol'Maglian n'admettrait pas de réplique. S'il ne voulait pas perdre la face, il devait ravaler sa colère et reprendre le contrôle de la situation. Il se cala confortablement dans son fauteuil et s'abîma dans la contemplation d'un riche ornement de plafond.

– Vos orfèvres font des merveilles, s'exclama-t-il, admiratif, et vos mines regorgent de richesses inouïes. Dans de telles circonstances, il m'apparaît bien prétentieux de vouloir t'offrir un présent. Mais comme tu l'as si bien dit, je suis un homme fier.

Le jeune souverain fit signe à Alban de le rejoindre. Ce dernier remonta dignement l'allée, qu'il jugea interminable. Afin d'oublier la foule qui l'examinait avec curiosité, il se concentra sur le magnifique coffret qu'il portait. Alban atteignit enfin le pupitre du chancelier de Môjar qui accepta, au nom de son roi, le présent de Mélénor. Les perles représentaient une des richesses du pays de Gohtes. Par contre, elles constituaient une rareté en sol Môjar.

– Si tes artistes ont besoin de conseils pour sertir les perles, nous les accueillerons avec plaisir à Döv Marez, proposa Mélénor, conservant son attitude désinvolte. Évidemment, la chaleur de notre hospitalité risque de les retenir longtemps loin de tes ateliers.

Le sarcasme à peine déguisé atteignit sa cible. Maintenant qu'il avait retrouvé son assurance, le roi de Gohtes se sentait prêt à croiser le fer. Sol'Maglian semblait dans les mêmes dispositions, comme en fit foi sa réponse.

– Je reconnais ta grande générosité, mais elle dépasse largement la délicatesse de tes propos.

Mélénor allait rétorquer lorsque l'arrivée d'une petite bonne femme retint l'attention de l'assemblée. Le chancelier annonça :

– La reine !

Sol'Maglian et Mélénor se levèrent en même temps. L'assistance, quant à elle, s'inclina devant la souveraine qui trottait allègrement vers son mari. La grosseur de son ventre ne laissait aucun doute sur son état ; elle était enceinte jusqu'aux yeux.

– Laï'Onika, ma chérie, laisse-moi te présenter Mélénor Vor Gohtes.

La reine saisit la grande main de Mélénor entre ses deux menottes et lui lança un regard rempli d'étincelles quand il fit mine de les porter à ses lèvres.

– Pas de cérémonies entre nous, allons. J'avais tellement hâte de vous connaître mais mes fils m'ont mise en retard. Quand ces deux-là se chamaillent, je suis la seule à pouvoir les empêcher de s'entretuer ! Et la princesse Nes'Vasa qui refusait de prendre un bain... Enfin... Je les ai tous punis, mais vous aurez l'occasion de les rencontrer au dîner puisque vous serez des nôtres.

Les deux rois se regardèrent, interdits.

– Chéri, dis-moi que tu n'as pas oublié ? se désola la reine. Quel étourdi tu fais, par moments !

Mélénor n'en revenait pas. Ce petit bout de femme espiègle venait de les tirer tous les deux du sale pétrin où leur orgueil allait les entraîner. Une expression de tendresse transformait le visage de Sol'Maglian au point de le rendre méconnaissable. Était-il possible qu'une femme exerce un tel pouvoir sur son mari ? Sans le savoir, Sol'Maglian répondit à cette interrogation muette :

– Elle est adorable, n'est-ce pas ?

✧

De son côté, Alban hésitait. « Qu'est-ce que je dois faire ? Demeurer ici ou retourner auprès des hommes ? » Discrètement, il jeta un coup d'œil aux alentours, histoire de repérer une issue. Une inexplicable angoisse le saisit quand il surprit, dans l'ombre d'une alcôve, le déplacement furtif d'une haute silhouette encapuchonnée. Son malaise s'accrut quand sa main rencontra le fourreau vide de son épée.

Comme personne ne semblait se soucier de lui, il se déplaça vers la gauche et se perdit parmi les gens de la cour. Il se faufilait dans la foule élégante, avec l'intention de rejoindre la sécurité relative de la troupe, quand son sang se glaça brusquement. La silhouette sombre se trouvait juste derrière lui, le surplombant d'une bonne tête. Alban se figea, car il percevait la pointe d'une dague entre ses omoplates. Du regard, il chercha de l'aide, mais Laï'Onika Ez Môjar captivait toute l'attention de l'assemblée. La voix moqueuse lui parut dangereusement près de son oreille lorsque l'inconnu souffla :

– Je constate que ton maître n'a pas reçu meilleur accueil que le mien.

– Mélénor n'est pas mon maître !

– Pourtant, tu le suis partout comme un mouton stupide... Pis'Alban !

L'insulte fouetta le chambellan et le ramena à la raison. « S'il avait voulu me tuer, il l'aurait déjà fait. » Il pivota brusquement pour faire face à son adversaire.

– Qui es-tu ? lança-t-il d'un ton agressif.

L'étranger repoussa son capuchon et adressa à Alban un sourire qui n'avait rien de chaleureux.

– Je m'appelle Naq. Je viens de la part de Verlon Kom Yzsar.

Alban sentit tous les poils de son corps se dresser ; devant lui se tenait un monstre. La moitié gauche du visage s'avérait d'une étonnante perfection. Sous un nez mince et droit, une bouche délicatement ourlée encadrait des dents étincelantes et pointues, mais le côté droit de la figure était plat et vide ; pas de sourcil, pas d'œil, pas d'oreille. Seuls des tatouages pourpres et stylisés les remplaçaient. La beauté même des dessins en amplifiait l'horreur, ce qui rendait Naq très fier.

– La monstruosité ne peut se permettre d'être banale.

Alban déglutit péniblement.

– Qu'attends-tu de moi ?

– Dis à ton maître qu'il ne pourra pas mentir au mien et prétendre avoir obtenu l'appui du prétentieux roi de Môjar. J'en suis témoin.

Naq fit mine de s'éloigner puis se ravisa. Il repoussa les pans de son manteau et découvrit le côté droit de son corps : pas de bras dans la manche inutile, ni de jambe dans le pantalon.

– Naq... Est-ce que tu saisis toute la subtilité de mon nom, Alban ?

Alban ne souhaitait plus qu'une chose : le voir disparaître. Il fixait bien malgré lui le visage abominable du messager de Verlon. Naq semblait prendre un malin plaisir à prolonger le trouble du chambellan.

– Naq... N'a qu'un œil, n'a qu'une jambe... Mon père avait un curieux sens de l'humour, tu ne trouves pas ? Par contre, il était un peu radin. Quand il a violé ma mère, il ne lui a fourré dans le corps que la moitié d'un bâtard.

Son rire aurait donné des cauchemars à un berohl. Le monstre se drapa orgueilleusement dans son long manteau et disparut comme il était venu, claudiquant sur sa fausse jambe, incroyablement agile et silencieux.

✧

Pendant ce temps, Mélénor poursuivait son entretien avec les souverains de Môjar. La reine Laï'Onika insista pour le conduire elle-même à ses appartements. Sol'Maglian informa Mélénor que son chancelier veillerait au confort de ses hommes et lui annonça qu'un banquet se tiendrait en l'honneur des voyageurs de Gohtes.

Après avoir pris congé de son hôte, le jeune Longs-Doigts se retrouva seul en compagnie de la reine qui le guida lentement vers la suite somptueuse qui lui était destinée. Il fut étonné de voir la reine s'attarder.

– Cher ami, accepteriez-vous de boire un peu de vin avec moi ?

– Volontiers, gente dame !

Laï'Onika donna ses instructions avant de se laisser choir lourdement dans un fauteuil qui la fit paraître encore plus petite. Bien qu'il lui en coûtât énormément, Mélénor ravala sa fierté et décida d'ouvrir son cœur à cette femme au regard bienveillant.

– Je dois vous remercier de m'avoir tiré d'embarras.

– Sol'Maglian n'a pas voulu vous offenser mais vous devez comprendre que notre situation est délicate. Nous vous accueillerons toujours avec plaisir ; toutefois, il vaudrait mieux, à l'avenir, éviter de mélanger politique et commerce. Je vous le dis en toute amitié.

Un domestique entra alors avec un plateau, ce qui dispensa le roi de répondre. Lorsqu'ils furent à nouveau seuls, Laï'Onika reprit, sur un ton plus léger :

– J'ai entendu dire que votre épouse allait vous donner votre premier héritier.

Cette phrase, en apparence anodine, frappa Mélénor de plein fouet. Il n'avait pas pensé à Isadora ni à l'enfant depuis si longtemps. Il se plia à un calcul rapide et, du bout des lèvres, se risqua à lancer la seule réponse qui lui semblait appropriée.

– Elle débute ses cinquièmes lunes.

– Elle doit être si heureuse. Bien que j'en sois à ma quatrième grossesse, je la vis avec autant de bonheur que la première.

Une profonde tristesse envahit Mélénor. « Comme il doit être bon de vivre auprès d'une femme si épanouie et chaleureuse ! » Voyant que Laï'Onika cherchait à s'extirper de son fauteuil, Mélénor se leva pour lui prêter main-forte. D'infimes gouttelettes de sueur perlaient sur le front noble de la reine.

– Les dernières lunes sont les plus difficiles, surtout quand viennent les chaleurs de l'été. Au moins, votre Isadora n'aura pas à subir cet inconvénient.

Une fois debout, un sourire amusé éclaira le visage de la jeune femme et fit briller ses yeux.

– Mais j'y pense ! J'ai une surprise pour vous. Venez !

Le roi lui emboîta le pas. Après avoir franchi une multitude de portes et longé des couloirs savamment décorés, ils pénétrèrent dans une salle où étaient rassemblées une vingtaine de femmes de toutes races qui s'inclinèrent à leur vue.

– Mes dames de compagnie, expliqua Laï'Onika sans s'arrêter.

Jamais, au pays de Gohtes, un homme, fut-il le roi, n'aurait osé s'introduire dans une de ces alcôves strictement réservées à l'univers féminin. Bien qu'embarrassé, il n'eut pas d'autre choix que de suivre la reine. Décidément, les coutumes de ce pays ne cessaient de le surprendre. « Je veux bien admettre qu'ils ont des mœurs différentes des nôtres, mais tout de même pas au point d'accepter que la reine m'offre les faveurs d'une de ces dames. » Mélénor ricanait intérieurement à la perspective de la plaisanterie dont Alban ferait les frais. « Une de chaque race, mon frère... L'honneur de notre pays était en jeu et je ne pouvais décevoir aucune d'elles... »

Sur son passage, le jeune homme entendit quelques commentaires flatteurs. Il redressa les épaules et sourit à une elfe-iva, qui lui répondit d'un air coquin. Il faillit bousculer la reine qui s'était arrêtée subitement.

– Vous serez certainement heureux de revoir une de vos compatriotes. Vous connaissez Myra'Leila Ez Breaimes, la fille du banquier Firmin de Borg ?

Bien qu'aussi surprise que Mélénor, Leila se ressaisit la première.

– Votre Altesse !

Sa révérence, toutefois, n'avait rien de révérencieux. Ses yeux brûlaient d'une lueur assassine dont seul Mélénor pouvait connaître la cause. Leila se redressa dès qu'elle jugea que la bienséance le permettait, c'est-à-dire très rapidement. Son silence buté, frisant l'impolitesse, n'aidait pas à apaiser le malaise de Mélénor qui tenta fort maladroitement de reprendre contenance.

– J'ignorais que vous étiez mariée et que vous aviez quitté Döv Marez.

– Ne vous excusez surtout pas de votre ignorance. Vous m'obligeriez à croire que l'humilité compte parmi vos qualités, répondit-elle, cinglante.

Laï'Onika fronça les sourcils en les regardant tous les deux avec curiosité. Mélénor se mit à rire, espérant donner le change.

– La duchesse a toujours eu la langue bien pendue. L'humour fait loi dans notre pays.

Leila rétorqua d'un ton faussement badin :

– Je ne suis pourtant plus de votre pays et vous n'êtes plus mon roi !

– Vous ne me permettrez certes pas de l'oublier !

– Et pourquoi le ferais-je ?

Constatant que son interlocutrice refusait de revenir à de meilleurs sentiments, Mélénor changea de tactique.

– Êtes-vous heureuse, Leila ? Le duc se montre-t-il bon à votre endroit ?

– J'ai épousé un homme merveilleux qui me comble de bonheur, affirma-t-elle avec une pointe d'arrogance.

– Voilà qui me réjouit.

– Au fait, Votre Altesse, je suis sincèrement désolée pour vous.

Mélénor fut saisi d'un désagréable frisson. Il recula d'un pas puis se rappela qu'il ne pouvait prendre congé, le protocole voulant qu'il attende que Laï'Onika mette elle-même fin à l'entretien. La fille du banquier affichait un air à ce point affligé que la reine tomba dans le piège.

– Auriez-vous perdu un être cher, Sol'Mélénor ?

– Mais non ! La duchesse commet certainement une erreur.

Les yeux de Leila s'enflammèrent.

– De nous deux, le roi de Gohtes doit être celui qui a commis la plus fâcheuse erreur puisque chacun sait que son mariage bat de l'aile. Désolée ! Contrairement à moi, vous avez fait le mauvais choix !

– Leila ! Vous devriez avoir honte ! se scandalisa la reine.

– Je laisse la honte aux menteurs ! Sachez, *Majesté*, que je n'ai jamais été dupe de votre mise en scène : les Anciens n'ont pas béni votre union.

– Assez ! s'écria Laï'Onika.

Pour faire diversion, elle parla du banquet qui aurait lieu plus tard dans la soirée. Elle énuméra la longue liste des invités de marque puis se retira en entraînant Leila à sa suite. Mélénor retrouva seul son chemin à travers le dédale des galeries somptueuses. Quand, finalement, il atteignit ses appartements, il but un grand verre de vin pour chasser le goût de fiel qu'il avait dans la bouche.

– XIV –

À des lieues d'Oz'Steyfia, dans une pièce isolée du palais de la Cité des Mirages, Cassandra contemplait son reflet dans sa glace. L'inquiétude se lisait sur ses traits.

– *Par les liens qui nous unissent, miroir, cherche mon frère Hɥrtö.*

La surface de la psyché se brouilla. Des lueurs éclatantes apparurent, puis l'image se fixa sur le visage avenant du magicien. Son sourire s'effaça immédiatement devant la mine déconfite de la ministre.

– Cassandra, que se passe-t-il ? s'inquiéta-t-il.

La Longs-Doigts lui relata les événements survenus plus tôt dans la soirée et les révélations du marquis Phippe Vor Harnbe. Elle tenta de dépeindre le désarroi dans lequel l'annonce de l'abominable attaque de Bortka avait plongé tout le royaume. Isadora avait demandé aux nobles de rester calmes et de lui accorder sept jours de réflexion avant de rendre une décision. Elle s'était engagée à entendre les recommandations de tous ses ministres mais elle semblait désespérée.

– Elle n'est pas préparée à affronter des circonstances aussi dramatiques. Les conseils de Mélénor lui manquent cruellement.

– La guerre peut-elle être évitée ?

– Malheureusement, j'en doute, répondit la ministre.

– Comment puis-je t'aider ?

– J'ai tenté de contacter Mélénor mais il ne répond pas ; il doit avoir enfoui son miroir quelque part au fond de ses bagages... Il est très en colère contre vous.

– Je sais, j'ai malheureusement porté un dur coup à son orgueil ! reconnut le magicien.

– Pouvez-vous retracer le miroir ?

– Oui, bien que, généralement, j'évite de le faire. Je n'aime pas l'idée d'espionner mes amis.

– Je comprends vos scrupules, mais si vous me dites où se trouve Mélénor, je pourrai voler jusqu'à lui pour le prévenir.

– Cela signifie que tu devras révéler tes pouvoirs à Isadora.

– Il me semble que la gravité de la situation le justifie, insista Cassandra.

– Tu as raison. Accorde-moi quelques instants.

Ayant suivi la conversation, Mauhna libéra rapidement la table de travail et approcha son propre miroir afin qu'il soit à la portée de son époux. Elle scruta un moment la surface argentée qui ne réfléchissait que le vide puis elle s'assit aux côtés du magicien. Elle mit sa main gauche dans la main droite d'Hµrtö, joignant la lune scintillante de sa paume au soleil brûlant de la main du sorcier.

– *Pierre de lune, cherche notre fils Mélénor. Où se trouve le gardien de ton frère, Lame d'acier ?*

Un éclair aveuglant jaillit de leurs mains jointes et alla frapper violemment le miroir de Mauhna. Des images se mirent à défiler à toute vitesse. Le rythme ralentit progressivement jusqu'à montrer l'image de l'âtre éteint d'un foyer.

Sans égard pour le tapis luxueux qu'il foulait de ses pieds bottés, Mélénor martelait furieusement le sol, passant et repassant devant l'âtre. Sa voix n'était pas très distincte. Hµrtö agita le long index de sa main gauche. De minuscules étincelles scintillèrent à la périphérie du miroir et le son s'ajusta pour devenir parfaitement audible, confirmant ce que l'image avait déjà révélé : Mélénor était dans une rage folle.

– Tu peux être certain que je ne m'éterniserai pas à Oz'Steyfia. Fais le nécessaire pour que nous soyons prêts à partir le plus tôt possible.

Alban rejoignit son ami devant le foyer. Il posa une main apaisante sur son épaule mais le roi se dégagea et recommença à faire les cent pas. Le chambellan baissa les bras.

– Nom d'une tempête, Mélénor, qu'est-ce qui t'arrive ?

– La petite garce... et devant la reine encore ! tonna celui-ci. D'abord, j'ai dû subir l'arrogance de ce damné Sol'Maglian, mais là, par la faute de cette mégère, je vais devoir affronter le mépris du Môjar tout entier !

– De quoi parles-tu, bon sang ? s'énerva le chambellan.

Hµrtö et Mauhna séparèrent leurs mains et l'image disparut. Dans l'autre miroir, le visage de Cassandra s'était légèrement détendu.

– Tu as compris où ils se trouvent ? lui demanda le sorcier.

– Oui, ils sont à Oz'Steyfia. Je vous remercie, maître. Maintenant, je dois affronter la reine.

– Bon courage, ma fille, et sois prudente. J'ignore ce qui se passe sur le continent mais cette histoire ne me plaît pas du tout.

✧

Isadora demeura pétrifiée quand Cassandra lui fit une démonstration de son pouvoir. Après lui avoir résumé son initiation auprès des grands magiciens, la ministre se transforma en cygne sous les yeux ébahis de la reine. Dès qu'elle eut repris sa forme humaine, Isadora secoua sa torpeur. « Quel incroyable pouvoir ! » Elle n'allait certes pas manquer d'en tirer profit.

– Combien de temps vous faut-il pour rejoindre mon époux ?

– En partant immédiatement, je pourrai atteindre le château de Sol'Maglian après-demain, ce qui me permettra d'être de retour avant le délai prévu.

La jeune souveraine transmit à Cassandra toutes les informations qu'elle voulait faire connaître à Mélénor. Prise d'une soudaine impulsion, elle glissa une copie de sa chanson parmi les autres documents. Cassandra les plia avec soin avant de les placer dans une sacoche de cuir qu'elle noua sur son ventre. Sans plus échanger un mot, les deux femmes sortirent sur la terrasse.

Isadora regarda le cygne survoler les toits et se diriger vers le nord. Au loin, plus à l'ouest, les montagnes coupaient la ligne d'horizon. La reine songea à la vallée verdoyante qui s'étendait aux pieds des massifs. Quelque part dans cette vallée, le silence envahissait un village sacrifié, un village où il n'y avait plus âme qui vive.

– XV –

Lorsque Mélénor eut recouvré un semblant de calme, Alban lui raconta sa rencontre avec Naq. L'inquiétude chassa aussitôt la fureur du roi. Les deux amis s'échinaient à percer les intentions du roi Verlon quand on vint les chercher pour le banquet. Jamais le roi n'avait démontré aussi peu d'enthousiasme pour une fête. Ayant rejoint ses hommes, il demanda à Swalag à quel moment le protocole les autoriserait à prendre congé de leurs hôtes.

– Nous devrons rester au moins trois jours, Votre Altesse, dit l'hermaphrodite au roi, qui ne put cacher sa déception.

Dans la salle des banquets, une agitation fébrile précéda l'arrivée de la reine. Elle était escortée de Leila qui fixait obstinément le sol.

Un peu plus tôt, quand les deux femmes avaient quitté Mélénor, Laï'Onika avait semoncé sa dame de compagnie.

– Quelle mouche vous a piqué, madame ? J'exige des explications. Êtes-vous seulement consciente de l'embarras dans lequel vous venez de nous mettre, Sol'Maglian et moi ?

Submergée par la honte, Leila lui avait confié de quelle façon Mélénor l'avait humiliée le jour de la cérémonie des présentations. À la fin de son récit, la reine avait longuement regardé la duchesse, comme si elle cherchait à lire en elle.

– Si j'avais moins d'affection pour vous, Leila, je vous renverrais sur-le-champ dans votre duché.

Contre toute attente, Leila avait éclaté en sanglots.

– Ma reine, je suis si inquiète.

Touchée par le chagrin de son amie, Laï'Onika avait pris la main de Leila.

– Qu'est-ce qui peut bien vous inquiéter à ce point ?

– C'est à cause de mon époux... Il y a longtemps qu'il devrait être de retour.

– Le duc a certainement eu un contretemps.

– Ça n'est pas normal ; Thiery m'aurait prévenue. Je vous en prie, Majesté, laissez-moi partir à sa recherche. Ubert, mon garde du corps, m'accompagnera.

– Vous savez bien que c'est insensé. Vous avez entendu le récit du roi de Gohtes. Des berohls et des hommes sauvages attaquent les voyageurs sur les routes. Le seigneur Ez Isbra n'a rien d'un lâche et, pourtant, il est encore sous le choc.

– Je vous en supplie...

– Il est hors de question que je vous laisse courir un tel danger, avait répondu la reine sans hésiter. Votre époux ne me le pardonnerait pas.

Leila avait compris l'inutilité d'insister. Bon gré mal gré, elle avait séché ses larmes et cherché à reprendre contenance. La reine lui avait souri avant de poursuivre d'un ton sévère :

– Vous allez présenter des excuses au roi de Gohtes.

Leila avait protesté mais Laï'Onika était restée intraitable.

– Ce n'est pas un souhait, Leila, c'est un ordre. Ce malheureux incident est survenu trop tard pour que je puisse modifier l'ordonnancement des tables. Vous serez assise à la gauche de Mélénor et je ne tolérerai aucune bévue. Suis-je assez claire ?

– Oui, Votre Altesse.

✧

Mélénor accepta les excuses de la duchesse, de mauvaise grâce, et encore, dit-il, « pour ne pas vous déplaire, ma chère Laï'Onika ». Durant la première partie du repas, il ignora complètement Leila qui s'en trouva fort soulagée. Le vin et la bonne chère eurent finalement raison de l'humeur détestable de Mélénor. Le seigneur Ez Isbra et lui étaient en grande conversation. À sa manière habituelle, l'elfe-ubu parlait fort et gesticulait beaucoup. Leila n'eut donc aucun mal à entendre leurs propos qui, tout à coup, lui parurent du plus grand intérêt. Le petit homme se leva et posa sa main droite sur sa poitrine, dans un geste solennel.

– Mon roi, je vous dois la vie. Il est tout naturel que je vous rende ce service.

– Mais Basile, vous allez perdre beaucoup de temps si vous nous accompagnez à Corvo... Et vos mines ?

– Mes frères peuvent tout faire fonctionner sans moi. Avez-vous jamais essayé de traverser les montagnes qui séparent le Môjar du pays de Yzsar ?

Mélénor avoua son inexpérience. Basile renchérit :

– Les montagnes sont les amies des elfes-ubu : nous y vivons depuis toujours. Votre voyage sera plus sécuritaire, et moins long, si je vous aide.

Le roi finit par accepter, et il trinqua avec le riche marchand pour sceller leur entente. La duchesse choisit ce moment pour intervenir.

– Votre Altesse ?

Le jeune souverain avait oublié la présence de Leila. Il se tourna vers elle, surpris, malgré sa rancœur, de la trouver toujours aussi séduisante.

– Madame ?

– Ai-je bien compris ? Vous comptez vous rendre au pays de Yzsar ?

– En effet, nous allons rencontrer le roi Verlon dans la capitale de Corvo.

– Emmenez-moi avec vous ! le supplia-t-elle.

Leila profita de la stupéfaction de Mélénor pour lui déballer son histoire.

– Thiery est parti pour Corvo au début du printemps. Il planifiait d'y établir des relations d'affaires avec des marchands de fourrures. Depuis, je n'ai reçu aucune nouvelle.

Mélénor ne put résister à la tentation de se moquer de la duchesse.

– Peut-être les femmes de Yzsar sont-elles plus jolies et moins revêches que vous.

Leila lui jeta un regard furibond que Laï'Onika n'aurait pas approuvé. Le roi poursuivit sur le même ton amusé :

– Alors, si je comprends bien, vous avez besoin de moi pour partir à la recherche de votre merveilleux époux. Ensuite, je suppose que vous le ramènerez au bercail en le tirant par une oreille.

Leila baissa la tête et respira profondément afin de se maîtriser ; ses jointures blanchirent à force de serrer les poings. Mélénor reprit d'un ton sec et mordant :

– Vous n'avez pas besoin de moi pour cela.

Malgré son humiliation, Leila décida de passer outre à ces railleries. Balayant le refus de Mélénor, elle lui expliqua pourquoi la reine Laï'Onika s'opposait à son départ. Elle termina sa requête les yeux remplis d'espoir :

– Si je suis avec vous, je serai en sécurité, et elle n'aura plus de raison de me retenir.

– Le voyage s'annonce difficile, duchesse. Vous devez comprendre que, si j'acceptais..., je dis bien si..., je ne vous accorderais aucun privilège.

– Je suis aussi capable qu'un homme, répondit-elle en pointant fièrement le menton.

– Il ne s'agit pas d'une escapade distrayante dans une taverne de matelots.

– Je promets de ne pas vous encombrer, affirma-t-elle en soutenant le regard narquois du roi.

Ce dernier fit mine de réfléchir.

– Pour quelqu'un qui quête un service, vous ne manifestez pas beaucoup d'obligeance.

– S'il vous plaît, Votre Altesse, dit Leila en serrant les dents.

– Mieux que cela ?

– Je vous en prie..., murmura-t-elle dans une nouvelle tentative.

Mélénor fronça les sourcils. Leila se racla la gorge et lâcha du bout des lèvres :

– ...mon roi.

– Voilà qui est mieux.

La jeune femme sourit au monarque qui leva son verre comme s'il lui rendait hommage. Il but lentement en la dévisageant puis lui rendit son sourire.

– Mais c'est non. Vous me seriez aussi utile qu'un caillou dans ma botte !

Mélénor attrapa le poignet de la duchesse juste à temps pour l'empêcher de lui enfoncer sa fourchette dans la cuisse. L'arrivée des jeunes princes épargna à Leila les représailles du roi. Laï'Onika avait quitté son siège pour aller accueillir ses enfants. Elle revenait vers Mélénor en tenant la princesse

Nes'Vasa par la main. L'enfant âgée de quatre ans était absolument adorable. Elle fit une révérence approximative avant de s'adresser à Mélénor.

– Vous êtes un vrai roi ? demanda-t-elle de sa petite voix flûtée.

– Aussi sûr que tu es une princesse !

– Comme mon papa ?

– Oh ! Mon pays n'est pas aussi grand que le sien !

Cette affirmation parut satisfaire la fillette qui lui offrit un radieux sourire puis s'éclipsa sous la nappe. Sa jolie frimousse réapparut dans les amples plis de la jupe de Leila. L'enfant tendit les bras pour que la jeune femme la prenne sur ses genoux.

– Myra'Leila, qu'avez-vous ? Vous êtes toute rouge !

– C'est le vin, ma chérie.

– Le roi Mélénor est très beau, déclara la princesse. Je me marierai avec lui quand je serai grande... même s'il n'a qu'un petit pays !

La reine présenta ensuite le prince héritier. Pour un garçon de neuf ans, Op'Prym était particulièrement grand et osseux. Son regard fuyant lui donnait un air sournois qui déplut au roi de Gohtes. L'enfant était humain contrairement à son frère cadet qui avait les mains caractéristiques des elfes-sphinx.

– Et voici Dun'Khan, annonça Laï'Onika en couvant son fils d'un œil tendre.

Le jeune garçon possédait encore les rondeurs de l'enfance. Ses yeux verts brillaient de malice.

– Mon nom complet est Dun'Khan Ez Môjar mais papa m'appelle Dun'Khan le terrible... Regardez comme je suis fort.

Le petit serra les poings pour faire jaillir les muscles de ses bras malingres. Op'Prym lui tira les cheveux et les deux garçons roulèrent par terre dans une indescriptible pagaille. Sol'Maglian les cueillit d'un même mouvement preste et les assit sans ménagement dans deux fauteuils éloignés.

– Heureusement, on ne sait pas à l'avance les misères que ces petits monstres peuvent nous réserver, soupira-t-il. Nos races s'éteindraient si les hommes étaient plus lucides.

Laï'Onika se mit à rire. Elle s'approcha de son mari, ses mains caressant doucement son ventre rebondi.

– J'en connais un qui perd facilement sa lucidité.

Sol'Maglian haussa les épaules dans un geste d'impuissance.

– Tu sais quoi, Mélénor ? J'en viens parfois à penser qu'un homme a plus de chances de survivre à un dragon qu'aux astuces perfides de son épouse.

– Voilà enfin un point sur lequel nous sommes d'accord.

Sur ces mots, les deux rois levèrent leurs coupes qu'ils burent d'un seul trait. Leila enfouit son visage dans la fine chevelure de la princesse Nes'Vasa ; elle ne voulait pas que la reine soit témoin de sa colère.

✧

Le banquet avait réussi à chasser le sentiment de frustration de Mélénor. Il profita des jours qui suivirent pour s'amuser avec les héritiers de Môjar. Ses pitreries finirent de charmer la princesse Nes'Vasa qui, dès lors, lui voua une adoration pleine de candeur. Il chevaucha longuement avec Op'Prym. Bien que sérieux et maussade, le jeune prince apprécia les conseils de Mélénor qui était, de loin, le plus élégant cavalier qu'il ait jamais vu. Le lendemain, la journée était si chaude qu'ils décidèrent d'aller se rafraîchir au bord d'un lac. Dun'Khan voulait apprendre à nager, aussi Mélénor le soutint-il dans l'eau tout en lui expliquant comment faire battre ses jambes et mouvoir efficacement ses bras. Pour la première fois, le jeune roi de Gohtes pensa avec tendresse à son enfant à naître.

L'atmosphère paisible ne dura pas bien longtemps. Dans son enthousiasme à patauger, Dun'Khan éclaboussa son frère qui se tenait frileusement au bord de l'eau. Op'Prym bondit en hurlant. Les forces étaient inégales mais Dun'Khan préférait recevoir des coups plutôt que de reculer devant son aîné. Mélénor dut séparer les garçons qui s'accrochaient furieusement l'un à l'autre au risque de se noyer tous les deux. L'air hautain, Op'Prym finit par aller bouder à l'ombre d'un saule. Le souverain laissa Dun'Khan reprendre son souffle et lui demanda :

– Est-il toujours aussi détestable ?

– Humph ! Il se prend déjà pour le roi ! grommela l'enfant en haussant ses maigres épaules.

– Cela t'embête-t-il ?

– Tôt ou tard, il sera roi. Alors, aussi bien l'aider à en devenir un bon.

– Je ne suis pas certain de bien comprendre. Que veux-tu dire exactement ?

Dun'Khan sourit à Mélénor, révélant des espaces là où ses dents n'avaient pas encore repoussé. Le soleil dans les yeux, il plissa comiquement son nez rougi. La pensée qu'il voulait exprimer semblait exiger beaucoup de concentration.

– C'est à cause de papa. Il répète sans cesse qu'un grand roi doit savoir affronter... Zut ! J'ai oublié le mot.

Mélénor vint à sa rescousse.

– Ses ennemis ?

– Non.

– Sa peur ?

– Non, non, c'est un mot compliqué... Voilà, je l'ai !

Dun'Khan bomba le torse et, posant ses mains sur ses hanches, il pérora d'un ton docte :

– J'entraîne Op'Prym à affronter l'adversité !

✧

Le soleil déclinait dans un débordement de couleurs chaudes et ondoyantes. Un domestique frappa à la porte de Mélénor alors qu'il admirait le paysage apaisant sur le balcon de ses appartements.

– Votre Altesse, une dame demande à vous voir.

Le jeune roi passa une veste sur sa chemise.

– Faites-la entrer.

La dame en question dissimulait son identité sous une épaisse couche de voiles. Lorsqu'elle le salua, Mélénor reconnut la voix de sa ministre des Finances.

– Cassandra ! Mais que faites-vous ici ?

Le souverain fut horrifié d'apprendre quels événements avaient bouleversé son pays durant son absence. Malgré tout, il conserva son sang-froid ; un prince doit apprendre très tôt à réagir promptement et à exercer son bon jugement. Il dicta aussitôt les mesures qu'il fallait prendre.

– Déployez la moitié de notre armée dans les villages qui bordent les frontières. Je ne veux aucune attaque pour l'instant ; le temps de la vengeance n'a pas encore sonné. La priorité, c'est la sécurité des villageois. Que la marine fasse un blocus et interdise complètement l'accès à nos eaux territoriales.

– Et vous, Mélénor, que ferez-vous ?

– Il devient encore plus urgent que je convainque Verlon Kom Yzsar de nous prêter main-forte. J'aurai besoin de vous parler régulièrement, Cassandra. Ce sera primordial.

– Pour cela, il faudra vous résigner à utiliser votre miroir.

Mélénor fit la moue, témoignant de son agacement, mais il acquiesça d'un signe de tête. Puis il reprit le cours de ses pensées.

– Je suis heureux de constater qu'Isadora se montre aussi efficace ; ses recommandations sont claires et ses arguments, logiques. Toutefois, il est hors de question qu'elle quitte le palais... pas dans son état. Le général Eslien Vor Fasor dirigera les opérations. Vous me tiendrez au courant et je prendrai les décisions en fonction des événements.

Cassandra sursauta quand Mélénor abattit sa main ouverte sur la table.

– Mais j'y pense ! Puisque vous êtes ici, vous allez tout raconter vous-même à Sol'Maglian. Il ne pourra plus ignorer la barbarie et la traîtrise de Trevör Oks Bortka.

– Vous savez très bien que c'est impossible, Mélénor. Ma venue doit demeurer secrète.

Le roi réfléchit un moment puis soupira bruyamment.

– Vous avez raison. Votre pouvoir nous donne l'avantage seulement si personne ne le connaît.

– Je suis désolée, croyez-moi.

– Pas autant que moi. Sol'Maglian vous aurait crue, vous.

La vieille dame posa une main tendre sur le bras de son protégé.

– Mon prince, pardonnez-moi, mais je dois retourner auprès d'Isadora... Il y a ce délai, vous comprenez ?

Elle retira sa main et lui tendit un parchemin.

– La reine vous envoie ceci.

Elle lui raconta l'histoire du récital et de la fête avortée. Mélénor déplia le parchemin, se sentant inexplicablement mal à l'aise. Son trouble devint insoutenable lorsqu'il lut la chanson.

Dans le jardin le temps rêvait
Dans notre chambre les fruits poussaient
Et pour la gloire de notre amour
Chaque saison passait son tour.

Dans nos regards je renaissais
Dans nos espoirs plus de jamais
Et pour la gloire des troubadours
Chaque ritournelle filait velours.

Demain, reviens, reviens mon âme
Demain, reviens, ou je me damne.

Dans le jardin pleure la pierre
Dans notre chambre monte ma prière
Que vienne le temps de ton retour
Méchant se moque, marche à rebours.

L'hiver s'infiltre sous les draps
Où je dors seule, sans toi, pourquoi
Mon ventre fébrile à bout de soie
Mon cœur avide loin de ta voix.

Demain, reviens, reviens mon âme
Demain, reviens, ou je me damne.

Dans le jardin je vais t'attendre
Dans notre chambre je vais me rendre
Mettre les parfums des jours de toi
Verser le vin des nuits d'émoi.

L'été sera, l'été sera
Oublie nos givres et nos verglas
Je serai braise, tu seras bois
Demain, demain tu seras là.

Mélénor bondit de son siège.

– Dites-moi que je rêve ! Elle n'a pas osé chanter cela devant mon peuple ? A-t-elle complètement perdu l'esprit ?

– Mais le peuple a beaucoup apprécié, je vous assure.

– Je m'en moque, pesta-t-il. Nous sommes souverains, pas troubadours ! Comment voulez-vous que le peuple nous respecte si nous nous comportons comme des adolescents dominés par leurs pulsions ?

Cassandra chercha d'abord à calmer Mélénor, mais devant son intransigeance, elle perdit patience. Elle se sentait soudainement accablée d'être ainsi prise au piège entre une reine capricieuse et ce jeune souverain égoïste qu'elle aimait par ailleurs comme un fils. Sous le coup de l'indignation, ces paroles lui échappèrent :

– Votre mère aurait honte de vous ! Écoutez-moi bien : vous allez écrire à votre femme et, si vous êtes incapable de lui dire que vous avez apprécié sa poésie, trouvez au moins quelque chose de gentil à lui répondre.

Mélénor ouvrit la bouche sur une protestation muette. Cassandra se leva brusquement.

– Comprenez-moi bien, jeune homme ! Il y a des lunes que vous êtes parti. J'espère que vous profitez bien de votre liberté ! Pendant ce temps, je dois me démener pour empêcher que votre femme ne sombre dans la mélancolie. Au cas où vous l'auriez oublié, je vous rappelle qu'Isadora porte votre héritier en plus du fardeau de votre royaume. Alors, cessez de faire l'idiot et écrivez !

La Longs-Doigts s'empara d'une feuille de papier vierge. Elle déposa fermement sa plume sur le papier puis se retourna vers Mélénor. Cassandra se radoucit aussi soudainement qu'elle s'était emportée.

– Mélénor, vous connaissez votre épouse aussi bien que moi, plaida-t-elle. Comment croyez-vous qu'elle réagira si je ne lui rapporte que ces consignes impersonnelles et froides ?

Elle tenait à la main les instructions dictées par le roi. Il rejoignit la ministre et s'assit à contrecœur devant la feuille blanche qui semblait le narguer.

– Je préfère ne pas y penser ! admit-il.

– N'oubliez pas qu'il vous faudra revenir un jour.

Mélénor passa ses mains sur son visage.

– Pouvez-vous me laisser quelques instants ?

– Je serai dans la pièce à côté.

Elle entra dans le petit boudoir contigu où, quelques instants plus tôt, se dissimulait un intrus à l'oreille indiscrète.

✧

La lettre que Cassandra glissa dans sa sacoche ne s'adressait pas vraiment à Isadora. Elle aurait refusé de la prendre si elle avait su que, pour la rédiger, Mélénor s'était inspiré de ses sentiments pour Muscade, sa belle combattante. Avant de quitter le palais, la ministre remit ses voiles et Mélénor la conduisit discrètement au fond d'un grand parc, au bord d'un étang. Derrière une haie au feuillage touffu, un témoin attentif assista à la transformation de

Cassandra. Inconscient de ce qu'il n'était pas seul, Mélénor regarda le cygne s'envoler et exécuter quelques arabesques au-dessus de l'eau tranquille.

Quand l'oiseau ne forma plus qu'un point minuscule parmi les nuages, le jeune homme décapita une dizaine de roseaux d'un seul coup d'épée. Le silence qui suivit son cri de rage fut ponctué par le bruit mouillé des plongeons paniqués des crapauds. « Mon peuple subit des outrages irréparables, je perds la face à cause de ma femme qui s'épanche en effusions inconvenantes et, pour finir, on me réprimande comme un gamin... Je dois rêver... Je fais un cauchemar, c'est certain ! » En proie à la plus grande confusion, Mélénor devait aussi lutter contre sa mauvaise conscience, qui lui soufflait insidieusement : « Les deux... Grâce à cette lettre, tu les trahis toutes les deux ! »

Le roi dirigea toute sa hargne contre Sol'Maglian. Emporté par la fureur, il se précipita vers le château et fit irruption dans la salle à manger, où on l'attendait pour le repas du soir. Se plantant devant Sol'Maglian, il débita d'un seul trait toutes les horreurs commises par ses ennemis. Il vit l'effroi se peindre sur le visage de la reine Laï'Onika. « Elle me croit », se dit-il, soulagé. Fort de cet appui silencieux, il poussa le roi de Môjar dans ses derniers retranchements.

– Vas-tu rester insensible devant ces atrocités ? Qu'attends-tu pour reconnaître que le pays de Bortka n'est rien de plus qu'un repaire de bandits dirigés par une bête sanguinaire ?

– Pourquoi t'obstines-tu à ne pas me dire comment ces rumeurs sont venues jusqu'à toi ?

– Des rumeurs... Crois-tu que je m'abaisserais à te mentir ?

– Calme-toi, Mélénor. Je ne suis pas ton ennemi. Sincèrement, je compatis à ta douleur et à celle de ton peuple.

– Ta compassion, je n'en ai rien à faire, gronda le roi de Gohtes, hors de lui. Ce n'est pas avec de la compassion que je rendrai justice aux victimes de ce massacre !

Mélénor vit les mâchoires de Sol'Maglian se contracter brusquement. Les yeux du monarque devinrent durs et sa voix prit des accents métalliques.

– Je te le répète : rien ne me fera intervenir dans cette affaire. À ton instar, je suis préoccupé par les intérêts de mon peuple et il en va de l'intérêt de mon peuple que j'entretienne des relations avec tous les pays du continent.

– Dans ce cas, tu ne m'en voudras pas de partir sans plus attendre. Je dois aller chercher ailleurs le soutien que tu me refuses !

– Je ne te retiens pas ! lança Sol'Maglian, d'un ton faussement indifférent.

Mélénor n'était pas satisfait ; il voulait rendre chaque coup qu'il avait reçu. Du coin de l'œil, il vit Leila humecter son mouchoir dans un bol et l'appliquer sur la nuque de Laï'Onika. La chaleur semblait moins l'accabler que la violence de la discussion. Avant même d'avoir réfléchi aux conséquences de ce qu'il s'apprêtait à dire, Mélénor lança, doucereux :

– Tu ne me retiens pas ? Dois-je me considérer privilégié de cet état de choses ?

– Privilégié ? De quoi m'accuses-tu encore ?

– La duchesse Ez Breaimes se plaint que tu l'empêches de partir.

Leila se redressa d'un seul coup. Malgré son malaise, la reine repoussa son siège pour se mettre debout. Du regard, elle implora son mari. Mais, aveuglé par la colère, Sol'Maglian ne la vit pas. Il balaya l'air de sa main droite.

– Tu dis n'importe quoi.

– Je t'assure que non ! La duchesse m'a supplié de l'emmener parce que tu refuses de la laisser partir à la recherche de son époux.

– Cet entretien a assez duré.

– Je l'emmène avec moi !

– Fais comme bon te semble, Mélénor ; le Môjar n'est pas une prison. Toutefois, je te préviens : si la duchesse quitte cette pièce avec toi, je te tiendrai responsable de tout ce qui pourra advenir d'elle.

Mélénor lui tourna le dos pour s'adresser à Leila :

– Soyez prête à l'aube. Nous n'allons pas au bal. Alors, de grâce, laissez vos jupons dans vos malles et vos malles dans vos appartements.

Leila savait que pareille occasion ne se représenterait pas de sitôt, mais il y avait un prix à payer. Ses yeux passèrent de Mélénor à Laï'Onika. « Qui prétend qu'il suffit d'avoir un cœur noble pour être loyal ? » Leila se sentait triste pour son amie. En même temps, son désir de retrouver Thiery la torturait depuis si longtemps. « Finalement, on ne peut rester fidèle qu'à soi-même », conclut amèrement la jeune femme. Elle ferma les yeux quelques instants avant de prononcer les paroles que Mélénor attendait :

– Oui, mon roi !

Quand elle rouvrit les yeux, le teint de Sol'Maglian avait viré au cramoisi. Elle croisa également le regard désolé de la reine qui toucha furtivement sa main avant de l'encourager à partir. Bien des années plus tard, Laï'Onika se souviendrait avec regret des événements déchirants de cette journée. « Aurais-je agi autrement si j'avais su, à ce moment précis, que le destin nous séparait pour toujours ? »

– XVI –

Dès les premières lueurs de l'aube, ils partirent dans un calme inhabituel qui traduisait l'humeur maussade des hommes. Informés de l'attaque sauvage de Bortka, les militaires étaient venus présenter leurs armes à Mélénor et lui jurer fidélité. Même si le voyage s'annonçait difficile, les hommes étaient prêts à tout pour aider Mélénor dans sa requête auprès du roi de Yzsar. « Nous puiserons nos forces dans le désir de vengeance. » Ce qui comptait désormais : atteindre rapidement la ville de Corvo.

Ubert de Lomgo, le protecteur de Leila, fut accueilli chaleureusement par ses anciens compagnons de la garde royale. Alban lui ordonna de chaperonner la duchesse et de veiller à ce qu'elle reste à l'abri entre les officiers devant et la troupe derrière. Mélénor nota avec satisfaction que Leila avait enfilé des vêtements d'homme, ceux de son époux probablement. Elle évitait ainsi d'attirer l'attention et pouvait suivre le rythme accéléré de la troupe.

Quand Alban avait appris, la veille, qu'ils auraient de la compagnie, il avait critiqué l'insouciance de Mélénor d'un ton acerbe.

– Voilà deux jours à peine, tu voulais égorger cette femme et, maintenant, tu l'emmènes avec nous. J'ai parfois beaucoup de mal à te suivre.

Le roi n'avait rien répondu. En fait, il regrettait déjà sa décision impulsive. Il se demandait combien lui coûterait cette tactique douteuse servant à contrarier le puissant roi de Môjar.

✧

Les jours passèrent. Bientôt, ils furent dominés par la masse oppressante des montagnes qui semblaient bloquer complètement leur route. Ce soir-là, ils dormirent dans un village, le dernier avant la traversée des imposants massifs. Swalag céda sa place aux elfes-ubu que Basile avait recrutés afin de les guider dans les cols brumeux et humides des sommets. L'hermaphrodite demanda à poursuivre le voyage avec la troupe.

– Je ne suis jamais allé dans le Yzsar et puis, je me suis attaché à vous tous. J'ai un peu l'impression de faire partie de la famille.

Alban accepta sans hésitation. Au petit matin, les hommes transférèrent le contenu des chariots sur le dos de plusieurs mulets. Sous l'œil vigilant des elfes-ubu, ils entreprirent leur longue ascension. Dès la première journée, ils durent fréquemment mettre pied à terre pour franchir des passages difficiles ; bientôt, ils ne purent plus chevaucher du tout. Souvent, ils devaient s'aventurer sur d'étroites corniches qui s'effritaient sous leurs pieds. Les bêtes devenaient si nerveuses que Lucas n'avait plus un instant de répit. Il allait de l'une à l'autre, murmurant des paroles de réconfort qu'il accompagnait de gestes apaisants. Miraculeusement, il parvenait toujours à les faire poursuivre leur route.

Malgré la belle saison, les nuits devenaient de plus en plus froides. Les pics enneigés ressemblaient à des géants qui leur soufflaient au visage leur haleine glaciale. Mélénor comprenait maintenant pourquoi il était impossible de franchir ces montagnes en hiver.

Les rigueurs du voyage accrurent la solidarité entre les voyageurs. Le jeune roi cessa rapidement de s'inquiéter de la présence de Leila, dont le courage et la détermination forçaient le respect des hommes. « Ce n'est pas ma femme qui parcourrait le monde pour me retrouver ! » pensait-il avec une pointe de regret. Le duc Ez Breaimes était un homme heureux.

Leila attirait naturellement la confiance des gens. Bien vite, elle connut le nom de chacun. Elle savait qui était marié, qui avait des enfants et combien. Elle devint la confidente, la belle dame au grand cœur. Soucieux de bien paraître devant la duchesse, les soldats et les marins s'empressaient d'accomplir leurs corvées et, bien que l'eau des torrents s'avérât glacée, ils se rasaient et se lavaient régulièrement. Ces petits détails donnaient à leur périple un semblant de civilité qui le rendait plus supportable.

Quelque part sur les sommets, ils franchirent sans s'en rendre compte la frontière séparant le Yzsar du pays de Môjar. Au bout d'un temps qui leur parut interminable, ils distinguèrent un lointain village, ce qui signifiait qu'ils approchaient enfin de la vallée. Ils auraient pu faire le détour et se reposer un moment dans le confort de cet endroit, mais ils préférèrent poursuivre leur route, convaincus de rencontrer d'autres villages avant d'atteindre la capitale. Libérés des contraintes des hauteurs, ils accélérèrent l'allure. Quand ils débouchèrent sur un chemin assez large pour qu'ils puissent à nouveau utiliser leurs montures, l'officier De Greu, célèbre pour ses piètres talents de cavalier, déclencha l'hilarité générale en criant :

– Je n'aurais jamais cru qu'un jour je serais si heureux de poser mon cul sur une selle !

Leur bonne humeur ne dura pas, car ils furent rapidement confrontés à une triste réalité ; les villages qu'ils traversaient se résumaient à de misérables hameaux qui avaient depuis longtemps cessé de lutter contre la déchéance. Les gens qu'ils rencontraient avaient perdu toute fierté ; ils marchaient pesamment, la tête baissée, vaincus par la pauvreté et la maladie. Partout, les terres étaient sèches ; une poussière rougeâtre recouvrait les rares végétaux qui osaient percer cette croûte crevassée.

Alban fut le premier à voir les marques sur le front des paysans.

– Savais-tu que ce pays n'a pas encore aboli l'esclavage ?

– Non, je l'ignorais, répondit Mélénor, vaguement dégoûté. Toute cette misère me rebute. Sire Ez Isbra, pourquoi ne m'avez-vous pas prévenu ?

L'elfe-ubu fit un large geste comme pour embrasser le paysage désolé.

– M'auriez-vous cru si je vous avais décrit ceci ? Et, en toute sincérité, auriez-vous pour autant renoncé à vos projets ?

– Vous avez raison, cela n'aurait rien changé, admit le roi.

– Je dois reconnaître, cependant, que la situation semble s'être aggravée depuis mon dernier passage.

Plus tard, ils traversèrent une petite ville où le même désespoir suintait jusque dans les rues étroites et sales. La nouvelle de l'arrivée d'un nombre important d'étrangers se répandit comme une traînée de poudre. Des enfants accouraient pour mendier sans pudeur. Des femmes se bousculaient pour mieux s'offrir aux soldats. La grâce avait déserté leur corps maigre à la poitrine creuse. Mais, le pire, c'était le vide de leur regard.

Les voyageurs passèrent leur chemin sans rien donner aux indigents. Cela leur arrachait le cœur même si Basile Ez Isbra s'était montré catégorique : « Puisqu'il est impossible de les aider tous, mieux vaut n'en aider aucun. » Il avait déjà assisté à la lapidation d'une femme à laquelle il venait tout juste de donner une bourse. Le riche marchand n'avait pu empêcher le lynchage de cette femme et de son bébé.

– Jamais je ne pourrai me pardonner, conclut-il, sinistre. Mon ignorance et ma vanité les ont tués.

À la suite de ce récit, Basile se referma comme une huître. Mélénor le surprit plus d'une fois à sécher furtivement une larme. Quand l'elfe-ubu se fut ressaisi, Mélénor lui demanda doucement :

– Pourquoi avez-vous insisté pour m'accompagner dans ce pays ? Je considère que vous payez trop cher la dette que vous croyez avoir envers moi.

– Mon ami, les gens de ma race estiment que la pénitence est nécessaire au rachat de leurs fautes.

✧

Dans toutes les villes qu'ils traversèrent, ils attirèrent les mêmes hordes de désespérés. Les voyageurs ne s'habituaient pas à cette détresse ; cela les affectait tellement qu'ils se mirent à rêver de l'air pur des montagnes qu'ils avaient quittées, le cœur léger, convaincus qu'ils laissaient le pire derrière eux.

Enfin, ils atteignirent la ville de Corvo. Du haut de la petite colline qui surplombait la capitale, ils purent constater qu'elle ne faisait pas exception à la désolation. Le palais des souverains de Yzsar scintillait dans la nuit, tel un diamant posé sur un tas d'ordures.

✧

Noyée dans l'épaisse vapeur qui s'élevait de la baignoire, Leila pleurait. Elle pleurait, incapable de s'abandonner au bien-être qu'auraient dû lui procurer le luxe, la chaleur et la propreté qui l'entouraient. Elle pleurait parce qu'elle était soulagée d'être à l'abri de la misère extérieure, s'inondant de parfums capiteux pour chasser l'odeur de la pauvreté qui lui collait à la peau autant que celle des bêtes. Son chagrin se teintait d'un affreux sentiment de culpabilité lorsqu'elle pensait à la fortune indécente de sa famille et à la vie douillette qui avait toujours été la sienne. Elle découvrait soudainement qu'elle n'avait aucun mérite à être belle, cultivée et aimée ; il lui avait suffi de naître au bon endroit.

Leila n'était pas la seule à être troublée. Dans sa suite somptueuse, Mélénor était choqué par la décoration ostentatoire des lieux. Le palais de Corvo exhibait ses richesses comme une prostituée étale ses charmes. Mais, en dépit de cette singulière vulgarité, le roi aurait dû apprécier la simplicité des usages de la cour. À plusieurs égards, les règles de courtoisie de cette nation s'apparentaient à celles de la Cité des Mirages. La même hospitalité spontanée y prévalait, si différente des coutumes guindées du pays de Môjar. Toutefois, il en fallait davantage à Mélénor pour chasser les scènes odieuses qui hantaient son esprit.

– Alban, je pue le cheval. Le bain d'abord... Ensuite, j'irai discuter avec nos hôtes. Je veux comprendre ce qui se passe dans ce pays.

✧

Malgré l'heure tardive, Verlon Kom Yzsar reçut Mélénor dans une salle où quelques dignitaires étaient rassemblés. Depuis leurs trônes richement ornés, le roi et la reine attendaient leur hôte. Verlon invita Mélénor à s'asseoir. Alban, l'amiral de Veod, le général Vor Garet ainsi que Leila demeurèrent debout derrière le siège de leur roi. La duchesse avait insisté pour rencontrer les souverains, espérant qu'ils sauraient où se trouvait son mari. Mélénor était trop épuisé pour argumenter avec la jeune femme : il avait acquiescé à sa demande sans protester.

Verlon Kom Yzsar était un homme de très petite taille. Ses traits fins et nobles ne manquaient pas de beauté, mais la peau du souverain était décolorée par endroits, formant des taches brunâtres sur son visage et ses mains. Mélénor frissonna à l'idée que le corps entier de Verlon devait être ainsi tavelé. Pour surmonter son malaise, le jeune monarque se concentra sur les yeux du petit homme, dans lesquels il reconnut la flamme d'une ambition dévorante.

– Sois le bienvenu, Mélénor Vor Gohtes. J'espère que tu as fait bon voyage.

– Tu sais très bien que non, répondit-il froidement.

– On m'avait prévenu que tu manquais souvent de diplomatie mais je ne m'attendais pas à ce que tu manifestes tant d'arrogance.

– C'est que je suis scandalisé par ce que j'ai vu. Laissons donc tomber les préambules courtois et parlons franchement.

– Cela te va bien de juger ce que tu ne comprends pas. Tu me déçois, Mélénor. Je croyais que tu venais en ami, cracha-t-il, une lueur agressive étincelant dans ses yeux.

La reine Delia s'interposa avec empressement. Mélénor nota un détail qui lui parut singulier. Il regarda attentivement les mains des souverains. « Des elfes-sphinx tous les deux ! Cela risque de poser un problème à leurs héritiers. » Pour l'instant, Verlon ne semblait aucunement préoccupé par un hypothétique problème de descendance. Reportant son attention sur la reine, Mélénor estima qu'il était difficile d'imaginer deux êtres plus différents que les souverains de Yzsar. Delia ressemblait à une adolescente avec ses longs cheveux blonds et sa petite bouche rose et ronde. Elle avait de grands yeux innocents bordés de cils démesurés et étrangement noirs. Sa voix douce et chaleureuse avait quelque chose d'envoûtant.

– Verlon, mon chéri, il est inutile de te fâcher. Le roi de Gohtes n'est pas le premier à se conduire de la sorte.

Delia s'adressa ensuite à Mélénor.

– Il faut excuser mon époux, sourit-elle, il ne tolère plus d'être condamné injustement. Permettez d'abord que je vous raconte notre histoire, vous jugerez ensuite.

Mélénor restait sur ses gardes. Il bougea imperceptiblement la tête mais Delia réagit comme si son invité venait de manifester un enthousiasme débordant. Son ton était plus ferme lorsqu'elle reprit la parole.

– Pensez-vous réellement qu'un souverain, même insouciant et imbécile, puisse se réjouir de la misère de son peuple ? Nous ne sommes ni insouciants ni imbéciles, décréta-t-elle avec emphase. S'il était en notre pouvoir de changer les choses, croyez-vous que nous hésiterions un seul instant ?

La reine se leva et se mit à marcher de long en large. Mélénor remarqua qu'elle devait dépasser son mari d'une bonne tête. Peut-être était-ce dû à sa grande taille, mais il nota également que sa démarche manquait de grâce. Delia s'arrêta brusquement devant son invité et le dévisagea longuement.

– Si je me réfère aux renseignements contenus dans vos lettres, nous avons plus de points en commun que vous ne le soupçonnez. Le responsable de notre souffrance a un nom : Trevör Oks Bortka. Voilà environ trois ans, les troubles ont commencé sous forme d'attaques sournoises. Les hommes de main de Trevör détruisaient des villages complets. Ils brûlaient les récoltes et assassinaient nos paysans. On retrouvait leurs têtes plantées sur des piques.

Mélénor sursauta. Sa voix était rauque lorsqu'il demanda :

– Les marquaient-ils ?

– Comment le savez-vous ? Oui, sur le front... les armoiries de Bortka.

La reine joignit ses mains sur son cœur.

– Oh non ! Pas dans votre pays ? Les enfants aussi ?

Le souverain de Gohtes acquiesça douloureusement. Se trouvant derrière son époux, Delia posa une main tremblante sur l'épaule de Verlon, qui affichait un air abattu et revêche.

– Nous sommes désolés, dit-elle. Sachez cependant que leur harcèlement ne fait que commencer. Les meurtres et le saccage ne leur suffisent pas.

– Quelles autres exactions peuvent-ils commettre ?

– Ils ont empoisonné nos terres.

– Voilà qui explique l'étrange couleur rougeâtre des champs ?

La reine hocha la tête.

– La nourriture est devenue rare, la faim s'est installée dans les campagnes. Malgré tout, grâce à la protection de nos soldats, certains fermiers ont réussi à produire une petite récolte durant la première année de disette. Lorsque fut venu le temps de vendre le produit de nos moissons, les fourbes de Bortka nous ont achevés.

D'un geste furieux, Verlon frappa le bras de son fauteuil avant de poursuivre le récit de son épouse.

– Ils avaient tout planifié, ces putois ! La nuit, ils transportaient des chariots remplis de denrées qu'ils laissaient sur les places des marchés, dans les villes et les villages. Nos citoyens crevaient de faim et leurs maigres économies fondaient comme neige au soleil. Nos céréales ont moisi et nos fruits ont pourri, faute d'acheteurs. Pourquoi payer quand on peut se nourrir sans même sacrifier une piécette ? Quand tout a été perdu, les chariots providentiels ont disparu. Sans profit, sans blé, la faim est revenue et la faillite s'est répandue.

Mélénor fit une grimace ironique.

– Il semble que la faillite vous ait épargnés ; elle ne vous empêche pas de vivre dans cette opulence scandaleuse. J'aimerais bien savoir comment vous expliquez cela à votre peuple affamé... Mais il est vrai qu'une nation d'esclaves n'a pas le privilège de se faire entendre.

Les traits de Verlon se tordirent de rage. Une flamme meurtrière s'alluma dans ses yeux. Mélénor perçut le son feutré d'une lame que l'on sort de son fourreau. Derrière lui, Alban, l'amiral et le général dégainèrent à leur tour. Surgissant de nulle part, Naq se matérialisa. L'acier étincelant de son sabre dessinait une tache claire sur le velours sombre de sa cape. Verlon se leva brusquement. Naq et Delia l'encadrèrent. Si la situation n'avait pas été si périlleuse, Mélénor aurait ri de ce trio insolite : la belle, le monstre et le nabot. Puis, contre toute attente, Verlon éclata de rire. De la main, il fit signe à Naq et aux hommes de Mélénor de rengainer.

– Mélénor, si tu n'apprends pas à être plus circonspect, tu ne vivras pas assez vieux pour voir ton premier cheveu blanc.

– Est-ce une menace ?

– Non, un conseil d'ami ! Don Kom Lescart ?

Mélénor observa attentivement chacun des dignitaires qui siégeaient autour de la pièce. Assis dans un fauteuil beaucoup trop grand pour son corps ratatiné, un homme très âgé et vêtu à l'ancienne répondit :

– Oui, mon roi !

– Expliquez à notre impertinent convive les mœurs particulières de notre pays.

Sur ce, Verlon retourna à son trône et s'y installa confortablement, ses longs index pointés sous son menton. Le seigneur Kom Lescart se leva. Son visage ridé sortit de l'ombre et révéla un regard pénétrant, lequel détonnait avec son allure frêle. Il s'adressa directement à Mélénor dans le langage distingué des hommes de haut lignage.

– Votre Altesse, je ne vous apprendrai rien en disant que chaque pays a ses traditions et ses valeurs propres. Depuis toujours, les citoyens de Yzsar évaluent la puissance de leurs souverains en fonction de leur fortune ; ce en quoi ils n'ont pas tort. En cette période sombre, notre peuple a plus que jamais besoin de croire que l'or de son royaume le tirera de la misère. Si nous touchons au trésor royal pour nourrir le peuple, celui-ci se croira acculé à l'ultime déchéance. Nos gens préfèrent encore mourir de faim. L'image de notre puissance les nourrit d'espoir, et l'espoir est tout ce qui leur reste. Pouvez-vous comprendre cela ?

La reine renchérit de sa belle voix chaude :

– Si vous ne nous croyez pas, allez consulter nos registres. Depuis le début de cette affreuse histoire, jamais nous n'avons reçu autant de donations de nos citoyens. Ils pensent que lorsque nous serons suffisamment riches, nous pourrons enfin déclarer la guerre à nos ennemis. Vous le savez aussi bien que moi, le succès d'une telle entreprise ne dépend pas uniquement de la fortune.

Mélénor eut un dernier sursaut de révolte.

– Et les esclaves ? demanda-t-il. Rien ne justifie l'esclavage.

Cette fois encore, Verlon se mit à rire. Sire Kom Lescart, qui lui aussi semblait bien s'amuser, entreprit d'expliquer la raison cette hilarité.

– L'idée de cette habile tactique vient de notre roi. Depuis plusieurs années, la noblesse nous causait beaucoup de soucis ; bien ancrée dans sa prospérité, elle était devenue particulièrement imbue de ses droits mais peu encline à s'acquitter de ses devoirs. Lorsqu'ils se sont retrouvés dans la misère, les vassaux ont naturellement demandé à leurs seigneurs de les secourir. Ces derniers n'ont eu aucun scrupule à les abandonner à leur sort. Voyant cela, notre roi a changé le statut de presque tous les paysans. Ils sont devenus des esclaves.

L'assemblée entière éclata de rire. Verlon se rengorgeait, manifestant une fierté extravagante qui provoqua l'indignation de Mélénor. Il allait exploser mais Verlon le stoppa dans son élan.

– Attention, tu juges encore trop vite, l'avertit-il. Depuis toujours, notre loi stipule que le propriétaire d'un esclave est tenu de le nourrir, de le vêtir et de lui fournir le gîte sous peine de mort. Nous avons donc atteint deux objectifs : d'abord, nous avons assuré la survie des paysans ; ensuite, nous avons réaffirmé notre autorité sur notre délinquante noblesse.

Leila n'en pouvait plus. Elle s'était pourtant juré de ne pas intervenir autrement que pour s'enquérir de son époux.

– Mais les marques de fer rouge sur leurs fronts... C'est horrible ! s'exclama-t-elle.

La reine Delia se dirigea vers elle et riva ses yeux aux siens.

– Vous êtes la duchesse Ez Breaimes, n'est-ce pas ?

– Oui, Votre Majesté.

– Vous êtes aussi belle que votre mari me l'avait dit, déclara la reine.

– Vous l'avez donc vu ? s'écria Leila, défaillant presque de soulagement.

– Oh ! Il y a un bon moment déjà. C'était au début de l'été, si je me souviens bien, avança-t-elle d'une voix songeuse.

– Savez-vous où il se trouve ?

– Je le croyais reparti vers le duché de Breaimes. À moins que...

– Je vous en prie, Votre Altesse, dites-moi tout ce que vous savez, la pressa la jeune femme, le cœur battant d'un fol espoir.

– À moins qu'il ne se soit rendu dans le nord. C'est là-bas que vivent les trappeurs avec lesquels il voulait négocier l'achat de fourrures.

Leila sentit ses jambes se dérober sous elle. Au prix de grands efforts, elle retint les larmes qui lui montaient aux yeux.

– Mais... c'est la Terre des Damnés...

La duchesse crut déceler de la pitié dans l'expression de la reine. Sa détresse devint insoutenable quand Delia laissa tomber dans un murmure :

– J'espère pour vous qu'il n'a pas eu cette mauvaise idée.

Leila sentit son sang battre à ses tempes. Elle ne réagit même pas lorsque la reine lui pressa la main avec compassion. La jeune femme assista à la scène qui suivit comme à travers un épais brouillard.

Delia passa derrière le siège de Mélénor. S'arrêtant devant le général Vor Garet, qui suait abondamment dans son uniforme trop serré, la reine reprit la parole.

– La duchesse a soulevé le problème des marques sur le front de nos gens. Je m'attendais à cette question.

Elle porta la main à une bourse de cuir qui pendait à sa ceinture puis fixa le général d'un regard soutenu. Mélénor se fit alors la réflexion que l'officier semblait en état de transe et jeta un œil interrogateur à la reine. Celle-ci émit un petit rire.

– Voyez-vous, cher ami, je suis un peu magicienne.

Elle passa sa main devant les yeux du général qui ne cilla pas.

– Général ?

– Oui, ma reine !

– À genoux !

Le gros homme s'exécuta avec une agilité qui n'avait rien de naturel. Delia sortit un sceau de sa bourse et l'appuya fermement sur le front du général.

– Vous êtes maintenant l'esclave du plus exécrable marquis du pays de Yzsar.

– Vous êtes trop bonne, ma reine. Merci, ma reine.

– Taisez-vous !

Le militaire articula « Oui, ma reine », mais aucun son ne franchit ses lèvres. Delia prit Mélénor à témoin.

– Je suis assez fière du résultat. Voyez, on dirait vraiment que la chair a été brûlée. N'est-ce pas ?

Delia plongea à nouveau la main dans sa bourse. Cette fois, elle repêcha une petite fiole de verre bleu et un bout d'étoffe qu'elle imbiba délicatement de liquide. Une odeur douce-amère se répandit dans la salle. D'un seul coup, elle fit disparaître les armoiries sur le front du général.

Verlon prit la parole à son tour.

– Lorsque nous aurons vaincu nos ennemis et que nos terres seront redevenues fertiles, il n'y aura plus un seul esclave dans ce pays, pas plus qu'il n'y en avait du temps de mon père. Le jour où je suis monté sur ce trône, j'ai fait le serment de veiller au bien-être de mon peuple et j'y veillerai, envers et contre tous. Même si, pour cela, je dois user de moyens qui m'exposent au jugement hâtif et sévère de gens comme toi, Mélénor.

L'interpellé se leva lentement, histoire de se donner contenance. Son esprit était troublé par toutes ces révélations ; il aurait aimé se retrouver seul pour réfléchir calmement. Verlon s'approcha de lui, précédant Naq qui affichait ce sourire effroyable qui avait tant impressionné Alban. Le roi de Yzsar prit amicalement le bras de son invité et l'entraîna vers le fond de la salle.

– J'admets que j'ai manqué de patience, Mélénor. Mais, de ton côté, reconnais que tu as été plutôt prompt. Il est tard, nous sommes tous deux fatigués. Crois-tu que nous puissions oublier nos différends et revenir à de meilleurs sentiments ?

Le jeune roi se sentait piégé ; il préféra demeurer évasif.

– Cela doit être possible.

Verlon parut enchanté.

– Nous allons réaliser de grandes choses ensemble, je n'en doute pas. Si tu veux bien, nous verrons cela demain. Pour le moment, j'estime que nous avons mérité de nous divertir.

Derrière les portes qui les séparaient de la salle des banquets, une bande de joyeux convives les attendaient. Parmi eux, Mélénor reconnut les hommes de sa troupe. Ils semblaient nager dans une bienheureuse euphorie. Verlon lui mit d'office une coupe dans la main et ils trinquèrent sous les applaudissements nourris de l'assistance. Mélénor se sentait épuisé ; il avait l'impression d'évoluer comme dans un rêve.

Quand il prit place à la table de Verlon et de Delia, il comprit enfin pourquoi : l'urssac. Depuis la tragédie qui avait entraîné la mort de sa mère, on ne permettait plus l'usage d'urssac lors des banquets donnés à la Cité des Mirages. L'espace d'un instant, le souvenir de sa mère l'attrista, mais bientôt, le parfum des résines allégea son humeur. Le roi de Gohtes s'abandonna à l'insouciance, se persuadant qu'il était temps d'enterrer le passé.

✧

Restée derrière, Leila avait cherché à se retirer discrètement mais la reine Delia l'avait vitement rattrapée.

– Vous devez participer à la fête. J'insiste, ma chère.

– Je ne voudrais pas vous offenser, Altesse...

– Je comprends votre chagrin, dit la reine d'une voix douce. Il vous manque terriblement, n'est-ce pas ?

– Je suis si inquiète.

– Rien ne prouve que votre époux soit parti vers le nord. Peut-être vous attend-il à Oz'Steyfia ou à Breaimes.

– ...

– Je vais faire quelque chose pour vous, annonça Delia, déterminée. Je vais envoyer des hommes dans le nord afin qu'ils vérifient si le duc y a été vu. Si personne ne l'a croisé, cela voudra donc dire qu'il est rentré chez vous. Les chemins pour venir jusqu'ici sont tellement nombreux ; il est tout à fait possible que vous l'ayez manqué.

Leila se sentit quelque peu rassérénée. Elle remercia la reine, qui l'encouragea d'un sourire.

– Voilà qui est mieux. Maintenant, il est hors de question que vous assistiez à notre soirée dans ces affreux vêtements d'homme. Mon époux aime les jolies femmes et il m'en voudrait beaucoup si je ne savais pas rendre justice à votre beauté. Venez avec moi.

Les deux femmes se rendirent à la chambre de Leila. Delia demanda à sa camériste de lui apporter une robe très légère en soie bleu nuit. La mode au pays de Môjar avait habitué Leila à des vêtements beaucoup plus amples et encombrants. Sans jupons ni crinolines, la duchesse se sentait toute nue. La douceur de la soie touchant directement sa peau lui procurait un plaisir sensuel qu'elle n'avait pas ressenti depuis longtemps. Delia la fit asseoir et entreprit de la coiffer. Leila ferma les yeux et se laissa bercer par le souvenir des caresses de Thiery. Elle prit à peine conscience des petits baisers que la reine déposait dans le creux de son cou. Ou alors, rêvait-elle ?

– Gardez la robe, ma toute belle, je vous en fais cadeau. Vous serez heureuse de l'avoir lorsque vous retrouverez enfin votre époux... Et puis, elle ne prendra pas beaucoup de place dans vos bagages.

Delia murmura avant de la quitter :

– Cette nuit, chassez vos peines et laissez-vous porter par le plaisir. Il pourrait bien vous transformer à jamais !

✧

Une fois seule, Leila rouvrit les yeux. Dans le miroir, elle vit ses lèvres gonflées et ses pommettes marbrées de rouge. Elle passa ses doigts sur la pointe dressée de ses seins ; puis, elle se leva et retroussa sa robe. Elle sentait la moiteur de son sexe brûlant. Une rage folle s'empara d'elle. Des sanglots l'étouffaient. « Thiery, Thiery, où es-tu ? »

Elle retira la robe avec violence. Aussitôt, son corps s'apaisa. Elle plia le vêtement du bout des doigts, car l'étoffe picotait bizarrement sa peau. Elle l'enfouit au fond de ses bagages et choisit, parmi les habits de son mari, un pantalon qui lui seyait à ravir et une chemise finement tissée qu'elle laissa largement ouverte sur sa poitrine. Elle sécha ses yeux puis s'empara d'un magnifique collier qu'elle plaça bien en évidence dans son décolleté. Retournant devant la glace, elle décoiffa ses cheveux et s'assura que les diamants reflétaient bien la lumière. Étrangement, elle se sentait d'attaque.

✧

Mélénor rêvait. Son sexe était dur et son ventre palpitait tandis que le plaisir l'engourdissait agréablement. Il sentit une langue chaude le caresser habilement, puis une bouche accueillante se refermer sur son membre. « Muscade, oh ma douce, viens ici que je te prenne ! » gémit-il dans son sommeil. Il baissa les yeux : deux orbites sanguinolentes le regardaient, la peau du visage pendait en lambeaux et la bouche se résumait à un trou noir sans lèvres. La langue couverte de pustules se mit à bouger de façon obscène. Mélénor se réveilla en sursaut.

Il était dans une chambre qu'il ne connaissait pas. « Comment suis-je venu ici ? » Une femme au corps superbe était penchée sur lui, ses longs cheveux bruns masquant son visage. La douce chevelure glissait suavement sur le torse du roi. Son mauvais rêve lui revint à la mémoire ; il voulut s'éloigner de la femme mais s'emmêla les jambes dans les draps froissés. Surprise par ce brusque rejet, la jeune femme se redressa et regarda Mélénor d'un air désolé.

– J'ai fait quelque chose de mal, Votre Altesse ? Pourtant, cette nuit... Désirez-vous que je me retire ?

Le jeune monarque ne se souvenait plus de rien.

– Comment t'appelles-tu ?

– Jaad, Majesté.

Elle posa une main tendre sur la cuisse de Mélénor. Subjugué par la beauté parfaite de cette sirène, il tendit le bras pour l'attirer doucement à lui.

– Eh ! bien, Jaad, il me semble bien impoli d'interrompre le travail d'une artiste.

La jeune femme fit entendre un petit rire en cascade qui découvrit ses dents blanches et régulières. Elle embrassa Mélénor avec fougue. Oubliant tout, le roi se laissa dévorer par cette bouche chaude et caressante.

✧

Le roi de Gohtes voulait l'avis de Cassandra avant de préparer sa prochaine entrevue avec les souverains de Yzsar. Lorsqu'il prit son miroir pour rejoindre la ministre, il hésita un moment. Sa fierté l'empêchait d'admettre qu'il aurait préféré discuter avec Hµrtö. « Pourquoi m'a-t-il trahi ? » Cette question le hantait depuis des lunes. Avant leur brouille, Mélénor aurait fait spontanément appel au magicien puisque celui-ci avait toujours été de bon conseil. Plus maintenant. Le roi se concentra sur la surface lisse de son miroir

– *Par les liens qui nous unissent, miroir, cherche ma sœur Cassandra.*

Comme prévu, Cassandra se montra soupçonneuse et inquiète.

– Leur histoire est plausible mais elle frise tout de même les limites de l'invraisemblable. Mon prince, je vous en prie, soyez très prudent.

– Je serai sur mes gardes.

– Souhaitez-vous que je transmette un message à la reine ? s'informa la ministre.

– Non, pas vraiment.

– Vous ne me demandez pas comment elle se porte ?

– Mais bien sûr... et l'enfant ?

– La grossesse d'Isadora se déroule à merveille. Elle a beaucoup aimé votre lettre.

Honteux, Mélénor détourna la tête, soustrayant son regard à celui, inquisiteur, de la Longs-Doigts. Il s'excusa de devoir la quitter quand Alban pénétra dans la pièce en fulminant.

– Ce palais est tellement grand que je me suis perdu en allant aux bains.

À l'instar de Cassandra, le chambellan se montrait méfiant quant aux allégations des souverains de Yzsar. Ses arguments, toutefois, n'avaient rien de rationnel.

– Je déteste ce pays ! s'emporta-t-il.

– Malgré la jolie Mizzie ?

– Tu mélanges tout, espèce d'imbécile.

– Je suis imbécile peut-être mais pas aveugle ! rectifia le roi en riant. Au fait, j'espère pour toi que la belle Mizzie n'est pas la maîtresse de Naq.

– Quelle femme voudrait de lui ? À lui seul, ce monstre ferait peur à un troupeau de berohls.

Les deux amis rirent un bon coup, ce qui soulagea quelque peu leur tension. Ils reprirent leur discussion plus sérieusement mais ils ne faisaient que tourner en rond. Mélénor conclut :

– Allons d'abord entendre ce que Verlon propose. Nous déciderons ensuite.

✧

La journée était déjà bien avancée quand Mélénor rejoignit les souverains de Yzsar dans leur salle du conseil. Il fut accueilli chaleureusement par un Verlon détendu et confiant. Sans plus de circonvolutions, ce dernier attaqua le sujet qui les intéressait tous.

– Nous devons partir en guerre dès maintenant.

– Impossible, jeta aussi abruptement Mélénor. Je dois d'abord retourner dans mon pays.

– Voilà justement l'erreur à éviter ! Le temps presse, Mélénor, et tu peux aussi bien te battre ici à mes côtés ; notre cause est la même.

Le chancelier de Yzsar apporta des plans que Verlon déroula et étala soigneusement.

– Des espions à la solde de Trevör Oks Bortka rôdent partout ; il sait déjà que tu as quitté ton pays pour chercher de l'aide auprès de Sol'Maglian. Il a tiré profit de ton absence et de l'inexpérience de ton épouse pour frapper ton peuple et affaiblir sa confiance en vous.

– Tu le crois vraiment aussi malin ? demanda Mélénor, sceptique.

– Ne le sous-estime surtout pas. C'est un fourbe dangereux, car il est très intelligent. Trevör sait probablement que Sol'Maglian t'a refusé son aide. Il sait aussi que tu ne voudras pas laisser le massacre de ton peuple impuni. Même si tu n'es pas de taille à le vaincre seul, il s'attend à te voir revenir prochainement à Döv Marez et lui déclarer la guerre. Il doit se dire qu'une fois qu'il aura assujetti ton peuple, il pourra sans problème envahir mon royaume. Ainsi, il aura atteint son premier objectif : conquérir l'ouest du continent.

– Pourquoi dis-tu « son premier objectif » ?

– Je suis prêt à parier qu'il voudra ensuite envahir le pays de Môjar. En fait, ce qu'il désire, c'est dominer tout le continent.

– C'est parfaitement insensé.

– Pour des êtres sains d'esprit comme toi et moi, oui, mais pas pour Trevör. Cet homme est malade d'ambition ; il ne reculera devant rien pour assouvir sa soif de conquête.

– Je suis prêt à te croire. Mais je veux retourner à Döv Marez avant de partir en guerre.

– Que crois-tu que Trevör comprendra si tu ne l'attaques pas prochainement ?

– Je sens que tu ne vas pas tarder à me le dire, ironisa Mélénor.

– Trevör en arrivera à la conclusion que tu es venu jusqu'ici dans le but de trouver le renfort que le Môjar t'a refusé. Nous avons un avantage sur lui : nous savons qu'il réfléchira exactement comme toi.

– C'est-à-dire ?

– Il pensera que tu dois rejoindre ton peuple afin de diriger l'offensive. Admettons que tu agisses ainsi, quand pourrions-nous marcher sur Bortka ?

– Pas avant le printemps prochain.

– Eh ! bien, voilà ! Dans l'éventualité d'une coalition entre nos deux pays, Trevör s'attendra à une attaque au printemps, ce qui lui donne le temps nécessaire à se préparer. Il faut attaquer tout de suite, c'est le seul moyen de remporter la victoire.

– Tu oublies un petit détail, Verlon : mes armées ne se mettront pas en marche sans en avoir reçu l'ordre et je suis à des lunes de chez moi.

– Cesse de jouer au plus malin avec moi ; je connais certains de tes secrets.

Naq se pencha par-dessus l'épaule de son maître et lui remit un objet que le petit roi examina avec attention. Il le retourna plusieurs fois dans ses mains avant de le montrer à Mélénor.

– Le miroir enchanté de la dynastie des rois de Gohtes... Ce n'est donc pas un mythe !

– Comment oses-tu ? s'indigna Mélénor.

Il tendit la main pour reprendre son miroir mais Verlon en profita pour l'agripper fermement par le poignet.

– Je connais aussi les pouvoirs de ta ministre, Cassandra. Très pratique... vraiment ! On dirait que tu soignes tes relations avec le monde des Anciens.

Mélénor se dégagea si brutalement qu'il faillit en tomber à la renverse.

– Tu m'as espionné, sale hypocrite ? grogna le jeune monarque, soufflé par tant d'effronterie.

– Tut, tut, tut ! Tout de suite les grands mots..., le nargua Verlon. Disons plutôt que Naq s'est attardé au palais d'Oz' Steyfia après sa rencontre inopinée avec ton chambellan.

– Et maintenant, tu penses que je vais m'associer avec un scélérat dans ton genre ?

– Le problème ne se pose pas ainsi, Mélénor. Tu n'as pas le choix ; tu es trop avisé pour attendre que ton peuple subisse le même sort que le mien.

– Ça ne t'autorise pas à me traiter de la sorte.

– Je t'ai déjà prévenu que je n'hésiterais pas à utiliser tous les moyens à ma portée pour sauver les miens. J'aurais préféré que les choses se passent autrement entre nous ; malheureusement, je n'ai pas le temps de ménager ta susceptibilité. Il nous faut attaquer très bientôt et tu as la possibilité d'appeler tes armées en renfort sans perdre de temps.

Delia n'avait pas soufflé mot depuis le début de l'entretien. Quand elle se pencha vers Mélénor, ses yeux étaient brouillés de larmes.

– Je ne peux plus supporter le désespoir de nos gens. Ne comprenez-vous pas, mon ami, que vous tenez entre vos mains la destinée de notre peuple ? Je suis prête à me mettre à genoux pour vous supplier de nous aider.

Embarrassé, Mélénor l'empêcha de se prosterner. En la touchant, il sentit une douce chaleur l'envahir. La reine le troublait, et il avait l'impression que cela pouvait se lire sur son visage. Elle s'accrocha aux mains du jeune roi, qu'elle serra dans un élan passionné.

– La gravité de notre situation nous force à vous bousculer mais n'allez surtout pas croire que nous vous manquons de respect.

Devant le silence entêté de son vis-à-vis, elle ajouta :

– Je vous serai éternellement reconnaissante de votre intervention.

Mélénor retourna s'asseoir.

– En quoi consiste votre plan ?

Verlon lui montra des points stratégiques sur la carte.

– Tes armées envahissent le sud-est de Bortka et marchent vers le cœur du pays. Mes armées font de même au nord. Trevör sera bien obligé de partager ses forces entre les deux fronts. Pendant ce temps, nos flottes bloqueront les issues maritimes. Avant la fin de l'hiver, nos armées se seront rejointes près de la capitale de Celtoria.

Le plan de Verlon ressemblait à celui que le roi de Gohtes avait échafaudé, mais jamais il n'avait pensé mener une guerre sans prendre la tête de ses armées. « C'est inconcevable... Pourtant, ai-je le choix ? » Alban devait avoir suivi le même raisonnement que son ami, car son expression trahissait une lassitude résignée. Même l'insolent sourire de Naq ne parvenait pas à le sortir de sa prostration. Les accents victorieux de la voix de Verlon leur semblèrent dangereusement prématurés.

– Quand nous aurons abattu Trevör et sa racaille, nous partagerons les terres de Bortka entre nos deux royaumes. Nos peuples pourront enfin vivre paisiblement et le Yzsar sera à nouveau une terre de liberté.

Plus méfiant que jamais, Mélénor se pencha et appuya les mains bien à plat sur la carte.

– Il faut que les conditions de notre association soient bien claires. J'exige que le tout soit établi légalement, par contrat. Après la victoire, nous n'aurons plus aucun engagement l'un envers l'autre.

– Je ne vois pas les choses autrement, Mélénor.

– Je déteste la guerre, et j'aurais préféré l'éviter.

– Et moi donc ! s'exclama Verlon. Jamais je ne serais sorti de mes frontières sans cette impitoyable provocation, mais quand on m'attaque, je sais me défendre. Finalement, sommes-nous si différents, toi et moi ?

Mélénor frissonna en posant le regard sur le visage tavelé de Verlon. Il préféra s'abstenir de répondre.

✧

Les jours suivants, aidé par ses officiers, le roi de Gohtes étudia les plans de bataille puis il examina les contrats jusqu'à en avoir mal aux yeux. Lorsque les papiers furent à sa convenance, il fit parvenir ses instructions à Isadora par le biais de Cassandra. Il dit à la ministre : « Rassurez la reine ; nous frapperons si vite que la guerre sera terminée avant la naissance de mon fils. »

Cassandra se garda bien de lui rappeler qu'il y avait une chance sur deux pour qu'Isadora lui donne une fille. Elle se contenta de lui souhaiter bonne chance et elle promit de prendre soin de la reine puisque toutes deux allaient rester dans la cité, loin des horreurs de la guerre.

Ce n'était pas le cas de Leila. Une violente dispute l'avait opposée à Mélénor lorsqu'elle avait déclaré vouloir retourner dans le pays de son époux. Le roi s'était montré inflexible.

– J'ai bien assez de problèmes comme ça, avait-il rugi. Croyez-vous que j'ai le temps de m'occuper de vos caprices d'enfant gâtée ?

– Justement, je veux vous débarrasser de ma présence encombrante.

– Pour aller vous faire écharper vive dans les montagnes et attirer sur moi les foudres de Sol'Maglian ? Oh ! non, madame ! J'ai pris l'engagement de veiller sur vous et je ne vous lâcherai pas tant que vous ne serez pas entre les mains de votre époux ou celles de votre père.

– Vous me connaissez bien mal si vous pensez pouvoir régenter ma vie, se hérissa la duchesse, fulminant de rage.

– Détrompez-vous ! Vous avez voulu venir avec la troupe, vous allez continuer avec la troupe.

Il l'avait placée sous bonne garde jusqu'à ce qu'elle jure de ne pas s'enfuir. En vérité, son ami Ubert l'avait convaincue que les montagnes s'avéreraient infranchissables en raison de la glace qui s'accumulait déjà sur les sommets. De plus, la guerre promettait d'entraîner des troubles majeurs qui allaient mettre en danger les voyageurs isolés.

Au moment du départ, Ubert aida la duchesse à grimper sur le dos de sa jument.

– Bientôt, tu seras dans les bras de tes parents, tenta-t-il de la réconforter. Peut-être même que Thiery t'attend à Döv Marez.

✧

Au nord comme au sud, les feuilles commençaient à rougir dans les forêts lorsque les armées de Gohtes et de Yzsar foncèrent vers les frontières de Bortka. Sur leur passage, les bêtes et les hommes se taisaient.

– XVII –

Mélénor se sentait le cœur léger. Dans quelques heures, la troupe allait atteindre la ville portuaire de Yulianna. Là-bas, un navire les attendait pour les conduire sur le sol du pays de Gohtes. Un revirement inespéré avait, au tout dernier moment, redonné confiance à Mélénor et à sa troupe.

Lorsque les plans de bataille avaient été établis, l'amiral de Veod n'avait pas déçu l'estime que le roi lui vouait. Tout comme lui, l'officier acceptait mal la situation : « Être si loin quand nos hommes vont se battre, et pour le plus grand enjeu de notre histoire... C'est parfaitement insensé. » L'amiral avait scruté les cartes avec acharnement. Au terme de calculs aussi nombreux que compliqués, il avait présenté à Mélénor une proposition étonnante.

– Voyez, Votre Altesse, ici, au nord-ouest du pays, à quelques jours à peine de Corvo, se trouve la ville de Yulianna. Grâce à un vaisseau rapide, nous pourrions rejoindre nos armées au moment précis où elles atteindront la frontière entre Gohtes et Bortka.

Contre toute attente, Verlon avait applaudi à cette idée. En fait, cela arrangeait le petit roi de Yzsar, qui commençait à craindre que Mélénor ne se révèle très encombrant : « Il a tellement de scrupules… Il va continuellement critiquer nos façons de faire. » En effet, le peuple de Yzsar avait des coutumes très belliqueuses en temps de guerre et Verlon ne s'y était jamais opposé : « Les soldats risquent leur vie ; je ne vais donc pas les empêcher de se payer du bon temps. » Vol, viol, torture étaient à l'honneur et les militaires s'en glorifiaient.

À l'idée de pouvoir commander lui-même ses armées, Mélénor avait d'abord ressenti une vive excitation mais, bien vite, son enthousiasme était retombé.

– Rien ne me ferait plus plaisir. Toutefois, le problème reste entier : il nous faudra traverser les eaux territoriales de Trevör. Comment parviendrons-nous à passer inaperçus tandis que nous naviguerons juste sous le nez de sa flotte ?

Verlon avait réfléchi un moment puis souri en hélant Naq.

– Va voir si notre ami Baobil est disposé à nous rendre ce service.

Dès que Naq eut franchi la porte, Verlon avait exposé son plan.

– Baobil est un aventurier. S'il n'a pas encore vendu ses fesses, c'est seulement que personne n'en a voulu !

– Un mercenaire ?

– Mais non, mais non… un homme d'affaires ! Crois-moi, il va rapidement deviner que tu es dans une impasse. J'espère que tu as beaucoup d'or.

Naq s'était occupé de tout. Il avait même réussi à négocier un prix raisonnable avec l'affreux capitaine. Alban ne décolérait pas. La nausée le gagnait quand il pensait qu'il avait désormais une dette envers Naq ; sans l'intervention de ce monstre, la troupe aurait été forcée de suivre les armées de Verlon, les coffres de Mélénor étant presque vides.

Le jeune roi de Gohtes soupira. Depuis qu'il suivait la route menant à Yulianna, il se sentait continuellement épié. Il jeta un coup d'œil vers sa gauche et dut répondre à contrecœur au sourire moqueur de leur guide. Juste avant leur départ, Verlon avait insisté pour que son affreux conseiller les accompagne.

– Tu auras besoin de Naq, Mélénor. Pour te rendre à Yulianna, tu dois longer la Terre des Damnés et, sans l'aide de quelqu'un d'expérience, tu risques de sérieux ennuis. Ensuite, il y a la traversée. Je peux me porter garant de Baobil, pas des mécréants qui sont à sa solde.

Mélénor avait tenté de se dérober.

– Je ne veux pas te priver de ton conseiller.

– Considère mon geste comme un gage de l'estime que j'ai pour toi.

Le jeune monarque n'était pas dupe ; pourtant, il s'était gardé de répondre ce qu'il pensait vraiment : « Dis plutôt que tu ne me fais pas confiance et que tu préfères m'avoir à l'œil ! »

Maintenant, les voyageurs de Gohtes devaient composer avec la présence détestable du monstre. Mélénor éperonna son cheval et alla rejoindre Alban qui restait loin devant ; le chambellan s'assurait toujours de garder une distance respectable entre lui et Naq.

✧

L'air salé et frais revigora les hommes qui, pour la plupart, étaient nés à Döv Marez. Ils se sentaient un peu comme chez eux, à Yulianna, car toutes les villes portuaires partagaient les mêmes odeurs, les mêmes rumeurs, la même activité désordonnée et gaillarde. C'est donc avec entrain qu'ils gagnèrent le port. Leur exubérance tomba vite à plat lorsqu'ils découvrirent ce qui les attendait. Bien que les passerelles du navire soient déployées comme une invitation à monter, l'équipage paraissait aussi accueillant qu'un panier de scorpions. L'amiral de Veod poussa sa monture à la hauteur de Mélénor et d'Alban.

– Il faudra se montrer très vigilants, déclara l'officier. Que diriez-vous d'organiser des tours de garde ?

– Excellente idée ! Personne ne doit rester seul sur ce navire. Avisez les hommes et formez des équipes.

Alban avait l'air plus soucieux que jamais.

– Mélénor, as-tu pensé à la duchesse ? Tu ne vas tout de même pas la faire monter à bord ? Tu te rends compte... avec tous ces hommes ? On dirait des bêtes !

Mélénor ne pouvait certes pas le contredire. Les matelots du capitaine Baobil semblaient aussi féroces qu'ils étaient sales. Pourtant, le bateau était une pure merveille, certainement un des plus beaux vaisseaux que Mélénor ait jamais vus. Il devait valoir une fortune. Le roi sentit la présence de Naq derrière lui ; il avait horreur de cela. Il se retourna aussitôt pour faire face au monstre qui souriait, l'air détendu et arrogant.

– Croyez-moi, nous ne serons pas importunés. La flotte de Bortka n'osera jamais attaquer un navire pirate.

– Ce n'est pas cela qui m'inquiète, Naq, avoua le roi.

– Qu'y a-t-il donc, Votre Altesse ?

– Ces hommes... Personne ne peut les maîtriser !

– Cessez de vous inquiéter inutilement. Ces brutes sont comme des enfants qui ont peur de leur ombre ! Ensemble, ils deviennent redoutables, mais individuellement, ce ne sont que des lâches. Toutefois...

– Toutefois... ? répéta Mélénor.

– Pour la petite dame, ça risque de se compliquer.

Le roi de Gohtes commençait à en avoir par-dessus la tête qu'on lui rappelle sans cesse sa bêtise. Il chercha Leila parmi les hommes. D'abord, il eut du mal à la repérer en raison du va-et-vient de l'embarquement, puis il la reconnut. Elle était pâle sous son bonnet de matelot mais elle lui sourit courageusement. Elle enfonça son menton dans le col de sa veste et souleva son lourd paquetage. Mélénor la perdit de vue lorsque les hommes de la troupe se regroupèrent autour d'elle afin de mieux la dissimuler aux regards voraces des pirates. Naq observait la scène en jouant inconsciemment avec la manche de son sabre.

– Pas mal, concéda-t-il. Si elle ne parle pas, si elle se tient tranquille, peut-être que personne ne la remarquera. Mais, vous savez, certains marins ont un penchant pour les beaux garçons !

✧

La traversée inversa le rapport de force qui s'était naturellement installé entre les hommes de Gohtes depuis le début du voyage. Sur l'eau, les marins retrouvèrent leur aisance et leur assurance tandis que certains soldats cachaient péniblement leur teint verdâtre et leurs yeux cernés. Les matelots de Gohtes en imposèrent aux pirates lorsqu'un orage les surprit non loin du cap de Bortka. À cet endroit, les récifs menaçaient d'éventrer les embarcations qui étaient violemment poussées sur leurs arêtes par les vents déchaînés. Après la tempête, les pirates voulurent boire à la santé des marins. La fête vira en beuverie, qui couronna l'officier Berto de Lor « roi des soûlards ».

Mais le mauvais vin réveille les mauvais esprits. Il existe des hommes qu'on est incapable d'imaginer enfants tellement l'innocence semble contraire à leur nature. Un des pirates de Baobil appartenait à cette triste espèce. On ne lui connaissait pas d'autre nom que « Vinaigre ». Vinaigre buvait seul dans son coin, survolant la fête d'un regard empreint d'une hargne méprisante. L'instinct de Marius, le chef des éclaireurs, était alerté par cette attitude hostile. Il donna un coup de coude dans les côtes de son ami Lucas :

– Le calme de ce rat ne me dit rien de bon.

L'avertissement s'avérait inutile, car Lucas avait déjà la main sur le baudrier où nichait sa dague. Les deux éclaireurs dégainèrent discrètement quand Vinaigre se leva avec une agilité surprenante pour quelqu'un qui venait d'ingurgiter plusieurs litrons de gnôle. Sur son passage, Vinaigre bouscula trois pirates qui jouaient aux dés sans qu'aucun d'eux n'ose protester. Ils se contentèrent de le suivre du regard. Vinaigre s'arrêta devant les hommes de Gohtes. Il se racla la gorge et, prenant les pirates à témoin, cracha un jet de salive brunâtre sur les bottes de l'amiral de Veod.

– Bande d'abrutis, vous êtes aveugles ou quoi ? Ces marins savent tenir le vent, et après ? C'est pas ça qui en fait de vrais hommes ! Voyez l'amiral et son petit ami.

D'un doigt menaçant, il désignait Leila.

– Ça... un matelot ? beugla-t-il en postillonnant. Cette merde n'a même pas levé son cul pour tenir un cordage durant la tempête. L'amiral doit préférer que son mignon ait les mains blanches et douces. Moi, ce qui m'intéresse, c'est son petit derrière... Je vais vérifier s'il est si propre que ça !

Vinaigre empoigna Leila si violemment qu'elle en perdit son bonnet. L'hystérie gagna les pirates lorsqu'il déchira la chemise de la jeune femme, arrachant du même coup le bandeau qui comprimait sa généreuse poitrine. Ubert voulut se précipiter à la rescousse de son amie mais, déjà, plusieurs pirates le retenaient. Il entendit Leila hurler alors que la meute se jetait sur elle. La bagarre dégénéra rapidement. Entouré de ses gardes du corps, Mélénor se battait en se déplaçant vers la jeune femme. Il maniait l'épée avec l'ardeur du désespoir depuis qu'elle avait cessé de crier. Soudain, la voix de Leila retentit, claire et rageuse. Par-dessus le vacarme, Vinaigre rugit :

– Elle m'a mordu, la salope ! Tiens-la mieux que ça bon s...

Un son terrifiant domina le tumulte qui retomba comme un oiseau abattu en plein vol. Une ombre insolite passa sur le pont où les hommes, terrorisés, demeuraient figés dans leurs postures grotesques. Mélénor vit Leila ramper, indemne, sous le corps de Vinaigre, ou plutôt, sous la moitié supérieure du corps de Vinaigre. La jeune femme affolée reculait en se traînant sur les coudes. De grosses gouttes de sang atterrissaient autour d'elle, éclaboussant ses jambes blanches. Ses pieds dérapaient dans les flaques visqueuses, l'empêchant de se relever.

Au-dessus de la duchesse, une bête effroyable tenait dans sa gueule le bas du corps du pirate. Après avoir lancé son cri sauvage, le monstre avait plongé son museau corné dans la masse grouillante des hommes rendus déments. Peut-être son regard avait-il été attiré par les fesses blanches et molles de Vinaigre qui luttait frénétiquement pour ouvrir les cuisses récalcitrantes de Leila. D'un seul coup de dents, la bête avait sectionné le corps du pirate. Maintenant, elle tenait son butin à la hauteur des genoux, secouant le cadavre qui répandait des litres de sang par le trou béant de la taille. Comme dans un rêve, Mélénor vit la créature tourner la tête sur son long cou souple et plonger son regard jaune dans le sien. Un battement de paupières vint masquer, une fraction de seconde, les pupilles ovales qui ne trahissaient ni cruauté ni intelligence ; seulement cette froide indifférence qui hante le regard des reptiles. La bête exécuta une volte-face gracieuse, exhibant la curieuse nageoire dentelée qui parcourait son échine. Lorsqu'elle disparut dans l'onde capricieuse, elle laissa derrière elle le fracas d'un silence irréel.

Secouant enfin sa léthargie, Ubert se précipita vers Leila. Il pleurait tout en essayant maladroitement de couvrir la nudité de la jeune femme avec ce qui lui tombait sous la main. Leila, elle, ne pleurait pas.

– Je n'ai rien, Ubert, je n'ai rien. Ils n'ont pas réussi à... Je t'en prie, ne pleure pas !

Naq s'approcha lentement d'eux. Il tenait son sabre sur sa poitrine comme Mélénor l'avait déjà vu faire. Sa voix parut particulièrement sinistre dans ce silence accablant. L'air dégoûté, il observa les spasmes morbides qui animaient encore la carcasse de Vinaigre.

– Voilà le sort réservé à ceux qui oseront s'en prendre à cette femme. L'homme qui ne sait pas utiliser sa tête pour contrôler sa queue risque de perdre l'une ou l'autre.

Histoire d'accentuer sa menace, il fendit l'air d'un mouvement de sabre si rapide que le roi ne vit que l'éclair de la lame. Jamais il n'avait connu d'homme capable de manier une arme avec autant de puissance. L'arme émit un son funeste que les hommes n'étaient pas près d'oublier.

– Jetez cette charogne à la mer !

C'est seulement à ce moment que Leila se mit à trembler. Mélénor la vit cacher son visage contre la poitrine d'Ubert. Le roi n'osa pas s'approcher mais il entendit Leila dire à son ami :

– As-tu vu, Ubert ? As-tu vu comme c'était drôle ? Son pénis ridicule et ses testicules qui se faisaient ballotter comme des clochettes ? Il n'était plus très fier, le marin, hein ?

Mélénor eut le cœur serré ; la jeune femme faisait des efforts désespérés pour contenir des sanglots hystériques.

✧

Le reste du voyage se déroula dans un climat de tension extrême. Des bagarres éclataient pour un oui ou pour un non. Les hommes de Gohtes restaient groupés, impatients de voir apparaître le rivage. Le souvenir de la créature marine hantait les esprits. Mélénor avait cuisiné le capitaine Baobil à ce propos, en vain. Le marin refusait de dire quoi que ce soit, sinon que cette damnée femme était la cause de leurs malheurs. Tout navigateur digne de ce nom savait que transporter une femme à son bord portait la poisse.

Depuis la mort atroce de Vinaigre, les pirates faisaient de grands détours et évitaient même de regarder dans la direction de Leila, de crainte que Naq n'interprète mal leur intention. Le conseiller de Verlon avait la réputation d'abattre son sabre et de poser les questions ensuite. Le jour de l'incident, Ubert avait surmonté sa répulsion et l'avait remercié de son intervention, laquelle garantissait désormais la sécurité de son amie. Naq lui avait ri au nez.

– Tu me prêtes des intentions trop nobles, avait raillé le monstre. Sache que je n'ai aucun respect pour ta duchesse. Si je me suis mêlé de cette affaire, c'était uniquement dans le but d'empêcher les marins de s'entretuer pour une femelle. Pas de marins, pas de voyage. Et crois-moi, je suis pressé de rentrer chez moi.

– Mais...

– Pauvre imbécile ! Penses-tu que ces brutes épaisses auraient eu la grandeur d'âme de la tuer après l'avoir violée ? Non, ils en auraient fait leur esclave sexuelle ; jour après jour, ils lui auraient défoncé le corps jusqu'à ce qu'elle ne soit plus qu'une bouillie de sang et de sperme, avait-il asséné, brutal. Cette fille est jeune et en santé ; il aurait fallu plusieurs jours avant qu'elle n'en crève. Pendant ce temps, l'équipage et le navire auraient été impossibles à contrôler. Aucune femme ne mérite pareil gaspillage d'énergie et de temps.

Devant cette implacable cruauté, Ubert avait désespérément cherché une réplique cinglante. Naq avait fini de l'humilier en lui donnant une petite tape sèche sous le menton.

– Ferme ta bouche, l'ami, ça te donne l'air d'un demeuré !

✧

Quand, enfin, ils furent en vue des terres, les pirates mirent des canots à la mer et conduisirent leurs encombrants passagers sur le rivage, souquant ferme pour s'en débarrasser. Naq salua la troupe de Gohtes.

– On se reverra bientôt sur le champ de bataille... À notre victoire !

Puis le monstre se tourna vers Alban, qu'il gratifia de son sinistre sourire.

– Si j'étais susceptible, je serais porté à croire que mon départ te réjouit !

Le bruit des vagues ne réussit pas à noyer l'écho de son rire moqueur.

– XVIII –

Il leur fallut à peine trois jours pour rejoindre la longue procession des armées de Gohtes. Les hommes réservèrent à leur roi un accueil triomphal auquel il répondit avec retenue, conscient que nombre d'entre eux risquaient de ne jamais revoir la terre qui les avait vus naître. C'est donc un souverain grave et vieilli qui prit la tête de la plus grosse armée jamais envoyée au combat dans toute l'histoire de son pays.

Comme prévu, Trevör Oks Bortka se trouva pris de court par l'attaque concertée de Yzsar et de Gohtes. Il perdit un temps précieux à diviser ses forces et à les diriger vers les deux fronts. L'armée de Mélénor eut donc le loisir d'envahir l'est du pays avant de livrer sa première vraie bataille. Il n'y avait encore eu aucune victime ; pourtant, dans chaque village qu'ils traversaient, une foule animée d'une haine farouche les insultaient.

– Assassins ! Bande d'assassins !

– Mort à Mélénor ! Mort au tueur d'enfants !

Les paysans, jeunes et vieux, les attaquaient avec des armes improvisées. Ils durent emprisonner plusieurs chefs de clans afin d'empêcher les émeutes de tourner au carnage.

Mélénor était prêt à se battre contre des soldats, mais il refusait d'avoir sur les mains le sang des enfants et des vieillards. L'hostilité meurtrière du peuple de Bortka troublait Mélénor ; il en comprenait mal la raison : « À quoi s'attendaient-ils ? À ce que je les laisse massacrer mon peuple sans réagir ? »

Finalement, ils rencontrèrent l'avant-garde des troupes de Bortka aux abords du grand fleuve Dafer. Les forces réduites que le roi Trevör opposait à celles de Mélénor reculèrent rapidement. Jour après jour, attaquants et attaqués se rapprochaient de la capitale, Celtoria. La cour de Bortka allait bientôt se trouver prise en étau entre les forces du roi de Gohtes et les troupes de Verlon Kom Yzsar.

Ce soir-là, quand les combats cessèrent, Mélénor retrouva ses conseillers pour qu'ils lui rapportent les nouvelles du front. Le général Vor Garet suait sous son uniforme étriqué.

– Mon roi, je suis heureux de vous informer que nous sommes bien en dessous des pertes de vie prévues.

– Stupidité ! le rabroua le jeune homme. Croyez-vous que ça consolera les veuves, les parents, les enfants ? Non, même si c'est peu, c'est beaucoup trop...

Le militaire n'osa pas répliquer. Le silence songeur de Mélénor mettait ses conseillers mal à l'aise. Même Milirin, le fidèle chancelier, se sentait troublé par l'humeur morose de son maître. Le vieil homme ne quittait plus le roi depuis qu'il l'avait enfin rejoint. Il avait fait la route dans un carrosse inconfortable, trop vieux désormais pour supporter les longues chevauchées que la guerre imposait. Mais rien ne l'aurait empêché de retrouver son jeune maître. Finalement, Milirin s'enhardit à exprimer les doutes qu'il partageait avec les officiers.

– Je me réjouis de notre avance mais cela me semble presque trop facile.

Les officiers se mirent à parler tous à la fois. Alban fut étonné par l'ampleur de leur inquiétude. Le général tordait nerveusement sa moustache sans s'en rendre compte.

– Et si Trevör nous tendait un piège ? laissa-t-il tomber, résumant ce que chacun craignait.

Un commandant pointa leur destination sur la carte des territoires de Bortka : une vallée encerclée de collines.

– Peut-être nous laissent-ils pénétrer plus avant afin de nous précipiter droit dans une souricière.

Alban secoua la tête avec vigueur.

– Les faits, mes amis, seulement et toujours les faits !

Mélénor sursauta en entendant l'expression préférée de son ancien précepteur.

– Alban, tu es le digne fils de ton père, dit-il à son ami en souriant malgré sa lassitude.

– Merci, mon roi, mais j'essaie de faire la part des choses. Si je me fie à ce que j'ai observé sur les champs de bataille, les forces de Bortka comptent de bons militaires de métier mais aussi des paysans enrôlés à la hâte, ce qui tend à confirmer notre hypothèse de départ : Trevör ne nous attendait pas si tôt.

Mélénor approuva d'un bref hochement de tête puis il congédia ses hommes sur ces mots d'encouragement :

– Nous combattons pour une juste cause, contrairement à notre ennemi que ses ambitions aveuglent. Il regrettera d'avoir provoqué les valeureux guerriers de Gohtes. Faisons-lui mordre la poussière et rentrons vite chez nous !

✧

L'ultime bataille fit rage dans la vallée qui s'étalait, blanche de givre, au pied de la ville de Celtoria. Les troupes de Verlon traversèrent la rivière LaGrise pour se mêler aux hommes de Gohtes, qui rencontraient, pour la première fois, une résistance notable de la part de leurs ennemis, désespérés par l'imminence de la défaite. Les combats durèrent cinq jours, au cours desquels Mélénor vit mourir plusieurs de ses soldats.

La ville fut bientôt assiégée ; les navires de Gohtes et de Yzsar avaient envahi le port après avoir anéanti la flotte de Bortka. Les vaisseaux formaient une masse sombre et menaçante sur l'eau qui scintillait dans le froid soleil de ce début d'hiver.

✧

Dans leurs quartiers de fortune, Polan s'escrimait à faire disparaître la barbe de Mélénor. Le roi pestait contre l'eau trop froide et contre la lame qui l'écorchait quand Verlon apparut, accompagné, comme toujours, de son horrible conseiller.

– C'est le grand jour, Mélénor ! triompha le roi de Yzsar. Viens voir, ils ont allumé les flambeaux de la reddition.

Le visage en feu, le roi de Gohtes le suivit dans l'air vif du matin. Les combattants des peuples alliés martelaient le sol gelé de la vallée dans une danse frénétique depuis que l'ennemi avait rappelé ses soldats et que six flambeaux brûlaient sur la plus haute tour du château. Partout régnait une allégresse à laquelle Mélénor aurait pris part s'il n'avait été si las et dégoûté. Pour se réconforter, il se répétait : « C'est fini ! Enfin, c'est fini ! » Naq interrompit ses pensées.

– Six flambeaux... six heures ! Dans six heures, Trevör va s'agenouiller devant nous.

La morgue du monstre indisposait Mélénor, qui choisit de l'ignorer en s'adressant à Verlon.

– Il voudra certainement négocier les conditions de sa capitulation.

Le roi de Yzsar avait l'air très satisfait. Il bombait son torse, qu'il avait démesurément large pour sa petite taille.

– Il n'est pas en position de négocier quoi que ce soit, siffla-t-il d'un ton cinglant. Et j'entends bien couper court à ses prétentions.

✧

Le soleil se couchait tôt durant la période des lunes des vents. La pénombre envahissait déjà la vallée lorsque le roi Trevör Oks Bortka fit descendre le pont-levis. Les rares officiers qui avaient survécu à la fureur des combats le suivaient, fidèles et fiers dans leurs uniformes impeccables. Pour cette ultime parade, la princesse Sabbee avait tenu à chevaucher à sa droite, vêtue de sa cuirasse et de son heaume. Elle luttait pour ne pas pleurer et évitait de regarder son père qui, malgré son âge avancé, se tenait fièrement sur sa monture. Il n'avait pas noué ses longs cheveux blancs que le vent glacial plaquait violemment sur son visage maintenant que la couronne ne les retenait plus. Il l'avait déposée sur sa selle avec le sceptre royal. Bientôt, le vieux roi les offrirait aux vainqueurs et leurs vies, pour le temps qu'elles dureraient, basculeraient dans le déshonneur. Sabbee rabattit lentement la visière de son heaume ; elle n'arrivait plus à contenir ses larmes mais elle n'avait pas l'intention de les donner en cadeau à ses ennemis.

Enfoncées dans le sol glacé, des centaines d'armes dessinaient un grand cercle au centre de la vallée dévastée. Trevör et Sabbee Oks Bortka mirent pied à terre pour pénétrer dans le cercle des pourparlers. Verlon fit de même, suivi de Naq. Finalement, Mélénor et Alban franchirent à leur tour la limite du cercle grâce à la dernière des trois issues laissées libres. Les positions éloignées des trois monarques formaient un triangle parfait.

Le roi de Gohtes fut impressionné par la dignité de Trevör et par l'assurance de sa voix lorsqu'il présenta sa proposition de reddition. Par contre, le jeune noble qui accompagnait le monarque vaincu maîtrisait mal son énervement ; il se tordait les mains puis les laissait tomber sur ses cuisses dans un geste volontaire et crispé. Sans trop comprendre pourquoi, Mélénor se sentit honteux. Chaque fois qu'il avait rêvé de cet instant, il l'avait imaginé empreint de gloire et d'euphorie. Amer, il se dit : « La réalité trahit parfois les plus belles espérances. »

Trevör gagna le centre du cercle et s'agenouilla péniblement dans la boue figée. Verlon et Naq s'empressèrent auprès du roi déchu. La scène qui suivit se passa si vite que le Longs-Doigts n'en conserva qu'un souvenir confus. Au moment où Trevör tendait aux conquérants la couronne et le sceptre, Naq souleva son sabre.

Mélénor cria :

– Non !

Simultanément, le jeune noble hurla comme si on l'écorchait vif :

– Non !

Dans un bruit sourd, la tête du vieil homme roula aux pieds de Verlon tandis que son corps basculait mollement sur la terre gelée. Il y eut alors une étrange mêlée. Mélénor porta la main à son épée mais Naq l'immobilisa dans l'étreinte d'acier de son unique bras. Le jeune noble profita de l'impuissance du roi de Gohtes pour se jeter sur lui et le griffer au visage.

– Assassin ! Assassin ! Un jour, je te tuerai !

Naq relâcha Mélénor. D'un geste agacé, comme s'il chassait une mouche, le monstre assomma Sabbee d'un coup de poing à la tempe. Libéré de l'emprise de Naq, Mélénor se précipita sur Verlon qui ramassait nonchalamment le sceptre de Trevör, apparemment indifférent à l'agitation qui régnait autour de lui.

– Traître ! N'as-tu donc aucun sens de l'honneur ? vociféra le jeune monarque.

– Tu as le cœur trop sensible, Mélénor. Le souverain de Bortka était notre ennemi. Tu devrais savoir qu'un ennemi, même vaincu, représente un danger constant. Je viens peut-être de te sauver la vie.

Mélénor saisit son épée et, sur le sol trempé de sang, traça une ligne séparant la tête et le corps du cadavre.

– Moitié-moitié, c'était notre entente.

– Tu deviens morbide !

– Nous avons établi nos nouvelles frontières aux limites du comté voisin, poursuivit le roi de Gohtes, ignorant la remarque de Verlon. Le sol que tu foules ici m'appartient. Disparais, je ne veux plus jamais voir ta face de mécréant.

Verlon ne lui avait pas même jeté un regard. Il admirait le sceptre avec l'œil avide et expert d'un joaillier.

– Comme tu voudras, lâcha finalement le roi de Yzsar, mais Naq reste ici. Il récupérera ma part du trésor de Bortka. N'aie crainte : je doute qu'il s'attarde bien longtemps ; tes scrupules de vieille fille lui donnent de l'urticaire.

Verlon leva enfin les yeux sur son vis-à-vis. Ses lèvres arboraient un sourire aussi cruel que méprisant. Il empoigna la base du sceptre à deux mains et, d'un coup sec, envoya rouler la tête de Trevör sur les pieds de Mélénor. Puis, sous le regard révulsé de son ancien allié, il ramassa la couronne du défunt roi.

– Puisque tu chéris tant tes ennemis, enterre donc celui-là. Moi, je préfère le butin.

✧

Alban remercia les esprits que les soldats de Gohtes et de Yzsar soient trop éloignés du cercle de reddition pour comprendre la signification de cette scène sordide. Il savait que Mélénor ne voulait plus voir de sang couler et Verlon, aussi sinistre soit-il, semblait partager cet avis, car il s'empressa de quitter la vallée, suivi de son armée en liesse. Tandis qu'Alban ordonnait qu'on apporte un linceul pour Trevör, le jeune roi passa la main sur sa joue griffée. Il interpella aussitôt son ami.

– Regarde ça !

Les yeux d'Alban s'écarquillèrent.

– Tu saignes ? s'étonna-t-il.

– J'ai saigné ! C'est guéri maintenant mais j'ai eu le temps de saigner !

– Incroyable ! C'était assez superficiel, pourtant ?

Le roi hocha la tête en signe d'assentiment, éberlué. Puis il se souvint de l'avertissement d'Hµrtö concernant ce don : « Ton sang répondra à la douleur de l'âge, de l'amour ou du poison. »

– Je vieillis..., murmura-t-il, déconcerté, ou bien ce jeune récalcitrant avait du poison sous les ongles.

– À propos, qu'est-ce qu'on fait de lui ? demanda Alban.

– Pour l'instant, il vaut mieux le mettre aux fers. N'oublie pas qu'il a menacé de me tuer.

– Dans ce cas, il faudrait enfermer tous les habitants de cet affreux pays.

– Quelle délicatesse de ta part ! ironisa son ami en grimaçant.

– J'essaie seulement de me montrer réaliste. La révolte risque de gronder un long moment avant que ce peuple ne t'accepte comme souverain.

Mélénor soupira bruyamment.

– Ce n'est donc pas fini ?

La réponse lui parvint, portée par le vent. Il entendit les échos d'une ultime bataille ; les officiers survivants de Bortka sacrifiaient leur vie en l'honneur de leur roi assassiné.

✧

Dans les jours qui suivirent, les soldats de Mélénor durent réprimer plusieurs tentatives de rébellion. Mais les forces étant inégales, les attaques cessèrent, faute d'efficacité. Pour le reste, rien ne changea ; l'hostilité du peuple demeurait aussi virulente qu'aux premiers instants.

Quand le roi de Gohtes apprit que le jeune noble qui l'avait griffé n'était autre que la fille unique de Trevör, il la fit comparaître devant lui. Elle portait les mêmes vêtements que le jour de la capitulation, la visière de son heaume toujours rabattue sur son visage.

– Enlevez-lui ce casque ! ordonna-t-il. J'aime voir les yeux des gens qui projettent de m'assassiner.

Sabbee se tenait droite, les jambes légèrement écartées, les poings liés derrière le dos. On arracha brusquement le heaume de sa tête, libérant la masse hirsute de ses cheveux blonds qui se déployèrent jusqu'à la base de ses reins. Les yeux fauves de la jeune femme brûlaient de haine. Les questions de Mélénor ne récoltèrent qu'un mutisme obstiné. Même sous la menace, la princesse refusa de desserrer les lèvres. Le jeune homme renonça rapidement.

– Je vais autoriser la tenue d'obsèques pour votre père. Désirez-vous assister à la cérémonie ?

Pour toute réponse, Sabbee lui cracha au visage. Dehors, l'hiver avait cristallisé le temps. Au pays de Gohtes, le peuple attendait le retour improbable de son roi.

– XIX –

Isadora avançait péniblement dans la neige qui lui montait jusqu'aux genoux. Malgré son souffle court, elle s'entêtait. « J'y arriverai, rien ne peut m'en empêcher. » À cause de son ventre énorme, elle eut du mal à franchir la porte entrebâillée du jardin de Carmine ; bloqué par la neige, le battant refusait de s'ouvrir davantage. La reine s'arrêta le temps de repérer le grand chêne qui surplombait la tonnelle. Indifférente au paysage figé dans la glace, elle reprit sa marche laborieuse et atteignit enfin l'arbre qu'elle contourna pour retrouver ce qu'elle cherchait. Jadis, Mélénor avait gravé leurs prénoms dans l'écorce. Elle sortit un couteau et se mit à tailler méthodiquement l'écorce. D'abord, elle s'appliqua, puis ses gestes devinrent saccadés. Elle éclata en sanglots, scandant à voix haute les grands coups qu'elle assénait au tronc plusieurs fois centenaire :

– Je te hais ! Je te hais ! Pourquoi m'as-tu fait ça ?

La lame s'enfonça si bien qu'elle demeura fichée dans le bois. Isadora frappa alors l'écorce de ses poings nus puis, à bout de forces, elle s'écroula au pied du chêne.

Cassandra avait observé la scène du haut des airs. Elle alla se poser sur la neige qui recouvrait un banc de pierre et reprit sa forme humaine. Le comportement singulier de la reine avait alerté la ministre. La voyant sortir par cette tempête, elle avait décidé de la suivre discrètement. Depuis quelques jours, la détresse de la jeune reine était devenue évidente. Isadora ne bougeait toujours pas, restant là, prostrée, attendant que la neige, lourde et dense, l'ensevelisse enfin.

– Ma pauvre petite ! chuchota Cassandra en s'accroupissant auprès d'elle.

– Je le hais, je le hais. Il avait dit qu'il serait là, bredouilla la jeune femme à travers ses larmes. Il ne m'aime donc pas ?

La Longs-Doigts aida la souveraine à se relever. La soutenant d'un bras ferme, elle la ramena au palais. Elle s'assura d'emprunter des couloirs déserts et conduisit la jeune reine à sa chambre. Elle sécha ses cheveux à l'aide d'une étoffe parfumée, lui massa les mains et les pieds pour les réchauffer, puis la mit au lit. Elle borda soigneusement Isadora et, surprise par son propre geste, l'embrassa sur le front. La reine ouvrit des yeux fiévreux. Son regard exprimait une telle gratitude que Cassandra sentit des larmes lui piquer les yeux. « N'y a-t-il donc aucune limite à la souffrance des hommes ? » se désola-t-elle.

– Accepteriez-vous de rester un moment ? s'enquit la reine d'une pauvre petite voix.

Cassandra lui prit la main et s'assit sur le bord du lit. Bientôt, le souffle de la jeune femme devint régulier.

– Vous étiez l'amie de Carmine, n'est-ce pas ?

La ministre sursauta ; elle avait cru Isadora endormie.

– Le roi Dobfrey nous disait inséparables. Je pense qu'il était un peu jaloux.

Isadora esquissa un sourire blême.

– Mélénor refuse toujours de me parler de sa mère. Dites-moi... Comment est-elle morte ?

Cassandra redoutait la suite tout en la sachant inévitable. La reine insista.

– Je vous en prie, racontez-moi !

– Je doute qu'il m'appartienne de vous raconter tout cela.

– Vous connaissez mon époux, vous savez à quel point il est entêté ; jamais il n'acceptera de me dire quoi que ce soit.

Cassandra baissa les yeux, fuyant le regard fervent de la reine.

– J'ai besoin de comprendre, reprit cette dernière. Je ne veux pas haïr Mélénor, mais il se montre si secret. Je me dis que si je le comprends mieux, je pourrai l'aimer mieux.

La ministre inspira profondément.

– Cette histoire est bien triste, ma reine.

Isadora lui serra la main un peu plus fort puis attendit. Elle savait désormais que Cassandra ne reculerait pas.

– Saviez-vous que Mélénor avait un frère ? commença celle-ci.

– Un frère ?

La reine tombait des nues.

– Oui. Galan avait cinq ans de moins que Mélénor ; il était humain et Carmine l'adorait.

Cassandra s'interrompit, s'absorbant dans ses souvenirs, et reprit lentement :

– Je dois d'abord vous révéler ceci : le sphinx de la reine était un cheval, un magnifique alezan.

– Elle a été le maître d'équitation de Mélénor, n'est-ce pas ?

– Oui. Carmine était une cavalière exceptionnelle. Les chevaux étaient sa passion, mais ils venaient loin derrière Galan. Elle aimait ce garçon par-dessus tout.

– Et pas Mélénor ?

– Bien sûr que si. Elle aimait ses deux fils, mais n'oubliez pas que Galan était humain. Comparativement à elle et son aîné, le jeune prince n'allait pas vivre très longtemps. Peut-être espérait-elle déjouer le temps par l'intensité de son amour.

Isadora caressa son ventre.

– Je peux comprendre cela.

La ministre poursuivit son récit. Sa voix s'enroua, jouant dans les octaves plus basses de l'émotion.

– Un soir de fête, le roi Dobfrey avait beaucoup bu. À cette époque, on faisait brûler de l'urssac au cours des banquets. Fatiguée, Carmine avait décidé d'aller dormir tôt.

Elle se réveilla dans la nuit et fut étonnée de ne pas trouver Dobfrey auprès d'elle. Vous savez, ils étaient très amoureux et Dobfrey passait rarement la nuit dans ses appartements. Il y recevait ses courtisanes mais il dormait chez la reine.

Cassandra se rendit compte que ses propos scandalisaient Isadora.

– Carmine connaissait la nature sensuelle et volage de son mari. Elle l'acceptait comme d'autres supportent les vantards ou les grincheux.

Perplexe et sceptique à la fois, la reine encouragea Cassandra à poursuivre.

– Elle surprit le roi en plein ébat avec la jeune Opale. Ce n'était pas la première fois que son mari se conduisait de la sorte. Mais Opale était la fille de Parise, une autre maîtresse de Dobfrey.

La ministre laissa passer un moment.

– L'effet conjugué du vin et de l'urssac avait peut-être brouillé les esprits de Dobfrey. Cependant, pouvait-il réellement ignorer qu'il faisait l'amour à sa propre fille ? Carmine a giflé Opale et l'a renvoyée. Dobfrey était beaucoup trop ivre, il était inutile de chercher à discuter avec lui. Carmine s'est donc réfugiée dans les écuries pour tenter d'apaiser sa colère. Sensibles aux humeurs de leur maîtresse, les chevaux sont devenus très agités.

Cassandra se leva.

– Malgré son jeune âge, Galan savait toujours où trouver sa mère. D'un pas vacillant, il est entré dans l'écurie, indifférent à la paille souillée qui lui collait aux pieds. Tout endormi, il pleurnichait en se frottant les yeux avec ses poings : « Maman, il y a un méchant dragon dans mon lit. » Une grande jument baie a donné une ruade et a envoyé le petit prince heurter une auge de pierre. Il est mort sur le coup. Le lendemain, le palefrenier a découvert la jument égorgée et plusieurs autres chevaux blessés mortellement. La reine gisait là, inconsciente, serrant désespérément contre elle le cadavre de son enfant.

La vieille dame retourna s'asseoir. Elle sortit un mouchoir de la manche de sa tunique et se tamponna les yeux.

– Le maître des écuries ne savait que faire. Il a d'abord tenté de prévenir le roi mais ce dernier cuvait son vin. Affolé, voyant qu'il ne parviendrait pas à réveiller Dobfrey, le palefrenier est venu me chercher. Lorsque Carmine a repris conscience, elle m'a tout raconté, froidement, d'un air détaché, comme si ce drame ne la concernait pas. Elle m'a dit : « Maintenant, je vais mourir. Ne laisse entrer personne, pas même Dobfrey. Tu as été comme une sœur pour moi, mais je t'en supplie, ne cherche pas à me retenir ; désormais, je suis damnée. La tendresse a déserté mon âme. Veille sur Mélénor, mon précieux fils. Dorénavant, il sera aussi seul que le vent. » Elle n'a plus jamais reparlé.

Isadora n'avait aucun mal à comprendre la souffrance de cette femme brisée. Hantée par les images douloureuses que réveillait le rappel de cette trop triste histoire, Cassandra reprit dans un murmure :

– En tuant la jument, délibérément et poussée par la haine, Carmine avait porté atteinte à sa propre nature. Pire encore, elle avait rompu le pacte des elfes-sphinx. Sa haine des chevaux les tuait lentement, elle et son sphinx. Carmine aurait pu en finir rapidement en se transperçant le cœur, mais elle a choisi de mourir dans d'intolérables souffrances, payant ainsi le prix de ce qu'elle estimait être son crime. Elle s'est abandonnée entièrement à cette haine meurtrière. Jamais elle n'a tenté de la surmonter. Si bien que, les jours passant, le cheval s'est affaibli, entraînant dans la mort ma très chère amie. Dobfrey m'a menacée parce que je refusais de le laisser entrer. Mais comment aurait-il pu s'opposer à la volonté de son épouse, lui qui n'était que trop conscient de sa culpabilité ? Au fil du temps, je sentais grandir son désespoir au même rythme que le mien : « Tout cela est arrivé par ma faute. Je comprends sa colère. Dites-lui que je l'aime et que j'attendrai qu'elle me réclame. » Il a attendu en vain.

– Vous voulez dire qu'elle est morte sans l'avoir revu ?

– Et sans lui avoir pardonné... C'est horrible, n'est-ce pas ? conclut la ministre d'une voix triste. Pourtant, ils avaient des âmes sœurs. L'amour est puissant mais pas infaillible.

– Et Mélénor ?

– Il a passé des journées entières à pleurer devant la porte close de la chambre. Il suppliait sa mère de le laisser entrer. Cela aurait suffi à attendrir le cœur de n'importe qui, mais Carmine ne semblait même pas l'entendre. Le sphinx de la reine est mort et, quelques heures plus tard, elle est morte à son tour. Alors, j'ai ouvert la porte et pris Mélénor dans mes bras. Quand je lui ai dit que tout était terminé, il a cessé de pleurer. Je crois qu'il n'a pas pleuré une seule fois depuis ce jour. Pauvre petit...

– Ne blâmez pas Carmine ! Elle aimait tellement Galan qu'elle ne pouvait vivre sans lui !

– Peut-être bien, mais pour le cœur d'enfant de Mélénor, c'était la pire des blessures. Sa mère ne l'aimait pas assez, lui, pour survivre à son frère.

Dehors, un vent glacial s'était levé et gémissait dans la nuit qui tombait rapidement. Isadora sentit la douleur l'envahir comme une vague brûlante. Sa vue se voila et son front se couvrit de sueur. Une fois la contraction passée, elle se tourna vers Cassandra qui l'observait avec inquiétude.

– Qu'avez-vous, ma reine ?

Isadora lui sourit.

– Je crois bien que l'héritier arrive.

– Je vais chercher la sage-femme.

– Non, non, pas tout de suite, la retint calmement la reine. Rien ne presse. J'aimerais marcher un peu. Aidez-moi à me relever, je vous prie.

Le contact de ses pieds nus sur la fraîcheur du marbre soulagea Isadora. Elle fit lentement quelques pas en respirant à petits coups. Lorsqu'elle se sentit mieux, elle reprit :

– Et Mélénor ? Il a pardonné à son père ?

– Si on m'avait demandé mon avis, jamais cet enfant n'aurait su la part de responsabilité de son père dans cette histoire. Au tout début, le jeune prince a cherché à se consoler auprès du roi, mais ce dernier était rongé par le remords et le chagrin ; il est devenu froid et austère avec tout le monde. Malheureusement, cette attitude a privé Mélénor du seul réconfort qu'il aurait accepté, car même à cet âge, notre jeune prince était extrêmement orgueilleux. Carmine avait vu juste : le futur roi était condamné à une douloureuse solitude.

– Mélénor m'a pourtant raconté qu'il passait des nuits entières à lire en compagnie de son père.

– Quelle misère que ces deux mâles démesurément fiers ! Ils n'ont pas trouvé mieux pour alléger leur peine. Le plus triste, c'est que, en dépit de la froideur de Dobfrey, il lui vouait une affection sincère jusqu'au jour où il a appris la vérité.

– Qui a bien pu être assez stupide pour la lui révéler ?

– Dobfrey lui-même.

– Mais pourquoi ? s'écria Isadora, sidérée. Que cherchait-il enfin ?

– Quand le roi a su qu'il allait mourir, il a fait venir Mélénor dans l'ancienne chambre de Carmine et lui a tout raconté, sans omettre le moindre détail. Je crois qu'il espérait se libérer de son fardeau en quêtant le pardon de son fils.

– Et il l'a obtenu ?

– En paroles, oui. Du fond de son cœur, j'en suis moins certaine.

– Je comprends mieux maintenant le silence de mon mari. J'ai été puérile d'imaginer que c'était un manque de confiance en moi.

– Mélénor a beaucoup d'estime pour vous.

– Il m'estime mais... m'aime-t-il ?

– Personne ne sait ce qui naît et meurt dans le cœur d'autrui.

– Vous êtes sage et bonne, madame.

Cassandra ne répondit pas. Les deux femmes reprirent leur marche silencieuse entre la chambre et le boudoir. Après un moment de réflexion, Isadora lança :

– L'important, c'est que je connaisse mes propres sentiments, vous ne trouvez pas ?

– Tout juste. Il faut cependant avoir le courage de les assumer.

– Le courage, répéta Isadora, pensive. Il m'en manque parfois. Par exemple, quand je pense aux douleurs qui viennent, je ne me sens pas du tout courageuse, plaisanta-t-elle.

La contraction suivante fut plus forte.

– Tout compte fait, Cassandra... Vous permettez que je vous appelle Cassandra ?

– Bien sûr !

– Tout compte fait, il vaudrait mieux aller chercher la sage-femme.

Aux petites heures du matin, tandis que la tempête faisait rage et que la valetaille excitée courait en tous sens dans le palais, Isadora mit au monde la fille de Mélénor.

– XX –

En dépit de l'heure matinale, Milirin trouva Mélénor déjà debout. Il faisait encore nuit dans la chambre du roi.

– Vous n'avez pas bien dormi, n'est-ce pas ?

– Avec tous ces gens qui rêvent de me réduire en bouillie, persifla le roi, je vois mal comment je pourrais dormir paisiblement !

En quittant la vallée sans plus de discussion, Verlon avait concédé la ville de Celtoria au roi de Gohtes, contraignant ainsi ce dernier à s'y établir. Il fallait démontrer aux citoyens que leurs menaces ne viendraient pas à bout de la détermination de leur nouveau roi. Le roi de Yzsar n'avait pas fait de cadeau à Mélénor ; il n'ignorait pas que la capitale représentait le plus grand défi au rétablissement de la paix. Les paysans, vivant sur des terres reculées de leurs maigres ressources, ne risquaient certes pas de mettre le nouveau gouvernement en péril. Les terres agricoles que Verlon avait acquises dans le partage seraient hors de tout doute plus faciles à gérer que le bouillon de révolte qu'il avait gracieusement abandonné à Mélénor.

Après avoir âprement négocié avec Naq, Milirin avait soutiré sa juste part du trésor de Bortka. L'or ne manquait donc pas pour acheter la douteuse loyauté des principaux ministres et fonctionnaires de l'ancien régime. Les uns comme les autres n'avaient qu'une seule préoccupation : conserver leurs privilèges. Cependant, le vieil homme avait dû remplacer un certain nombre de magistrats récalcitrants, car rien ne pouvait protéger le roi contre ces fanatiques. Les mesures exceptionnelles que le chancelier avait mises en place afin d'assurer la sécurité de Mélénor faisaient en sorte que le roi se sentait prisonnier dans le château de Trevör.

– Milirin, si je reste ici plus longtemps, je vais devenir fou.

– Vous êtes, en effet, dans une situation difficile.

– Même si le calme tarde à revenir, je dois retourner à Döv Marez. Il faut mettre sur pied l'administration des nouveaux territoires et... il y a Isadora...

– Et votre héritière !

Grâce au miroir, Cassandra avait pu prévenir Mélénor de la naissance de sa fille. Toutefois, le roi était trop préoccupé par ses nouveaux problèmes pour ressentir les effets de cette troublante réalité. Il se regardait dans la glace et se répétait « Je suis père », mais cet état de choses n'éveillait aucune émotion en lui.

– Je partirai bientôt, mais je n'emmènerai que mon escorte habituelle. Tu vas devoir rester ici, car j'ai besoin d'une personne de confiance.

– Je suis à vos ordres, mon roi.

– Puisque Vor Garet surveille les frontières de Yzsar, je confierai au général Vor Fasor le commandement des troupes qui doivent patrouiller les autres régions. Avec le retour du printemps, je crains de nouvelles insurrections.

– Partirez-vous par la route ?

– Non, nous prendrons la mer, ce sera plus rapide. Dis à l'amiral de préparer l'embarquement.

– Je le préviens immédiatement ainsi que monsieur Alban. Y a-t-il autre chose ?

– Je ne peux pas libérer la princesse Sabbee. Par contre, j'aimerais qu'elle soit traitée conformément à son rang. Après tout, nous ne sommes pas des barbares. Ou si peu, marmonna-t-il pour lui-même. Pourrais-tu demander à la duchesse Ez Breaimes de venir me voir le plus rapidement possible ?

– Certainement, Majesté. Quand devez-vous partir ?

– Le plus tôt sera le mieux.

– Et quand comptez-vous revenir à Celtoria ?

– À la fin du printemps. Je ne veux pas te laisser seul trop longtemps dans ce nid de vipères.

✧

– Vous désiriez me voir, Votre Altesse ? demanda la duchesse quand elle eut salué le roi d'une révérence respectueuse.

– Asseyez-vous, ma chère Leila.

Les événements des dernières saisons avaient transformé les relations qu'entretenaient Mélénor et la jeune femme. Comme le souverain refusait de la laisser voyager sans escorte, Leila avait été forcée de suivre l'armée. Après avoir boudé un certain temps, elle avait décidé de se rendre utile, chassant du même coup son ennui. Elle avait proposé de prendre en charge les services de l'arrière-garde, tâche à laquelle elle s'était attelée avec enthousiasme et compétence.

Avec l'aide de Polan, Leila avait organisé le fonctionnement des unités de soigneurs et établi les procédures d'évacuation des blessés. Marius et Drago lui avaient tout appris quant aux exigences du ravitaillement et des campements. Grâce à la complicité de Swalag, l'hermaphrodite, et de Lucas, le maître cavalier, elle avait mis sur pied une équipe de messagers si efficace que Mélénor lui attribuait une grande part du succès de leur campagne. La duchesse avait même réussi le tour de force d'empêcher Gil le coq de terroriser les employés de ses cantines. Le père de la jeune femme aurait été très fier de la rigueur et de la discipline de sa cadette.

L'arrière-garde de l'armée de Gothes n'avait rejoint Celtoria que huit jours auparavant. Mélénor avait insisté pour que la duchesse s'installe au château. Sa beauté farouche continuait d'émouvoir le roi.

– Vous êtes devenue une alliée indispensable, madame.

– Vous exagérez sans doute, sourit-elle avec grâce.

– Avant de protester, attendez de connaître ma requête.

La curiosité se peignit sur le visage expressif de Leila.

– J'aimerais que vous voyiez aux conditions de détention de la princesse Sabbee. En tant que femme, vous saurez mieux que moi ce qu'il convient de faire pour lui permettre de conserver sa dignité dans les circonstances.

– Comment est-elle ?

– Elle exsude la haine par tous les pores de sa peau. Ce ne sera pas facile ; elle va certainement se montrer ingrate envers vous.

– Dans sa situation, je serais moi aussi vindicative et ingrate.

– Je suis plutôt enclin à vous croire ! la taquina le roi.

Il la vit se mordre la lèvre.

– Vous en avez envie, n'est-ce pas ? demanda-t-il en se penchant vers elle.

– De quoi ?

– Qu'on se chamaille comme avant... juste un peu, pour s'amuser !

Elle sourit en secouant la tête.

– Plus maintenant, mon roi.

Son sourire s'évanouit aussitôt.

– Pas après avoir vu autant d'horreurs. Nos anciennes querelles me semblent tout à coup aussi vaines que puériles.

– Vous avez raison, cette guerre nous a transformés.

– Qui peut demeurer insensible devant un tel gâchis ? Il faudrait être privé de toute humanité pour y parvenir.

– Vous pensez que j'ai eu tort, que j'aurais pu éviter ce... gâchis, comme vous dites ?

– Vous n'aviez pas le choix. C'est bien là le drame, avec les guerres ; elles semblent toutes incontournables et légitimes.

– Du point de vue de celui qui la déclare, du moins !

– Évidemment, mais...

– N'hésitez pas, Leila. Dites-moi le fond de votre pensée.

– La vérité est mouvante et les hommes sont si faillibles.

Mélénor se leva pour aller à la fenêtre. Un soleil frileux tentait de percer le brouillard qui enveloppait le port. Le roi frissonna.

– Voilà pourquoi je n'arrive plus à dormir...

✧

Leila n'entretenait aucune illusion quant à ses nouvelles tâches ; elle devinait que ses efforts seraient payés de mépris. Cela ne l'empêcha pas de faire de son mieux. Elle fit d'abord conduire la princesse dans une grande pièce au sommet d'une tour. La puanteur des cellules communes ne parvenait pas jusque-là et la vue était magnifique. Ensuite, au grand désespoir des hommes qui durent forcer comme des bêtes, elle ordonna qu'on monte une immense baignoire. Elle ignora les jurons des geôliers quand elle leur demanda de l'eau chaude pour la remplir. Le chef des gardiens leva sur elle des yeux incrédules.

– Mais cela représente des tas de va-et-vient ! s'insurgea-t-il.

– Et alors ? On ne vous paie pas pour ménager vos semelles !

La corvée du bain terminée, les hommes firent encore plusieurs virées dans les escaliers étroits, hissant en ahanant les malles que Leila avait retrouvées dans les appartements de la princesse. La plupart des caisses contenaient des vêtements et des bijoux mais certaines, bien plus lourdes, étaient remplies de livres finement reliés. Lorsque tout sembla à sa convenance, Leila rassembla les geôliers pour leur donner ses instructions.

– La princesse recevra les mêmes repas que les officiers. Le matin, vous lui apporterez de l'eau chaude...

Leila pointa un doigt autoritaire sur le chef des gardiens :

– Pleine, la baignoire !

– Oui, m'dame ! acquiesça-t-il d'un ton maussade.

– Et, surtout, ne lui manquez jamais de respect. Me suis-je bien fait comprendre ?

Les responsables des cachots fixaient le bout de leurs chaussures. Elle insista :

– Ce sont les ordres du roi et soyez assurés qu'il punira sévèrement tout manquement à ses volontés. Je veillerai personnellement à ce qu'il soit informé de toute inconduite.

Vaincus, ils hochèrent la tête.

– Bien, m'dame !

Tandis qu'elle s'apprêtait à quitter le donjon, un cri de terreur retentit dans l'espace confiné des murs de pierre.

– Qu'est-ce que c'est ? Vous torturez vos prisonniers ? s'indigna Leila.

– Mais non, ce n'est que le fou.

Le geôlier fit une moue contrariée, plissant une vilaine cicatrice qui déformait la commissure de ses lèvres.

– Il est un peu bizarre, le bonhomme. On ne sait pas qui il est ni d'où il vient. Habituellement, il se tient tranquille, le regard perdu dans le vide.

Le chef n'aimait pas voir ses hommes lui voler la première place. Bousculant son compagnon, il avança d'un pas vers la duchesse et prit une mine accablée.

– Quand il sort de sa torpeur, c'est toujours pareil ; d'abord, il hurle à vous donner froid dans le dos, ensuite...

Un des gardiens, qui suait encore d'avoir autant travaillé, lui coupa la parole.

– Vous allez voir, il va arrêter de hurler brusquement et se mettre à appeler les monstres des marais. Ça peut durer des heures.

Trop heureux de retenir l'attention d'une si belle dame, les hommes prirent la pose et, d'un seul et même geste, ils tranchèrent l'air de leur main droite. À cet instant précis, les hurlements cessèrent. La plainte qui s'éleva alors pétrifia le cœur de Leila. Des sanglots déchirants accentuaient le caractère sinistre du refrain insensé : « Les lanons... les lanons... les lanons... »

– C'est un fou, je vous assure, conclut le chef en saisissant le coude de Leila pour l'entraîner vers la sortie. Quand il va mieux, il répète sans cesse qu'il doit prévenir le roi Trevör. Le prévenir de quoi ? Personne ne le sait. Probablement qu'il l'ignore lui-même. Quoi qu'il en soit, au bout d'un moment, il finit toujours par retomber dans son mutisme.

Leila n'écoutait plus les geôliers. La plainte l'obsédait : « Les lanons... les lanons... les lanons... » Le gardien à la cicatrice s'approcha à son tour de la duchesse.

– Mon beau-frère n'est qu'un prétentieux qui croit tout connaître mais il m'a parlé des lanons. Ce sont des esprits maléfiques qui hantent les marais en s'accrochant aux vapeurs ou aux brouillards. Ils terrorisent les vivants en prenant des formes monstrueuses et...

Leila dégagea son coude d'un geste brusque.

– Il faut que je voie cet homme.

– Il est comme une bête, la prévint le gardien, croyant la dissuader.

– Conduisez-moi auprès de cet homme, boudin de crétin !

Les gardiens n'avaient jamais entendu une femme de son rang jurer. Ils la précédèrent sans plus dire un mot.

Derrière les barreaux, l'homme tournait en rond, visiblement en proie à une hallucination. Les yeux exorbités du pauvre fou semblaient voir et revoir une scène abominable. Ses vêtements en lambeaux pendaient sur ses pieds nus et crasseux. Sa barbe et ses cheveux n'avaient pas été lavés ni coupés depuis des lunes.

– Les lanons... les lanons...

Leila saisit les barreaux et pressa son visage contre le métal froid. Les inflexions légèrement traînantes du phrasé réveillaient ses souvenirs :

– Leila non... Leila non...

– Thiery ? souffla-t-elle, ravagée par le spectacle déchirant qu'offrait son mari.

L'homme tourna un regard vide vers elle. À sa vue, il eut un violent sursaut qui le projeta contre le mur de sa cellule. Il se recroquevilla dans un coin et hurla de plus belle tandis que le chef des gardiens s'approchait de la duchesse exsangue.

– Jamais il ne réagit ainsi. On dirait que vous l'effrayez, m'dame.

À l'intérieur de sa cellule, Thiery regardait son épouse comme s'il s'agissait d'une goule répugnante. Dans la solitude de son donjon, même la princesse Sabbee entendit les cris de terreur que poussait le duc.

✧

Alban prit la situation en main quand, en désespoir de cause, les geôliers vinrent le prier d'intervenir. Incontrôlable, Leila résistait de toutes ses forces aux gardiens qui tentaient de l'arracher à la grille. Elle lançait de vigoureux coups de pieds et mordait cruellement les mains qui cherchaient à détacher ses doigts aux jointures blanchies des barreaux qui la séparaient de l'homme qu'elle aimait. Des larmes de douleur et de frayeur roulaient sur ses joues. Que s'était-il passé ? Qu'est-ce qui avait fait perdre la raison au duc ?

– Madame, l'appela doucement Alban, madame, venez. C'est vous qui lui faites peur.

Patient, Alban parla longuement à la duchesse, répétant inlassablement les mêmes phrases. La jeune femme finit par se laisser entraîner à l'extérieur, épuisée. Thiery se calma dès qu'elle fut hors de sa vue.

Le chambellan raccompagna Leila à ses appartements. L'ayant confiée aux bons soins d'Ubert et après lui avoir promis des dizaines de fois qu'il allait se charger de son mari, Alban retourna aux cachots. Il interrogea les geôliers qui lui répétèrent ce qu'ils avaient déjà dit à Leila.

– Il ne faisait de mal à personne. Il se contentait de hanter les ruelles et de cueillir sa pitance dans les poubelles. Mais, à cause de ses crises, il effrayait les citoyens. Les miliciens nous l'ont amené et on l'a enfermé ici pour le protéger, de lui-même autant que des autres. Le capitaine de la milice a cru bon de nous le confier. Après tout, le pauvre type n'arrêtait pas de répéter qu'il devait prévenir le roi... euh ! l'ancien roi, je veux dire...

– L'avez-vous fait ? Avez-vous conduit le duc auprès de Trevör ?

– Oui. On a cru que ça l'aiderait à guérir de sa folie, mais il n'a jamais compris qu'on l'avait conduit à celui qu'il réclamait. L'esprit de cet homme est dérangé. Voyant cela, le roi Trevör nous a demandé de le mettre à l'abri.

– À l'abri... Je le trouve plutôt mal en point !

– On a fait de notre mieux... Ce n'est pas une officine de guérisseur, ici !

– Est-il dangereux ? s'informa Alban.

– Pas du tout. Seulement très bruyant.

Le chambellan exigea donc qu'on installât le duc dans une des chambres du palais. Il alla chercher Ubert, qui veillait sur son amie endormie.

– Il faut que quelqu'un s'occupe de lui mais sa femme ne peut pas l'approcher.

– Je m'en charge, soyez sans crainte.

– Très bien, Ubert. Je vais prévenir de ce pas le roi que nous avons retrouvé le duc Ez Breaimes.

Ubert couva Thiery d'un regard triste.

– L'avons-nous vraiment retrouvé ?

✧

– Pour le moment, il mange tranquillement une tartine de fromage frais. Il a bon appétit, racontait Ubert à Leila.

Cette dernière le remercia pour ses soins attentifs mais demeura abattue. Quand Mélénor vint s'enquérir de sa santé, Ubert s'éclipsa discrètement. Le roi s'assit au chevet de la duchesse.

– Je suis vraiment désolé de ce qui vous arrive.

– L'homme que j'aime me voit comme un monstre... C'est trop horrible ! Que s'est-il donc passé ?

– Je l'ignore mais il est évident que Thiery ne vous reconnaît pas... Il ne se comporterait pas ainsi... Cela n'a aucun sens.

– Vous croyez ? demanda-t-elle, le yeux brillants d'espoir.

– Avez-vous oublié que vous êtes vêtue comme un homme ? lança-t-il, tentant de la dérider.

– Oh !

– Je vous ai connue bien plus coquette, ajouta-t-il, soucieux de garder un ton léger.

– Vous savez, je commence à y prendre goût. C'est tellement plus confortable, surtout quand il faut suivre un roi tyrannique à travers la moitié d'un continent en guerre.

Mélénor sourit gentiment à cette attaque amicale.

– Je l'avoue bien humblement, il m'arrive parfois de me comporter comme un idiot. Mais je vous interdis de le répéter à quiconque.

Le jeune monarque aurait dit n'importe quoi pour alléger l'humeur de la duchesse. Celle-ci secoua la tête énergiquement.

– Je devrais plutôt vous remercier, mon roi. Si vous m'aviez laissée repartir comme je le désirais, je n'aurais jamais retrouvé Thiery. Il serait probablement mort ici, sans que personne découvre sa véritable identité.

Cette perspective fit frissonner la jeune femme. Un éclair traversa soudainement ses yeux rougis.

– Vous avez peut-être raison, mon roi. Pour les vêtements...

Elle lui parla de la robe de soie bleue que la reine Delia lui avait donnée le soir de leur arrivée à Corvo. C'était la seule tenue séduisante en sa possession.

– Eh ! bien, qu'attendez-vous pour enfiler cette robe ? Coiffez aussi vos cheveux. J'espère être témoin de vos retrouvailles... Ainsi, j'aurai rempli ma promesse et je serai enfin débarrassé de vous.

Le rire de Leila lui fit chaud au cœur. Elle quitta immédiatement le boudoir et il attendit patiemment qu'elle revienne. Elle lui parut si belle, dans la lumière des bougies, qu'il éprouva un brusque élan de désir.

– Comment vous sentez-vous ?

– Aussi nerveuse qu'une jouvencelle, avoua-t-elle en inspectant son reflet dans une glace.

– Vous êtes splendide.

Mélénor lui offrit son bras et ils se dirigèrent cérémonieusement vers les nouveaux appartements du duc.

✧

Thiery ne reconnut pas son épouse ; il hurla jusqu'à ce que le roi entraîne Leila hors de la pièce. Elle pleurait tant et tant que le jeune homme dut presque la porter jusqu'à sa chambre. Il lui versa du vin et insista pour que la jeune femme vide sa coupe. Leila sentit une chaleur réconfortante se répandre dans ses membres. Le visage un peu rouge, elle se leva soudainement et se dirigea vers la porte. Le message était on ne peut plus clair ; elle préférait rester seule.

– Je suis désolée de vous avoir importuné avec mes histoires. Merci pour tout, Altesse. Je sais que vous cherchiez à m'aider.

Tandis que le roi la rejoignait, la jeune femme prit conscience de la caresse de la robe sur sa peau nue. Elle glissa sa main sur sa cuisse et un agréable frisson de plaisir la parcourut. Mélénor la regardait avec insistance. Leurs yeux se croisèrent et Leila referma la porte. Le roi entoura de ses mains la taille de la duchesse et, au contact de la soie, il lui sembla que tout son être explosait de désir. Ils s'embrassèrent d'abord tendrement, puis une sorte de fureur s'empara d'eux. Ils firent l'amour avec fièvre, encore à moitié vêtus. Les contractions de jouissance de Leila firent perdre la tête à Mélénor. Il déchira la robe afin de libérer ses seins généreux et s'abandonna au plaisir à son tour. Lorsqu'il s'écroula sur le corps brûlant de Leila, il comprit que quelque chose n'allait pas.

– Je... je ne sais pas ce qui m'a pris ! s'excusa-t-il, mortifié.

La honte et l'horreur se lisaient sur les traits de sa compagne.

– Mais qu'est-ce que j'ai fait ? Ce n'est pas possible ! J'aime Thiery... Cela n'aurait jamais dû se produire !

Mélénor rajusta ses vêtements en désordre. Ce faisant, il s'emmêla les doigts dans les lambeaux de soie bleue. Il la repoussa avec dégoût.

– C'est cette robe... On dirait qu'elle est ensorcelée.

Leila toucha l'étoffe chiffonnée avec répugnance. Elle eut le même réflexe que Mélénor.

– C'est affreux, gémit-elle. Pourquoi la reine Delia a-t-elle fait cela ?

L'esprit de Leila se rebellait. Comment pouvait-on perdre ainsi la maîtrise de soi-même ? Elle était là, nue devant cet homme qu'elle n'aimait pas, bouleversée parce qu'elle avait éprouvé dans ses bras un plaisir d'une rare intensité.

L'amertume et la rage firent à nouveau rouler de grosses larmes sur ses joues. D'un geste furieux, elle les essuya en tournant le dos à Mélénor. Aussi troublé qu'elle, il alla lui chercher une chemise. Il la força à s'asseoir et s'accroupit devant elle.

– Écoutez-moi bien, Leila, dit-il en la fixant droit dans les yeux. Nous allons tous deux oublier ce qui vient de se passer. Cela ne s'est jamais produit. Nous avons été abusés. Pour quelle raison et dans quel but ? Je l'ignore. Mais nous ne pouvons revenir sur ce qui est fait.

– Ça restera notre secret ? implora-t-elle.

– Personne ne saura jamais ! promit-il, farouche.

Sur ce, il saisit le tisonnier et ramassa les vestiges de la robe qu'il lança dans les braises rougeoyantes. Des flammes anormalement hautes et vertes léchèrent le tissu qui se consuma en dégageant une horrible odeur de soufre.

– XXI –

Quelque part au nord des territoires nouvellement conquis, Verlon Kom Yzsar menait la grande vie dans le château réquisitionné d'un baron de Bortka. Sa belle Delia l'y avait enfin rejoint. Ils se prélassaient sur un lit gigantesque, point central d'une chambre décorée dans ce style décadent qu'apprécient les gens qui ne comptent plus leur richesse. Delia contemplait sans répugnance le corps tavelé de son époux. Elle le caressait lentement, attentive à ses moindres réactions. Le moment était venu de poser la question que le petit roi attendait.

– À qui as-tu envie de faire l'amour cette nuit ?

– J'attends tes propositions.

La reine aimait bien que Verlon lui laisse l'initiative. Elle se leva et étira langoureusement son corps mince et souple, exposant sa nudité. Le léopard sur l'abdomen de l'elfe-sphinx semblait s'être endormi malgré l'excitation qui gagnait Verlon. Sur la hanche de la reine, une tourterelle lissait soigneusement ses plumes.

Une forte odeur de soufre envahit soudainement la pièce. Delia repéra rapidement les volutes de fumée verte qui vinrent aussitôt s'enrouler autour de ses longs membres gracieux. Un frisson de plaisir la saisit et Verlon vit la pointe de ses seins se dresser. Le roi soupira d'aise en constatant que son épouse semblait dans une forme exceptionnelle.

La sorcière se dirigea vers une table où étaient disposées plusieurs fioles de formes et de couleurs variées. Elle prit un flacon rempli d'une substance laiteuse qu'elle appliqua sensuellement sur sa peau offerte à la caresse insistante de la fumée verte.

– On dirait que Leila n'a pas apprécié son cadeau, roucoula-t-elle.

Une robe de soie rouge se matérialisa sur le corps de Delia.

– Je croyais qu'elle était bleue, cette robe ! s'étonna Verlon.

– C'est parce que notre grand maître y avait ajouté sa touche personnelle..., une petite surprise pour la belle amie de Mélénor.

– Parlant de Leila, tu sais que j'ai été très déçu. Tu m'avais pourtant promis que nous l'aurions dans notre lit. Quel dommage !

– Je ne pouvais pas savoir qu'elle serait assez forte pour résister au pouvoir sensuel de la robe. Ah ! Leila, la très belle Leila !

Au timbre de voix de Delia, le roi de Yzsar sut que le moment était venu. Il se cala confortablement dans une montagne d'oreillers afin de mieux profiter du spectacle. Delia retira la robe rouge qu'elle laissa tomber en fermant les yeux. Sa chair se mit à trembler. La couleur de sa peau se mua l'espace d'un instant en un mélange écœurant de blanc crème et d'ambre clair. Ses os craquèrent, émettant un bruit sinistre, et ses cheveux blonds furent saisis de mouvements désordonnés qui dissimulèrent partiellement le masque horrible de son visage en transformation. Lentement, elle devenait Leila. Verlon sentit son excitation monter d'un cran lorsque le sosie de la duchesse se mit à danser de façon provocante. Mais, au bout d'un moment, le roi soupira, exaspéré.

– Finalement, je crois que je préférerais quelqu'un d'autre, dit-il d'un ton boudeur. Celle-là m'a trop frustré.

Delia cessa de danser.

– Qui donc pourrait t'inspirer ? Laisse-moi voir si j'arrive à lire dans tes pensées !

Le rire de Leila se transforma en même temps que son corps. Mélénor se tenait maintenant devant Verlon. Le chêne s'étalait, majestueux, sur la poitrine du faux roi de Gohtes, mais ce dernier ne demeura pas digne bien longtemps. Il grimpa sur le lit et avança à quatre pattes en balançant ses fesses musclées sous les yeux amusés de Verlon.

– Pas celui-là non plus... Je l'ai assez abusé à Celtoria !

Le rire de Mélénor produisit tout à coup des notes cristallines. Jaad l'avait remplacé.

– Au figuré, oui ! Dommage, tu as manqué quelque chose, très cher. N'oublie pas que j'ai réellement partagé le lit de Mélénor et je dois avouer qu'il est plutôt doué.

Jaad était une invention de Delia, une pure merveille pour laquelle Verlon éprouvait habituellement une véritable fascination. Ce soir-là, pourtant, cet étalage de beauté le laissa de glace ; la remarque élogieuse sur les prouesses de son rival avait fini par assombrir son humeur. Delia voulut réparer sa bévue et Mizzie apparut. Mizzie, la douce maîtresse d'Alban...

– Hier, j'ai passé un petit moment avec le général Forban. Tu voulais savoir ce qu'il complote ? Eh ! bien, ça n'a pas été difficile de lui tirer les vers du nez. Les hommes deviennent bavards après l'amour, surtout quand ils n'ont pas la conscience tranquille. Il compte profiter de la prochaine réunion des ministres pour les convaincre de nous...

– ...détrôner ?

– Non, de nous assassiner !

– Voilà donc ce qu'ils mijotent. Sont-ils nombreux à l'appuyer ?

– Assez pour occuper Naq une journée entière !

– Ah, Naq ! En voilà un sur qui nous pouvons toujours compter.

Mizzie s'étendit sur le flanc, offrant à la caresse de Verlon son opulente poitrine. Son souffle chaud chatouilla l'oreille du roi.

– Aussi loyal que dépravé... Merveilleuse combinaison, tu ne trouves pas ?

Le mari de Delia réagit favorablement à la nouvelle apparition. Le corps nu de Naq s'enfonça lourdement dans le lit, entraînant contre lui le ventre rebondi du petit roi. Ce dernier tirait un plaisir pervers de la contemplation de ce corps difforme affublé d'un pénis énorme sous lequel ne pendait qu'un testicule. Mais ce qu'il aimait par-dessus tout, c'était quand le sphinx étirait ses pattes pour remplacer la jambe et le bras manquants. Sur la poitrine de Naq, la gueule bestiale de l'ours s'ouvrait sur une rangée de crocs meurtriers et elle rugissait de concert avec le monstre quand le sperme jaillissait de son sexe géant. Delia était la seule maîtresse consentante de Naq, ce qui lui valait de connaître tous ses vices. La reine ne manquait pas de reproduire ces comportements dépravés pour le plus grand plaisir de son mari. Évidemment, pour le sperme, il y avait la magie.

Naq fut bientôt remplacé par Delia, qui renvoya à son époux un sourire mystérieux.

– Ah, ah ! Tu viens d'avoir une idée, toi. Je te connais trop bien, ma chérie !

Delia s'assit, les chevilles croisées devant elle. Ses cuisses ouvertes laissaient voir son sexe blond. Sous son pied gauche s'épanouissait son vrai sphinx ; la tourterelle n'était qu'un leurre. Quelle que soit la forme prise par la reine, jamais le caméléon ne disparaissait de la plante de son pied. Par sa faute, tous les personnages de Delia avaient une démarche disgracieuse. Verlon renversa la tête pour s'abandonner aux caresses expertes de son épouse.

– Montre-moi ton vrai visage, soupira-t-il.

Elle lui tira enfin un gémissement de plaisir.

– Verlon, je te l'ai dit cent fois : jamais tu ne verras mon vrai visage. Inutile d'insister.

– Pourquoi tant de mystère ? se lamenta-t-il d'une voix geignarde.

– Parce que les secrets t'excitent. Mais cette nuit, je te promets l'extase. Regarde bien !

La main de Delia glissa suavement sur le ventre de son mari avant de se transformer dans le tremblement caractéristique de sa chair. Des taches apparurent sur la main en mouvement et Verlon se retrouva devant son double. Le désir le saisit, triomphant de toute velléité de résistance.

– Je t'aime !

Cette nuit-là, le roi de Yzsar n'eut aucun mal à jouir plusieurs fois, caressant et déshonorant sa propre image avec la même perversité.

– XXII –

Cassandra se tenait à la gauche d'Isadora quand, toutes les trois, elles se présentèrent devant la foule. La ministre observa avec satisfaction l'effet de leur apparition sur le peuple rassemblé. Encore une fois, Isadora avait fait le bon choix ; la reine avait insisté pour porter elle-même sa fille : « C'est ainsi que je désire accueillir mon mari. » Les couvertures superposées protégeaient le bébé du froid mordant de ce printemps tardif. Même si on ne lui voyait que le bout du nez, le peuple surexcité applaudissait l'héritière autant que la reine, qu'il jugeait attendrissante dans son nouveau rôle de jeune maman. Jamais Isadora n'avait été aussi populaire.

Cassandra leva les yeux vers le ciel. Elle aurait tellement aimé survoler la baie pour aller à la rencontre de la troupe plutôt que de rester là, sur la rive battue par le vent, à attendre que les barques accostent enfin. La première lune était montée dans le ciel mais sa lumière ne suffisait pas à éclairer les embarcations. C'est à peine si on distinguait les points lumineux des flambeaux de proue.

Une nervosité inhabituelle agitait la vieille dame. La fête n'était pas la cause de son anxiété ; elle l'avait organisée à la demande de Mélénor et tout semblait se dérouler à merveille. La ministre sentait son cœur se serrer quand elle pensait à la surprise qu'elle réservait au roi ; il risquait de ne jamais lui pardonner son initiative.

Elle revoyait encore le visage défait de son protégé. Ce matin-là, Mélénor avait utilisé son miroir, cherchant un peu de réconfort auprès de sa ministre. En quelques minutes, Cassandra avait mesuré l'ampleur du découragement du jeune souverain ; l'atmosphère oppressante du pays de Bortka l'accablait visiblement.

– C'est horrible ici, le peuple n'admet pas sa défaite. La révolte gronde à la moindre occasion, nous obligeant à des actes de répression brutale. Tout ce sang, encore...

– Ça s'arrangera avec le temps, mon prince, avait-elle dit pour le rassurer.

– Peut-être... Enfin, je l'espère !

– Vous devez demeurer confiant.

– J'essaierai, avait-il laissé tomber sans grande conviction.

– Pensez-vous rentrer bientôt ?

– Je vais venir mais je ne pourrai pas rester longtemps. J'ai besoin de l'affection de mon peuple.

– Le peuple a également besoin de vous. Cette guerre a semé le deuil partout dans le pays et la morosité gagne la nation maintenant que la victoire est acquise. Votre présence en apaisera plus d'un.

– Mon retour pourrait être le prétexte d'une grande fête ? suggéra le roi.

– Excellente idée ! Je m'en charge. Quand donc arriverez-vous ?

– Au début des lunes des torrents. J'aimerais que vous recensiez les familles des soldats morts au combat ; la souffrance de leur perte est déjà bien assez grande, je ne voudrais pas, en plus, les laisser vivre dans l'indigence. Les coffres du royaume de Bortka serviront à améliorer leur sort.

Passant sous silence la trahison de Verlon, Mélénor avait ensuite donné des détails quant aux richesses colossales que la victoire lui avait values ; les veuves de cette guerre pourraient au moins mener une vie décente. Cassandra avait félicité le roi pour sa générosité.

– Personne ne restera insensible devant votre bonté.

– Si seulement c'était de la bonté, madame ! C'est la culpabilité qui me motive. Et croyez-moi, il n'y a pas lieu d'en être fier.

À la suite de leur conversation, et pleinement consciente de la gravité de sa décision, Cassandra avait pris cette initiative qui lui causait maintenant un tel sentiment d'angoisse. Elle scruta une fois de plus la nuit sombre ; l'eau et le ciel se confondaient dans la même couleur de suie, noyant par moments les points lumineux des barques qui approchaient avec une lenteur désespérante.

Si les gens cloués sur la rive distinguaient mal les embarcations, les voyageurs, pour leur part, jouissaient d'une vue magnifique. Tout en s'agrippant aux frêles esquifs que les vagues ballottaient effrontément, les hommes de Mélénor contemplaient, émus, la scène qui s'offrait à eux.

Une immense tente avait été érigée sur la grève pour que s'y abrite la foule venue les attendre. Des centaines de lampes transformaient le chapiteau en un îlot de lumières scintillantes et accueillantes. Au sommet du cap rocheux, le château brillait de mille feux dans la nuit. Le roi pouvait suivre la progression des citoyens qui descendaient les rues de la ville en direction de la mer. Ils portaient des torches qui soulignaient le parcours sinueux convergeant vers la plage. Par moments, le vent étouffait ses plaintes pour porter jusqu'à eux les échos d'une musique triomphale.

– Je n'ai jamais été aussi heureux !

En disant cela, Mélénor se tourna vers son compagnon qui refoulait difficilement ses larmes. Alban attendit que sa voix reprenne sa fermeté avant de répondre :

– Il y a tout juste un an que nous sommes partis. Pourtant, ça m'a paru une éternité.

Son ami hocha doucement la tête.

– Lorsque nous avons pris la route du Walon, nous ne pouvions pas deviner quelles aventures nous allions vivre.

Le soupir d'Alban se perdit dans la fureur d'une rafale.

– Nous avons connu le meilleur et le pire..., côtoyé tour à tour la splendeur, l'insolite et le mystère...

– La misère et la guerre...

– Puis la trahison...

– Et la révolte d'un peuple outragé...

Alban resta un moment silencieux.

– Tu n'oublies rien ?

Mélénor le regarda en fronçant les sourcils.

– De quoi parles-tu ?

– Je parle de ce qui t'a troublé le cœur et le corps..., une belle femme à la peau sombre et parfumée.

Le roi baissa les yeux, fuyant l'examen sévère de son ami.

– J'ai du mal à me souvenir de l'homme que j'étais alors.

– Je peux te rafraîchir la mémoire si tu le désires. Je me souviens d'un jeune imbécile terrorisé par sa femme qui...

– Tu racontes toujours tout de travers.

– Nan ! Au contraire, j'ai une excellente mémoire...

– Cesse de dire des âneries !

Le roi passa une main rude sur le crâne complètement dégarni de son ami. Alban avait abdiqué et rasait maintenant les quelques mèches filasse qui s'entêtaient encore à rebiquer derrière ses oreilles. Il chassa la main de Mélénor d'un geste courroucé.

– Jaloux ! Certaines femmes trouvent cela très séduisant, tu sauras !

– Tu m'en diras tant !

– Mizzie me trouvait beau.

– Toi ? Laisse-moi rire ! T'es moins beau qu'un crapaud...

– T'as le minois d'un putois...

– T'es joli comme une truie...

– T'as l'haleine d'une baleine...

Le jeune monarque se trouva à court de mots. Ce qui lui coûta deux pièces d'or.

✧

Leila, Thiery et Ubert partageaient la barque des éclaireurs. L'ami de la duchesse avait eu l'idée de génie de bander les yeux de Thiery ; cela permettait à Leila de prendre soin de son mari à son gré. Quand il n'était pas en état de crise, le duc se laissait faire comme un enfant. Assise aux côtés de son époux, Leila lui parlait à l'oreille. Depuis la barque voisine, le roi devinait qu'elle décrivait à son mari le paysage féerique de la ville illuminée pour la fête. Indifférent aux propos de son épouse, le duc répétait les énigmatiques paroles que Mélénor pouvait lire sur ses lèvres : « Je dois prévenir le roi Trevör. »

✧

La rumeur était assourdissante mais Isadora ne l'entendait pas. Son champ de vision s'était rétréci ; elle ne voyait que lui. Elle le trouva plus beau que dans ses souvenirs ; plus grave aussi, avec ces ridules qui bordaient ses paupières et lui donnaient un charme fou. Lorsque son mari s'avança vers elle en souriant, elle déplaça le poids du bébé pour libérer sa main droite. Mélénor s'empressa de la porter à ses lèvres et Isadora s'approcha de son époux autant que la bienséance le permettait.

– Mon prince, tu m'as tellement manqué, murmura-t-elle d'une voix gonflée d'émotion.

– Je suis si heureux de rentrer chez moi, dit-il en guise de réponse, contemplant le paysage et les visages familiers qui l'entouraient.

La jeune femme se raidissant dans ses bras, Mélénor comprit qu'il venait de commettre un impair. Visiblement, Isadora avait attendu d'autres paroles ; ses yeux, plus que tout le reste, trahissaient sa déception. L'esprit en déroute, le jeune roi sentait le sol se dérober sous lui. « Mais qu'est-ce que j'étais censé dire ? » La gorge d'Isadora était nouée. Dans son cœur, elle souffrait : « Mon bien-aimé, avec quelle insouciance viens-tu de détruire mon rêve ! Ton indifférence me glace jusqu'aux os. » La clameur ramena la reine à la réalité ; des milliers de citoyens assistaient au spectacle de leurs retrouvailles. Au prix de terribles efforts, elle parvint à retenir ses larmes et une boule douloureuse se nicha au creux de sa poitrine. Mélénor, cherchant à se reprendre, balbutia maladroitement :

– Toi aussi, tu m'as manqué..., ma douce...

Ce fut pire. Incapables de soutenir le regard blessé de la reine, ses yeux le trahirent, glissant vers l'amas de couvertures qu'elle tenait sur son bras replié. Isadora faillit crier : « Au moins, ne me mens pas ! » Son âme lui faisait tellement mal qu'elle se réfugia dans cet autre monde qu'elle avait découvert lorsqu'elle était enfant. Là, il n'y avait ni rêve, ni couleur, ni joie, ni douleur ; seulement un vide immense où personne ne pouvait vous asséner des phrases banales à vous fendre le cœur. « Ne pas penser à cela..., ne pas y penser maintenant. Ce n'est pas comme s'il était parti pour toujours... Ce n'est pas comme s'il était mort. Il sera là demain, nous ferons peut-être l'amour. La vie reprendra son cours et nous vivrons côte à côte dans le confort illusoire de notre fausse intimité. »

Isadora n'avait pas remarqué qu'elle étreignait sa fille avec violence. La petite, qui étouffait, se mit à pleurer. Isadora l'enviait : « Va, ma petite, pleure, pleure pour nous deux. J'ai perdu mon amant et peut-être n'auras-tu jamais de père ! »

✧

Inconscient du drame qui se jouait devant lui, le peuple applaudissait et réclamait sa part d'attention. Mélénor dut se secouer pour réagir ; en tant qu'homme politique, il fallait qu'il reprenne la situation en main. Aussi délicatement qu'il le put, il prit sa fille dans ses bras. La petite se calma aussitôt et les acclamations redoublèrent. Il saisit la main froide et moite d'Isadora et, ensemble, ils saluèrent le peuple, cette bête impitoyable qui n'avait aucun scrupule à dévorer la moindre parcelle de leurs vies. Les souverains montèrent dans un luxueux carrosse qui se mit en branle pour déplacer la fête dans l'enceinte du palais. Encore et encore, ils saluèrent la foule, affichant un sourire figé.

Restée derrière, Cassandra frissonna mais ce n'était pas en raison du vent ; jamais elle n'avait assisté à d'aussi tristes retrouvailles. Si sa nervosité n'avait toujours pas disparu, elle était maintenant convaincue du bien-fondé de son initiative.

✧

Une fois au château, les souverains se retrouvèrent un bref instant seuls dans les appartements de Mélénor. Le roi défit hâtivement les couvertures qui lui dissimulaient sa fille.

– Comment s'appelle-t-elle ?

Isadora hésita.

– Je l'appelle « la petite ».

– Tu ne lui as pas encore donné de nom ? s'indigna-t-il.

– Habituellement, vois-tu, les parents choisissent ensemble le nom de leurs enfants, lança-t-elle, quelque peu mordante.

La vue de l'enfant qui dormait paisiblement dans les bras de son père attisa la jalousie d'Isadora. La boule de chagrin qui l'oppressait se noua davantage. La reine devint littéralement furieuse lorsqu'elle vit la fierté se peindre sur les traits de Mélénor. Il avait glissé son index dans le poing de sa fille pour observer ses doigts minuscules.

– C'est une elfe-sphinx... Elle est de ma race ! ne put-il s'empêcher de se rengorger.

– Et alors ? Qu'est-ce que ça change ?

La reine se précipita sur son époux et lui arracha la petite, qui se réveilla brusquement.

– Tu la fais pleurer, l'accusa-t-elle injustement. Tu ne connais rien aux bébés ! Ne t'avise pas de toucher à ma fille. De toute façon, il est l'heure de l'amener à sa nourrice.

– Isadora, je t'en prie, calme-toi..., il faut que nous parlions. Choisissons-lui un nom maintenant. Nous pourrons l'annoncer au peuple au cours du banquet.

– Le peuple, encore le peuple, toujours le peuple... Tu ne penses donc qu'à cela ! cria-t-elle d'une voix frisant l'hystérie. Nous ne sommes rien pour toi, aie au moins le courage de l'admettre.

Elle lui tourna le dos, tremblant de rage.

– Et puis, je m'en moque, appelle-la donc comme tu voudras. Mieux que ça, donne-lui le nom d'une de tes putains ; ce n'est certes pas le choix qui te manque !

Sur ce, Isadora quitta la pièce en claquant la porte. Mélénor était de retour chez lui...

✧

Le banquet prit fin tard dans la nuit. Isadora s'était esquivée assez tôt, prétextant un malaise. Le lendemain, quand les souverains se retrouvèrent pour les audiences du matin, Mélénor murmura des excuses à l'oreille d'Isadora.

– J'avais l'intention de te rejoindre après la fête mais j'avais un peu trop bu.

– Quelle délicatesse ! siffla-t-elle d'une voix cinglante. Évidemment, tu ne pouvais pas éviter de t'enivrer.

Le jeune roi n'insista pas. Les affaires du royaume réclamaient toute leur attention. Leurs querelles conjugales attendraient... Le soleil allait se coucher quand Mélénor retrouva le calme de son cabinet. Peu après, Cassandra frappa quelques coups discrets à la porte et attendit que le roi l'invitât à entrer.

– Ma bonne amie, venez vous asseoir et parlons un peu.

– Mon prince...

En dépit des exhortations de Mélénor, la Longs-Doigts ne franchit pas le seuil.

– Qu'y a-t-il, Cassandra ?

– Vous avez un visiteur, dit-elle d'une voix tendue.

– Cela ne peut-il être reporté ? J'ai eu une journée épuisante et...

– Vous risquez de m'en vouloir mais j'insiste.

Le roi vit alors un homme se glisser derrière elle ; c'était Hµrtö le magicien. Il y avait maintenant belle lurette que Mélénor le boudait. Il lança un regard outré à la ministre.

– Vous me décevez, madame, je vous croyais loyale.

Hµrtö entoura les épaules de Cassandra d'un bras réconfortant. Il l'embrassa sur la tempe et chuchota :

– Laisse-nous, ma fille.

Mélénor se cala dans son siège. Il croisa les bras sur sa poitrine et inclina le menton, de telle sorte qu'il fixait le magicien d'un air mauvais. Hµrtö se laissa tomber sur le fauteuil faisant face à son interlocuteur. Le roi bouillait de rage ; la désinvolture du magicien l'horripilait.

– Eh ! bien, jeune homme, tu comptes faire l'idiot encore bien longtemps ?

Mélénor donna un violent coup de poing sur la table de travail en bois de rose. Hµrtö sourit dans sa barbe : « Ce petit a le même caractère impétueux que sa mère. » Il vit avec amusement le jeune roi frotter discrètement sa main meurtrie.

– Où étais-tu, bon sang ? Où étais-tu le jour de mon mariage ?

– Exactement là où je devais être.

– Tu oses te moquer de moi ? Espèce de...

– Espèce de quoi ? demanda Hµrtö en fronçant ses sourcils blancs.

– Tête de bique ! lança le roi, incapable de réfréner sa colère.

Le sorcier se leva prestement et enfonça l'index de sa main droite dans l'estomac de l'insolent. Aucun elfe-sphinx n'avait les index aussi longs que le grand maître de magie. Le jeune roi observait avec inquiétude le doigt menaçant que son aïeul brandissait maintenant sous son nez.

– Tu mériterais de finir tes jours avec une tête de potiron.

Mélénor avait côtoyé beaucoup d'êtres puissants au cours de sa vie, mais la seule personne qu'il craignait réellement, c'était son aïeul. À sa connaissance, aucun être vivant dans ce monde ne le surpassait. Parce qu'ils étaient du même sang, le jeune monarque avait tendance à oublier la déférence qu'il devait au grand homme. Hµrtö se rassit et passa nonchalamment sa jambe droite par-dessus le bras du fauteuil. Il se mit à rire en se tapant la cuisse.

– Tu devrais voir ta tête ! C'est trop drôle ! N'aie pas peur, si un jour je te jette un sort, je te changerai en mulet... espèce d'entêté.

Mélénor se détendit imperceptiblement avant de reprendre d'un ton mal assuré :

– Pourquoi n'êtes-vous pas venus, grand-mère et toi ?

– Qui a dit que nous n'y étions pas ?

– Qu'est-ce que tu racontes ? demanda le jeune homme, trop éberlué pour s'emporter.

– Un très beau spectacle, d'ailleurs... Très impressionnant..., sauf pour le costume et le chapeau cornu... Totalement dépassé, ce style..., depuis des siècles même...

Mélénor n'arrivait pas à croire ce qu'il entendait.

– Vous étiez là ? reprit-il enfin, l'idée commençant à se frayer un chemin jusqu'à sa raison.

– Pensais-tu vraiment que nous allions rater ton mariage ?

– Mais dans ce cas, pourquoi ne vous êtes-vous pas... manifestés ?

Hµrtö redevint grave.

– Tu le sais aussi bien que moi.

– C'est faux, protesta le roi. Isadora est instable mais...

– Tut ! Tut ! Tut ! Pas à moi, Mélénor !

Le sorcier soupira bruyamment.

– Mauhna et moi prononçons les paroles sacrées pour l'union des âmes sœurs... et seulement des âmes sœurs. Tu l'as toujours su.

– Il fallait que je choisisse une épouse. C'est la tradition qui le veut ainsi.

– Je sais.

Mélénor eut un sursaut de fierté. Sa voix tremblait d'indignation.

– Aurais-tu préféré que je balaie mes scrupules et que je force Beatrix Vor Valeron à m'épouser même si elle en aimait un autre ? J'aurais aussi pu choisir Leila, la fougueuse fille du banquier et, du même coup, épouser la fortune de son père...

– Ces jeunes femmes avaient leurs propres destins. D'ailleurs, je n'ai jamais dit que tu avais fait un mauvais choix, mon fils.

Le roi tenta de dissimuler à quel point la tendresse de ces derniers mots le touchait.

– Mais alors ? s'obstina-t-il.

– Tu devais donner une reine à ton peuple et tu l'as fait. Isadora est-elle une bonne reine ?

– Oui, elle l'est.

– Alors, quel est le problème ?

Mélénor se revit, enfant, à l'époque de son initiation avec Hµrtö. Il se souvint que son grand-père s'était montré exigeant et sans complaisance, même s'il était le fils de Carmine. Quand il donnait une mauvaise réponse ou qu'il agissait avec étourderie, le sorcier le reprenait vertement, peu soucieux de ménager l'orgueil chatouilleux du jeune prince. Jamais, toutefois, les interventions du magicien n'avaient manqué de sagesse ni d'affection sincère.

– J'aurais voulu connaître le grand amour... comme mes parents, finit par admettre Mélénor.

– Tu n'as pas à imiter quiconque, répondit le magicien. Tu es le roi de Gohtes. Tu aurais pu passer outre à la tradition et attendre d'être prêt à te marier.

– C'est bien ce que je disais... Maintenant, il est trop tard.

– Tu n'as pas de cervelle ou quoi ? Isadora est une bonne reine. Elle vient de te donner une fille. Pourquoi serais-tu malheureux ?

– Si nous ne sommes pas des âmes sœurs, alors notre amour en est un de pacotille !

– Tiens donc ! Tu crois que le seul amour véritable est celui des âmes sœurs ?

– Je crois que...

Hµrtö l'interrompit.

– Tu as raison sur un point : trouver son âme sœur est une bénédiction mais tu oublies deux points importants. Premièrement, ton âme sœur n'est peut-être pas incarnée actuellement et tu pourrais bien l'attendre en vain toute ta vie. Deuxièmement, l'amour n'est pas plus facile à vivre pour les âmes sœurs ; il demande autant de courage et de détermination à demeurer heureux.

Hµrtö faisait évidemment référence à la triste histoire de Carmine et Dobfrey.

– S'il n'existe d'amour véritable que celui des âmes sœurs, comment expliquer l'adoration des parents pour leurs enfants, l'affection qui unit deux frères ou, même, la tendresse que tu éprouves pour Alban ? Et moi, que crois-tu que je ressens pour toi ?

Vaincu, Mélénor grimaça une moue déconfite.

– De l'exaspération ?

Hµrtö se leva et contourna la table. Il posa une main sur l'épaule du jeune roi et le secoua gentiment.

– Cesse de te faire autant de souci.

Mélénor se leva à son tour.

– Permets-moi d'être quelque peu ennuyé. Après tout, tu viens de démontrer que, pendant toutes ces années, je me suis comporté comme le dernier des imbéciles.

Les yeux d'Hµrtö brillaient d'une lueur insolite dans la pénombre qui avait lentement gagné la pièce.

– Tu es si jeune, mon fils, dit-il tendrement. Tu n'as pas fini de commettre des erreurs et tu seras bien malheureux si tu n'apprends pas à te pardonner. Mais il faudrait d'abord que tu admettes que tu peux te tromper. Et pour un orgueilleux comme toi, c'est particulièrement difficile.

Afin de dissimuler son malaise, Mélénor entreprit d'allumer une bougie. Il approcha la flamme de la mèche et toutes les bougies flambèrent d'un seul coup. Le roi se retourna vers le magicien, dont l'index pointait encore le grand candélabre.

– C'est beaucoup plus rapide comme ça !

Mélénor ne put s'empêcher de joindre son rire à celui d'Hµrtö. Ce dernier frotta ses mains l'une contre l'autre.

– Faut-il également que je nous serve à boire ? Tu pourrais au moins m'offrir une bière pour célébrer notre réconciliation !

Le roi sonna un valet et demanda qu'on apporte un petit tonneau et des chopes. Les deux hommes trinquèrent joyeusement. Mélénor se sentait léger, enfin libéré de son inutile rancœur. Ses yeux brillèrent soudainement de plaisir anticipé.

– Grand-mère est-elle avec toi ?

– Non, je tenais à te parler seul à seul auparavant. Notre brouille lui a causé beaucoup de chagrin.

Mélénor se rembrunit. Son ressentiment s'était, de façon bien irrationnelle, concentré uniquement sur le sorcier. Jamais il n'avait pensé que son aïeule se sentirait visée par sa colère. Hµrtö lui tapota l'épaule.

– Elle sera là demain.

– C'est bien vrai ?

– Tu sembles oublier que ta fille est une elfe-sphinx. Dans cinq jours, les lunes seront dans la position voulue pour la cérémonie de la révélation. Mauhna brûle d'impatience de voir la petite.

– Et toi, l'as-tu vue ?

– Non, pas encore.

– Mon héritière... Elle est magnifique...

Hμrtö l'interrompit d'un air sévère.

– Mélénor, tu ne peux pas me mentir... pas à moi !

– D'accord, d'accord, je l'avoue : j'aurais préféré un fils ! J'ignore comment il faut faire avec les petites filles. J'aurais mieux su m'y prendre avec un garçon. Du moins, je le pense...

Songeur, Mélénor but sa bière en silence. Hμrtö désigna le mur sur lequel une carte du continent était suspendue.

– J'aimerais bien que tu me parles de ton voyage.

– Avec plaisir, mais avec ta permission, je le ferai plus tard. Il y a une autre personne avec qui je dois me réconcilier sans tarder.

– Voilà enfin des paroles intelligentes, jeune homme !

✧

Mélénor se rendit directement dans les appartements d'Isadora, laquelle fut étonnée de le voir de si belle humeur.

– Tu disais que tu ne lui pardonnerais jamais, lui rappela sa femme, interdite, après qu'il lui eut raconté sa rencontre avec Hµrtö.

– Je sais, mais n'oublie pas qu'il est de ma famille... de mon sang !

– Et pour notre mariage ? s'inquiéta-t-elle.

– Nous en avons longuement discuté.

– Et alors ?

Mélénor la prit dans ses bras.

– Il dit que le succès de notre union ne dépend pas de la bénédiction des Anciens. J'ai accordé trop d'importance à cette histoire de paroles sacrées et d'âmes sœurs.

– Et qu'en penses-tu ?

Le jeune monarque l'embrassa tendrement.

– Souviens-toi comme nous étions heureux. Si nous le voulons vraiment, tout est encore possible.

Isadora s'abandonna à l'étreinte de son époux, laissant libre cours aux sanglots qu'elle retenait tant bien que mal depuis son retour. Mélénor détestait les larmes mais il ne souffla mot, se contentant de la serrer un peu plus fort jusqu'à ce qu'elle se calme. Lorsqu'elle se décida enfin à le regarder, il saisit son visage entre ses mains et embrassa ses yeux mouillés.

– Dans cinq jours, nous pourrons procéder à la cérémonie.

– Quelle cérémonie ?

– Celle de la révélation !

– Qu'est-ce que c'est ?

– Tu n'as pas trouvé de sphinx sur le corps de la petite, n'est-ce pas ?

– En effet, reconnut-elle. Est-ce que cela signifie que notre enfant n'est pas normale ?

– Non, rassure-toi, il en va toujours ainsi ; les sphinx sont révélés par les maîtres de magie et par les Anciens au cours d'une cérémonie qui doit coïncider avec un alignement spécifique des trois lunes. C'est aussi le moment où les Anciens dévoilent les dons particuliers de l'enfant... Enfin, s'il en possède. Tu verras, c'est une expérience fascinante.

– Tu veux dire que je pourrai y assister ?

– Bien sûr, il s'agit de ta fille après tout.

La reine rayonnait de bonheur. Elle se blottit de nouveau contre Mélénor.

– J'ai honte de m'être laissée emporter. Vas-tu me pardonner... encore une fois ?

Pour toute réponse, Mélénor lui caressa les seins. Isadora sentit une onde brûlante se répandre dans son ventre. Elle reprit d'une voix langoureuse :

– Il faut choisir un nom pour notre fille. Elle doit en avoir un pour la cérémonie, non ?

Le jeune homme passa un bras sous les genoux d'Isadora. Il la souleva et la fit tournoyer avant de l'entraîner vers le lit.

– Elle a attendu jusqu'à maintenant, elle peut bien attendre encore un petit moment. Pour l'instant, j'avoue que j'ai autre chose en tête.

Mélénor avait oublié combien le rire musical d'Isadora pouvait résonner agréablement. Ils roulèrent sur la couche royale, oubliant la petite qui reposait, les yeux grands ouverts, dans son berceau recouvert de mousseline.

– XXIII –

Le lendemain, le soleil brillait déjà haut sur l'horizon quand Hµrtö s'éveilla, étonné d'avoir dormi si tard. Comme tous les elfes-sphinx purs, le magicien était sensible aux vibrations discordantes des cités. Éloignés de la nature, les gens de sa race perdaient rapidement le sommeil et l'harmonie. L'esprit du magicien était encore un peu embrouillé. Pourtant, il savait ce qui l'avait tiré de ses rêves : Mauhna arrivait. Le maître de magie entendait clairement la voix de son épouse murmurer dans sa tête : « Le temps est magnifique, je vais en profiter pour voler. »

Puissante comme elle l'était, Mauhna aurait pu apparaître là, tout simplement, mais dès qu'elle en avait l'occasion, elle préférait voler et laisser libre cours à son énergie débordante. Aux dires de son épouse, Hµrtö était un incorrigible paresseux. Celui-ci s'en défendait farouchement : « Si tu étais aussi vieille que moi, tu comprendrais qu'il faut que je me ménage. » Tous deux savaient que c'était faux.

Le sorcier admira le jardin qui s'étendait sous sa fenêtre. Au loin, il avisa une roseraie qui semblait délicieusement déserte à cette heure matinale. Il enfila un pantalon dans la taille duquel il coinça les pans de sa tunique. Après avoir chaussé des bottes hautes, il couvrit ses épaules d'un manteau léger. Il pointa ensuite son index sur sa poitrine et se retrouva devant un rosier grimpant qui commençait à se couvrir de tendres bourgeons. Il plongea la main dans une poche de son manteau et en retira une poignée de cerises qui n'y étaient pas la seconde d'avant. Il savoura les fruits à la chair sucrée en se promenant entre les buissons acérés.

La veille, Mélénor avait amené sa fille dans les appartements du magicien. Une émotion intense avait saisi Hµrtö quand il avait tenu le bébé dans ses bras ; l'extrême vulnérabilité des enfants le troublait toujours. Malgré sa très grande puissance, ou peut-être à cause d'elle, Hµrtö était un homme humble que toutes les formes de prétention agaçaient : « Les êtres pensants mettent des années à atteindre la maturité et ils deviennent séniles peu de temps après. Pourquoi alors sont-ils convaincus d'être supérieurs aux autres créatures vivantes ? Ils semblent croire qu'ils dominent le monde parce qu'ils ont le pouvoir de le détruire. Quelle arrogance ! » Invariablement, Mauhna lui répondait : « C'est pour cela que nous sommes là, mon ami, pour protéger notre monde contre les abus des êtres pensants. Tu sais bien qu'il est inutile de condamner les races humaines pour leur humanité ; la nature les a créées ainsi, non ? » Ce débat entre les deux époux durait depuis des siècles : les races pensantes avaient-elles été créées ainsi, capables des pires ignominies, ou avaient-elles évolué en dehors des desseins de la nature ? Hµrtö ne trouvait rien à répliquer lorsque Mauhna prenait la défense des petits des races pensantes : « Tu devrais plutôt admirer ces enfants. Il leur faut beaucoup de courage et de détermination pour devenir adultes. Contrairement aux animaux, ils doivent définir leur propre identité et vivre en dépit de leur conscience de la mort. »

Ces paroles pleines de sagesse, Hµrtö se les était répétées en berçant la princesse endormie : « Courage, petite, courage et patience ; un jour, tu seras grande et sage ! » Il se souvenait d'avoir caressé le front parfaitement détendu de l'enfant juste avant d'être happé par une violente onde spirituelle qui l'avait projeté dans un autre monde. Impuissant, il avait assisté au défilement de plusieurs scènes fugitives qui l'avaient profondément ébranlé. Ces images troublantes semblaient appartenir au destin de l'enfant. Lorsqu'il était revenu à la réalité, le magicien avait découvert, stupéfait, que la petite le regardait avec insistance.

Tout en se promenant dans la roseraie, Hµrtö essayait de calmer son âme : « Son regard était tellement pénétrant, elle semblait si lucide... Bon, voilà que je divague ! Elle n'a certainement pas vu son avenir comme je l'ai vu... » Le maître de magie ne savait que penser. Il marcha encore un moment puis, au-delà de la roseraie, il trouva ce qu'il cherchait : l'espace était parfait et bien ensoleillé. Il creusa un trou dans la terre meuble et y enfonça les noyaux de cerises. Il érigea un petit monticule et, du bout de l'index, dessina des formes cabalistiques dans la terre noire. Lorsqu'il se releva, une tige verte et vigoureuse sortit du sol. Lentement, le cerisier atteignit la taille du magicien et ses branches se couvrirent de fleurs. Hµrtö caressa le tronc de l'arbre qui harmonisa aussitôt son rythme à celui de son espèce.

– Tu seras le protecteur de notre sœur, le gardien de Thelma, princesse de Gohtes. Veille bien sur elle. Essaie de consoler son cœur, car rien ne pourra alléger le destin de l'héritière des silences.

✧

La lumière bleue apparut sur la poitrine d'Hµrtö. Quelques instants plus tard, il prenait son envol, s'adressant à l'esprit de Mauhna : « Je viens à ta rencontre, ma chérie. » La réponse ne se fit pas attendre : « Attention à tes articulations, je n'ai pas envie de passer ma soirée à masser tes épaules de petit vieux ! »

Ils se retrouvèrent en plein ciel. Hµrtö fit demi-tour et tenta de s'approcher de l'aigle. Sa manœuvre ne lui permit que de frôler brièvement l'aile de Mauhna. Cette dernière monta en flèche et revint à toute allure lui soulever les plumes du crâne. Si le magicien avait pu, il aurait souri de contentement. Les deux oiseaux se posèrent à l'abri des regards derrière un des bâtiments du port. Quand ils eurent repris leur aspect habituel, Hµrtö voulut étreindre son épouse mais elle était en proie à un fou rire incontrôlable. Froissé, le magicien vissa ses poings sur ses hanches et, comme un coq, se dressa sur ses ergots.

– Je sais, mon approche était malhabile, mais tu devrais au moins apprécier l'intention.

– Ce n'est pas cela, Hµrtö, c'est l'oiseau.

– Qu'est-ce qu'il avait, mon aigle ? Il était très réussi !

L'hilarité de Mauhna redoubla.

– Un aigle... ça ? Peut-être mais croisé avec un flamant rose !

D'un bras, Mauhna encercla la taille du magicien et l'attira pour l'embrasser.

– Je t'aime, vieux fou.

Elle le soupçonnait d'avoir inventé cet oiseau abominable uniquement pour la faire rire. Hµrtö couva son épouse d'un regard tendre, songeant à toutes les années qu'il avait passées à l'attendre. Lui, Hµrtö, l'un des meilleurs disciples du grand maître Hodmar, avait vécu plus de cinq cents ans avant que Mauhna ne s'incarne dans ce monde. Un jour, Hodmar avait révélé à son disciple que la jeune fille était son âme sœur. Pourtant, il avait fallu trois cents longues années avant qu'elle n'accorde à Hµrtö un peu plus qu'une attention distraite. Il fallait voir avec quelle désinvolture elle lui répétait qu'il était trop vieux pour elle. À cette époque, Hµrtö enseignait les rudiments de la magie et Mauhna était son élève. Elle se moquait de lui et prenait un malin plaisir à accepter, juste sous son nez, les invitations des jeunes sorciers qui tournaient autour d'elle. Lorsqu'elle fut admise à l'école des maîtres, elle trouva une autre raison de tenir Hµrtö à distance : « Tu n'es pas resté chaste durant tout ce temps, que je sache ! Pourquoi, dans ce cas, m'engagerais-je avec toi avant d'avoir profité de la vie ? »

– Quand je pense que j'ai couru après toi pendant toutes ces années ! Tout ça pour me faire traiter de vieux fou !

– Tu oublies que j'ai également dit « je t'aime ».

Ils se regardèrent longuement puis Mauhna brisa le silence :

– On marche jusqu'au palais ?

– Tu veux vraiment me faire mourir ?

– Tu n'es qu'un...

– Je sais, je sais, mais alors il vaut mieux ne pas circuler habillés ainsi.

– Tu as raison.

Les deux magiciens portaient les robes plutôt voyantes de leur ordre de magie. Celle d'Hµrtö brillait d'un jaune éclatant. La ceinture et la cape qui complétaient sa tenue étaient dorées. Le soleil se plaisait à jouer avec les couleurs lumineuses, ce qui rendait le magicien aussi scintillant que l'astre de son sphinx. Les vêtements de Mauhna étaient d'un bleu sombre ornés de broderies argentées qui mettaient en valeur sa magnifique chevelure blanche. D'un même mouvement de l'index, ils changèrent de tenue.

– Tu as l'air d'un jeune homme avec ce pantalon et ces bottes. J'aime bien.

Hµrtö contempla sa femme qu'il trouva splendide en dépit du filet de dentelle sombre qui recouvrait ses cheveux. Le sorcier toucha la dentelle.

– Tu es certaine que c'est nécessaire ? grimaça-t-il.

Mauhna lui donna une petite tape sur la main.

– Laisse ça ! Je trouve que cela fait très distingué. Allons-y, j'ai hâte de voir Thelma.

– Si tu as si hâte de la voir on peut toujours...

Le regard noir de Mauhna ne lui laissa aucun espoir de voler de nouveau ce jour-là. Il poursuivit en lui emboîtant le pas :

– ...marcher plus vite !

Mauhna passa un bras sous le sien et ils s'engagèrent dans une ruelle menant directement à la place du marché. La magicienne s'appuya un peu plus sur le bras de son mari.

– Profitons de cet instant ! Le vent est si doux... et tu es avec moi...

Ils déambulèrent ainsi dans les rues de la cité, seuls au monde malgré la foule, semblables à tous les couples d'amoureux.

✧

Quand les deux magiciens arrivèrent au palais, ils se rendirent directement à la salle d'audience où siégeait Mélénor, qui se servit de ce prétexte pour congédier un vicomte mécontent ; Isadora l'avait condamné à verser une amende qu'il prétendait injustifiée. Le roi l'interrompit d'un geste autoritaire.

– Considérez-vous chanceux, vicomte, car j'estime que la reine s'est montrée plutôt clémente. Je n'éprouve aucune sympathie pour les fraudeurs et je vous aurais certainement fait payer le double.

– Mais, Votre Altesse...

– Il n'y a pas de « mais » qui tienne. La reine a eu la bonté de prendre en considération le fait qu'il s'agissait d'une première offense ; c'est plus que vous ne méritez. N'abusez donc pas de ma patience. Veuillez disposer, j'ai des invités qui m'attendent.

Le jeune monarque embrassa Mauhna avec chaleur. Il sourit à son grand-père puis il les entraîna dans son cabinet, où se trouvait Alban.

– Tu veux bien aller chercher Isadora et Thelma ? lui demanda Mélénor.

– Bien sûr ! Sont-elles à la nursery ?

– Je n'en ai pas la moindre idée, avoua le roi.

– Ne t'inquiète pas, où qu'elles soient, je te les ramène.

Resté seul avec le couple de magiciens, Mélénor leur raconta les événements qui avaient marqué son voyage à l'étranger. Il décrivit avec animation l'attaque des berohls en insistant sur le caractère insolite de leur alliance avec les hommes sauvages. Il tenta de dépeindre la misère du peuple de Yzsar, les terres dévastées par les poisons et, finalement, il dessina le monstre marin qui avait englouti la moitié d'un pirate. Mélénor avait espéré distraire ses aïeux, mais c'est de l'inquiétude qu'il vit apparaître sur leurs traits. Leur angoisse s'accrut quand ils apprirent le dénouement honteux de la guerre et la turpitude de Verlon. Hµrtö pressa le roi de questions pour finalement conclure :

– Je n'aime pas cela.

Des plis soucieux marquaient le front de Mauhna.

– On dirait l'œuvre d'une force du mal. Y a-t-il eu d'autres événements étranges ? Essaie de te rappeler, Mélénor.

Le jeune souverain pensa aussitôt à la robe ensorcelée que la reine de Yzsar avait offerte à Leila mais il avait donné sa parole à la jeune femme. Il hésitait à dévoiler ce secret malgré la confiance totale que lui inspiraient ses grands-parents. Isadora arriva sur l'entrefaite, mettant fin aux tergiversations de Mélénor. Le roi préféra interpréter l'arrivée de son épouse comme un signe qu'il prenait la bonne décision en se taisant.

Isadora avait craint cette rencontre avec les fameux magiciens mais elle découvrit en eux des gens affables qui l'accueillirent avec simplicité. Elle tendit sa fille à Mauhna qui la prit sans hésitation.

– Comme elle est mignonne ! Vous devez être très fière.

La jeune reine se rappelait qu'étant enfant, elle avait souvent rêvé de rencontrer les sorciers légendaires. Mille fois, elle avait imaginé le regard bienveillant d'Hµrtö, sa façon d'allonger la main pour exaucer son souhait : « Voilà, je te rends ta maman et ton papa. Tu pourras enfin être heureuse ma fille. »

Mélénor arracha son épouse à ses souvenirs. Il tapotait son siège pour l'inviter à s'asseoir à ses côtés. Quand elle le rejoignit, il l'embrassa sur le front et lui prit la main avant de poursuivre sa discussion avec Hµrtö. Isadora était stupéfaite. « Lui qui déteste les effusions publiques... Quel heureux changement ! » Elle s'adossa confortablement et se laissa gagner par des pensées agréables. « Ce n'était qu'un mauvais moment à traverser. Désormais, rien ne pourra gâcher notre bonheur. » Le ton grave de Mélénor la surprit, cependant. Hµrtö avait demandé à Mélénor de reprendre son récit depuis le début. Isadora fut vivement secouée.

– Mais c'est affreux ! J'ignorais que tu avais affronté tant de dangers.

Hµrtö insista encore.

– N'y a-t-il rien d'autre, mon fils ?

Mélénor allait répondre par la négative lorsqu'il songea de nouveau à la robe. La robe... Leila... le duc...

– Mais oui ! s'exclama-t-il. Il y a le duc Ez Breaimes ! Mais cette histoire n'a peut-être aucun lien avec le reste.

Le roi relata comment Leila avait cherché son mari à travers le continent pour finalement le retrouver dans les cachots de Celtoria, fou à lier. Il décrivit les crises du duc et sa terreur à la vue de la duchesse.

– Je les ai fait installer dans une aile éloignée du château, car les crises du duc sont assez déroutantes et Leila refuse d'imposer ses tourments à ses parents.

Hµrtö et Mauhna lancèrent à l'unisson :

– Nous devons le voir !

Mélénor accepta mais il parvint à convaincre Isadora de ne pas se joindre à eux.

– C'est trop horrible, ma chérie !

La jeune femme fut touchée par la délicate attention de son mari. Elle ne pouvait pas deviner à quel point Mélénor redoutait une rencontre entre elle et la duchesse. « Les femmes sentent ces choses-là ! »

– De toute façon, il est temps d'aller coucher Thelma. Je t'attendrai... si tu le veux bien ? proposa Isadora d'une voix câline.

– Je ne tarderai pas.

✧

Ils entendirent le duc bien avant de le voir. Ses cris d'effroi remplissaient les couloirs déserts. Ubert vint ouvrir sans attendre. Il recula respectueusement pour laisser entrer l'imposant trio de visiteurs. Leila les rejoignit aussitôt. Les cernes qui soulignaient ses yeux trahissaient sa lassitude mais elle avait soigné sa tenue et sa coiffure. Elle continuait courageusement à s'occuper de son mari, toutefois Ubert était inquiet pour elle. Il la trouvait pâle et il avait l'étrange impression qu'elle lui cachait quelque chose. Il se demandait combien de temps encore elle allait pouvoir tenir.

La vie de Leila était maintenant rythmée par les différentes phases de la folie de Thiery. Comme les geôliers de Celtoria, elle pouvait prédire le moment exact où les lamentations succédaient aux hurlements. Elle en voulut à Mélénor d'arriver à un si mauvais moment, surtout avec des étrangers. « Qui sont ces gens ? songea-t-elle. Ils semblent à la fois jeunes et vieux. » Elle fut stupéfaite quand Mélénor les lui présenta. Mauhna s'adressa à Leila avec une douceur infinie.

– Madame, Hµrtö et moi voudrions voir votre époux.

Des larmes montèrent aux yeux de Leila.

– Pouvez-vous l'aider ?

La magicienne lui prit la main.

– Je ne peux rien vous promettre mais nous allons tout mettre en œuvre pour vous rendre l'homme que vous aimez.

Leila les précéda. Thiery était recroquevillé dans un coin, livré aux tourments de ses hallucinations. Le bandeau sur ses yeux était bien impuissant à le protéger contre les cauchemars qui le hantaient. Hµrtö tendit sa main droite vers Mauhna. Des éclairs jaillirent de leurs paumes jusqu'à ce que leurs mains semblent se souder. Ils approchèrent précautionneusement de Thiery. Leila compta dans sa tête : « Quatre, trois, deux, un... » Les cris cessèrent et le désespoir envahit l'air confiné de la pièce : « Les lanons... les lanons... Leila non... »

Les magiciens, imperturbables, se mirent à réciter des incantations dans la langue ancienne des elfes. Une lumière aveuglante rayonna soudain de leurs corps, créant un halo qui s'agrandit progressivement jusqu'à atteindre les pieds du duc. L'air s'emplit alors de crépitements assourdissants qui produisirent sur Thiery un effet si violent qu'ils interrompirent sa litanie. Il hurla jusqu'à ce que la lumière disparaisse. Hµrtö s'adressa à la duchesse :

– Leila, pour guérir votre mari, nous devons lui imposer la lumière que vous avez vue. Cela le fait énormément souffrir et j'ignore s'il peut survivre à cette douleur. Devons-nous poursuivre ? C'est à vous qu'il revient d'en décider.

Leila regarda Thiery qui sanglotait comme un enfant.

– Je suis certaine que, s'il pouvait choisir, il prendrait le risque de retrouver une vraie vie plutôt que de continuer à subir cette démence.

– Bien. Vous devriez peut-être sortir, madame, recommanda le magicien.

– Non, je reste. Si mon mari doit mourir, je veux être à ses côtés.

La lumière revint, aussi aveuglante que la première fois, et Thiery se tordit sur le sol pour tenter de lui échapper. Les magiciens marmonnaient leurs mystérieuses incantations. Au bout d'un temps qui parut interminable, la lumière se mit à vaciller. Thiery cessa de hurler puis il devint cramoisi, portant les mains à sa gorge en se débattant. Sa bouche s'ouvrait, impuissante à lui donner l'air qu'il cherchait ; visiblement, il suffoquait. Ubert eut du mal à retenir Leila. Elle faillit s'effondrer quand elle vit un lézard surgir de la bouche de Thiery. La lumière se concentra sur l'animal qui se désintégra en une fumée verte.

Le duc gisait sur le flanc, la peau cireuse, les yeux révulsés. Sa souffrance n'avait pas cessé ; l'horreur non plus, car sa chemise ondulait comme si des vagues malsaines couraient sous la chair du pauvre homme qui s'évanouit enfin. Un spasme le repoussa sur le dos et la lumière attaqua impitoyablement le mal qui s'était réfugié dans son ventre. Le faisceau scintillant vacilla encore une fois et Leila surprit une brume vaporeuse qui s'échappait du corps inerte de Thiery. La fumée s'emplit de filaments sombres qui se mirent à tournoyer. Bientôt, un large cône tourbillonna au-dessus du duc. Au centre du cône, un trou noir se forma et la lumière des magiciens s'y engouffra comme si elle était liquide. Lorsque la lumière fut presque entièrement absorbée, le cône explosa. Mélénor eut tout juste le temps de se jeter par terre, imitant Ubert qui entraîna Leila dans sa chute. Malgré la fureur de la rafale qui balaya la pièce, les magiciens restèrent debout, telles des statues de marbre fouettées par les éléments déchaînés.

Lorsque le calme fut revenu, Mélénor se leva prudemment en raison de la couche de verre pilé qui jonchait le sol. Leila ne fit pas tant de manières. Elle se précipita vers son mari qui, à son grand soulagement, remua imperceptiblement. La jeune femme tendit une main tremblante vers le bandeau qui couvrait encore les yeux de Thiery. « S'il hurle en me voyant, je ne le supporterai pas », se dit-elle. Thiery mit fin à son hésitation en retirant lui-même le bandeau. Il la vit tout de suite ; en fait, il ne vit qu'elle. D'un seul coup, Leila retrouva le regard tendre et amoureux qui lui avait tellement manqué durant toutes ces lunes. La voix de Thiery était enrouée mais si douce lorsqu'il dit :

– Mon amour...

Il resta un long moment ainsi à la regarder avec vénération. Tout à coup, son front se plissa. Une profonde inquiétude se peignit sur son visage, puis il ajouta :

– Oh ! Mon amour, il faut que je prévienne le roi Trevör.

Le duc prit soudainement conscience de la présence des magiciens. Il vit également Ubert qui lui souriait gentiment. Finalement, il aperçut Mélénor. Il parut particulièrement bouleversé de se retrouver devant le roi de Gohtes. Il s'assit péniblement mais eut besoin de l'aide de Leila et d'Ubert pour parvenir à se mettre debout.

– Votre Altesse !

Mélénor tentait de secouer sa torpeur. Il contemplait, incrédule, la dévastation qui régnait autour d'eux. Il haussa les épaules et se dirigea vers la porte.

– Sortons d'ici.

L'état lamentable de la pièce ne l'indisposait pas autant que l'angoisse qu'il lisait sur le visage d'Hµrtö. La voix de sa grand-mère se voulait rassurante quand elle proposa :

– Allons dans la forêt de Carmine, la cour intérieure se trouve juste à côté.

Le jeune roi comprit que la forêt miniature était l'endroit idéal pour permettre aux magiciens de reprendre des forces ; les plantes et les animaux typiques de leur terre natale les aideraient à rétablir leur harmonie. En silence, ils suivirent les sentiers fleuris et s'installèrent au pied d'une petite cascade ; aucun d'eux ne se sentait d'humeur à bavarder. Mauhna disparut derrière des buissons fournis, les laissant à leurs sombres pensées. Bientôt, elle réapparut avec une grosse fleur dont les larges pétales formaient une cloche vermeille. Mélénor pensa par-devers lui : « Drôle de moment pour cueillir des fleurs. »

Thiery s'était laissé tomber avec soulagement sur l'herbe odorante. Adossé à un arbre gigantesque, il admirait le paysage exotique en se demandant s'il s'agissait d'un rêve. Il avait du mal à mettre ses idées en place ; il savait seulement qu'il avait un message important à livrer... mais lequel ? Il se tourna vers Leila et vit de grosses larmes rouler sur ses joues. Malgré sa lassitude, le duc aurait voulu embrasser chacune d'elles, les faire disparaître sous ses baisers, mais il y avait tous ces gens qui le toisaient avec curiosité.

La femme à l'étonnante chevelure blanche s'approcha du bassin alimenté par la cascade, plongea une main dans l'eau et y pêcha une algue qu'elle inséra dans la corolle d'une magnifique fleur rouge. La belle dame retira délicatement l'algue sur laquelle s'était fixée une fine poudre argentée.

– Cela va vous soulager, assura-t-elle en appliquant l'algue sur le front du duc.

Thiery sentit aussitôt son esprit s'éclaircir. L'homme à la barbe blanche s'adressa alors à lui :

– Vous avez vécu des moments très éprouvants. Nous savons combien vous avez besoin de repos mais je dois absolument vous poser quelques questions.

Thiery acquiesça. Mauhna retira l'algue et alla s'asseoir auprès de son époux. Le duc regarda Leila avant de demander :

– J'aimerais d'abord savoir où je suis et ce qui m'est arrivé. Et vous, madame, monsieur, qui êtes-vous ? s'enquit-il en s'adressant aux maîtres de magie.

Leila raconta à Thiery comment elle l'avait cherché et retrouvé. La voix d'Hµrtö était très grave lorsqu'il expliqua au duc que lui et Mauhna étaient des magiciens et qu'ils avaient dû le libérer d'un sortilège aussi puissant que maléfique. Mélénor parla de la guerre et de la mort du roi Trevör. Au fil des récits, le découragement du duc semblait s'accroître.

– Cela signifie que j'ai échoué, déclara-t-il en baissant tristement la tête.

Hµrtö l'exhorta à s'expliquer.

– La guerre..., c'est ce qu'ils voulaient.

Mélénor sursauta.

– Ils ? De qui parlez-vous ? Expliquez-nous !

Hµrtö intervint :

– Il vaudrait mieux que vous nous racontiez tout depuis le début !

Thiery saisit la main de Leila pour se donner du courage.

– J'étais au palais de Corvo dans le Yzsar, commença-t-il. J'ai vite réalisé qu'il n'y avait aucun commerce possible avec ce pays dépourvu. Le roi Verlon et la reine Delia m'ayant néanmoins reçu avec beaucoup de courtoisie, je désirais les remercier avant de retourner au Môjar.

Le jeune roi de Gohtes frissonna au souvenir de la reine Delia. Leila lui lança un regard inquiet ; leur secret les brûlait tous les deux. Thiery ferma les yeux un moment.

– Le laquais qui devait m'annoncer me fit pénétrer dans un vaste boudoir. Dans la pièce voisine, Verlon parlait si fort que j'ai saisi quelques bribes d'une conversation que je n'aurais jamais dû entendre. En ricanant, le roi disait : « Il est si facile à berner. Encore un carnage dans un village de Gohtes et Mélénor va venir me supplier de l'aider à écraser Trevör. »

Thiery avala sa salive avant de poursuivre :

– J'avoue que, sur le coup, je n'ai pas bien compris. Je m'apprêtais à rebrousser chemin mais Naq a surgi dans mon dos, me poussant à la suite du valet qui clamait mon nom. Connaissez-vous Naq, le conseiller de Verlon ?

Mélénor et Leila hochèrent sombrement la tête. Le roi répondit :

– Nous ne le connaissons que trop bien.

– Vous ne serez donc pas étonnés si je vous dis qu'il a posé la pointe de sa dague sur ma gorge. Le domestique s'est retiré, impassible, tandis que ce monstre menaçant ricanait : « C'est très vilain d'écouter aux portes, duc Ez Breaimes. » La reine Delia est intervenue : « Non, Naq, laisse-le-moi. » Elle m'a regardé fixement et mon corps est devenu lourd comme la pierre. J'avais beau me démener, j'étais incapable de bouger. La reine de Yzsar semblait trouver la situation très amusante : « Puisqu'il est si curieux, instruisons-le avant de le tuer. »

Leila devint blême.

– La reine voulait te tuer ?

– Ma chérie, tu ne comprends donc pas ? Ces êtres sont capables des pires abominations. Ils ne voulaient pas seulement me tuer, ils voulaient m'anéantir.

Leila lui pressa la main avec ferveur.

– Continue, mon chéri.

– Delia a parlé longuement. Elle éprouvait un malin plaisir à m'informer de leur ruse. Verlon avait envoyé une troupe de mercenaires sur les frontières de Gohtes et de Bortka. La reine de Yzsar jubilait en précisant : « Une élite de sadiques et de violeurs. » Ces bêtes sanguinaires massacraient les villageois de Gohtes en laissant derrière eux les armoiries de Bortka. Quand ils s'attaquaient aux paysans de Bortka, ils laissaient les armoiries de Gohtes.

Thiery jeta un bref coup d'œil à Mélénor.

– Je suis désolé, Votre Altesse, mais c'est la vérité. Verlon convoitait les terres de Bortka depuis longtemps mais il se savait incapable d'affronter seul le roi Trevör. Il a donc inventé ce stratagème pour vous forcer à devenir son allié.

– Et c'est cette horrible sorcière qui vous l'a dit ? s'enquit le roi.

Thiery hocha la tête avant de reprendre :

– Horrible sorcière... en effet. Elle me tenait sous son joug. J'étais là, impuissant, mais mon esprit fonctionnait à toute allure et je m'accrochais à l'illusion que ma mission justifiait que les dieux me sauvent de la mort : « Si je sors d'ici vivant, je dois aller prévenir le roi Trevör. » J'espérais encore éviter le pire en lui dévoilant le plan ignoble de ses ennemis.

– Et pourquoi Trevör ? Cela me concernait autant que lui ! s'écria Mélénor, les yeux écarquillés d'horreur.

– Simplement parce que la ville de Celtoria est plus proche de Corvo que votre capitale, Votre Altesse.

Le souverain de Gohtes était atterré de découvrir qu'il s'était battu contre le mauvais ennemi. Il avait été manipulé comme le dernier des imbéciles. « À cause de ma naïveté, Trevör est mort et sa fille est injustement retenue prisonnière », comprit-il. Son estomac se noua à la pensée des centaines de vies inutilement sacrifiées dans une guerre qui lui paraissait maintenant complètement insensée. Mais il y avait pire encore ; par sa faute, les paysans de Bortka vivant sur les territoires annexés par Verlon se retrouvaient sous la coupe de deux tyrans sanguinaires. Mélénor abattit son poing sur sa cuisse. Comprendre ne le soulageait en rien.

– Voilà pourquoi le peuple de Bortka me traitait d'assassin et de tueur d'enfants... Je dois retourner là-bas immédiatement.

Le roi se prit la tête entre les mains, en proie au désespoir le plus profond. Mauhna alla s'asseoir auprès de lui.

– Le mal est fait, Mélénor. Donne-toi quelques jours avant de décider quoi que ce soit. Tu es bouleversé.

Hµrtö avait besoin d'en apprendre davantage. Il s'approcha de Leila qui pressait son mari de lui raconter la suite.

– Comment as-tu réussi à t'échapper ? demanda-t-elle, anxieuse.

Thiery fronça les sourcils.

– Tout me revient, maintenant... Quelle horreur !

Leila l'encouragea d'un pauvre sourire.

– Je me rappelle que la reine m'a fouillé. Elle a pris tout ce qui permettait de m'identifier, y compris ma petite aquarelle. Leila, tu te souviens de cette aquarelle ?

– Oui, oui. Celle où je suis représentée, lisant devant la fenêtre de notre chambre...

Le reste de la phrase resta coincé dans sa gorge : « en chemise de nuit bleue ». Leila porta la main à sa bouche. Absorbé par ses souvenirs, Thiery ne remarqua pas son trouble.

– Quelle femme abominable ! Elle a longuement regardé l'image, puis sa chair s'est mise à trembler. C'était effrayant ! Son corps ressemblait à de la glaise violemment pétrie... Je ne sais pas comment expliquer cela... Vous devez pourtant me croire... Finalement, elle est devenue toi !

Thiery passa une main sur son front comme si ce geste pouvait chasser les images déplaisantes.

– Delia s'est mise à me caresser et à m'embrasser. J'étais toujours incapable de bouger mais je lui résistais. À ce moment, j'avais encore toute ma raison et, malgré la ressemblance parfaite, je savais qu'elle n'était pas toi. Voyant qu'elle ne parvenait pas à m'exciter, elle est devenue folle de rage. Elle s'est reculée et a ouvert la bouche. Sa langue avait la forme d'un lézard qui gigotait de manière indécente. Elle m'a embrassé de nouveau et j'ai senti que j'étouffais.

La voix de Thiery se brisa.

– Cette bête a pénétré dans ma bouche et j'ai perdu l'esprit. J'ai hurlé et hurlé jusqu'à ce qu'une ombre glaciale envahisse la pièce. J'ignorais qui j'étais mais je savais que cette forme noire me voulait du mal. Verlon regardait l'ombre s'approcher de moi et il riait de ma terreur. J'ai entendu Delia déclarer : « Ce sera bien plus drôle si je lui rends sa liberté. De toute façon, dans son état, il ne risque plus de répéter quoi que ce soit. » Elle a levé un index vers moi. Le choc a été si violent que je suis tombé à genoux.

– Mais tu t'es sauvé ! s'écria Leila.

– Naq bloquait la porte. J'étais traqué par la reine et par l'ombre. Chaque fois que Delia me pointait du doigt, une douleur fulgurante traversait mon corps. J'ai fini par m'effondrer dans un coin ; l'ombre m'a enveloppé et sa voix a pénétré mon esprit : « Regarde ta femme, regarde comme elle aime te faire souffrir. » Je me souviens que je hurlais ; tu étais devenue mon bourreau, toi, ma bien-aimée. C'est à ce moment que j'ai dû m'évanouir.

Leila mit son bras sur les épaules de son mari.

– Ne dis plus rien, cela te fait trop de mal.

– Non, Leila, il faut que tu saches.

Le visage du duc se couvrit de sueur.

– Quand j'ai repris conscience, tu étais nue sur le lit... Naq et Verlon te... C'est trop affreux ! La voix dans ma tête continuait : « Regarde ta femme, regarde ta putain comme elle jouit. » C'était intolérable et je répétais comme une supplique : « Leila non ! Leila non ! »

– Thiery, arrête... Je t'en supplie, arrête, sanglota la duchesse.

– Je sentais l'ombre fouiller chaque recoin de mon âme, à la recherche de mon pire cauchemar, celui qui allait définitivement m'abattre...

Thiery referma ses bras sur sa poitrine.

– ...et elle l'a trouvé. Elle s'est éloignée de moi et je l'ai vue devenir très dense. Naq a poussé un dernier râle puis il s'est écroulé sur ton corps. J'avais complètement perdu la raison, j'ignorais alors que c'était Delia qui me narguait derrière ton visage.

Leila couvrit ses oreilles de ses mains, consciente de l'inutilité de son geste.

– L'ombre a lentement pris une forme monstrueuse, continua le duc. Cela ressemblait à un loup dressé sur ses pattes arrière. La figure, par contre, n'appartenait à aucun animal. Les yeux étaient humains bien que s'étirant étrangement vers les tempes. Les pupilles rouges me fixaient au-dessus d'une large gueule remplie de crocs. Le nez n'était qu'une fente sombre dans le visage plat recouvert d'écailles. La bête est montée sur le lit où elle s'est transformée... Mon cauchemar m'avait finalement rattrapé.

– Thiery, je t'en prie, arrête !

Le duc pleurait maintenant sans retenue. Hµrtö en avait assez entendu. Devant l'air accablé du magicien, Mauhna et Mélénor comprirent que les nouvelles étaient très mauvaises. Le magicien leur fit signe de le suivre.

– C'est un miracle que cet homme soit encore en vie, déclara-t-il. Laissons-les maintenant, le reste de cette histoire ne nous concerne pas.

Mélénor se leva péniblement. Lorsqu'il regarda autour de lui, il vit que les bêtes de la forêt de Carmine s'étaient regroupées. Silencieuses, elles formaient un cercle autour des elfes et des humains. Pas un craquement, pas un bruissement d'aile ne venait troubler cette atmosphère oppressante, comme si la nature pressentait une catastrophe imminente. Quand les magiciens les aperçurent, les bêtes reprirent vie. Un épervier vint se percher sur le poignet de Mauhna qui le caressa pour l'apaiser. Une petite licorne glissa son museau sous la main réconfortante d'Hμrtö. La forêt reprit lentement son animation familière. Mélénor en sortit avec, dans la poitrine, une angoisse et une rancœur qui semblaient vouloir s'incruster à jamais.

✧

Thiery ne vit rien de tout cela. Il ne réalisa même pas que le roi et les magiciens les avaient quittés. Ubert partit le dernier, laissant mourir derrière lui le chuchotement torturé du mari de Leila.

– Le monstre est devenu Mélénor. Il te faisait l'amour devant moi, là, et mon cœur a éclaté en morceaux. La voix dans ma tête ricanait : « Regarde ta femme, regarde comme elle est heureuse de retrouver celui qu'elle aime. Elle t'a bien eu, la salope. Jamais elle n'a oublié son beau prince. » C'est là que je me suis enfui en criant : « Leila non ! Leila non ! » Ils n'ont même pas tenté de me retenir. Quand je suis passé devant Naq, il m'a juste soufflé : « Tu préfères ma dague ou la rivière ? »

Leila pleura un long moment avec Thiery, puis elle se leva et le prit par la main. Ils marchèrent ensemble sous le couvert des arbres. La jeune femme savait que son mari devait aller jusqu'au bout. Elle attendit patiemment qu'il recommence à parler.

– J'ai couru droit devant avec une seule idée en tête : trouver une rivière et m'y noyer mais je suis tombé d'épuisement. Tu vois, finalement, ils n'avaient pas tout prévu. Ces êtres cruels sont trop imprégnés de l'esprit du mal ; ils ignorent la puissance de certains sentiments nobles. Ils ne pouvaient pas imaginer que le sens du devoir et le désir de justice me tiendraient en vie. Malgré ma folie, je me suis éveillé complètement obnubilé par cette phrase : « Il faut que je prévienne le roi Trevör. » Je te croyais à jamais perdue pour moi. Je n'avais plus de raison de vivre mais je devais accomplir cette mission avant de mourir. J'ai marché vers le sud, guidé uniquement par mon instinct.

– Viens, Thiery, partons d'ici. Tout cela est derrière nous maintenant.

– Non, attends ! la retint-il en pressant sa main délicate sur son cœur.

– Qu'y a-t-il, mon amour ?

– Pardonne-moi mais... je dois savoir.

Leila sentit de fines gouttelettes de sueur lui glacer le dos. Thiery la dévorait de ses yeux tendres et inquiets.

– Tu as passé beaucoup de temps avec le roi de Gohtes. Jure-moi qu'il ne t'a pas touchée ?

La jeune femme soutint fièrement son regard.

– Qu'est-ce que tu vas inventer là ?

– Tu ne savais pas où j'étais et quand tu m'as retrouvé, je n'étais plus le même. Alors, tu aurais pu...

– Cesse de dire des sottises. Tu sais bien que pour moi, Mélénor, c'est de l'histoire ancienne. C'est toi que j'ai épousé, non ?

– Ma chérie, tu ne peux pas savoir comme c'est important pour moi. Tu as compris... Mon pire cauchemar... Si je découvrais que tu as fait l'amour avec le roi de Gohtes, je crois que j'en mourrais. Ce serait au-dessus de mes forces.

Leila adopta un ton léger pour masquer son embarras :

– Crois-tu que j'aurais parcouru la moitié du continent pour retrouver mon mari si je l'avais cocufié ?

Le bonheur qui éclaira les yeux de Thiery émut Leila. « Il me croit... Il a tellement confiance en moi. » Du coup, le doute qui la tenaillait depuis plusieurs jours la quitta. Elle savait exactement ce qu'elle devait faire. Elle pensa à sa mère qui allait être si heureuse de les accueillir enfin à la maison.

– XXIV –

Dès qu'il avait franchi les limites de la forêt miniature, laissant derrière lui Leila et son mari effondré, Mélénor avait convoqué le conseil des ministres.

– Je dois riposter à l'offense. Je vais déclarer la guerre au pays de Yzsar.

Ses ministres avaient fait front commun pour le dissuader de réagir sous le coup de la colère. En l'absence de Milirin, Cassandra avait pris la parole au nom des membres de l'assemblée.

– Les forces de Yzsar sont maintenant égales aux nôtres, les risques sont beaucoup trop grands. Vous devrez convaincre le peuple de Bortka de se ranger derrière vous pour chasser l'envahisseur de son territoire, mais pour cela, il vous faudra d'abord gagner sa confiance.

Au terme d'une discussion animée, Mélénor s'était incliné devant les sages recommandations de ses ministres. Mais il n'en demeurait pas moins furieux, et épouvanté par le nombre de victimes innocentes, sacrifiées au nom du pouvoir des félons.

S'il n'avait écouté que lui, le jeune souverain serait parti sur-le-champ en direction de Celtoria. Là encore, ses désirs avaient été contrariés. Ses ministres lui avaient conseillé de prendre le temps de planifier soigneusement sa stratégie politique et économique. Alban avait également fait pression sur le roi ; il avait besoin de temps pour organiser leur voyage, car leur prochain séjour à Bortka promettait d'être long et difficile. Finalement, Hμrtö et Mauhna lui avaient rappelé qu'un départ précipité rendrait caduque la cérémonie de la révélation prévue pour Thelma. « Nous sommes là. Les lunes s'alignent dans la bonne position, il faut le faire dès maintenant. Si nous retardons la révélation des sphinx, leur pouvoir peut s'affaiblir », avaient plaidé les deux magiciens. Malgré son impétuosité, Mélénor avait accepté d'attendre quelques jours.

✧

Isadora essayait de profiter au mieux de ce sursis mais, comme le reste du royaume, elle était sous le choc de la trahison des souverains de Yzsar et désirait réparation.

– Mélénor, tu dois à tout prix rétablir la vérité.

– Je sais, ma chérie, mais cela risque de prendre beaucoup de temps. Nous serons éloignés et...

– Chut ! Ne te sens pas obligé de t'excuser, mon aimé. Tu fais ce que te dicte ton devoir.

Le roi soupira, marchant de long en large comme un lion en cage.

– Je n'arrête pas de tourner tout cela dans ma tête et je cherche où j'ai failli. Comment aurais-je dû agir pour éviter cette ignominie ?

– Tu te fais du mal inutilement, tenta de le réconforter Isadora.

– Peut-être, mais maintenant je comprends mieux les événements. Par exemple, je sais pourquoi Verlon devait absolument tuer Trevör. Verlon a appris à me connaître et il savait que jamais je n'aurais condamné l'ancien souverain de Bortka sans l'avoir fait comparaître et l'accuser formellement d'avoir massacré mon peuple. Trevör ne serait pas resté sans se défendre ; il m'aurait accusé à son tour et, ensemble, nous aurions fini par découvrir que nous avions été manipulés.

– Cette histoire est complètement démente, s'exclama la reine en frissonnant. L'idée t'a-t-elle effleuré que Verlon et son affreux conseiller auraient pu te tuer, toi aussi ?

Mélénor acquiesça. Il regrettait amèrement de ne pas avoir contraint la fille de Trevör à parler. Il enrageait d'avoir ainsi contribué à renforcer sa présumée culpabilité dans l'esprit de la princesse et de ses sujets.

– Au nom du pays de Gohtes, je jure que la vérité sera rétablie au grand jour et que nos morts seront vengés, gronda-t-il.

✧

La cérémonie de la révélation était généralement entourée de fêtes fastueuses, mais en raison des bouleversements provoqués par le récit du duc Ez Breaimes, celle touchant Thelma se déroula dans la sobriété et la précipitation. Personne n'avait le cœur à célébrer.

Les magiciens accueillirent les souverains de Gohtes et leur petite princesse dans une pièce au centre de laquelle ne trônait qu'une table haute dont la surface était gravée de mystérieux symboles. Quand la reine y déposa Thelma, elle nota que sa fille venait de s'endormir.

– Je devrais peut-être la réveiller ? s'enquit-elle d'une voix hésitante.

Hurtö et Mauhna lui répondirent à l'unisson :

– Ne vous inquiétez pas, tout se passera bien.

Les maîtres de magie indiquèrent leur position à chacun. Formant un cercle autour de la table, ils joignirent leurs mains. Dès que leurs doigts se touchèrent, Isadora eut l'impression que la pièce commençait à tourner. Le mouvement s'accéléra et la jeune femme dut fermer les yeux pour éviter d'être gagnée par le vertige. Lorsqu'elle les rouvrit, un spectacle stupéfiant l'attendait : ils se trouvaient au cœur d'une forêt dont les bruits paraissaient étrangement feutrés. La voix d'Hurtö résonna comme dans un puits.

– J'appelle les Anciens pour la révélation de notre sœur Thelma.

Mauhna répéta :

– J'appelle les Anciens pour la révélation de notre sœur Thelma.

Au bout d'un long moment, la magicienne s'adressa à Isadora :

– Ma fille, déshabillez la petite.

Isadora s'apprêtait à protester, considérant la saison trop fraîche, mais elle constata à l'instant même que la température avait la douceur d'un après-midi d'été. Elle dévêtit Thelma puis regarda Mélénor. Sur les lèvres de son mari, elle surprit un sourire malicieux tandis qu'il articulait silencieusement : « Je sais ce qui va se produire. » Isadora regretta de ne pas s'être montrée plus curieuse. Elle lui tira la langue d'une façon comique, habitée par un sentiment de plénitude.

La jeune femme fut bientôt distraite par l'écho de plusieurs voix qui chantaient une mélodie très gaie. Au même instant, quelque chose lui effleura la nuque. Elle crut d'abord qu'un insecte était tombé du chêne dont les branches majestueuses les surplombaient. Elle porta une main nerveuse à son cou, inquiète d'y sentir une chenille se tortiller, mais en tournant la tête, elle découvrit une minuscule bonne femme assise sur son épaule. La reine vit alors apparaître une nuée de petits personnages tout aussi bizarrement vêtus les uns que les autres. Mélénor en avait trois qui lui grimpaient dans les cheveux, une dizaine d'autres étaient suspendus aux vêtements des magiciens mais les plus exubérants entouraient Thelma qui ne dormait plus du tout : elle riait avec délice des pitreries de ces curieuses créatures. De ses mains minuscules et malhabiles, elle tentait de les attraper. Elle faillit bien réussir avec un petit bonhomme qui lui marchait sur le ventre. Isadora vit le poing sa fille se refermer sur le vide ; le lutin était passé au travers pour continuer son chemin vers le menton potelé qu'il chatouilla en rigolant. Thelma gesticulait d'excitation. Isadora fut tirée de son ravissement par la voix puissante d'Hμrtö.

– Comment vas-tu, Kurbi ?

– Aussi bien que toi, vieille barbe !

La reine chercha un moment où était l'interlocuteur du magicien. Elle le découvrit aux pieds de Thelma. Le bonhomme avait l'air plus âgé que ses compagnons. Il portait une longue robe vert clair et se tenait très droit, levant son visage impertinent vers le maître de magie. Mauhna tendit sa main droite vers Kurbi qui y grimpa après avoir effectué un bond inimaginable par-dessus le corps agité de la princesse. La sorcière déposa l'Ancêtre sur son épaule.

– Je suis heureuse de te revoir, Kurbi, le salua-t-elle.

– Moi aussi, vieille peau.

Mauhna pointa sur lui un index faussement menaçant.

– Redis cela encore une fois !

– Tu sais que je t'adore... vieille peau !

Juché sur l'épaule de la magicienne, Kurbi dominait ses congénères qui n'avaient pas cessé de chahuter et de se bousculer autour de Thelma. Il les regarda et soupira, l'air agacé, puis il porta ses doigts à sa bouche et siffla un bon coup.

Les cabotins devinrent alors aussi solennels qu'ils avaient été indisciplinés. Ils se précipitèrent tous vers des emplacements précis de la table. Isadora remarqua que les symboles gravés dans le bois correspondaient à ceux tissés sur leurs tuniques. Thelma ressemblait à une géante comparée à eux. Kurbi quitta l'épaule de Mauhna pour prendre position à une des extrémités de la table.

– Les Anciens sont prêts. À vous, maîtres de magie.

Hμrtö se mit à réciter des mots dans la langue des mages tandis qu'il promenait ses mains au-dessus du corps de l'enfant. Isadora vit le magicien froncer les sourcils lorsqu'il atteignit le ventre de la petite. Il s'interrompit un moment puis Mauhna répéta les mêmes gestes. Lorsque les mains de la magicienne survolèrent le ventre de la princesse, elle hocha la tête tout en continuant à psalmodier. Ensuite, elle retourna Thelma sur la table. La petite se souleva sur ses bras, hypnotisée par les vêtements bigarrés des lutins. Les mains de Mauhna planèrent encore un moment au-dessus de l'enfant. Les créatures fredonnaient une mélopée harmonieuse dont le sens demeurait incompréhensible à Isadora. Mauhna remit Thelma sur le dos.

– Nous avons repéré deux sphinx, annonça-t-elle.

Elle céda alors sa place à Hµrtö. Il frotta ses paumes l'une contre l'autre et en fit jaillir la lumière des deux soleils qui les marquaient. La lueur dorée éclaira la peau délicate de Thelma, la faisant chatoyer. Le sorcier dirigea le faisceau lumineux sur le ventre rose et rond.

– Le sphinx principal de notre sœur est très particulier. Je demande donc aux Anciens de déroger à la tradition et d'attendre l'année de l'initiation de Thelma pour le révéler.

Cette déclaration ébranla fortement les créatures. Elles parlaient toutes en même temps et Kurbi dut élever la voix pour se faire entendre.

– Cette requête est très inhabituelle, maître Hµrtö, dit-il d'une voix grave. Le sphinx sera-t-il affaibli par ce délai ?

– Pas ce sphinx ! J'ai eu des visions...

Les petites voix s'élevèrent de nouveau, exprimant leur étonnement, mais Kurbi leur imposa le silence d'un geste sec. Il porta le bout de ses doigts à ses tempes dégarnies puis se concentra un long moment.

– J'ai accédé aux visions du maître de magie et j'accepte sa recommandation.

Sur ces mots, la lumière disparut et Hµrtö retira ses mains. Le chant des lutins reprit aussitôt. Mauhna tourna Thelma sur le ventre puis elle frotta ses paumes comme son époux l'avait fait avant elle. Isadora vit alors ce qu'elle n'avait pas encore remarqué : une lune ornait chacune des mains de la magicienne. Elle concentra la lumière de sa main droite sur la nuque de l'enfant.

– Notre sœur a un deuxième sphinx. Je vais le révéler si les Anciens en acceptent le tribut.

La voix de Kurbi sembla beaucoup plus forte cette fois.

– Et quel est le tribut du sphinx de notre sœur ? Que lui donnera-t-il en échange de la protection de notre race et l'assurance de la pérennité de la sienne ?

– L'espèce des cerisiers lui conférera une âme généreuse, un cœur noble et loyal.

Le chant des créatures devint d'une beauté presque intolérable. Isadora n'avait jamais entendu d'harmonies aussi saisissantes. Kurbi leva les bras devant lui et marmonna :

– Au nom des Anciens, j'accepte le tribut du sphinx de notre sœur Thelma. Les maîtres peuvent le dévoiler.

La lumière blanche qui irradiait des paumes de Mauhna s'intensifia et vint caresser la nuque de la petite. Isadora assista à l'apparition d'un jeune arbre qui se développait progressivement à la base du cou de sa fille. Les racines s'enfonçaient dans la nuque et les épaules tandis que les branches se déployaient à l'arrière du crâne de l'enfant. « Lorsque ses cheveux auront poussé, on verra à peine ce sphinx », pensa la jeune reine. Elle ne savait si elle devait en être déçue ou soulagée.

– L'espèce a versé son tribut à notre sœur, le pacte des elfes-sphinx est conclu, dit Hμrtö, satisfait.

Kurbi répondit sur le même ton :

– Désormais, où qu'ils vivent dans notre monde, les cerisiers seront protégés par les forces ancestrales des sphinx. Qu'ils participent à l'harmonie de la nature, notre mère originelle. Que l'harmonie demeure !

À tour de rôle, les petits personnages touchèrent Thelma. Leur chant devint léger et joyeux. Ils papillonnaient autour d'elle mais interrompaient parfois leur manège le temps de s'adresser à leur aîné. Quand cette curieuse danse cessa, Kurbi leva encore les bras et lança :

– Les Anciens ont découvert trois dons à la noble Thelma. Maîtres de magie, par vos paroles enchantées, libérez ces trois dons et nous les inscrirons dans le livre des destins.

Kurbi bondit sur la table. Lorsqu'il atterrit, Isadora vit, sous son bras, un livre à peine plus gros que le pouce d'un homme.

Hμrtö posa le bout de ses doigts sur le corps de la princesse.

– Son premier don la fait ressembler à son père.

Les Anciens tapèrent dans leurs mains et touchèrent le corps de Thelma pendant que Kurbi écrivait. Quand ils eurent terminé, Mauhna renchérit :

– Le suivant détruira sa candeur, lui révélant le côté sombre du cœur des hommes.

Les Anciens répétèrent les mêmes gestes. Hµrtö compléta la nomenclature des dons de Thelma.

– Le troisième s'avérera son unique héritage et la sauvera de la honte.

Une dernière fois, les petits personnages tapèrent dans leurs mains avant d'effleurer la princesse. Isadora n'avait rien compris à ce charabia sibyllin. Du regard, elle interrogea Mélénor. Il haussa les épaules, s'avouant tout aussi perplexe qu'elle. Les Anciens recommencèrent à chahuter puis ils se mirent à disparaître les uns après les autres. La reine chercha en vain le livre des destins. « Que ne donnerais-je pas pour y jeter un coup d'œil et connaître mon avenir », pensa-t-elle. Sur la table, Kurbi exécuta une pirouette saisissante et, tel un oiseau, s'élança par-dessus la tête des magiciens.

– À la prochaine, vieille barbe... Porte-toi bien, vieille peau !

Mauhna riait en se tournant vers Isadora :

– Vous l'avez certainement remarqué, les immortels n'accordent pas beaucoup d'importance à la courtoisie.

Cela dit, la magicienne saisit la main de son mari et celle d'Isadora. La forêt tournoya sur elle-même et ils se retrouvèrent dans la pièce dénudée du château. La reine constata avec surprise que Thelma était à nouveau emmaillotée. Elle la prit dans ses bras et observa les magiciens, désireuse de les interroger quant aux dons de sa fille. Sans crier gare, elle fit volte-face et s'adressa à Mélénor d'un ton soupçonneux.

– Cela se déroule-t-il toujours ainsi ?

– Que veux-tu dire ? demanda-t-il, soudainement nerveux.

– Les parents, l'enfant et les magiciens ?

– Oui, c'est une cérémonie privée.

– Et tu savais ce qui allait se passer ? s'étonna-t-elle.

Le jeune roi sentit l'humeur de son épouse changer comme un vin tourne au vinaigre. Son esprit fonctionnait à toute allure. « Prends garde aux faux pas, mon vieux, sinon tu es cuit », se dit-il. Il attira la reine à l'écart et, avec l'air d'un conspirateur, il murmura à son oreille pour éviter que les magiciens ne l'entendent.

– Chut ! Mon père m'avait tout raconté même s'il n'était pas censé le faire. Les magiciens exigent le plus grand secret mais la cérémonie l'avait tellement impressionné... Moi aussi, d'ailleurs ; ce n'était pas tout à fait comme je l'avais imaginé !

Il n'eut pas le temps de s'assurer que cette réponse convainquait sa femme, car la porte donnant sur la galerie s'ouvrit avec fracas et s'abattit violemment contre le mur. La surprise fit bondir Isadora qui devint rouge de colère quand elle vit Volda entrer en coup de vent.

– Que fais-tu ici ? l'apostropha-t-elle brutalement. Cette cérémonie est d'ordre privé.

Habituée, depuis des années, à servir de bouc émissaire aux frustrations de sa nièce, la vieille femme passa à côté d'elle sans même lui accorder un regard. La voix d'Isadora trembla d'indignation.

– Volda, je te parle ! De quel droit viens-tu nous importuner ?

L'ignorant toujours, la tante de la reine tendit ses mains vers Mauhna :

– Vous devez venir avec moi. C'est très grave...

– Qu'y a-t-il, Volda ? s'enquit doucement la magicienne, tous ses sens en alerte.

Isadora se rua sur sa tante, l'agrippa violemment par le coude et la bouscula vers la sortie.

– Va-t-en, je te dis, et emmène la petite.

La reine tenta de lui mettre le bébé dans les bras mais Volda se dégagea avec une fureur qu'Isadora ne lui connaissait pas. La vieille femme adressa une nouvelle supplique à Mauhna.

– C'est urgent, madame, insista-t-elle. Il faut faire vite.

La jeune souveraine voulut protester mais les deux femmes filaient déjà. Mélénor profita du désarroi de son épouse pour lui planter un petit baiser sur la joue et jeter tout à trac :

– Je dois discuter avec Hµrtö, ma chérie. À plus tard !

Il entraîna le magicien à sa suite et Isadora resta plantée là, seule avec sa fille qui choisit cet instant précis pour se mettre à hurler, l'heure de son boire étant passée depuis belle lurette. Sortant de la pièce, Isadora déboucha dans la galerie déserte. Elle détestait cet endroit ; figés dans leurs atours, les personnages des tableaux semblaient la suivre d'un œil scrutateur. L'écho des hurlements de Thelma ricochait sur les hautes voûtes des plafonds, doublant leur stridence. Isadora martela le marbre d'un pas rageur en traversant l'espace glacial.

– Misère ! N'y a-t-il donc personne ici pour se soucier de la reine ? vociféra-t-elle.

Dès qu'elle croisa une domestique, elle lui confia sa fille qui continuait à s'époumoner et, amère, trouva refuge dans la solitude de ses appartements.

– XXV –

Confortablement installés dans la bibliothèque, Mélénor et Hµrtö déclarèrent le vin parfait. Le feu rougeoyant dans l'âtre monumental les enveloppait d'une bienfaisante chaleur. Tant bien que mal, le roi essayait de savourer ce moment de quiétude. Il savait qu'il n'aurait plus de répit une fois parti pour Celtoria. Son seul souci consisterait alors à réparer les torts causés par les traîtres de Yzsar. Il huma le vin et regarda Hµrtö par-dessus sa coupe.

– Qu'est-ce que tout cela signifie ? Grand-mère et toi semblez si inquiets...

– Tu as raison, mais je préférerais vérifier certains faits avant de t'alarmer.

Mélénor se rembrunit.

– Tu ne me fais pas confiance.

– Détrompe-toi, mon fils, le rassura tendrement le magicien. Je t'informerai aussitôt que j'aurai des certitudes. Pour l'instant, il vaut mieux que tu te concentres sur tes propres problèmes, et ils sont nombreux.

Le jeune monarque se rendit aux arguments du magicien.

– J'ai effectivement quelques comptes à régler avec mes ennemis.

Les humeurs assassines qui animaient Mélénor l'amenèrent naturellement à penser à Naq.

– Le duc a parlé du conseiller de Verlon, Naq. Est-ce que tu connais ce monstre ?

Hµrtö inclina la tête sur son épaule, dubitatif.

– Je ne sais pas... Est-ce que je le devrais ?

Le jeune homme lui décrivit la créature immonde avec force détails. Hµrtö plissait le front. Il attendit toutefois que Mélénor ait terminé avant d'affirmer sans hésitation :

– C'est le fils de Corine.

– Tu le connais donc ?

– Non, mais je sais qui il est. Cette histoire remonte à plusieurs années. À l'époque, ton grand-père, le père de Dobfrey, n'était encore qu'un gamin. J'avais presque oublié cet... incident.

Intrigué, Mélénor rapprocha son siège de celui de son aïeul ; il adorait entendre Hµrtö parler du passé.

– Raconte-moi, le pressa-t-il.

– Corine comptait parmi les plus belles jeunes filles de l'île. Elle se promenait sur la plage du Clan des Rives quand elle a vu des inconnus débarquer. C'étaient des forains en mal d'imbéciles à escroquer. Leur chef, un personnage vulgaire et repoussant, a abordé la jeune Corine qui lui a candidement révélé qu'il n'y avait ni monnaie ni or sur l'Île-aux-Tortues. Dépité, le bonhomme a décidé de s'offrir un dédommagement pour sa peine ; il a violé la petite et l'a abandonnée sur la grève. Ce salaud lui a laissé un bien détestable souvenir.

– Naq ! devina Mélénor. Mais il suffisait d'en débarrasser cette pauvre enfant.

– C'était beaucoup trop dangereux, répondit le maître de magie. Si le fœtus appartenait à la race des elfes-sphinx, un avortement risquait de tuer la mère. Et Corine voulait désespérément vivre. Elle a donc mis au monde cet enfant qui était, comme tu le sais, fortement handicapé. Après la cérémonie de la révélation, nous avons compris que la nature de l'enfant était mauvaise. De plus, il faisait horreur à tout le monde, à Corine plus qu'à tout autre. Pas une nourrice ne voulait de ce bébé ingrat qui meurtrissait sauvagement le sein et hurlait sans cesse sa fureur destructrice. Il a fallu le nourrir à l'aide d'un torchon imbibé de lait de brebis mais nous ne l'avons pas gardé longtemps dans l'île.

– Comment a-t-il atterri dans le Yzsar ?

– Je l'ignore. Je me souviens seulement que Mauhna a contacté les membres de la confrérie des miroirs. Tu sais à qui je fais allusion ?

– Aux possesseurs de miroirs magiques qui vivent partout sur le continent.

– Grâce à eux, nous avons pu retracer les forains, dont le père ; cette année-là, les saltimbanques arnaquaient les habitants du sud du Môjar. Nous avons pris le nourrisson et avons fait un voyage-éclair au pays de Sol'Maglian.

Mélénor laissa errer ses pensées. Les voyages-éclairs l'avaient toujours fasciné ; c'était l'une des plus étonnantes facultés des grands maîtres de magie. Il se rappelait encore l'été de son initiation : toute une saison loin de sa mère à étudier dans l'île des elfes-sphinx. Ce jour-là, Hµrtö racontait au jeune prince l'exil des gens de leur race. L'enfant l'avait interrompu, préoccupé par un point précis du récit de son aïeul.

– Pourquoi avoir trimbalé notre peuple depuis la Terre des Damnés jusqu'aux confins du continent ? Tu aurais pu faire voyager les elfes sur les éclairs, non ?

L'air un peu las, Hµrtö s'était assis auprès du garçon dévoré de curiosité.

– Nous étions devenus beaucoup trop faibles, mon fils. Et puis, pour faire ce genre de voyage, il faut connaître sa destination et ce n'est que lorsque nous avons rencontré Garomil que nous avons été informés de l'existence de l'Île-aux-Tortues.

Mélénor s'était brusquement levé en s'écriant :

– Je t'en prie, fais-moi voyager sur les éclairs ! J'aimerais tellement essayer !

Le magicien l'avait pris par la main, et ils s'étaient tous deux retrouvés dans la salle d'audience de la Cité des Mirages. Le jeune monarque se souvenait de l'émotion ressentie à la vue de ses parents. Carmine l'avait embrassé avec tendresse, Dobfrey lui avait ébouriffé les cheveux en lui rappelant de rester sage. Puis Hµrtö avait posé sa main sur l'épaule du prince :

– Viens, Mélénor, la pause est terminée !

Le temps d'un claquement de doigts, l'enfant avait réintégré ses appartements, dans la maison des magiciens.

– Est-ce que tu m'écoutes, mon fils ?

Hμrtö fixait le roi d'un œil amusé. Mélénor se redressa en toussotant et leur servit du vin.

– Oui, bien sûr ! Tu disais que vous avez fait un voyage-éclair pour conduire Naq à son père. Il a dû avoir tout un choc.

– Je l'ignore, car nous avons déposé l'enfant dans un panier à la porte de sa caravane. Corine avait insisté pour que les choses se passent ainsi. Nous avons épinglé un mot sur les langes du bébé : *L'enfant du viol.* J'avoue que je regrette d'avoir cédé à la volonté de Corine ; le père a dû amasser une véritable fortune en exhibant son fils si lourdement taré.

Mélénor observa un long moment de silence. Il cherchait toujours par quel moyen le conseiller avait bien pu trouver son maître.

– Des nomades..., raisonna-t-il à voix haute. Naq a pu arriver n'importe quand dans le Yzsar.

– Connaissant leur nature perverse, je présume que Verlon et Naq étaient destinés à se rencontrer.

– Tu le crois sincèrement ?

– Tout ce que je sais, c'est que le hasard n'existe pas.

Leur conversation fut interrompue par l'arrivée d'un valet.

– Pardonnez-moi, Votre Altesse, mais une dame insiste pour vous voir. Elle m'a dit de vous remettre ceci.

Il tendit à son souverain une petite cage en or au centre de laquelle miroitait une perle. « Muscade ! » La présence de sa maîtresse le soufflait littéralement. Mélénor s'empressa de refermer son poing sur le bijou.

– Désolé, grand-père, mais je dois y aller ! s'excusa-t-il en fuyant le regard de son aïeul.

– Va, mon fils, va !

Resté seul, Hµrtö se cala confortablement dans son fauteuil et avala une longue rasade de vin capiteux.

– Va vers ton destin, mon fils. Le hasard n'existe pas...

Un gros livre apparut sur les genoux du sorcier. Il ouvrit le grimoire et la lumière émanant de ses paumes éclaira les symboles occultes. Hµrtö se plongea dans la lecture aride qui devait lui révéler les secrets des voyages dans le temps.

– XXVI –

Les deux femmes marchaient à vive allure dans les rues de la cité. Le crépuscule accentuait le caractère sinistre des hautes demeures qui la dominaient. Mauhna se sentit soulagée lorsqu'elles débouchèrent enfin dans une large avenue bordée de maisons basses qui ressemblaient davantage à des chaumières. Volda s'obstinait à lui taire la raison de son affolement. Trop troublée pour aligner deux pensées cohérentes, elle ne cessait de répéter :

– J'ai fait comme d'habitude, madame. Je ne comprends pas ce qui ne va pas. Vite, il faut faire vite.

La pauvre femme ne semblait pas remarquer qu'elle pleurait. Sa bouche était pincée par l'effort qu'elle infligeait à ses vieilles jambes. Mauhna lui toucha l'épaule.

– Où m'emmenez-vous ? demanda-t-elle.

– Chez moi ! Mon frère est avec elle... Par ici, madame.

Volda traversa la courte allée qui menait à une modeste maison blanche. Elle n'eut pas à ouvrir. Son frère Guilly les guettait depuis la fenêtre, impatient de les voir arriver.

– Elle va de plus en plus mal, dit-il dès qu'elles eurent franchi la porte.

Venant de l'étage, Mauhna entendit le cri perçant d'une femme. Elle se précipita dans l'escalier qui conduisait à une pièce unique, un ancien grenier transformé en chambre à coucher. Dès le premier coup d'œil, on devinait que, voilà bien longtemps, elle avait été le royaume d'une petite fille choyée. Des dizaines de poupées trônaient sur une étagère, abandonnées dans leurs postures figées. Témoins muets, elles assistaient à la souffrance d'une femme qui se tordait sur le sol.

Mauhna et Volda durent lutter avec la femme afin de pouvoir l'étendre dans le lit défait. La magicienne eut du mal à reconnaître la duchesse Ez Breaimes. Les cheveux de Leila étaient collés sur son front ; la fièvre la faisait délirer et son beau visage était déformé par la douleur. La voix de Mauhna était douce mais ferme quand elle se tourna vers Volda.

– Maintenant, dites-moi ce qui s'est passé.

– J'ai fait comme d'habitude, gémit la pauvre vieille. Je ne comprends pas...

– Qu'avez-vous fait ?

– La duchesse n'était pas trop avancée, je m'en suis bien assurée. Ce n'était pas la première fois qu'elle venait me voir pour... ce genre de... service. Je suis certaine que je n'ai pas fait d'erreur en lui administrant la potion.

– Quelle potion, Volda ? s'impatienta la magicienne.

Leila cria en s'empoignant le ventre. La tante d'Isadora murmura plus qu'elle ne parla :

– La potion des femmes embarrassées...

– Vous lui avez donné une décoction d'écorce de byrhonia, c'est bien cela ?

Les larmes de Volda coulaient sans retenue sur ses joues fanées.

– Je ne pose pas de questions aux femmes quand elles viennent pour cela. Souvent, elles sont seules et désespérées... Il faut bien que quelqu'un les aide...

– Je ne vous fais aucun reproche, je cherche seulement à comprendre.

– La duchesse a été conduite ici il y a quelques heures. Elle m'a dit qu'elle avait passé trois cycles des lunes sans voir son sang. Je lui ai donné la potion et lui ai conseillé de s'étendre. Elle voulait rester seule ; il était évident qu'elle avait beaucoup de chagrin. Sa tristesse me fendait le cœur. Quand je suis montée auprès d'elle, j'ai bien vu que ça n'allait pas. Il y avait beaucoup trop de sang et la duchesse était fiévreuse. J'ai demandé à Guilly de veiller sur elle et je suis venue vous chercher. Vous allez l'aider, n'est-ce pas ?

Mauhna s'approcha du lit et posa ses mains sur le ventre de Leila. La lumière des deux lunes se mit à briller. Volda dardait un regard anxieux sur le visage de la magicienne. Son estomac se contracta devant l'air inquiet de Mauhna et ses larmes redoublèrent.

– Est-ce que j'ai fait quelque chose de mal ?

– Non, Volda, vous ne pouviez pas savoir... Faites bouillir de l'eau, beaucoup d'eau, et préparez la décoction suivante : cinq parts de pirandor pour deux de gentimil et trois grains de malgave.

– De la malgave ? Madame, c'est un poison !

– Je vous en prie, faites ce que je vous demande. C'est une question de vie ou de mort.

La tante d'Isadora descendit au rez-de-chaussée aussi rapidement que son corps usé le lui permettait. Mauhna l'entendit demander de l'aide à son frère. Leila secouait la tête et ses beaux cheveux s'emmêlaient sur les coussins trempés de sueur. La magicienne plaça ses longs index sur les tempes de la jeune femme et la lumière des lunes jaillit de ses paumes. Lentement, Leila ouvrit des yeux hagards. Mauhna avait endormi le mal en attendant que la potion soit prête. La duchesse voulut s'asseoir mais la vieille dame l'en empêcha.

– Restez étendue, dit-elle d'une voix ferme. Vous avez perdu beaucoup de sang et vous êtes très faible.

Leila se mit à pleurer.

– Oh ! Quelle horreur ! Personne ne doit savoir. Personne...

De gros sanglots secouaient la jeune femme. Mauhna tenta de la calmer.

– Leila, l'enfant que vous portez appartient à la race des elfes-sphinx.

– Je m'en doutais. C'est pour cela que je ne peux pas le garder.

– Écoutez-moi bien, Leila. Vous ne pouviez pas savoir, mais les femmes qui portent un enfant de notre race risquent leur vie en tentant de s'en débarrasser. Si le sphinx sent la vie du fœtus en danger, il choisit souvent de se révéler violemment ; c'est sa façon de protéger la vie qu'ils partagent. Le sphinx utilise alors l'énergie de la mère pour accélérer sa croissance ; c'est ce qui se produit actuellement dans votre corps.

Leila agrippa la main de la magicienne. Son geste trahissait un tel désespoir.

– Comprenez-moi ! supplia-t-elle. Je ne peux pas avoir cet enfant, cela tuerait mon mari. Je l'aime, je ne peux pas lui faire ça.

– Je suis désolée, Leila, je dois mettre cet enfant au monde. Déjà, le sphinx se développe rapidement et, si je ne fais rien, vous allez mourir.

– Personne ne doit savoir... Promettez-le... Cela doit rester secret...

Mauhna lui caressa tendrement le front.

– Calmez-vous, ma fille. Nous allons commencer par vous sortir de ce pétrin ; ensuite, nous verrons ce qu'il convient de faire.

Volda arriva enfin avec la potion. Mauhna y versa une goutte d'un liquide ambré prélevé dans une petite fiole qu'elle avait fait apparaître. Elle tendit la coupelle à Leila.

– Buvez et ne soyez pas inquiète. Je prendrai soin de vous.

Dès que Leila eut avalé la potion, elle recommença à délirer.

– Maman, c'est à cause de la robe... Maman, maman, je ne voulais pas... Quelle honte... J'aurais tant voulu que tu sois fière de moi... Maman, j'ai tout gâché...

Mauhna inspira profondément puis leva les yeux sur Volda.

– Je vais avoir besoin de votre aide.

La vieille femme se contenta de hocher la tête, les lèvres scellées sur ses inutiles regrets.

– XXVII –

Thiery et Ubert jouaient aux dés dans la maison cossue de Firmin de Borg. Raicha, la mère de Leila, chantonnait en tourbillonnant autour d'eux.

– Encore un peu de vin ?

La riche bourgeoise tentait par tous les moyens d'oublier le drame qui avait conduit sa fille et son gendre à Döv Marez. Elle s'étourdissait, et étourdissait la maisonnée, en papillonnant sans cesse de-ci, de-là. Elle entourait Leila et Thiery de ses soins attentifs et profitait de chaque instant passé en leur compagnie, sachant qu'ils repartiraient dès que le duc aurait repris des forces. Elle ne s'était pas enivrée une seule fois depuis leur arrivée et en retirait une immense fierté. Elle entreprit de disposer des fleurs coupées dans un grand vase.

– Elles ont poussé dans une serre et coûtent une petite fortune mais cela égaie la maison, vous ne trouvez pas ? pépia-t-elle sans attendre de réponse.

Une fois de plus, Ubert remporta la mise et Thiery protesta, mais seulement pour la forme. L'ami de Leila commençait à gagner l'estime du duc. Il savait que c'était grâce à la loyauté d'Ubert que son épouse avait pu surmonter toutes ces épreuves. Il ramassa les dés et les tendit à Ubert.

– Où est Leila ? Ne devrait-elle pas être de retour ?

Ubert vida son verre d'un trait avant de se lever précipitamment.

– C'est pourtant vrai ! Je dois aller la chercher chez une amie. Leila voulait être ramenée en carrosse. Puis-je emprunter le cabriolet, madame de Borg ?

Raicha se mit à rire.

– Bien sûr, mon ami ! Ma fille devient de plus en plus précieuse. Il n'y a pas si longtemps, elle aurait effectué l'aller-retour à cheval.

Sans trop comprendre pourquoi, cette remarque fit monter une boule désagréable dans la gorge d'Ubert. Raicha le regarda partir en coup de vent. Tout à coup, le parfum des fleurs lui donna la nausée.

- XXVIII -

Ça n'allait pas du tout. En dépit du faisceau lumineux que Mauhna maintenait en permanence sur le ventre de Leila, la jeune femme continuait de s'affaiblir. La magicienne sentait la panique s'emparer de Volda, laquelle avait déjà subi un choc énorme quand l'enfant était né.

Le sphinx s'était développé à une vitesse hallucinante jusqu'à atteindre la taille d'un nourrisson. Le fœtus humain formait une tache claire sur l'abdomen velu de la panthère noire. Mauhna savait que l'équilibre se rétablirait avec le temps mais, pour l'instant, la vie de la petite fille était en suspens. Le sphinx s'était si bien débattu pour sauver sa vie et celle de l'enfant que le corps de Leila avait été complètement lacéré. Mauhna ne s'était pas inquiétée outre mesure ; après tout, ses pouvoirs de guérison s'avéraient exceptionnels. Mais voilà, ça n'allait pas du tout. Sa lumière refermait les plaies mais les tissus se déchiraient de nouveau, juste à côté de la suture. La chair avait une texture poreuse qui empêchait toute cicatrisation.

Leila était exsangue. Ses mains crispées avaient pris une affreuse teinte bleuâtre. La jeune femme délirait de plus belle.

– C'est la robe..., la robe ensorcelée... Pourquoi a-t-elle fait cela ?

– De qui parlez-vous, Leila ?

– La reine ! C'est un secret... notre secret. Le roi...

Volda s'approcha de la mourante.

– Que dit-elle ?

– Elle divague.

Malgré son air résolu, la voix de la magicienne tremblait.

– Volda, apportez-moi une autre potion de malgave : quinze grains cette fois.

– Mais, madame, vous allez la tuer !

Mauhna ne regarda pas la vieille femme. Elle continuait de fixer ses mains qui planaient comme des oiseaux impuissants au-dessus du corps inerte de la duchesse. Lorsqu'elle baissa la tête, la masse de ses cheveux blancs forma un rideau devant son visage. Des larmes amères vinrent s'écraser sur la soie qui recouvrait ses bras tendus.

– Ne comprenez-vous pas, Volda ? Je ne peux plus rien pour elle.

En dépit de son chagrin, Mauhna ne parvenait pas à dissimuler la rage sourde qui l'envahissait.

– Le sort qu'on a jeté à cette pauvre femme est dévastateur. Il me faudrait beaucoup plus de temps pour le contrer mais la duchesse n'a plus assez de force pour lutter... Elle s'en va..., elle s'en va lentement.

La magicienne releva la tête et raffermit sa voix.

– De grâce, ne la laissez pas souffrir davantage ! Allez chercher la malgave, qu'elle puisse mourir dans la dignité.

En descendant chercher la potion, Volda vit son frère pétrifié devant un homme costaud aux magnifiques yeux bleus. L'homme était si grand qu'il dut se pencher pour franchir le seuil de la porte.

– Je viens chercher la duchesse...

Ubert s'interrompit. La maison entière empestait le sang et le malheur. La vieille femme cessa de le dévisager pour jeter un regard furtif derrière elle.

✧

Lorsque Leila mourut, Ubert la tenait contre son cœur. La malgave avait donné à la jeune femme un ultime moment de lucidité. Apaisée par la présence d'Ubert, son corps et son visage s'étaient détendus jusqu'à lui rendre sa beauté sensuelle.

– Ubert, tu dois me promettre de ne rien raconter à maman... ni à Thiery..., surtout pas à Thiery. Quand je serai guérie, j'oublierai mes erreurs et ma honte. Je recommencerai ma vie à neuf. Tous les jours, je dirai à mon mari à quel point je l'aime. Je lui donnerai de beaux enfants, dont tu seras le parrain...

Ubert la berçait tendrement. Il embrassait ses boucles, mêlant ses larmes à la sueur âcre qui les imprégnait.

– Ubert... Toi aussi, je t'aime. Tu m'es plus cher qu'un frère.

Le jeune homme ne vit pas les yeux de Leila se fermer définitivement. Il continua de lui parler à voix basse, lui décrivant la beauté du chant des oiseaux, l'ambiance exaltante des fêtes de campagne, le goût unique de la tarte aux cerises.

✧

Isadora piaffait d'impatience. Mais où était donc Mélénor ? Elle avait revêtu une jolie chemise de nuit et avait veillé à ce qu'on installe le berceau de Thelma dans la chambre de la nourrice. Voilà des heures qu'elle attendait son mari. N'y tenant plus, elle s'enveloppa d'un châle et emprunta le couloir privé qui reliait ses appartements à ceux du roi. La porte était entrebâillée. Elle la poussa juste ce qu'il fallait pour y passer la tête et s'apprêtait à demander d'un ton espiègle : « As-tu des projets pour la nuit ? », mais elle resta sans voix.

Agenouillé sur le lit, son mari lui tournait le dos. De part et d'autre de la masse noire de ses longs cheveux défaits, deux mains délicates à la peau sombre s'accrochaient à ses puissantes épaules. Dans un état second, Isadora nota le contraste formé par les jambes fuselées que la femme enroulait autour des reins de Mélénor. L'ébène s'unissant à l'ivoire. La vision de la reine ne se brouilla pas assez vite. Elle eut le temps de voir les yeux noirs de Muscade ainsi que l'expression de surprise qui se peignit sur son visage lorsque leurs regards se croisèrent comme deux épées, l'une brûlante du feu de la passion, l'autre durcie dans l'eau glacée de l'humiliation. Même les larmes d'Isadora la trahissaient ; elles ne montaient pas assez rapidement pour l'empêcher d'apprécier la beauté exotique de sa rivale.

Sans bruit, Isadora referma la porte et s'enfuit en courant. Avait-elle d'autre choix ? Ajouter à sa honte en faisant une scène devant cette inconnue ? Hurler des insanités à son mari alors même qu'elle serait incapable de le regarder dans les yeux ? Elle l'imaginait, dominateur et cruel dans sa nudité gonflée du désir de l'autre. Elle devinait son mépris pour ce qu'il qualifierait sans doute de comportement hystérique.

Les pieds nus d'Isadora ne réveillèrent aucun écho. Un courant d'air caressa l'échine de Mélénor qui sentit s'éteindre subitement la ferveur de sa maîtresse.

✧

Ubert manifesta le désir d'emporter la dépouille de Leila. Aussi délicatement que possible, Mauhna lui expliqua ce qui avait entraîné la mort de son amie.

– La duchesse ignorait qu'un tel avortement risquait de la tuer.

– Qui est le père ? voulut-il savoir.

– Elle s'est refusée à le révéler. Il semblait très important pour elle de garder le secret à ce sujet. De toute façon, cela n'a plus d'importance...

– Vous croyez ?

Puis Ubert réclama le manteau de la jeune femme. Tout doucement, comme s'il avait peur de l'éveiller, il couvrit son amie. Quand il la souleva dans ses bras, le souvenir du jour où il avait vu Leila pour la première fois le frappa. « Il y a si longtemps... Je t'avais conduite dans un boudoir... Tu étais si belle, étendue sur cette méridienne. Tu n'étais pas livide comme aujourd'hui..., juste évanouie... Cette fois-là, tu n'étais qu'évanouie et ta mère voulait que je t'apporte de l'eau. » Les larmes d'Ubert recommencèrent à inonder ses joues lorsqu'il sortit dans l'air frais de la nuit. Consciente de l'inutilité de toute tentative de réconfort, Mauhna l'accompagna jusqu'au cabriolet.

– Je pense qu'il vaudrait mieux respecter sa volonté, suggéra-t-elle doucement. Cette histoire devrait demeurer secrète. Il ne sert à rien de faire souffrir ceux qu'elle aimait.

Cette recommandation était superflue, Ubert ayant juré à Leila qu'il ne dirait rien. Il roula sans but dans la nuit. L'esprit froid et méthodique, il mit à profit sa solitude pour inventer une histoire de brigands et d'embuscade. Il jeta sa bourse ainsi que celle de Leila dans un caniveau et abandonna le carrosse du banquier dans une sombre ruelle. Il s'empara de sa dague mais il ne sentit rien quand il enfonça sauvagement la lame dans ses joues, ses bras et sa poitrine. Il savait que jamais ces cicatrices ne disparaîtraient et il s'en moquait ; sa vie venait de s'arrêter avec celle de son amie. Lorsque Ubert arriva devant la riche demeure du banquier, il s'effondra à genoux en étreignant farouchement le corps de Leila. Enfin, il permit à la terrible réalité de le terrasser. Ses hurlements heurtèrent les murs de la grande maison, la remplissant d'un désespoir plus profond que les ténèbres.

– XXIX –

Dans l'ancienne chambre d'Isadora, l'enfant de Leila vagissait de façon lugubre ; c'était un mélange de pleurs et de feulements étonnamment puissants pour une si petite créature. Mauhna n'avait d'autre choix que de ramener le nourrisson dans l'Île-aux-Tortues. Pour survivre, la fillette aurait besoin de soins attentifs et la magicienne avait tout de suite songé à la confier à sa fille Aglaë. Depuis la mort de Carmine, Aglaë se montrait morose et solitaire. Prendre soin d'une enfant l'aiderait peut-être à vaincre sa mélancolie.

Mauhna se sentait épuisée. Elle désirait rentrer chez elle et discuter avec Hµrtö de cet événement tragique qui ne laissait plus aucun doute : leur ennemi s'était évadé de sa prison et ses provocations ne faisaient que commencer. « Que veut-il ? Quelles sont ses intentions, cette fois-ci ? » s'inquiétait la magicienne, secouée par un frisson.

Les pleurs du bébé la ramenèrent à des préoccupations plus immédiates. Elle saisit l'enfant, pensant effectuer un voyage-éclair. La panthère la griffa et chercha à mordre sa main. Mauhna se ravisa aussitôt. « Je crois qu'on va rentrer en volant. Tout compte fait, je ne suis pas certaine d'avoir assez d'énergie pour ce voyage-éclair. »

La sorcière jeta un dernier regard à la pauvre Volda. Complètement effondrée, la vieille femme avait refusé la potion calmante préparée par Mauhna. Dans un coin de la chambre ensanglantée, elle couvrait ses yeux d'une main tremblante. Parfois, elle séchait ses larmes avec son pouce et son index qu'elle pressait très fort sur ses paupières flétries. Ce geste, pourtant, ne parviendrait jamais à chasser les images qui la hantaient et qui allaient sceller son destin.

Au rez-de-chaussée, Guilly faisait les cent pas. Mauhna lui demanda un bout d'étoffe pour emmailloter l'enfant. L'oncle d'Isadora aida la magicienne, la petite résistant de toutes ses forces à cette entrave à sa liberté. Mauhna vit que les mains du vieil homme tremblaient.

– Vous ne pouviez rien faire de plus, Guilly.

– Je suis tellement désolé, se lamenta-t-il. J'ai répété mille fois à Volda que c'était contre nature. Le ciel nous a punis.

– Allons, mon ami, le ciel n'a rien à y voir.

Mauhna s'insurgeait contre ce genre de superstition mais elle n'avait pas le courage de raisonner le vieil homme.

– C'est un malheureux accident, voilà tout, affirma-t-elle avec autorité.

Une lueur de reconnaissance traversa les yeux de Guilly.

– Vous êtes si savante ! Si vous le dites, je veux bien vous croire. Je n'ai pas eu la chance d'étudier dans les livres, vous savez...

Mauhna lui sourit tristement.

– Vous avez bon cœur... C'est une richesse qui échappe souvent aux érudits.

Embarrassé, Guilly tritura ses gros doigts. La magicienne finit de couvrir le nourrisson et se dirigea vers la porte. Le frère de Volda la suivit.

– Que dois-je faire, maintenant ?

– Prenez soin de votre sœur et, surtout, ne l'accablez pas de reproches ; elle le fait déjà très bien elle-même.

– Je dirai comme vous : c'était un malheureux accident.

– Essayez de lui faire boire un peu de la potion que j'ai laissée pour elle. Ça lui fera du bien.

✧

Dans la nuit, la lumière bleue de la poitrine de la magicienne raviva furtivement les couleurs du jardin et lui permit de prendre la forme de son oiseau préféré. S'apprêtant à saisir le bébé dans ses serres, elle réalisa que les pattes, puissantes mais courtes, de l'aigle ne l'éloignaient pas assez de l'enfant-félin et de ses griffes. Sa peau lui brûlait encore.

– Tu ne m'auras pas une deuxième fois, fillette !

La magicienne se transforma de nouveau et c'est une cigogne qui s'envola en tenant précautionneusement dans son bec un paquet hurlant furieusement. Dans le ciel, les trois lunes brillaient, frileuses et blanches.

– XXX –

Isadora cria pour appeler la nourrice. La pauvre femme, qui dormait dans la pièce adjacente, se précipita dans la chambre de la reine.

– Votre Altesse ? bredouilla-t-elle, l'air affolé.

– Amène-moi ma fille.

– Mais, Majesté, la petite dort.

– Eh ! bien, réveille-la ! Je veux ma fille, tu entends ?

– Bien, Votre Altesse.

La reine serra Thelma dans ses bras avec une fureur qui raviva les pleurs de l'enfant réveillée en sursaut. Isadora se dévêtit et se mit au lit, couchant sa fille contre sa peau nue. Thelma se calma aussitôt et chercha le sein. Isadora la laissa téter son sein tari.

Le désir frustré de la jeune femme lui tordait le ventre mais une douleur plus vive encore envahissait son âme. Elle ferma les yeux très fort pour retenir ses larmes. Lorsqu'elle les rouvrit, elle vit les paupières translucides de la petite se fermer lentement.

– Je t'aime, mon bébé. Je n'aime que toi. Je sais que tu ne me trahiras jamais.

À cet instant, un hurlement à glacer le sang résonna dans la nuit. Soulevant doucement sa fille, la reine se rendit à la fenêtre.

✧

La voix de Mauhna s'insinua dans l'esprit d'Hµrtö. « Je pars dans l'île. Viens vite m'y rejoindre. Notre ennemi s'est libéré de ses chaînes et il a réveillé le cristal des ombres. Nous devons nous préparer à combattre. » Le magicien serra son grimoire contre sa poitrine et se rendit à la fenêtre.

✧

La porte se referma. Muscade avait dit au roi : « J'ai commis une terrible erreur en venant ici. » Les tentatives de Mélénor pour la retenir avaient été vaines. Habillée en vitesse, elle avait filé sans même lui faire l'aumône d'un dernier baiser. Sur les draps froissés, la petite cage en or semblait avoir perdu tout son éclat. « Abandonnée... comme moi », s'apitoyait le jeune monarque. Un hurlement traversa les tentures opaques du baldaquin, le faisant frissonner. Il serra le bijou dans son poing et se rendit à la fenêtre.

✧

La silhouette d'un oiseau se découpait sur la lumière laiteuse des trois lunes. De curieuses plaintes, mi-animales, mi-humaines, s'élevaient d'un paquet que l'oiseau portait au bout de son long bec. Le lendemain, la ville entière parlerait de l'enfant enlevé par une cigogne. Les uns déclareraient : « C'est un présage néfaste », les autres en profiteraient pour se débarrasser des questions embêtantes des enfants.

✧

Isadora regarda l'oiseau. Son cœur, qu'on disait très petit, se serra pour le bébé qui pleurait : « Comme il doit avoir froid. »

✧

Hµrtö regarda l'oiseau. Son âme, qu'on savait très sage, s'affligea pour le bébé qui pleurait : « Comme il doit avoir peur. »

✧

Mélénor regarda l'oiseau. Son front, qu'on croyait très fier, s'inclina pour le bébé qui pleurait : « Comme il doit avoir mal. »

LE PACTE DES ELFES-SPHINX

Tome II

L'héritière des silences

Depuis peu, des nuages mystérieux obscurcissent le ciel du pays de Gohtes et embrouillent le cœur des gens, y semant colère et désespoir. À cette situation inquiétante s'ajoute une longue liste de tourments qui accablent Mélénor. Redoutant les attaques sournoises de Verlon, le roi félon de Yzsar, le Longs-Doigts ignore qu'un danger bien plus funeste le guette : dans les confins de la Terre des Damnés, un sorcier impitoyable s'apprête à assouvir une vengeance millénaire.

Lors d'un séjour dans l'Île-aux-Tortues, Mélénor apprend de la bouche même de ses aïeux l'existence de cette menace qui surgit de leur lointain passé. Hµrtö et Mauhna attendent le moment propice pour former la communauté qui devra affronter l'ennemi dans les territoires maudits. Cette mission décidera du sort des races pensantes. Dans leur grande sagesse, et sachant que rien n'arrêtera la fatalité, les maîtres de magie s'efforcent, entre-temps, de profiter de la douceur de vivre dans leur île fabuleuse.

Cette plénitude, les magiciens tentent de la partager avec Thelma, la fille de Mélénor, afin qu'elle y puise courage et détermination. Fascinée par l'univers et l'histoire des elfes-sphinx, la princesse de Gohtes se voit pourtant coupée de cette part unique d'elle-même : pour l'héritière des silences, le destin suit un chemin tortueux où bien peu de mains amies se tendent. Mais Thelma n'est pas que l'héritière des silences, comme en feront foi l'agitation et le tumulte qui jalonneront sa route...